在雲落

張楚

人間出版社
中國作家協會

目錄

曲別針 1
草莓冰山 29
在雲落 51
七根孔雀羽毛 123
梁夏 197
刹那記 255
細嗓門 323
後記：孤獨及其所創造的 387
附錄：張楚創作年表 393

曲別針

1

這個冬天的雪像是瘋掉了，一場未逝，另一場又亢奮地飄上。「雪終將覆蓋大地／就像新婚之夜／男人終將覆蓋女人。」志國半躺在待客廳的沙發上時，想到了多年前的一首詩。無疑他對這些突然冒將出來的詞彙略微有些吃驚，只好歪頭窺視著那個收銀小姐。她還在接電話。這孩子生得濃眉大眼，額頭鑲嵌的幾粒青春痘，被燈光浸得油膩班駁。志國覺得把她安排在收銀台是酒店的失誤。她的嘴唇一直水蛭那樣汆動，「她的上唇和下唇，一分鐘內碰了六十九下。」志國覺得難受極了，如果手裡有把勃朗寧手槍，他會用槍膛輕柔地抵緊她的口腔，辨別一下她是否比別人多長了一條舌頭。

身邊的大慶不時打著呼嚕。他這個人最大優點便是即便在狗窩裡也能睡得像死豬一樣。濃烈的涮羊肉的膻氣讓志國險些嘔吐起來。志國只好站起身，逕自踱出酒店。肥碩的雪打著旋迷著眼睛，他只好又退回去。就在這時，手機的音樂響了。電話是蘇艷打來的。他看了一眼號碼就關掉了。這幾天她瘋了似的找他。他把手機揣進兜裡，大聲地對那個女孩子說：「小姐，先把帳給我算了。」

女孩子有些不情願地放下手中的電話，拿著帳單，開始按計算器。她皺著眉頭的模樣更醜了，志國突然發現，他還從來沒有和這麼醜的姑娘打過交道，「那兩個小姐的服務費怎麼算？」

女孩子說：「一個五十，兩個一百。小費我們不管的。」

「吃巧克力嗎？」志國掏出一板「德芙」，在她眼前晃了晃。

女孩子的臉上沒有任何表情，她目視著他說：「叔叔，把錢結了吧。」她管他叫叔叔。志國問：「我那兩個客人，什麼時候完事啊？」

女孩子懨懨地說：「我怎麼知道?他們身高體胖，看來誰都不是快槍手。」女孩子的話讓志國吃驚。他沒料到她會如此作答。他突然對她厭惡起來。厭惡來得如此猛烈，以至於他的手機再次響起時，那種古怪的鈴聲他絲毫沒有察覺。

「先生，你的手機響了，」女孩子說，「你的音樂真好聽，是王菲的〈你快樂所以我快樂〉。」然後她有些憂傷地說，「王菲下個月要在紅磡體育館開演唱會呢，我什麼時候能坐著飛機去香港聽她唱歌就好了。」

你快樂所以我快樂？多麼像是在總結男女做愛。那兩個東北客戶和那兩個四川小姐快樂嗎？他們去包間已經快三十分鐘。他想起了其中的一個東北人。這個倒賣道軌的小夥子虎背熊腰，左臂紋著一條蜥蜴，右臂上紋著那個經常被人咬掉耳朵的拳擊手霍利菲爾德。志國想如果他有第三條胳膊，沒準他會把本·拉登紋上。

「我簽字，」志國說。

「我們這裡不賒帳的。」

「妳是新來的吧？我是李志國啊。去叫你們老闆，」志國說，「把你們老闆給我叫出來。」

女孩子舔舔嘴唇說，「老闆的孩子生病了，他正在醫院呢。」

「我找你們老闆娘。」

女孩子一邊按電話號碼一邊說：「我們沒有老闆娘。」

志國沒說什麼，付了錢。他想，那兩個東北人，那兩個從俄羅斯坑蒙拐騙道軌的東北人，那兩個脖子上套著項鍊、滿口爺們爺們我操我操的東北人，什麼時候能把兩個徐娘半老的四川小姐折騰完？他憂心忡忡地看了眼睡得像孩子似的大慶，咳嗽了一聲。就在這時，那個男人和那個女人，從門外走了進來。那個男人很年輕，女人也不老。他們瞥了眼志國，又逡巡著收銀台附近的擺設。然後，他們朝大慶旁邊的沙發走了過去。他們從志國身邊蹭過時，那個女人身上的香水味道讓他覺得很舒服。他特意瞥了女人一眼。她身上的香水味道是那種橘子的清香。張秀芝用的也是這種香水。滿臉終日疲憊的張秀芝每天上班之前，都會把橘子香水賭氣似地噴到自己的脖子、頭髮、腋窩、皮鞋、戒指和裙襬上。然後她夾著那個樣式老套的坤包，騎上自行車去上班。在她多年的修飾性氣味裡，志國一點一滴感受到，她正像一只新鮮橘子，慢慢地被日子風乾了。

2

來酒店之前，蘇艷已經快把他的手機打爆了。對於這個脾氣急躁的女人，志國早就磨練出了一副好耐性。「緊鍋豬頭慢鍋肉」，志國經常教育她，遇凡事都急躁不得。他教育她的時候，手一直不停閒。他的衣服裡經常裝著幾枚銀色曲別針。很多時候，他一邊注視著別人講話，一邊把曲別針掏出來。多年前他曾在一本雜誌上讀到一幅精美圖片，上面是個叫路易士·裘德的美國藝術家用曲別針彎曲成的小玩意，比如：一個沙漏，一只女人的乳房，一位單腿直立、伸展著手臂跳芭蕾的女孩，一棵樹，一只小號。他佩服極了，他想他從來沒有這樣佩服過美國人。那一段時間，他對此簡直是著迷了，有事沒事就拿根曲別針練。他並不想做路易士．裘德那樣的藝術家，但他希望自己有那麼一手。

可是那種冰涼的、堅硬的細鐵絲在他的手裡如此僵硬，他沒能把它彎成他想像的小東西，哪怕是最簡單的玫瑰也好，哪怕是那種抽象主義的小房子也好，相反，攤在手心裡的那些半成品，是那種什麼都不是的東西，或者說，至少他看不出它們像什麼東西。還好，在經歷過諸多次失敗後，他好歹成了一個末流的曲別針藝術家：他能在幾秒鐘內將它彎成一把鐵鍬，或者一個女孩子的頭像。

那次他和蘇艷做愛，他的手沒有撫摩這個臃腫肥碩的女人，而是閉著眼睛，在蘇艷的喘息聲中，把那根冰涼的曲別針彎成了一把鐵鍬。在最後的噴發中，他的手死死抓住那把在黑暗中閃爍著銀色的鐵鍬一聲不吭。蘇艷匍匐在他身上，輕聲抽泣著。她說她知道他早不愛她了，她為他生了個兒子後，她就成了一堆垃圾。「你總是這麼心不在焉，你是不是又有別的女人了？」她最後去觸摸他的手掌，把那根變形的曲別針扔了出去，「上次那個墮胎的姑娘，難道還纏著你？」

當他的手在衣兜裡習慣性摸索時，他的眼睛一直逡巡著那個男人和那個女人。他終於看清了他們的模樣。女人好像很漂亮，也就是說，她的五官挑不出任何毛病，妝化得很精細。她用的是那種玫瑰紅唇膏，聽說這種色彩的唇膏有個很好聽的名字：「熱吻不留痕」。這樣她的嘴唇遠遠恍惚著，彷彿一顆尚未成熟即已飽滿的櫻桃。她坐在沙發上，掏出鏡子用眉筆融了融眼線。她修長的雙腿和臀部被那條呢子長裙緊裹著，很輕易就吸引了她身邊的男人。男人的眼睛不時在女人的身上蕩漾，間或說著什麼。女人時不時盯著男人微笑。志國知道在這樣的夜晚，男人的哪些言語最能打動女人。後來男人朝收銀台走過來。這樣志國和這個男人幾乎並排著靠住吧台。他聽到男人問：

「還有包房嗎？」

一個嫖客和一個小姐。志國不動聲色地擺弄著曲別針想，如果沒有猜錯，一樁皮肉生意又要成交了。他們無疑講好了價錢。「我總是喝酒後越來越清醒，」志國想，「我沒有喝多，我為什麼總也喝不醉呢？」

志國和那兩個東北客人喝了三瓶五糧液。在和東北人多年的打交道過程中，他對在寒冷地帶長大的人慢慢充滿了敬意。他們喝酒的時候從不打酒官司，除了顯示了他們天生的酒量，志國體會到，和這些爺們做生意，最好別耍花槍，最好的方法就是胡同裡扛竹竿——直來直去。就像這次道軌生意，他們即便喝酒的時候也沒提到價錢，但志國知道，他們肯定會出一個最公道的價格。當然他對這次買賣有自己的一套想法，當這想法閃電似地劃過近乎麻痹的大腦時，他的身體哆嗦了一下。

「對不起啊，我們這裡的包房已經滿了。」那個收銀小姐放下手中的電話，「你們先在這裡坐會吧。估計十來分鐘後就有空房。」

這家酒店位置很不錯，遠離鬧市區，肅靜安全，很多客人都是衝這點來的。志國聽到男人嘆息一聲，對那個女人說：「我們去別的地方坐坐啊？妳也知道，這裡生意一向不錯，又他媽滿園了。」

女人除了笑好像就再沒別的表情。小姐們最拿手的把戲就是永遠蒙娜麗莎那樣弱智地微笑。志國的手指一直在不停地運動著。他的手指修長白皙，無名指比中指還要長一截。誰也看不出這曾經是雙鋼鐵工人的手。他用這雙手在一家國有企業鑄造過成千上萬把「狼」牌鐵鍬，撫摩過九個女人的乳房和她們溫暖潮濕的巢穴。現在他用這雙手算自己的帳。雖然最近他的鍬廠生意冷清，但他還是相信自己能把那筆價值不菲的生意擺弄得得心應手。拉拉的藥費永遠是一只飢餓的胃。他只有不厭其煩地往這只胃裡灌溉紙幣。他除了灌溉紙幣還能做些什麼呢。

當大慶打著哈欠醒過來時，首先是對坐在身邊的一對男女有點吃驚。他直著嗓子嚷道：「小姐！來壺茶水！靠！渴死我了！怎麼？他們還沒完事啊？」

志國沒有搭理他。他把那只曲別針放在手心裡：這是個女人的頭像。女人的鼻子優雅地旋轉，嘴唇啟著，似乎在呼喊著最動人的語言。可是她的下巴有點突兀，像刀子打開時刀身與刀鞘形成的生硬弧線。

這個女人是……張秀芝？蘇艷？還是這位沉默寡言的小姐？

誰也不是，志國想，她是他的女兒，拉拉。臉色蒼白、終日拿藥餵著、患了輕度抑鬱症和自閉症的女兒拉拉。拉拉。可憐的拉拉，十六歲的拉拉。喜歡吃「德芙」巧克力和「綠箭」口香糖的拉拉。得了先天性心臟病、左心房和右心房血液流速緩慢、左心室和右心室時常暫歇性停止跳動的拉拉。拉拉。唯一的拉拉。拉拉。拉拉。

3

大慶的茶水還沒上來，樓上突然就響動起腳步聲。一個女人從樓梯口跌跌撞撞地跑下來。在眾人不知所措的注視中，這個女人的哭聲顯得悲愴絕望。他們看到她的皮裙尚未拉上鎖鏈，腰部的贅肉閃著白色膩光。「沒見過你這麼變態的！」女人的聲音顫抖著，「小姐怎麼了？小姐就不是人了？」她趿拉著鬆糕鞋，趁機拽了拽露臍緊身背心，然後麻利地將一件大氅裹住身體。她這才注意到那些好奇的眼神，「我先走了，」她攏了攏披散著的頭髮對收銀姑娘說，「等瑪麗下來，妳告訴她我先回去了。讓她小心點。真不是人養的！」

她慌裡慌張著推開門跑了出去，然後志國看到那個東北客人走了下來。他臉色通紅，朝志國揮了揮手，又向大慶遞了根香菸。大慶接了，點著，愣愣地問，「怎麼了？發生什麼事情了？」

「沒啥，」客人狠狠地吸著香菸，「我還沒見過這樣的，」他扒著大慶的耳朵說著什麼。大慶尷尬地笑了兩聲，去瞅志國。對於這個溫和老練的老闆，大慶一直抱著敬畏的態度。他想問問老闆是否再找個小姐，這個客人一直是他們最大的貨源。很顯然老闆對眼前發生的變故有點惱火。他沒聽清客人和大慶嘀咕了什麼，可他仍然很惱火。老闆惱火的時候通常肆無忌憚地笑。大慶盯著老闆將一枚閃著亮斑的小玩意揣進褲兜，朝客人咧了咧嘴巴，「再找一個！」志國拍拍客人的肩膀，「心急吃不了熱豆腐嘛。悠著點會更舒服，還用我教你啊？嘿嘿。」

這樣志國只好再次打擾那個迷戀打電話的收銀員。很顯然收銀員對他們抱了種敵意，她還從沒遇到過能把小姐嚇跑的男人。「我們這裡沒有小姐了，」她低著眉眼撥拉著算盤，「真是對不起，你們去別的酒店吧。」然後她朝那對男女揮揮手說，「現在有空包房了，你們要嗎？」

志國的手機就是這時又滴答滴答著響了起來。你快樂所以我快樂，志國才知道這音樂的名字。這音樂是蘇艷挑選的。她能有什麼屁事？她能有什麼屁事呢？他轉身對客人笑笑說，「你稍等。你嫂子的電話。」

那個東北人說：「算了算了，我先回旅館。這裡真他媽沒勁。還是俺們東北那疙瘩的姑娘爽。」

志國拍拍他肩膀，然後去看那個男人和那個女人。他們正在朝這邊貓悄著踱步。他關了手機，朝那個女人揮了揮手，女人詫異地問道，「你有什麼事情嗎？」

志國說：「這位先生給妳多少小費？」

女人說：「你說什麼？」

志國說：「這位先生出多少錢？」

男人把女人拉到一旁。女人的胸脯劇烈地顫抖著，男人冷笑著問，「你剛才說什麼？有種的話你再說一遍。」

志國尋思著說：「我想把這位小姐給包了……你出了多少錢？我賠你雙倍價錢好了。」

男人朝志國笑了笑，「你以為我們是做什麼的？也好，你給我一千元吧。一千元成交。」

志國覺得他從來沒見過這麼無恥的男人。志國發現那幾瓶五糧液的威力似乎這時才真正發作起來。在酒店的燈光下志國發覺這男人其實已不年輕，他的人中很短，也就是說，他的鼻子和嘴唇之間的距離缺少一種必要的距離。他說話的時候，那種不屑的表情讓他厚重的嘴唇彷彿在瞬間無限擴張，讓四周所有對稱的物體也畸形起來，最後志國的眼睛裡全是男人肉色的嘴唇了。他身上獵犬般冷清的氣味和女人身上橘子香水的味道混淆在一起，讓志國有種要嘔吐的欲望。

「你有病啊？」大慶朝男人吐了口吐沫說，「你……你他媽的有病是不？憑什麼給你一千元錢啊？」志國拍了拍大慶的頭。他從來沒有喜歡過這個喝酒後就顛三倒四的下屬。要不是因為他們一起在鋼鐵廠做過十五年的工友，要不是他有個下崗的老婆和癱瘓了多年的父親，他早把他解僱了。

「也好。」志國掏出一把錢塞給男人，「你數數，」然後他對那個女人說，「妳和我朋友去吧。」

女人的臉在燈光下扭曲著。志國沒想到這個女人的面部表情如此豐富。他有點不耐煩地說：「怎麼？價錢好說，你們做完後，妳要多少我給多少。」

女人的手就是這時甩過來的。志國沒料到她的手這麼俐落著就打在了自己的臉上。乾燥的疼痛在腮邊隱隱燃燒。還沒等他反應過來，一把冰涼的手銬已經拷住了他的手腕。大慶和東北客人、以及那個唧咕著繼續打電話的收銀員全愣愣地盯著那個男人。那個男人幾乎完美的動作讓他們大開眼界。他們甚至沒留意那把手銬是如何變魔術般抖動出來的。那把手銬像玩具一樣牢靠地固定著志國的手。大慶留意到一只彎曲著的曲別針從志國的手指間掉下來，志國沒有在意，他只是笑著問男人：「我要告你非法拘禁的。你的玩笑開得太大了。」

那個女人拍拍他的臉龐，她的手指間也散發著那種橘子香水的味道。他聽到她驕傲地說：「我們沒和你開玩笑。我們是警察。」

4

那兩個警察的車原來停在酒店旁的胡同口。他們開的不是警車。在他們把志國的身體強行推搡進車廂時，志國還沒忘記對大慶喊了嗓子：「把客人招待好！」後來他乖乖地把身體蜷縮在椅子上。屁股底下是一張老虎暖融融的皮毛。男人開車，女人坐在他身旁。車廂裡瀰漫著那種暖風烤糊了膠皮的氣味，志國忍不住咳嗽起來。他的腦筋是越來越清醒了。他窺視到女人的身體向男人傾斜著嘀咕著耳語。志國突然發覺自己倒楣透了。他們沒開警車，說明他們不是值班的巡警。從他們親暱的表情猜測，這是兩個關係曖昧的人。如果沒有猜錯，這個男警察和這個所謂的女警察只是出來約會。從他們進酒店的時候起，他們的表情已經證明了他們根本不是在執行任務，他們只是像其他的情人那樣，在這個寒冷的夜晚出來約會，他們甚至想要一個包房。志國聞到自己的鼻孔裡呼出濃烈的酒香。

車快行駛到市區的一條廢棄道軌時，女人推開車門，袋鼠一樣地跳了下去，志國聽到男人溫柔的聲音，「妳打車回去吧。妳身上帶零錢了嗎？」

女人的臉映在車窗顯得很清澈。志國看到女人朝男人微笑著。她還拽出一條手絹，在嘴唇上輕柔地抹了抹，她在擦拭唇膏嗎？她的唇膏是玫瑰紅，志國想，喜歡玫瑰紅的女人，都是愚蠢的女人。

男人開著車在大街上溜達。他好像並不是很著急回警局。他開始放音樂。當那首〈花房姑娘〉的前奏響起時志國有點吃驚，他沒料到這是個喜歡崔健的警察，後來是那首〈假行僧〉，再後來是那首〈紅旗下的蛋〉。在這個大雪瀰漫的夜晚，被一個警察押解著去警局的路上，能聽到歇斯底里的搖滾，志國除了覺得荒謬，好像沒有別的解釋。這樣，這個警察和這個褻瀆警察的鍬廠老闆在電吉他、貝斯、架子鼓和嗩吶的喧囂聲中開始了似乎是漫長的行程。志國發覺那個最近的派出所已經過去了，但是車子還是沒停。然後另一個派出所的招牌也在車子雪亮的燈光下一晃即逝。志國的頭越來越疼，他不知道這個警察在耍什麼花樣。當那盤磁帶卡帶時志國忍不住問：「你是哪個派出所的？」

男人只是回頭朝他笑了笑。然後他換了盤帶子。這次是外國音樂，志國聽到一個女人近乎天籟的嗓音在車廂裡像教堂讚美詩那樣寧謐著流淌。「喜歡恩雅嗎？」男人問，「你應該喜歡恩雅。」

志國搖搖頭。

「我認識你，」男人似乎自言自語著說，「你叫劉……劉志國是嗎？你的筆名叫拇指。對，拇指。」

志國茫然地點頭。他的手腕被手銬拘禁地疼痛起來，他試圖去衣服裡摸一只曲別針，他總共試了十三次，每一次他的手指在手銬冰涼的桎梏下都摸到了那只小巧玲瓏的曲別針，但就是沒有辦法將它掏出來。

「我真的認識你。」那個男人說，「你以前在軋鋼廠上班，還是個詩人，我讀過你的詩呢。現在你是個私營企業家。我說的對嗎？」

志國的頭又開始疼起來，那個男人繼續說，「我上高中的時候還買過你的一本詩集。詩集的內扉頁有一張你的朦朧照，你也老了呢，」他似乎有些傷心地念頌道，「那時每天睡覺前我都會讀上兩首，不讀你的詩我就睡不著覺，可是，」他扭過頭，志國看不清他的表情，「如果不是那些神經病才讀的詩，我他媽早考上名牌大學了！」他似乎商量著問，「如果不上那所破警察學校，我用得著深更半夜地來查崗嗎？你以為警察是那麼好當的？」

志國對這個警察的任何行為和言語都不會再吃驚了。「是嗎？」他懨懨地回答說，「你這是帶我去哪兒啊？」警察沒有言語，所以志國的手機鈴聲清脆地響起來時志國失望地嘆了口氣。這次肯定是拉拉打來的。拉拉每天晚上十點鐘的時候都會給他打手機。志國不回家拉拉就睡不著覺。

「我能接個手機嗎？」志國問。

「不能，」警察說，「我不喜歡犯人接手機。」

志國不吭聲了，他發覺這輛行事詭祕的車又回到了那條廢棄的道軌旁。這條鐵路是解放前修建的，現在再也沒有火車從它身上碾過。志國有時開著自己的車從這裡路過，總是看到路軌伸展著生鏽的臂膀捅向遠方。他搞不懂政府為何不把它拆掉。

現在他更搞不懂為什麼那個女警察又出現了。她站在馬路邊上朝這邊揮手。後來她進了車子，志國這才發覺她換了身衣服。那條曾經裹著她修長大腿的呢子長裙被一條有點肥碩的西服褲代替。她上身裹著件紅色的羽絨服，臃腫不堪。他聽到男人問道：「事情辦好沒？」

女人說：「好了。我們回派出所吧。」

5

志國在兩個警察的陪伴下到了路西派出所。看到派出所的牌子時志國噓了口氣。男人和女人把他拽下車，領著他進了一間審問室。屋子裡很暖和。志國問：「我可以打手機嗎？」

男人攢攢眉毛，從他衣服裡拽出手機，攥手裡溜了兩眼，順手扔到旁邊的床鋪上。女人面無表情地坐在椅子上。志國發現穿著羽絨服的女人比穿套裙的女人要老很多。她的嘴唇是那種冷靜的暗紅色。她眼神裡那種甜蜜色彩也消失了，相反，她銳利的目光讓她看上去像頭蒼老的禿鷲。她看上去好像真的是個警察了。

接下去女人開始問他的姓名職業性別和民族。女人平淡得近乎厭倦的聲音讓他困頓起來，酒精的威力突如其來地發作了，志國的眼睛突然一跳一跳地疼起來。他舔舔乾迸的嘴唇問，「我的手機響了，我能接一下嗎？」

男人曖昧地笑起來。他笑的時候，頗為肉乎的鼻子卡通片裡的劊子手那樣顫抖著。「你現在還寫詩嗎？」他問。

「我能接下手機嗎？」志國說。

「你以前的詩寫的真不錯，我會背誦不少呢。」

「我接下手機好嗎？」志國問。

「讓你的淚落在我的腳趾上／讓你心室的血／流在我的靈魂上，呵呵，好詩啊，」男人朝女警察擠擠眼睛，「為什麼連詩人也變得這麼無恥啊？」

「讓我打手機成嗎？」

男人和女人對視了兩眼，「你還想聯繫小姐？」男人呵呵笑著說，「這麼晚了，小姐早他媽賣掉了。」

「劉強在這裡上班是嗎？」

女人狐疑地盯著志國，志國就說，「我和他是高中同學。」

志國又說：「我打個手機好嗎？」

男人和女人的臉色都有些不好看。很明顯他們沒有料到志國和他們的所長有這層關係。男人說：「我給你打好了。不過這麼晚了，他好像睡了吧。」

志國聽到男人的聲音在耳朵旁邊繞來繞去。他覺得自己的頭快要爆炸了。他聽不清楚那個警察在說些什麼。他只是覺得皮膚開始起那種細小而瑣碎的雞皮疙瘩。他的眼皮也在空調格外暖和的風下漸漸歙動著，恍惚中手機又焦躁不安地爆炸了。那個男人的牽強附會的笑聲和女人嬌嫩的嗓音被另外一種空曠的、曖昧的的聲音攪拌著。他最後聽到男人說：「那這事情就好辦了。我們罰點款就行了。要不我們也不會這麼生氣，他把小夏當成了小姐！還硬拉著她去陪客！是啊……今天本來是小張和小王值班，後來他們有點事，和我們換班了。誰能想到會遇到這碼事情呢。好了……好的，我知道怎麼辦。」

男人放下電話，把志國的手銬卸掉，「我們劉所長說，罰款就不用交了。他叮囑你快回家。別再喝酒了，」警察訕笑著，「他說，他不想你喝酒後再給他添亂。」

志國沒搭理他們。他攥了手機出了派出所。後來他扶著一棵梧桐樹嘔吐起來。他終於在手機再次響起的時候聽到了一個人的聲音。他聽到蘇艷冷冰冰的聲音，「你兒子有病了，住了三天醫院了，肺炎，你再不來他就死了。」

他沒有回答。他關了手機。他從來搞不明白那個叫雅力的兩歲男孩到底是不是他的兒子。蘇艷當小姐的時候很火，她那時身材苗條風騷萬種，是只盛滿了各種型號男人體液的溫暖容器。她為什麼看上了一個四十歲、有點輕度陽痿、手裡沒有幾個錢的小老闆呢？她愛他哪一點？他知道蘇艷就等著拉拉死。她堅信拉拉死了，他就可以和張秀芝離婚了。

他開始給家裡打電話，在打電話時他的手指又開始忙碌起來。他把手機夾在肩膀和頭部中間。電話是張秀芝接的。她對他模糊的口齒和顫抖的聲音沒有吃驚，「你又和那個女人在一起是吧？你到底想怎麼樣呢？你到底想要什麼呢？」她急促的喘息聲讓她自己激動起來，「要不是為了拉拉。要不是為了拉拉……」

「……」

她哽咽著說，「我今天又找蘇醫生了。他說，拉拉……拉拉……」

「……」

「拉拉……可能是過不了這個冬天。你早就盼著她死了，我知道，你是隻沒有良心的狼，餵不熟的狼。我知道。我什麼都知道。我能有什麼不知道的呢？」

「我沒力氣和妳吵架，」志國說，「我一點都不喜歡和妳吵架。」

張秀芝沉默了半晌。他知道她又在流眼淚，她的淚囊已枯萎多年，所以即便她哭時，也不會有鹹濕的液體順著鼻翼爬上嘴唇。每當他看到她悲傷的面孔，就會想起她年輕時的模樣。他還記得在農村插隊時，知青們一起割稻子，張秀芝似乎是那種天生的割稻能手。她悄悄地蹭到他身邊，挽著褲腿，露出青筋畢暴的腳丫。她那時多瘦啊，還紮著兩支小刷子。一會兒她就落他好遠，然後直起身，呼哧呼哧著朝他笑，胸脯高聳著劇烈地起伏……她笑的時候其實很醜，她從來不知道她笑的時候很醜。她從來不知道他喜歡她醜醜的樣子。

「我很累，」志國聽到她把嗓子壓地低低的，「我就快撐不住了，」她嘆息著說，「真的，我真的快撐不下去了。」

他沒吭聲，手指間的曲別針在瞬間變成了一個女孩子的頭像。他蹭著她的嘴唇。她不會說話。他多麼希望她能說點什麼。這麼想時他的眼睛濕潤了。

6

志國是在派出所旁邊的胡同口發現那個女人的。她裹著件棉大衣，在路燈斑駁的光線中靠著牆壁抽菸。她好像朝他擺了擺手，他就猶豫著走了過去，在行走過程中，這個女人的眉眼隨著光線的變幻而呈現出各種不同姿態，有那麼片刻，志國彷彿覺得他正在向很多個女人走過去，當他逼到她身邊時，他注意到她眼睛很小，嘴唇由於寒冷哆嗦著，他甚至聞到她身上淡淡的狐臭味。她掐掉香菸，一把攥住了志國的下身，「你……冷嗎？」

志國和那個女人做了很長時間。他沒料到，在派出所的隔壁就是小姐做皮肉生意的場所。他本來想把她帶給那兩個東北人，他相信他們更喜歡和一個女人玩刺激的遊戲。但是後來他改變了主意。在他脫衣服之前，那個姑娘佝僂著身體將床單裹卷著塞進沙發。他甚至沒有看清她的模樣。她褪掉他的長褲和襪子，開始親吻他胸部的幾根肋骨。「你真瘦啊，」她厚實的舌苔機械地順著小腹往下滑。他哼了一聲，開始亢奮起來。女人沒料到他如此粗暴，他從後面摟緊她，幾乎是凶狠地進入她乾燥的身體。女人似乎有些厭煩，「我不喜歡這種姿勢，我們換個別的，」她命令道，「我不喜歡像狗那樣做，真的不喜歡。」他還沒有回答女人已經像個柔道高手把他摔在床上，然後坐在了他的身體上。她好像很陶醉的樣子，她的嘴唇是紫色的。她和蘇艷多麼相像，連喜歡的做愛姿勢都同出一轍。他的手又開始不安分起來，他開始抓床單，她把他的衣服甩到哪裡去了？後來他拽到了一張報紙，這樣把報紙瑣瑣著展開時，女人的臉倒映在那些似乎蠕動著的漢字上。他覺得這個女人成了皮影戲裡那種單薄的、毫無色彩而言的木偶。她的手臂和她柔軟的大腿正被一輛卡車壓成一張皮，沒有血肉和骨骼的皮。在這只木偶越來越瘋狂的動作和技巧性的喘息聲中志國讀到了報紙上的新聞：

英特種兵遲了半步　突擊搜捕竟與拉登「擦身而過」

倫敦訊，據英國報章報導，英軍特種部隊士兵較早前突擊阿富汗南部山區一處懷疑拉登匿藏的洞穴時，竟和拉登「擦身而過」。

英國《星期日郵報》報導說，英軍空降特勤隊一小隊士兵，近日在塔利班大本營坎大哈東南部山區的洞穴與拉登的同黨爆發激烈戰鬥，有4個英軍士兵受傷。

當英軍在此次戰鬥結束並審訊戰俘的時候，才得知本・拉登，僅僅在約兩小時前離開該處。英軍相信，拉登正是在得悉該次戰鬥爆發後，才匆忙逃走的。

把報紙翻轉過來時手機響了，那個女人似乎才醒悟過來，「你有病啊？」志國看了看她的臉，「妳接著做，接著做。」女人懨懨地嘀咕了兩聲後，又開始搖晃起身體。這樣志國的眼睛又讀到了那些晃來晃去的字：

超級充氣女郎

本品由美國原裝進口。它選料獨特，仿真人如處女，具有震顫、按摩、震動、抽吸等各種功能組合，猶如身臨其境，性感刺激；設計有處女膜，震動按摩頻率可以無級調節，直到您滿意為止。將其充氣後，形象活靈活現，也可放置於房內作為一件精美的藝術品擺設，頓添室內光輝。商品重量：1KG；商品價格：¥1,680.00

他把報紙揉巴揉巴扔了，問女人：「完事了？」

他這才發現她竟然早穿好了衣服，正蜷在他腳底下打量著他。「你有病，」她安慰他說，「你該去看看心理醫生，」她好像真的在為他擔憂，「你的東西一直硬著，但它不是你自己的。你沒有快感嗎？」

「多少錢？」

「你看著給好了。」

志國開始掏錢，這時他才想起來，在酒店裡，他把所有的錢都給那個警察了，「對不起啊，我沒帶錢。」

女人問：「是嗎？」

志國說：「是啊。」

女人冷笑起來，「你有病。你是不是從精神病醫院跑出來的？」她直起身蹭到他身邊，一把揪住了他的下體，然後附著他耳朵說，「你他媽真的有病！」志國沒料到這個女人搧了他一巴掌。她竟然搧了他一巴掌。這是他第二次挨耳光，他一天中竟然挨了兩次耳光。「我沒見過你這麼不要臉的人！」她喧嚷道，「我為什麼老是碰到這麼下流的男人呢？我想過年回家！我只是想過年回家！你們連路費都不給我！」

志國相信這個女人可能患有輕度狂燥症，接下去他發現這個不可思議的女人開始搜索他的衣服，她老練的動作惹得他很不開心。當她把那個透明的水晶珠鍊從襯衣裡拽出來時，他才吼了一嗓子，「別動那個東西！聽到沒有！」

女人怔怔地瞅著他。後來笑了笑。她把那串透明的鍊子塞進了自己的襪子裡。志國裸露著身體衝過去。當這個女人的笑容還沒有結束之前，志國已經卡住了她纖細的脖頸。女人一把推搡開他，他的骨骼並沒有她那麼粗壯。她在做皮肉生意之前肯定是個優秀的拳擊手。當她的第二拳擊打在他的鼻子上時，他聞到一股濃烈的酒的香氣，他甚至相信那些優質高粱釀製的美酒正從身體的每個毛孔安靜地流出來，甚至流到了這個女人身上。這激發了他的骨骼和肌肉的協調性：當他發現女人被自己像玩具在地板上摔來摔去、一灘黑色的血黏著她淺黃色的短頭髮時，他愣了一會。他想，他只是想嚇唬嚇唬她，結果她真的被嚇唬到了。她軟綿綿的身體癱倒在自己的腳趾下，彷彿一條被剝離了脊椎的蛇。她手裡攥著那條水晶珠鍊。他不知道她什麼時候把它從她那雙香皂氣味的純棉短襪裡拿出來的。沒人會得到不屬於他自己的禮物，哪怕是條價值四元錢的地攤貨。他吹了吹鍊子上的塵土，用舌頭舔掉了上面的血跡。這是拉拉送給他的，他想，竟然有人想無恥地偷竊拉拉送給他的禮物……他踢了踢女人的屁股，女人似乎變成了一條吃了安眠藥的魚。

她再也不會撲騰了，他有點傷心地琢磨，也許，她再也不會騎在那些男人的身體上，做垂直活塞運動了。

7

他沒料到出了女人房間時，再次邂逅到那個男警察和那個女警察。也許他們發現了他，志國恍惚覺得那個男警察朝他揮了揮手，也許根本不是他們，這麼晚了情人是不會出來散步的，這個時候他們肯定正在派出所的某個房間裡做愛。也許他們什麼都沒做。誰知道呢？

志國呼口氣，他凝視著嘴巴哈出的氣息和雪的顏色一樣瘦。那兩個東北人命真大，他本來想今天晚上把這兩個五大三粗的傢伙幹掉。即使幹掉也沒有人會留意，那個黑社會模樣的傢伙其實是傻B，他們鬼使神差地路過他的城市，又鬼使神差地和他簽了一大筆生意，預付了二十萬貨款，他把他們埋進這個下雪的冬天應該是個不錯的選擇，至少不會再有小姐擔心被啤酒瓶騷擾。他已經聯絡好了街頭的幾個黑社會頭目，他甚至已經交了三萬塊訂金……可是他現在什麼都不想做了。他想，他真的什麼都不想做了，不是做不成，只是不想做，如此而已。

他打開手機，然後靠著一棵禿樹，瞇上了眼睛。他總是這麼累。一輛出租車從他身邊緩緩駛過，有人在問什麼話。他什麼都沒聽到。他什麼都不想聽。他的耳朵緊緊貼住手機的銀白色蓋子，然後，他聽到了一聲輕聲輕語的問候，「是爸爸嗎？」

他沒吭聲。女孩子的聲音毛茸茸的，「我知道是你，爸爸。」

他的眼淚流了下來。

「快回家吧，媽媽都睡著了。你覺得待在外邊比待在家裡舒服，是嗎？」

他好多年沒哭了，他聽到女兒柔弱的呼吸聲，「我愛你，爸爸，媽媽也愛你，爸爸，你也愛我們，是吧？」

他嘟囔了句什麼，這時他發覺他已經把手機關掉了。他開始搜索衣服的各個角落，後來，他總共摸到了十四枚變形曲別針，有兩枚是鐵鍬，剩下的，全是一個女孩瘦削的頭像。「我為什麼總也不能把它彎成一只玫瑰，或者一只跳芭蕾的女孩呢？」他的手指在瞬息間變得靈動起來，他命令自己的手在瞬息變成了路易士．裘德的手。他相信他的手指已經變成了路易士．裘德的手指，因為幾分鐘後那些曲別針似乎真的變成了他想像中精妙絕倫的小玩意：一隻狗、一只玫瑰，還有一個跳舞的孩子，「好了，」他想，「我就是路易士．裘德。」他嘿嘿地笑了兩聲。然後攤開手心，仔細盯著那些什麼都不像的曲別針。

後來當他把十四枚曲別針塞進嘴巴時，他使用舌頭卷了卷，那種冰涼的滋味和親吻拉拉時的滋味彷彿，更讓他略微吃驚的是，他平生第一次發現，他的牙齒如此尖銳，他以為他的牙齒已經被香菸、烈酒、豺狼一樣的生意人、女人的體液、多年前那些狗屁詩歌腐蝕得爛掉了。然而，那些曲別針，似乎真的被他的牙齒咀嚼成了類似麥芽糖一樣柔軟甜美的食物。當那些堅硬的金屬穿過他的喉嚨時，他的手指神經質地在衣服的角落搜尋。他相信，如果運氣不錯的話，當那些玫瑰、狗和單腿獨立的女孩在他的胃部瘋狂舞蹈時，他還能摸到最後一枚。他的運氣總是不錯的。

二〇〇二年一月二日

草莓冰山

1

新搬來的拐男人，天氣若是好時，總要抱著孩子去井邊玩。那是口廢井，水還旺著，水面雜生著碎葉睡蓮，有時能聽到青蛙和昆蟲的嘶鳴。孩子喜歡跪在井邊的倭瓜秧裡逮蟈蟈，蟈蟈青綠肥碩，她把蟈蟈的翅膀掰下，圓肚塞進嘴巴，然後盯著別人，老牛反芻似地咀嚼。她好像長期處於某種飢餓狀態。那個夏天，這個被男人稱為「小東西」的小女孩，時常套著條褲衩，光著胸脯，被她父親右臂攬住腰身，站在午後的大街上，張望著行人。

如果來我的商店，男人通常把小東西擱在店前的沙堆上，自己尋了凳子坐，透過玻璃晃著她。有時一個顧客也沒有，房東的狗臥在屋簷的陰影下，懨懨地啃著骨頭，而我，也沒心情翻那本偵探小說，就點支香菸，有一搭沒一搭地和他閒聊。他的瞳孔是棕色的，乙肝患者那種，得體地而機警地目視著我，點點頭，要麼含混地搖頭——類似大多數北方山區的農民，他也是個嘴拙舌笨的人。偶爾他眼神游離，去籠小東西。小東西捧著沙子，手合成沙漏，沙子便沒有聲息地流。有時她扭了頭，咿咿呀呀地和男人說話。她屬於那種說話晚的孩子，我聽不懂她嘟囔些什麼。

那個夏天暴雨連綿。我一點不喜歡夏天。下雨的時候，我也得套上雨披膠鞋，蹬著輛「金牛蛙」牌破三輪車，趕學校接孩子們。兩個男孩和一個女孩，我沒問過他們的名字，也許問過忘記了，我的記性是越來越糟了。他們都白白胖胖，是那種典型的營養過剩的孩子。跳上車後，他們大聲地吵個不停，廚房裡的蟑螂一樣放肆，即便下雨了，也龜縮在雨衣裡，堅持互相咒罵。也許，他們認為這是最愉快的功課吧。我懷疑兩個男孩都暗中喜歡女孩，這樣，他們的爭論讓我隱隱厭惡起他們的早熟。

把他們挨個送回家後，我敞開店門，等著快下班的工人，來買便宜的雜貨。「你真勤快，」男人說，「現在，像你這麼肯吃苦的小夥子，不多了。」

心情好時，我告訴他，我其實是個懶鬼，衣服生了蝨子也不洗的那種人。我現在這麼勤快，只是我想攢筆錢，「不是為了娶老婆，」我解釋說，「我需要一筆路費和生活費，我想離開這地方……」

他會盯著他女兒說，「哦。」良久才轉過頭，機械地掃掃我，再去瞥他女兒，同時喃喃著嘆息道，「哦……是這麼回事……哦。」

儘管我們是鄰居，但我很少去他家。偶一次替房東大媽收電費，才發覺他租的這兩間房子，遠不如我租的那兩間敞亮，由於是面西背東，都夏天了，還那麼陰。斑駁的牆壁上爬著肉乎乎的潮蟲，竹節蜘蛛在水缸沿編了密網，網上黏著死掉的蒼蠅和蜜蜂。我拿碗去水缸裡舀水時，碗裡游著條紅褐色的蜈蚣。

「你們這樣，會很容易生病的，」我警告他說，「你要是生不起病，最好在屋裡噴些殺蟲劑。」

「好的好的，」男人慌亂地說，「你們家……有殺蟲劑嗎？」

他借走了我的殺蟲劑，再也沒還我。他還經常來借些似乎不該借的東西，譬如糧食，「半袋就行，」他喏喏地說，「這陣子手裡緊……沒錢買米了。」除了大米和麵粉，他借過的東西還有：湯匙、壯骨麝香虎骨膏、一雙再生底的塑料拖鞋、半瓶山西老醋、一台我祖父留給我的「牡丹」牌收音機。氣溫高達三十九度的那幾天，他從我的店裡順手搬走了幾個西瓜，「你記帳吧，」他說，「等我有錢了，馬上還給你。」他說話的時候臉有些紅。我很少看到成年的男人臉紅。

「好吧。你缺什麼就拿什麼，」我說，「不過，你老婆要是回來了，別來跟我借避孕套啊。」

「好的好的，」他說，「我老婆就該來看我們了啊，」他有點得意，「你沒見過我老婆。她在城裡上班。她……很漂亮呢。就是有點黑。」

我覺得他是在撒謊。也許他根本沒老婆，沒準這個小東西也是個棄嬰，被他抱來收養的。誰知道呢？我對別人的興趣不是很大，除了那個每天從我商店門口經過的姑娘。

2

這姑娘在清水鎮的手套廠上班。她眼睛近視，總是瞇縫著眼睛騎自行車，下午六點，太陽光很柔，她還是戴著頂寬簷的白色草帽。我懷疑她上學時練過鉛球，她裙子下隱露的小腿粗壯光滑，蹬起自行車來肌肉一繃一弛。她不怎麼會打扮，有天她穿了藍蘭色花點裙子，腳上卻套著雙紅白相間的厚短襪。

「她真像匹斑馬，」我對男人說，「精神啊，真他媽精神。」

男人對我的讚美不發表意見。

「聽我說，她們家離這裡肯定很遠。信嗎？她騎自行車總是這麼快。她媽肯定在家等著她吃晚飯呢。」
男人有時候聽膩歪了，就說：「你要是喜歡人家，找個媒人介紹介紹。」
我會唏噓著問，「她漂亮呢，還是你老婆漂亮？你老婆什麼時候來看你們？」
「快了，快了。」他說，「她要是沒時間來看我們，我們就坐著火車去看她。」
後來的某個清晨，他真的帶上小東西去看他老婆了。他說他老婆在青島。我知道青島離我們這裡很遠，但是我不知道遠到何種程度。男人出門之後我曾找了張《中國地圖》，用食指比畫了比畫。北京離我們這裡是一指，青島是一指半，而我知道，北京離我們這裡足有一千里地。那天他隆重地向我辭別，並且跟我借了二百塊錢。他顯得很不好意思，「你是個好人，你放心，等我回來，我會連本帶息都還給你。」我說利息就算了，「那哪行呢？」他堅持說，「利息是肯定要付的，而且要比銀行的利息高。」他振振有辭的樣子讓我覺得他有些囉嗦。
當然，更囉嗦的好像不止這些。他猶豫片刻說：「你能再借給我雙襪子嗎？」他脫掉鞋，腳趾便從襪子裡露出來，「我……我穿著雙破襪子去看她……會被她……笑話的。她是個喜歡乾淨的女人。」
我只好又借給他兩雙襪子。我這輩子最幸運的事，應該就是碰上了這麼個好鄰居。他頗為激動地攥著兩雙襪子，想說點什麼，但也只是伸出舌頭舔了舔嘴唇。這樣，在那個夏日清晨，這隻老袋鼠，揣著小袋鼠，坐著火車去找他們的母袋鼠了。我開始後悔借給他兩百塊錢，他真要是不回來了，他的那些帳，還有我的兩雙襪子，找誰要呢？可是我想想更倒楣的是房東，那個退休的老太太根本不曉得男人走了，估計房租要泡湯了。

早晨、中午和晚上，我還是定時定點接送三個孩子。只不過那個箍著牙齒矯正器、本來就患小孩好動症的男孩，創造了一個危險性遊戲：他讓另外兩個孩子按住他的腳踝和大腿，上半身倒仰著，像一扇被剖了胸膛的豬肉，從三輪車裡驕傲地攤出去，同時他的胳膊模仿著各種動物的舞蹈動作。為了他這個高難度的遊戲，我被十字路口的交通警察罰了十塊錢。之後我就把這孩子的活兒給辭了。傍晚時，斑馬姑娘仍要路過我的店鋪，不過她從沒瞥過我半眼。我想我的好日子什麼時候才來呢。我總是對我自己說，我要離開這個小縣城了。我要離開這個窮地方，去城裡走走。我一身的腱子肉，怎麼都不會餓死，我的理想是到城裡的工地上做個建築工人，開著吊車運鋼筋和水泥板，要是做不成建築工人，我就去當演員。我長的比我們縣的那個男播音員強多了。演員做不成，我就去唱歌。我的嗓門比電視裡那些唱美聲的胖子們還亮。當然，如果連歌手也做不成，那麼，我想，在餓死之前，我就再回到清水鎮。

3

我沒料到半個月後，男人就帶著小東西回來了。看來他確實交了好運氣，腰板挺得直直的，那支椿木拐杖換成了不鏽鋼的，雖然剛下火車不久，還能瞧出來頭髮是打了髮膠的。小東西鼴鼠似地尾隨他身後，穿著雙花藜胡哨的新涼鞋。遠遠地他和我打著招呼。他還了我的二百塊錢，並且執意付我十塊錢的利息。「你不能不要，不要就是看不起我們。」他說話時使用了「我們」這個詞，說明他好像真的找到了他的老婆。看來他老婆在城裡混得不錯。

使我驚奇地是，小東西說話突然清晰了許多。她坐在沙子上，摳著自己的新涼鞋，說：

「草莓……冰……山。」

「草莓」兩個字她說的無比清脆。草莓冰山？大概是一種冷飲的名字了。

「你老婆好嗎？」

「好的，好的，」男人說，「就是瘦了。」

他說話時沒什麼表情，眼睛愣愣地盯著小東西，小東西吮吸著手指說，

「草莓……冰……山。」

她的瞳孔在烈日下保持一種貪婪的淡黃色。她好像胖了點，頭髮黑了點，她還換了條新裙

子。這些好像都是情理之中的事情。另外她多了個新玩具，一頭毛茸茸的狗熊。她把狗熊抱在懷裡，時不時伸出柔軟的舌頭，咬它的圓鼻子。她好像已經學會了如何親吻別人。

男人手裡有了錢，便很少來我店裡閒坐，他比以前更為沉悶。隔三差五來店裡回，買一塊五一袋的東北三寶酒。這酒是用人參、枸杞泡製的糧食酒，喝起來就跟用刀子割喉嚨似的，剛喝下去沒酒勁，過半個時辰胃裡就像倒了瓶硫酸。「你少喝點，小心胃潰瘍。」男人不回答，只是用手點著零錢。

「我要去看我老婆了。」半個月後他說，「小東西想她媽了。她想吃草莓冰山了，她連做夢都舔舌頭。」

這次他沒和我借錢，他租了輛夏利，直接把他們送到百里之外的火車站。我幫他把一個破行李塞進出租車的後備箱，又把從小東西手裡掉下的狗熊撿起來給她。她蜷在男人的懷裡，小的像隻早產的貓。「一路順風啊！」我對他們父女倆大聲地嚷嚷。

他們是十天後返回的。如果沒有記錯，這次和上次沒什麼明顯區別。只不過小東西的狗熊不見了，懷裡緊緊地摟著天線寶寶和櫻桃小丸子。她頭上戴著維吾爾族的花帽子，很多支假辮子將她的額頭襯托的小了些。她好像還認識我。

4

這個燥熱的夏天，青島變成了我最熟悉的城市。當然，他們頻繁的旅行並沒有讓我對青島這座城市了解得更多。我想像著他們一家三口在街心花園散步，想像著他們一起到冷飲店吃冰激淩，到燒烤店吃烤魷魚和烤蠶蛹，或者到海邊逮海鷗，我對城市的嚮往便會更強烈。我已經做好準備，等明年開春後，也像我的鄰居那樣，坐著火車，去城裡看看。我長這麼大，還沒坐過火車。

我對男人的老婆沒好印象，每次都是男人拖著瘸腿和小東西去看望她，她卻一次不回來。男人很少提及她，即便提及，也只是概括性的描述，譬如，「她漂亮著呢」，「她有點黑」，「她喜歡吃椰子」，「她抽菸」，「她帶小東西去吃漢堡包」，「她信佛的」，諸如此類模糊而又高度抽象的話。隨著頻繁的青島之旅，男人的脾氣暴躁起來，也許，是對女人的想念讓他有些焦躁？有天早晨我聽到隔壁摔盤子的響動聲，接著小東西纖細的哭聲尖銳起來。我過去的時候他正朝著小東西叫嚷：

「吃吃吃！吃屎啊妳！妳除了吃還會幹什麼！」

看到我他就噤了聲。我把小東西抱起來，她嚶嚶地抽泣，排骨胸脯小心起伏著，我聽到她說：

「媽姆，我吃冰山……媽姆……媽姆……媽姆……」

我抱她出了屋子，給了她支草莓雪糕。在日頭底下，我發現她的胳膊上全是淤傷，紅一塊紫一塊的。一定是男人動手打她了，而且不是那種簡單明瞭的毆打，是用手指掐的。這種打孩子的方式明顯是女人式的惡毒。我不由憤怒起來。男人坐在門檻上抽菸，我對他破口大罵的過程中，他比啞巴還啞巴，最後我威脅他說：

「你要是再打小東西，就把從我店裡賒的帳全還了！媽的！把我的收音機也還我！」

他的頭快要埋進褲襠裡。後來他真就把頭埋到褲襠裡了。

我的警告和勸阻並沒有發揮多大作用，我仍常聽到他咒罵小東西。興許他是個好面子的男人，儘量把聲音壓的很低，可歇斯底里的咒罵聲仍不可避免地通過劣質牆板清晰地傳過來。他掌握的髒話有限，他的吼叫聲顯得陳舊而缺乏新意，「賤貨！婊子養的賤貨！」「吃妳媽個X！妳媽早把妳忘了！」這些言辭經常在深夜伴隨著小東西尖利的哭聲，在我的房間裡蜜蜂似地顫抖著「嗡嗡」亂飛。

他和我的關係淡薄起來。很少來我店裡閒逛，甚至也不來借東西。我倒覺得這樣有些不妥。那個斑馬姑娘也有陣子沒從門口經過了，我很少看到她戴著性感的墨鏡和帽子，海豚一樣遊過我的眼睛。我懷念起她粗壯大腿的同時，對鄰居的歉意也萌生出來，有天我買了隻南京板鴨，給小東西送過去。在門口，小東西正獨自玩。她拿了把破工具刀，割櫻桃小丸子。她已經把櫻桃小丸子的肚子剖開了，撕扯著肚子裡柔軟細瑣的海綿。

「叫叔叔。」

她面無表情地乜斜我一眼，繼續去割櫻桃小丸子的脖子。然後她一把就將櫻桃小丸子的腦袋擰了下來。

「叫叔叔啊。」

她盯著我，半晌才緩緩地、一個字一個字地說：

「賤……貨……婊……子……」

「妳說什麼？叫叔叔啊，叔叔給妳鴨子吃。」

她用手撕扯著海綿，盯著地面上自己的影子說：

「賤……貨……婊……子……」

那隻鴨子被我自己吃掉了。我對鄰居的態度恢復了那種鄙夷的狀態。這個猥瑣的傢伙，什麼時候搬走呢？

5

男人的脾氣寬裕的同時，手裡的錢似乎也寬裕起來。我記得有個喜歡寫黃色小說的作家說，殘疾人的性生活是值得祝福和懷疑的。但男人只拐了條腿而已，有些事情他肯定比我做得更好。從第一個陌生女人踏進他們的廂房，陸續有些日子了。我很納悶男人是如何聯繫到這些廉價夜鶯的。

這些鳥都長著鮮豔的羽毛。有時她們順便來我的商店裡買東西，譬如香菸或者汽水，還有個女人問我店裡賣不賣避孕套，而且要那種雙層加厚外帶水果味的避孕套。我喜歡盯著她們看。我看不出她們的年齡，在夜晚不太明亮的光線下，她們的臉型和眼睛都差不多，我只是恍惚到一張張紅潤的嘴唇散發出蘋果糜爛的香氣。通過她們的口音我才敢斷定，她們並非是同一個人，而是很多的人，或者說，是很多隻賣肉的鳥。我想男人是瘋了，不是他瘋了就是這些女人瘋了。

男人遇到這種情況，會把小東西支到我的店裡。我們就坐在板凳上看電視。她喜歡爬到我的腿上，雙臂吊著我的脖子打鞦韆。電視裡通常放映著一些清宮戲，我看不太懂，孩子也沒有興趣。有時候看著看著，我們的眼睛就互相對視，我朝她笑笑，她只是望著我，臉上肌肉僵硬。她的眼睛越來越大，深陷的眼窩像投到屏幕上的黯影。實在沒意思，她換上我的大拖鞋，在屋子裡跳格子。跳著跳著她就發呆，盯著身後的格子動也不動，我在她木偶般晃動的影子裡，時常聽到隔壁的叫聲。我知道那是什麼聲音，我感覺到我體內的一些不安分的因素在萌動，我真想拿把鐮刀搧了這男人。小東西什麼都不懂，玩得膩了，就爬上我的床睡覺。她從不和我說話。她睡覺的時候眼睛是半睜著的，我總是懷疑她其實是醒著的。我甚至懷疑她什麼都懂，和大人一樣懂。她只是患了自閉症。

我去他們家拿我的撲克牌的那個晚上，月光很白。男人這段迷上了占卜，白天的時候經常和房東大媽用撲克算卦。門虛掩著，我挑開門簾，然後我看到了另外一些我意料外的事情。沒開燈的屋子被月光映得很亮，男人的身體像尾草魚撲騰著，同時伴隨著嘩啦嘩啦的水聲。女人的喘息聲並不明顯，細細的，從喉嚨裡一絲一絲擠出來。男人嘴裡不時冒出一兩句髒話，惡狠狠地，牙齒似乎都咬碎了。他們並沒有發現我。

我突然想撒尿。我覺得我必須撒泡尿。我轉身逃離房間時，腳底下似乎絆到了什麼東西，我以為是凳子，小心著用手去扶，然後，我摸到了一隻溫軟的小手。是小東西。我蹲下身時幾乎要踩到她。原來她就蹲在牆跟下。我看不清她的臉，我只是摸到了她的頭髮，水淋淋的，後來我摸到了她的眼睛，也是水淋淋的。我把她抱在懷裡，她的身體一直哆嗦著。好像很冷。

在我的房間裡她也不說話。她只是瞪著一雙眼睛。我等著男人做完事後把她抱走。她在我懷裡一直哆嗦著。我真怕她就那麼著死了。

6

好歹天氣爽了。是一下子爽起來了。除了接孩子們上學放學，開商店，我在一家「愛心服務中心」接了份新活：就是用那種堅硬的麻花鋼絲，通上電源，幫居民樓的住戶通堵塞的下水道。我還算喜歡這工作，鋼絲在「隆隆」地躁響中鑽進黑暗中的洞穴，下水道就汩汩湧出淤泥、頭髮、糜爛的避孕套和香菸頭。這種連軸轉的狀態讓我沒時間去琢磨別人的事情，我甚至淡忘了斑馬姑娘。我很少在吃飯時扒著櫃檯等她下班。晚上也通常早早睡了。我的夢很髒。有天我夢到和女人做愛。令我焦急不安的是，我看不清女人的面孔，只是和一雙修長飽滿的大腿糾纏，這讓我口乾舌燥。在一陣麻冷的湧射中我突然驚醒過來。原來有人敲門。

是個女人。店裡有些黑，看不清模樣。她在食品架上搜尋著，最後懷裡堆得滿滿的，湊到白熾燈泡下問，「你……有雪糕嗎？」

她要了兩支草莓味的雪糕。她說話的聲音有些奇怪，很明顯是蒙山一帶的，有些艮，可不是純正的蒙山話，她的舌頭似乎打了卷。付了錢後她沒著急走，而是從身上摸索出盒香菸，抽出一根，在掌心戳了戳，皺著眉頭說，「哥們，借個火。」我遞過去，她劃了兩根才點著，點著後她猛吸了兩口，煙霧從鼻孔裡徐徐地噴出。然後她走開了。我這才看清，她穿著一件勒腰的網衫，銀白色的，後面露出一大片浮白。

第二天，我在房東的院子裡看到了她。房東的院子裡栽了好些向日葵，剛爆出黃色的花盤，房東的孫女和小東西圍著那口井追逐，她和房東，就站在一排向日葵下，抱著胳膊說話。後來房東進了屋，她就把小東西招呼過去，在井沿邊坐了，唱歌。說實話，她長得還沒有斑馬姑娘漂亮，皮膚黑，眼窩凹陷，個子矮矮的。她唱的歌我沒聽懂，大概是另外一種方言了。聲音也有些沙啞，像是遲鈍的玻璃刀滑過石灰牆壁。

如果我沒猜錯，她應該就是隔壁男人的老婆了。

我沒想到，晚上的時候，男人拎著兩瓶酒過來。他有陣子沒和我交往了。他扔了拐杖，拖著條腿自己尋了兩只瓷碗，把酒倒滿了。「我老婆回來了，」他的眼睛像快要熄滅的菸頭，輕輕一吸就忽閃著明滅，「她……來看我們了，」他小心著咳嗽兩聲，把碗端平，「今天我請客，喝吧。」那個晚上，我們把他老婆從青島帶回來的兩瓶洋酒喝個精光，我們的舌頭都大了起來，他是何時哭起來的？我也記不清楚。他哭的樣子有些奇怪。他蜷縮在牆角，雙臂緊緊地箍著他的瘸腿，肩膀一顫一顫，偶爾他抬起腦袋，捏著發紅的鼻子擤鼻涕。擤完鼻涕，就把手在鞋幫上蹭蹭，埋了頭繼續哭。我勸他快去睡覺，他半晌盯著我說，「她明天就走了，」他說，「她都不讓我碰她……」

我說也許是旅途勞累沒有心思吧。男人晃著頭說不是，「你不知道……你怎麼會知道呢……她是我花了兩萬塊錢，從一個南方侉子手裡買來的，」他伸出食指和中指，搖了搖，「兩萬塊啊……兩萬塊。我這輩子就攢了兩萬塊……生完小東西……她就不讓我碰她，跑城裡打工了。」我說她在城裡混得不錯。男人哭的聲音愈發大起來，「我擔心她再也不會回來了……她連中國話都說不好……她總也記不住我們村子的名字……我真怕哪天把她丟了……你說我們爺倆要是把她丟了，我們活著還有什麼意思呢？可我恨她……我找女人是因為我越來越恨她……」

我想他真的喝多了。我也喝多了。酒喝多了，眼裡看到的東西就破碎起來，聲音也會變得破碎起來。我把他攙扶到他家。屋子裡的燈還亮著，他老婆懷裡抱著小東西，似乎就那麼著睡了。

7

女人是第二天早晨走的。她拽著一個碩大的皮箱拱進汽車。太陽還沒出，天空很乾淨，街上飄著起豬圈的糞味。男人抱著小東西站在門口，不住地朝汽車擺手。小東西好像還沒睡醒，頭顱枕著男人的肩膀，閉著長睫毛，手裡抓著一只長頸鹿玩具。隨著男人大幅度地擺手，長頸鹿一蕩一蕩地，磕著男人的腰。

我是越來越不喜歡這個小鎮了。我已經攢了八千塊錢，準備隨時離開。我辭退了接送孩子的鐘點工。兩個孩子的父母為我的行為很惋惜，他們叮囑我要是重操舊業，一定先想著聯繫他們。「愛心服務中心」的活我還接著，和在商店裡日復一日地站櫃檯相比，我更喜歡接觸那些不同的面孔。盯著黑色的汙垢從下水道流淌出來，我會暫時忘記斑馬姑娘和我的鄰居。

女人回了青島後，天氣若是好時，男人總要抱著小東西來商店裡坐坐。女孩對門前的那堆沙子失去了興趣，她更喜歡鑽進草叢逮昆蟲。她把逮到的螞蚱、瓢蟲、金鈴子和螳螂關進一個玻璃瓶子，然後搬了凳子，和她父親並排坐著，看著路上不多的行人。他們彷彿兩隻布滿灰塵的玩偶，在太陽底下曝晒著，我隱約能聽到他們的骨骼「劈啪劈啪」著輕響。有時我出去了，便讓他們父女倆幫忙看著商店。他們對售賣商品很感興趣，尤其是小東西，最喜歡從貨架上拿東西。作為回報，我允許她隨便吃冰箱裡的雪糕和冰激淩。她和他父親一樣不愛說話，和她講話時，她只點頭或搖頭，也許她真的變成一個啞巴了。

他們是在秋天搬走的。他們的行李不多，總共裝了兩個纖維袋。男人僱了一個人，幫忙送到汽車站。女孩拖著件過膝的黃毛衣，像是新的，手裡攥著幾件骯髒的玩具。男人把借我的東西統統還了回來，再生底的拖鞋、「牡丹」牌收音機，包括一瓶快用完的「槍手殺蟲靈」。還這些零碎的東西時他沒說話，只是撅著屁股，一件一件整齊地擺到地板上。

「我們要走了。去青島。」他說，「小東西大了，我一個人哄不了，」他遞給我支香菸，「你放心吧，我們找到她媽後，就在郊區找處房子。」他拍拍我的肩膀說，「你哪天要是來青島，記得到我們家喝酒。」後來他熱忱地握住我的手，似乎想說些什麼。後來他真的說了，「你別追那個斑馬姑娘……」他的聲音很小，「……你不知道，我和她睡過，很便宜的，她只要了五十塊錢。這樣的女人，怎麼能做老婆？」

我沒說話。我的胃裡很不舒服。我輕輕掐了掐小東西的臉，「和叔叔說再見。」男人對我的反應似乎有些尷尬，他咳嗽了兩聲繼續念叨，「是她主動的……不是我……我知道你喜歡她的。」

小東西走過來，把玩具扔到地上，猶豫了片刻，然後，掐了掐我的臉。她的手指還是那麼瘦。

「叫叔叔。」

她的指尖滑過我的耳朵、鼻尖，臉頰。

「叫叔叔。叔叔給糖吃。乖哦。」

她的指尖再次滑我的臉頰、鼻尖，耳朵。後來她的手指蹭著我的耳蝸。她的手指在我的耳蝸處停了十三秒。我想我以後再也看不到她了。

「和叔叔說再見吧。」

她轉身離開我。一句話都沒說。後來她又走過來，摟著我的鼻子親了下。也許，她把我當成她的狗熊玩具了。

8

他們走後，我再也沒有他們的音訊。秋天很冷，我不知道他們在青島混得如何。男人能做些什麼呢，好像是個笨拙的人，不會修電器，不會修鐘錶，也不會像盲人那樣走街串巷替人算卦，單靠女人，應該也不容易的。我做好了隨時準備走的打算。我對斑馬姑娘也不抱什麼想法了，也許，我根本就從沒對她抱過什麼想法。我不相信她是那樣的人，打死我也不信，那只是男人意淫而已。她怎麼會看上他呢？即便他給她五十塊錢。我最後一次見到斑馬姑娘是一個午後。皮膚黝黑的卷髮小夥來我店買香菸，還沒來得及找零錢就走了。我追出去，然後，我看到斑馬姑娘正跨在一輛金城摩托車上等他。斑馬姑娘抱著他的腰，和摩托車一起消失了。都是無所謂的事情。我學會了喝悶酒，喝得暈乎乎了，就貓進被窩睡覺。對於即將到來的冬天，沒有什麼比睡個暖和覺，做個春夢還重要的事。那天接到陌生人電話時，我已喝得頭有些炸疼。我拿著電話揉眼眶。

是個女的，聲音很急促。

「告訴小東西她爸，我出事了……他們送我回緬甸。讓他小心，別讓小東西到井邊玩！」

女人嗚咽的聲音淹沒了一切。電話很快掛斷。我覺得事情蹊蹺，按來電顯示的號碼打了回去。我聽到有人問，你好，這裡是青島XX公安分局，請問找誰？我說我找剛才那個打電話的女的。那邊沉默了會兒問：「你是她男人？」我說不是，我是他們鄰居。那邊「哦」了聲說，「那你找一下你鄰居，讓他接電話」，我說他們搬走了。那邊說：「哦。那就沒辦法了。他老婆在這裡賣淫，被我們的人抓了，查她身分證，她說沒有。後來被我們查出，她是緬甸人，幾年前，被人從雲南邊境拐騙過來，賣給了一個山區的農民。她連男人是哪個鎮哪個村的都不知道，除了蒙山話，她既不會寫漢字也不會說普通話。你把她男人的地址告訴我們好嗎？」

我說我也不知道。我只知道他是蒙山縣的，幾個月前，他就帶著孩子去青島找他老婆了，他們沒找到她嗎？那邊顯得有些不耐煩，我說我能再和她說兩句話嗎？後來我再次聽到她的聲音，她只是哆嗦著說，

「別讓小東西去井邊玩，會掉到井裡的……會淹死的……別讓小東西去井邊玩啊，掉到井裡……淹死的……」

電話裡傳出爭吵的聲音，電話也在嘈雜的哭聲和尖叫聲中掛斷。我握著電話有些懵懂。男人早就去了青島，難道他沒找到他老婆嗎？他老婆怎麼知道我的電話號碼呢？我後悔沒問得清楚一些。我再次掛電話過去，那邊，已經沒人接了。

9

那年冬天我終於離開了小鎮。我沒心情再等下去，再這麼窩著，恐怕一轉眼，我就老死在小鎮了。我去了北京，是坐火車去的。是慢車，每過半個小時，火車就哐噹著在不知名的小站卡住三兩分鐘。小站會湧上些像我這樣的年輕人，扛著行李，靠著車廂的廁所門猛勁抽菸。

由於是冬天，大部分建築工地都停工了。我的一身腱子肉並沒有給我帶來意料中的好運。

我曾經去一家影視公司推銷自己。這家影視公司在地下二層的一間倉庫裡。他們盯著我亂糟糟的頭髮、乾裂的皮鞋和軍大衣，似乎有些憂傷。也許，他們這輩子，還沒碰到過我這麼醜陋的民工。他們不清楚，我其實連個民工都不是。那個冬天，北京下了無數場大雪，北京在我印象中，一直是臃腫的，銀白的，冰冷和綿軟的，像一盤碩大的冰激凌。我的錢很快花乾淨了，在餓死之前，我想我最好還是離開這裡，去別的地方。

那天我在木樨園地鐵入口看到個拐子，正坐著乞討。我知道他不是我的鄰居，他身邊沒有小東西，而且，這個乞討者比我的鄰居多才多藝，他彈著把吉他唱歌。我遠遠地瞥了他眼，撮著手在附近轉悠。後來我發現了家冷飲店。原來冬天也是可以吃冷飲的。我鑽進去，找了位子坐下，「給我來份……草莓冰山吧，」我說，「有嗎？」

「先生，請您先付錢。」服務員是個可愛的姑娘，戴著頂聖誕老人的紅帽子，圓圓的鼻子讓人感覺很溫暖。

我把玩著塑料杓，盯著桌子上的食品。所謂的草莓冰山，也只是冰激凌上澆了些草莓汁而已。我舀了大大的一杓，目視著玻璃窗外流離的車輛和寒冬夜行人，塞進嘴巴，然後捲動舌苔，大口大口地、機械地咀嚼起來。

二〇〇三年五月三日

在雲落

1

那年春天格外的漫長。清晨六點半，和慧準時按響我家的門鈴，門鈴聲和賣牛奶、灌煤氣的吆喝聲此起彼伏。通常鈴聲第五遍響起，我才趿拉著鞋睡眼惺忪地去開門。和慧總是嘟囔著説，豬啊睡吧，豬啊睡吧，再睡就出欄了……我摸摸她箍在頭皮上的短髮，然後繼續昏睡。那個春天，我的睡眠保持在十二個小時左右。也許，對一個無所事事的男人來説，睡眠是最得體最省錢的休閒方式了。等我九點鐘起床，和慧已煮好黑米粥。毫無疑問她是個烹飪天才。當我嚼著黑米粥裡的百合、桂圓和枸杞，我便恍惚覺得，漫長的一天有頓甜美的早餐是多幸運的事。

如果不出意外，此時和慧差不多能看完兩部電影。那些碟片零零散散堆在客廳，我不清楚她怎麼就挑選了埃里克·侯麥。對於她這個年齡的孩子來説，侯麥的片子難免過於沉悶晦澀。

當她把《克萊爾的膝蓋》、《飛行員的妻子》和《我女朋友的男朋友》看完，我極力向她推薦岩井俊二和佩德羅．阿爾莫多瓦。在我看來，憂鬱和狂歡的敘事可能更對她的口味。可是她皺著眉頭反問道：「這個導演，一輩子只拍了這幾部片子嗎？」這樣，她又看了「四季」系列和「道德」系列。和我想像中不同，她說她最喜歡的是《冬天的故事》。我不知道她為何這樣說。她應該更喜歡《秋天的故事》。裡面有一座迷人的葡萄莊園。

她的頭髮比我剛搬來時長了，黑了。我記得冬天時她戴頂黑色雷鋒帽，就像剛下火車的東北人，渾身籠罩著針葉林帶的沼沼寒氣。如果不看她的眼，你肯定以為這是個孤僻的男孩。我上一次見到她，她還是嗷嗷待哺的嬰兒，整天蜷在姑媽懷裡嘬奶。當她猶豫著把帽子摘掉，我發現她剃了光頭……到了春天，她的頭髮才根根聳立，毛扎扎猶如初生刺蝟的氈棘。「別碰，」當我忍不住伸手摸時她警告我：「爪子拿開，小心本姑娘瓦卒你。」

她總稱自己為「本姑娘」。

我懷疑用不了多久，她就把我的一千多張碟片看完了。從北京搬到這個叫雲落的地方，除了這些碟片和幾件衣物，我什麼都沒帶。不是不想帶，而是壓根沒什麼可帶的。北京住了八年，除了乾燥性鼻炎、胃潰瘍、慢性咽炎、頸椎增生和幾任女友，我最大的收穫就是這些電影了。當然，這和我的職業有關。我在一座大學教授影視寫作。當了幾年講師後，我的失眠症越來越嚴重。剛開始我並沒在意，等到最後連大劑量的安眠藥都無法讓我的雙眼閉闔時，我辭掉了工作，來到了這座小時曾客居過的沿海縣城。在我印象中，這裡的空氣終年是那種海蠣子味的糊腥氣，既催情又曖昧。夏天遍地都是粉紅單瓣的大麗花，粗茂的花蕊棲著小蜂鳥，牠們的灰羽翼撲滿了花粉顆粒。我是冬天搬來的，讓我遺憾的是，這裡的冬天和北京的冬天沒有區別：天空猶如一條風乾的巨型水母，傘帽罩住陸地上所有的樹木、河流、人畜以及它們的影子，只有它的觸手變成雪霰時，雲落才在午夜變得明亮、溫潤。你能聽到植物的根莖在靜穆地呼吸。

還好，我的失眠症到這兒不久就不治而癒。來時我帶了兩部還沒剪的紀錄片，一部《戀曲》，一部《我十八歲時也打過老虎》。我先剪的《戀曲》。讓我意外的是，每晚剪兩個小時的片子後我就哈欠連天。我再也用不著大把大把地吞食藥片了。那些曾經離我遠去的甜蜜夜晚，現在以一種慷慨饋贈的方式還給了我，讓我在這座並不熟稔的縣城裡獨自享受著黑夜重又帶來的榮耀。

2

「哥你發現沒？」和慧皺著眉頭問我，「侯麥的電影裡，人們總是不停地說話。」

「是啊，」我想了想，「那是他們心裡的祕密太多了。」

和慧不屑地撇撇嘴，然後跟我下五子棋。我們的規矩是下五盤，五打三勝。多數情況下，我們只要三盤就結束了棋局——我一盤也贏不了。「妳應該找位老師學圍棋，」我說，「這種小兒科的遊戲太浪費妳的天賦了。」

「好吧，等我的病好了，我就拜個師父。聽說縣委有個姓張的祕書，曾經贏過馬曉春。」

她得了再障性貧血。我來這兒之前，她剛在北京紫竹潭醫院做完入倉手術。據說她被關進無菌倉裡待了二十八天。她身體裡的白細胞都被殺死了，然後醫生往她的血液裡注入兔子的細胞，讓它們形成新的抗體。她曾跟我說過在無菌倉裡的事。她帶了一本《心經》和一台收音機。《心經》是姑媽送她的。姑媽在她得病後就成了一名居士，每日燒香拜佛。和慧白天讀經書，晚上聽午夜談心節目。她說她最喜歡一個叫馬克的男主持人，他總是勸導那些丈夫出軌的女人學會忍耐，這是讓她失望的地方，可是他的聲音就像「春夜裡的黃鶯」，這樣，馬克又成了一個可以讓她忍耐的男人。

「妳的意思是，這個男主播的聲音很娘？」

「喊，」她白我一眼，「你怎麼這麼損啊？我是說，他的聲音老讓我想起雲落鎮的春天。河呀蘆葦呀翠鳥呀什麼的……還有七星瓢蟲。」

「妳……有沒有喜歡上他？」

「怎麼可能呢？本姑娘心靜如水。佛曰，無罣礙故，無有恐怖，遠離顛倒夢想，究竟涅槃。哎，你這種沒有慧根的人，跟你說你也聽不明白。」

下完五子棋，我們就都不知道要幹些什麼了。有時我們手挽手去街上逛逛。姑媽叮囑過我，和慧最怕感冒。通常我們只從住所溜達到一家叫「司馬川造型室」的理髮店，然後開始返回。她看上去一點都不像個病人，我們都相信，她體內真的形成一種全新的白細胞了：猶如上帝重新創造了萬物。

「等我痊癒了，我就沒空陪你了，」她總是怏怏地說，「我要去讀高中了。可是你怎麼辦啊？誰來照顧你？」

大抵她把我當成了她的弟弟或者她未來的兒子。除了給我做早餐，還學會了用雙桶洗衣機洗衣服。她最喜歡沒事了，光著腳躺在客廳的地毯上晒太陽。那塊地毯是我一個學生從新疆克孜勒蘇柯爾克孜自治州帶回來的，上面繡著紫葡萄和肥綠的葉子。她穿件絳紫色的毛衣蜷縮在上面，彷彿就是纏繞的枝蔓間一粒飽滿的果實。她的臉在初春陽光下依然是沒有任何血色的瓷白。有時我給睡著的她悄悄蓋上塊毛毯，然後抽著菸，凝望她嘴唇上面細細的絨毛。

「我都二十七八了，不用妳這個小毛孩操心，」我安慰她，「況且，沒準哪天我就撤了。」「去哪兒啊？」她急急地問，「還要回北京嗎？」我點點頭。她撇著嘴說：「嘁，北京有什麼好的？就是個巨大的墳場。」

我不清楚為什麼北京在她眼裡會是個巨大的墳場，我斟酌著說：「不一定回北京啊……我有個導演朋友，帶著孩子老婆去湘西養雞。他們的房子蓋在一棵大榕樹上，沒有屋頂，晚上一睜眼，就能瞧到滿天的螢火蟲。」

她不吭聲了。她的嘴唇若是抿起來，上帝都別想撬開。

見到那個男人時我跟和慧都有些吃驚。這是我第一次見到我的鄰居。從搬到這兒開始，我對面的這家住戶一直靜悄悄的，彷彿他們從來都不用外出上班、採購和散步。只有深夜，我常常聽到樓道裡傳來若有若無的腳步聲，接著是窸窸窣窣用鑰匙開門的聲響。而這次，我跟和慧看到一個男人正扶著防盜門嘔吐。樓道裡很靜，我倆默然地盯著他佝僂著腰起伏，每當他稍稍直起腰身，湧噴就無可抑制地重來一次。到了最後他不得不緩緩蹲蹴下去，兩隻青筋暴起的手顫抖著抵住防盜門。

「你沒事吧？」我忍不住問，「你稍等，我去給你倒杯水。」

男人這才扭過頭看我。這是張雖然痛苦卻仍顯英朗的臉。「不用，謝謝你。真的不用了。」他重重地擺擺手，剛想說什麼馬上又緊緊扼住喉嚨，片刻才慢吞吞道：「這樣蹲會兒……就好了，就好了……」他說的是純正的雲落方言，「真不好意思，讓你們見笑了，」他擠出一個微笑，然後自嘲似地說，「可是，誰沒喝多的時候呢，對吧哥們？」

我跟和慧進屋，和慧去拿紙巾，我去倒水。等我們出來男人已然不見了。樓道裡除了那堆難聞的嘔吐物空無一人，只有陽光從北面的窗欞隱約著篩進，溫吞地覆著爆皮的、醬紫色的樓梯扶手。「為什麼男人喝酒非得要喝吐？」和慧躺在沙發裡喝著橙汁，「我爸有時也這樣，恨不得連心肝肺都吐出來。」她把橘子皮撕成一小綹一小綹，隨機扔在沙發靠背上、電視櫃旁的角落，要麼將橘子皮汁水擠泚到書頁上。她說，這樣的話房間的每個縫隙就全是橘子味兒，毫無疑問，天然的橘子味兒是世上最迷人的氣味，在這樣的氣味裡躺在床上看一本同樣散發著橘子味的書，就是人生最大的樂趣了。

這孩子喜歡使用諸如「世界」、「人生」、「美好」等一干詞，彷彿這些辭彙一旦從她嘴裡說出來，她就真的享受到了美好的世界和人生。

「哥，你喝醉過嗎？」和慧問，「你喝醉了是不是也這樣丟人？」

我盯著這個女孩。她的瞳孔是淺棕色的，瞳孔與眼白的邊界有些模糊，像是海與天沒有清晰的、大刀闊斧的界限。這讓她看上去總是副混沌、茫然甚至蔑視的神情。「我當然喝多過。每個男人都喝多過，」我一本正經地說，「沒醉過的男人，是沒有夢想的男人。」

和慧「咯咯」地笑，連肩胛骨都抖起來。

這個晚上，我接到了仲春的電話。說實話，我未曾料到她給我打電話。她說，她下個月要結婚了，結婚前她想見我一面。我告訴她，我離開北京有段時間了。她沉默了會兒，然後問我到底在哪兒？當我猶豫著告訴她在一個叫雲落的縣城時，她馬上以慣常那種不容置疑的口吻說：「把地址發過來。這個禮拜六我去看你。」

3

我和仲春是去年秋天分的手。我們分得很乾脆，大有老死不相往來之勢。分手的原因也簡單：她堅信我有了外遇。我極力辯駁，但屁事不管。她是那種認死理的人，光認死理也罷，問題在於她自以為智商比朱蒂·福斯特還高。也許真的是吧？從合肥一家娛樂小報跳槽到上海某家大媒體，她只花了四年時間就混成新聞部主任。我們見面是在一次酒會上。我曾經的導師、現在的系主任經常帶我參加這種文化人的酒會。在酒會上你會遇到很多這輩子你再也遇不到的人。我總是保持著一個年輕人應有的禮貌和謙卑，只有離開時才有種沖完馬桶的快感。那天我一直感覺有人盯著我，可我不清楚那人是誰。這讓我很不舒服，也讓我有點小小的得意。

七天後我的導師告訴我，他的摯友，某國駐華使館夫人想給我介紹女友。「你也老大不小了，」他說話時並沒瞅我，而是盯著牆上的一幅海報，「伍迪·艾倫不是說過嘛，善是一種被動的美德。結婚也一樣。」我知道這句話肯定不是伍迪·艾倫說的。我的導師喜歡杜撰名人名言。他喜歡把自己腐朽的人生箴言套上華美的外衣，就像蔡明亮總喜歡用那種乏味的、黏稠的長鏡頭一樣。

這個女人就是仲春。我們談婚論嫁是兩個月之後的事。矛盾也出在這兒：她想結婚，而我不想結婚。她可能是這輩子最適合我的女人。她把工作從上海調到了北京，甘願從新聞部主任退居駐京記者站的記者。對她而言這是不小的犧牲。她總認為自己走的每一步都是最好的那一步。她先勸導我，不能再拍紀錄片了，拍紀錄片的過程就是一個破產的過程。那時我拍了四部紀錄片，有一部是關於衛星發射殘骸的問題。因為這部片子，我被某部門請喝過下午茶。新拍的這部《戀曲》是我用了一年時間，跟蹤拍攝的夜總會「公主」的私生活。「你過了憤怒的年齡了，」她看著我，「我們馬上就老了。現在的人，不是閒得像寵物，就是忙得跟牲口一樣。

我們要爭取當牲口。不是有個贊助商，請你拍一部關於密室的電影嗎？你幹嘛不接啊？」

她說的沒錯。獨立紀錄片打娘胎裡就開始賠本，都是導演自己掏腰包。整個行業處於一種單打獨鬥、散兵游勇的狀態。片子拍完了，只能參加國內外的獨立影展，或者到咖啡館、書店、高校去點映，然後被專業研究機構研討收藏……這就是獨立紀錄片的命。可是，我喜歡紀錄片，我喜歡這樣的命。去年我從阿姆斯特丹回北京後，就跟她分了……

第二天上午，我正琢磨著是否給仲春回短信，以及用如何的口氣來勸阻她的雲落之行，門鈴響了。我知道不是和慧。清晨時她給我打過電話，說有點感冒，不能給我做早餐了。那麼不是收水費的就是收物業費的了。我打開門。是個陌生男人，穿件板正的白襯衣，恍惚哪裡見過。

「我是你鄰居，不認識了？」他笑著說，「昨個……昨個……謝謝你啊……」

我才想起，他就是昨天扶著門框嘔吐的男人。

「有事兒嗎？」對於這位鄰居，我並沒有交往的熱忱。

「哦。我是來謝謝你的。」他提了提手中的塑料袋，「我給你買了些美國大櫻桃。」

「很貴的，你太客氣了。」

「你不是本地的吧？」他把袋子放到門口，隨手遞給我一支香菸，「在這裡做什麼生意？」

「哦，我……」我不知該如何介紹自己，「我嘛，無業遊民，從北京來的，瞎混。」

「無業遊民？我看你倒像是搞藝術的，」他突然有板有眼地說起了普通話。他的普通話說得跟雲落方言一樣流暢自然。他覷著眼瞄我兩下，煙圈從蒼白的嘴唇裡慢悠悠地飄出，「搞音樂的嗎？我知道北京有很多搞地下音樂的。你們啊，確實不容易。」

也許，他以為所有梳辮子的男人都是搖滾歌手？我沒有辯解也沒有否認。他將菸扔掉，搓搓手，然後直愣愣地伸出來。我這才意識到他要跟我握手。「我叫蘇恪以，在『郝大夫門診』上班。以後有什麼事兒直接找我。不過，那種地方和火葬場一樣，最好一輩子別去。」

我漫不經心地點點頭，同時聞到了他指間淡淡的酒精味兒。他下樓的速度很快，轉眼間就在迂迴的樓梯間消失了。這個走路貓一樣的男人彷彿腳上長了肉墊，沒有一點聲息。

那天中午我考慮再三還是沒有給仲春回短信。她來雲落幹嘛？這個當口她該忙著布置婚房，去頤和園拍結婚照，或去婚慶公司試穿華美的婚紗……我迷迷糊糊地啃著冷饅頭，接到了姑媽的電話。姑媽說和慧有些發燒，而且燒得越來越厲害……我聽得出她竭力控制自己的情緒。這是和慧做完入倉手術後第一次發燒。也就是說，入倉手術其實並沒有徹底成功，或者說，入倉手術失敗了……姑父去市裡培訓，她讓我一起送和慧去縣醫院。

和慧的各項指標都很糟，醫生建議輸血。姑媽跑前跑後地辦理各種手續，我就在病床前守護著她。她平躺在床上，雙眼緊閉，眼球突兀地鼓出來。我就說和慧啊，沒想到妳還長了雙金魚眼。和慧「噗哧」聲笑了。她還能笑出來。她睜開眼直勾勾盯著房頂：「世界上有本姑娘這麼漂亮的金魚嗎？」我說有，妳沒看過宮崎駿的《懸崖上的金魚姬》嗎？她探出左手掐我的胳膊，氣呼呼地說：「不許侮辱本姑娘的絕世美貌。」

「我是由衷地讚美啊，本姑娘。」

她不吭聲了，過了好久才睜開眼，喃喃自語道：「侯麥的電影裡，為什麼人們總是不停地說話呢？」

「他們……心裡不想藏著太多祕密。」

「他們走路時說，上床時說；跟朋友說，跟陌生人說；在地上說，在飛機上也說。」

「他們只有不停地說話，才有安全感。」

「你發現沒有？他的每部電影，都有書和書架出現，女人們無聊時拿出本書看，幾個人談話冷場時，其中的一個人就從書架上拿出一本書來讀。不同的房間裡更是放著或大或小的書架。在《春天的故事》裡，幾乎每個場景都有書。」

「書和書架……是侯麥電影的一種『姿勢』，這姿勢就像一個人拍照時，手沒處放，只好插在兜裡或抱在胸前。妳可以去考我導師的研究生了。」

她終於閉嘴了。她的嘴唇比曝光的底片還模糊。

後來，我盯著血一滴一滴流進她的身體。她睡著了。她不饒舌的時候，真的比金魚姬好看多了。

4

和慧三天後出的院。出院後第一件事就是跑到我這兒看電影。這次她迷上了大衛·林奇。我覺得對一個剛出院的虛弱女孩來說，大衛·林奇實在不是最好的選擇。可是有什麼辦法？她先看了《象人》，然後快進看《我心狂野》。她這個年齡的孩子，其實更適合看《緋聞女孩》、《真愛如血》之類的美劇。當她拆《穆赫蘭道》的封皮時我一把攥住了她的手。我說我餓了，妳想吃什麼？她懶洋洋地說，聽說捷克街新開了家羊湯館，裡面的牛肉餅據說是世界上最香的。

我們就去吃牛肉餅。如果沒記錯，那天她總共吃了三塊。當她用餐巾紙擦拭著油膩的嘴唇時，我突然很難受。她這次總共輸了六袋血。

「如果不是我的胃太小了，我還想吃一塊，」她伸了個懶腰嘟囔著說，「世界上為什麼有這麼香的牛肉餅啊？讓本姑娘如此失態。」

「妳媽不是囑咐過妳嗎？要吃清淡的。比如菠菜啊、芥藍啊、空心菜啊、木耳菜啊……」

「本姑娘老老實實做了這麼多年尼姑，偶爾黏點腥吃點葷，也不是什麼大罪過。」

「尼姑，妳的牙縫裡有根韭菜。」

她就卷了團餐巾紙扔過來。

我們回家時，樓梯口停著輛紅色跑車，在跑車旁邊我看到了一個女人。女人穿著件柔軟的咖啡色長裙，嘴唇猩紅，髮髻高高挽起，鼻翼兩側黏著幾粒細小的沙粒。雲落的春天總是迂迴颭舞著從遙遠的內蒙吹來的黃沙，這裡的女人們總是裹著黑白相間的碎花紗巾和臃腫的風衣，看上去就像一群哺乳期的奶牛。她定定地看著我，半晌才嘆息道：「張文博啊張文博，小日子過得不錯嘛，都成相撲運動員了。」

這是我跟仲春分手後第一次見到她。有那麼片刻我恍惚起來，彷彿我還住在回龍觀，我們正要坐十三號線地鐵去中國大劇院看演出。她最喜歡王曉鷹導演的《哥本哈根》。這是部奇怪的戲，沒有正常邏輯的時空概念，只是三位鬼魂科學家在破碎、顛倒、重複的時空裡絮叨著清談。他們談一九四一年的戰爭，談哥本哈根九月的雨夜，談挪威滑雪場的比賽，還談納粹德國的核反應爐；他們談量子、粒子、鈾裂變和測不準原理，還談貝多芬、巴赫的鋼琴曲……我記得我們在小劇場看了五遍。仲春總是喟嘆說，有時她真的想不清這世界是否真的有絕對的對與錯。對她這樣輕微的不自信我倒有些莫名的竊喜。

「你啞巴了？」仲春笑著說，「我還沒吃飯呢。我特想吃重慶火鍋。」

這樣，我們又吃了第二頓晚餐。仲春像條飢餓的豺狗，很快將三盤肥牛一掃而光，我只好又給她點了兩份五花肉、一盤基圍蝦和半份黑魚滑。我很想問問她是怎麼找到這兒的。可是看著她略顯疲憊而又饕餮惡食的模樣，我想我最好還是保持沉默。後來，她放下手中的筷子，用紙巾將手指和嘴巴擦了又擦，從包裡掏出一管口紅不慌不忙塗抹起來。當她把蔥綠色的圍裙解下來時她嘆了口氣，木木地凝視著我，心不在焉地說：「這裡的火鍋真難吃啊。」

和慧一直默視著她，就像母親憐惜地注視著自己的女兒。也許仲春留意到了，她笑著朝和慧晃了晃手，說：「和慧長得真好看呢。像俄羅斯套盒裡的姑娘。」

和慧羞澀地笑了，縮頭縮腦地問：「妳是誰呢？哥哥的同事嗎？」仲春瞥了我一眼，又瞥了和慧一眼，朝我眨了眨眼睛說：「我是誰呢？這個問題我真的要好好想一想。」

那天晚上，送和慧回家的路上，三個人誰都沒怎麼說話。我和仲春回返時，仲春說：「你這個小表妹，真是精靈古怪呢。」我「嗯」了聲，對她說：「走吧，我陪妳去旅館辦手續。帶身分證了吧？」我記得我們當時站在一棵西府海棠下。仲春向前跨了一步猶豫著抱住我。她身上的香水味道很淡。我閉上眼大口大口呼吸著她脖頸間熟悉的香水味，一雙臂膀始終沒將她攬入懷中。如果有路人經過，會看到一個女人緊緊擁摟著一個男人，而男人的手臂卻彎曲著舉向空中，猶如不得不繳械投降的俘虜。後來她猛地推開我，用一種極度厭惡的眼神剜著我，似乎要把我所有的骨肉剔下來。「我想喝酒，」她不耐煩地說，「我真的想喝酒！」「這裡沒有賣二鍋頭的。」「放心好了，我自己帶了！帶了一箱扁二。」「……妳還帶了什麼？」

她沉默了。我聽說她找了個雕塑家。我知道這個雕塑家。他在798挺紅的。他最有名的一組作品叫《時光的種子》：所有人，無論男女，都長了一尾蝌蚪般的圓潤頭顱，胸部猶如得了巨乳症般聳然隆起，而他們的雙手總是漫不經心地護住私部，彷彿在這個世界上，時光從來就沒有流逝，而是被人類祕密儲藏在精囊或者子宮裡。他很有錢，據說在昌平有幾套帶溫泉的房子。看來，那個使館夫人真如我導師所言，是個「有著原子彈般爆破力」的女人。

那天晚上我和仲春在客廳裡喝酒。她沒帶一箱紅星二鍋頭，而是帶了兩箱。我們先就著鴨脖子喝了一個。喝完後她久久地看著我。她的瞳孔在嗡嗡的靜電流動聲中變成了幽碧色。「再來一個吧！」她隨手扔給我一瓶，「我記得你能一口氣喝五個來著。」我擰開瓶蓋灌了一小口，解釋說，自從搬到這裡我就很少喝酒了。一個人喝酒很傻逼。「你幹嘛來這兒呢？」仲春恍惚著說，「連直達的公共汽車都沒有。」我沒有回答她。我確實不知該如何作答。等我們把第二瓶喝完，我踉蹌著站起來走到她跟前。她仍在沙發上偏腿坐著，這樣，我只能把她的腦袋緊緊摟在日漸隆起的小腹上。她的身體開始被電擊般抖動，如果沒猜錯，她一定在嚶嚶著抽泣。我將她摟得更緊，像摟著自己的影子。她掙扎著直起腰身將燈滅了。她一向不喜歡在明亮的光線下做愛。

那天晚上她比任何時候都瘋狂。當我們從咿咿呀呀的木床滾落到地板上，我發現快要下雨了。耀眼的閃電在汙穢的白色牆壁上劈開一朵又一朵詭豔的波斯菊。我流著汗順手將棉被抻到潮濕的地上。在一陣緊似一陣的雷聲中，我們彷彿兩條垂死的鯰魚糾纏廝打在一起。日後想起那個夜晚，我唯一的感覺是她是一個男人而我是一個女人。當我試圖將她壓倒在身下時她猛地撲倒我，重又穩穩坐上我黏糊糊的身體。她最喜歡我的六塊腹肌。當另一簇閃電在漆黑的房間瞬息盛放時，我看到她睜著眼死死俯視著我。我悶哼一聲，將彷佛不再屬於我的身體挺動得更勇猛……最後幾秒來臨時，我驚訝地發現我們已從臥室滾到了廚房。在一波一波地痙攣中，我凝望著餐桌上黑魆魆的面板、刀具、電磁爐和半盆吃剩下的蘿蔔牛肉湯。

她一聲不吭地從我身上爬起，半晌方才商量著問：「不如……我們再喝點？」我疲憊地說好吧。她拿了兩瓶二鍋頭。這樣，我們坐在冰涼的地板上裸露著身子繼續喝酒。窗外的雨點也終於落下來。我們聽到劈哩啪啦的雨滴嘹亮急促地擊打著屋頂。夏天就要到了。

翌日醒來時我的頭還在眩暈，只要一睜眼世界就急速地旋轉，同時喉嚨裡異物上湧。等我終於鎮定下來大聲喊著「仲春仲春」時，突然聽到一個男人的聲音：「哎，終於醒了啊？」我聳身而起。一張方正的臉淡淡掃視著我。除了那個叫蘇恪以的鄰居還能是誰呢？「你怎麼進來的？」我愣愣地乜斜他一眼，隨後大聲喊著仲春的名字。

蘇恪以搓著手說：「我上樓時，你的門敞著，等我澆完花去上班，你的門還敞著。我怕你家來了小偷，就進來瞧瞧。結果瞧到你在沙發上裸睡。」

我慌亂地拽了條被單蓋住下身，磕磕巴巴問道：「你沒有看到……那誰嗎？」

「沒有啊，」蘇恪以說，「你這兒經常來女人嗎？」

我支吾著說我女友從北京來看我。「很高，很瘦，」我用手比畫了一下，「像根甘蔗。」

蘇恪以搖搖頭說：「那我就不知道了。我要去上班了。喏，給你瓶雲南白藥噴霧劑吧。」看我狐疑地盯著他，他咧嘴笑了，說：「你去照照鏡子吧。」

我這才感覺渾身疼痛。鏡子裡的男人還是把我嚇到了。渾身淤青，尤其是胸脯上有條漬著血痕的印記。我極力回憶昨晚的每一處細節，然後憂傷猶如河水漫過乾旱的荒地。我在屋子裡轉了一圈還是沒找到仲春。往樓下觀瞧，她那輛紅色跑車不見了。打她電話，關機。於是我知道，這個做事從來不出差錯的女人，已經回北京了。我茫然地盯著牆上的鐘錶。時針和分針正好指向十二點。

我頹坐在沙發上，直到和慧按響門鈴。

5

「我早晨起晚了，就沒過來，」和慧打著哈欠說，「昨晚好大的雨啊。雨是最好的安眠藥了。咦？仲春姐呢？你們不會還沒吃早飯吧？」

我說仲春走了，她有很重要的採訪趕著做。和慧「哎」了聲：「我還想待會給你們燉鯽魚呢，」她揚了揚手中的塑料袋，「魚鱗都刮好了。」

「妳今天感覺怎麼樣？」我摸摸她的額頭，好像還有點熱。

「沒事啊，」她撣開我的手，「本姑娘好著呢。」

她的臉還是白，眼圈有些黑腫，只有那雙大眼依舊往日般骨碌碌亂轉。「你們喝了這麼多酒？」她收拾著躺在地上的空酒瓶，「不過，這瓶子倒挺可愛，當花瓶不錯呢。」

她把魚燉上後開始看電影。她這次看的是《藍絲絨》。這部電影是從一朵朵緩緩初綻的玫瑰開始的，有人在草地上發現了一隻耳朵……我記得中間有一個鏡頭，是那個黑社會老大——一個乾枯如死神的男人戴著吸氧罩強迫女人做愛……我把播放機關了。

和慧一愣：「幹嘛？」我說我想和妳談談。和慧問：「談什麼？」我說就是隨便談談，比如妳住院的經歷，比如妳做過的最有意思的夢，比如妳最喜歡的男生，比如妳……「得了吧你，」和慧呲著虎牙說，「我可不是孩子。本姑娘什麼大風大浪沒經歷過？你這種蹩腳的心理醫生免談。放心，我好著呢。」她沉默了會兒，倏爾笑著問：「倒不如你談談你自己吧。比如你的電影，你電影學院的學生，比如……比如你那些女朋友……」她的臉有點紅，「比如，仲春姐……」

「妳個小滑頭，」我彈了彈她腦門，「她是我前女友，早分了。」

「可是她……好像還喜歡你，」她咬著嘴唇笑，「你好像也還很喜歡她啊。」

提到仲春，我心裡一動，忍不住再次撥她手機。提示音仍是無法接通。也許她在高速公路上，手機一直關著？她一直是個謹慎的人。

「魚熟了嗎？」我問和慧，「別忘了放幾瓣菠蘿。」

「本姑娘做菜，你只管出牙齒和舌頭。」

那天下午和慧在沙發上睡得很甜。我抽著菸在屋裡來回踱步。我突然想起，昨夜我和仲春在地板上翻滾時，她突然用手扼住我的喉嚨氣喘吁吁地問：「你……還愛我嗎？」在黑暗中根本看不清她的眉眼，我憋得一句話都說不出，還好她片刻就鬆手，咬著我耳朵繼續問：「你那次去阿姆斯特丹，到底搞沒搞那個台灣女人？」我想也沒想地搖搖頭。她就飢餓的章魚般纏住我水淋淋的四肢，彷彿終於在海草間逮住了一條鑽出洞穴的石斑魚。

她說的那個台灣女人，是我在阿姆斯特丹認識的。她也是個紀錄片導演。這是個嫻靜的女人。回到北京後我曾聯繫過她幾次。仲春怎麼就發現了。也許女人的鼻子都如獵犬般靈敏，仲春自始至終只問我同一個問題：你們做愛時，有沒有吻她？我不耐煩地說，我跟她連手都沒碰過，更談不上接吻！說實話那段時間我幾乎被仲春搞瘋了。每隔一天，無論是吃早餐還是洗澡化妝——只要我恰巧在她身旁，她都用一種淡然的口氣問：你們做愛時，有沒有吻她？她說這話時通常嘴裡嚼著煎蛋或臉上敷著面膜。剛開始我還耐心解釋一番，後來我只能盯著她古板的、猶如面具般陰霾的臉龐，內心升騰起莫名的厭惡……

「家裡有人嗎？」我聽到門外有人喊，「是我！你們家門鈴沒電了！」

蘇恪以又來了。他手裡拎著個袋子，「我給你拿了些解酒的藥，還有瓶紅花油。哎，你們這些外地人，身邊沒個親戚朋友，不容易呢。」

我這輩子從沒遇到過如此熱情的鄰居。接過袋子時我思忖著說：「晚上……有空麼？在這兒喝兩盅吧。」說完我就後悔了。我們還沒熟到一起喝酒的份兒。

他明顯愣了片刻，隨即爽快地應道：「沒問題！沒問題！那我先去街上買幾個菜。」沒等我阻攔他就下樓了。我說過，他走路的聲音異樣安靜，猶如腳上生了肉墊的貓科動物。

等蘇恪以回來時和慧已經走了。他買了隻趙四燒雞，還有兩斤驢肉。「天上龍肉地下驢肉」，這是最好的下酒菜。雖是鄰居，還是難免生分拘謹，剛開始兩杯下肚，誰都沒怎麼吭聲。等一瓶小二沒了話才漸漸多起來。他說，他其實沒住在這兒，房子也不是他的，而是一位哥們的。那哥們平時住在海南。不過房子裡倒是有十幾盆昂貴的植物，每隔一兩天都要過來澆水。當然有時喝糟酒喝多了，也到這裡打個盹歇歇腳。

「不過，」我打趣道，「帶女人到這裡約會，倒是個好地方。」

蘇恪以的臉色似乎有些尷尬：「怎麼會呢……怎麼會呢……人家的房子……要講究的。」他沒否認帶女人，只是否認帶女人到這裡。「你在診所是不是很忙？」我有一搭沒一搭地問，「生意好嗎……」

「人吃著五穀雜糧，幹著三十六行，哪兒有不生病的？」他說，「下午剛給一個建築工人包紮好傷口，就來了個醉酒的小夥子，連呼吸都沒了……」說道「呼吸」兩字時，他的喉結在細長的脖頸上急速地做著活塞運動，「哎，天天混日子，真可惜了我這雙手。」

為了證實自己所言非虛，他把左手靜靜地伸到我眼前。這是雙修長、白皙到近乎透明的手。讓我訝異的是，他的手指竟然沒有螺紋，掌心也沒有迷宮似的紋絡。也就是說，這個叫蘇恪以的傢伙，是個沒有掌紋的人。他根本沒注意我好奇的眼神，而是繼續自言自語道：「你知道嗎？我大學時最喜歡的課程是人體解剖……」他的中指和食指快速旋轉了一百八十度，彷彿他的手指間夾著把鋒利的手術刀，「我熱愛解剖學，」他笑著說，「我們班的同學聞到福馬林的味道都會嘔吐，只有我……」他頓了頓，似乎想繼續說下去，又似乎在猶豫。我就說，人的天賦是有定數的。他點點頭說：「也是。比如我，原來分在縣醫院的急診室，幹了幾年，覺得挺無聊。恰巧我的哥們老郝開了個診所，就到他那裡幫忙，一晃也三四年，」他端起酒杯和我碰了碰，「我們這些人哪，總是和我們的夢想擦肩而過。」

他用了「夢想」、「我們」這干詞，讓我不得不重新審視他。他瞇縫著眼看我，彷彿在等我鄭重其事地說點什麼。我什麼都沒說。我真的不知道該說什麼。「你是個有意思的人，」他拍了拍我肩膀說，「一個外地人到這兒，什麼都不做，整天睡覺喝酒。真是個有意思的人，嘖嘖。」他輕蔑甚至有些嘲諷的口吻讓我很不舒服。於是我說，我曾是位大學老師，只不過辭職了。

「幹嘛辭職呢？」他將一隻雞翅膀撕下，牙齒輕輕咬住，「你是教什麼的？」

「教什麼……」莫名的沮喪讓我後悔邀請他一塊吃晚飯了，「哦，我在電影學院教戲劇影視文學。」

「多好的職業啊，」他笑著說，「那你拍過電影嗎？」

他沒有像普通人那樣盤問我都教過哪些明星學生，以及那些明星的花邊軼事，這倒讓我有些意外，「沒有，」我解釋說，「大部分電影學院的老師，都不拍電影。」

「哦，紙上談兵啊。」他似乎有些失望。有那麼片刻他愣愣地盯著手中的雞翅。他的牙齒像把手術刀，將雞翅上的肉刮得一絲不剩，只有兩根細骨節憂傷地綻著油光，後來他乾脆把雞骨塞進嘴裡悄無聲息地咀嚼起來，彷彿他已經餓了多少天，「要是你拍電影，我倒有個好故事，」他嘆息了一聲，重又瞇縫著眼凝視著我，「我敢保證，你一輩子都不會聽到這麼好的故事，真的，」他舉起杯自己喝了一大口，然後遲疑地問道，「你，見過天使嗎？」

6

「你怎麼又喝了這麼多酒？」和慧不耐煩地說，「這麼年輕，哪兒能這樣混日子啊。」

我悶著頭喝粥，一句多餘的話都不敢說。我的頭還很疼。我記不起昨天晚上我到底跟蘇格以喝了多少酒。說實話，他是我遇到的人裡最能喝的。我記得他手裡的綠色瓶子空了一個又一個。他只是穩如磐石地坐在那裡。我還隱約記得他說了很多話，這個冷靜的醫生喝酒之後，舌頭似乎就伸到雲層之外，每一句都讓人抓不住。他好像說他曾經在診所給一個女人割過闌尾。這個女人的肩膀兩側長了兩隻翅膀……難道女人割闌尾還要脱光衣服嗎？他還說過什麼？他說，這個女人其實是個天使，當然，這是他跟她同居了一段時間後發現的……我使勁眨眨眼，想將昨晚的事想得更清晰。「快去洗洗臉吧，眼角都是眼屎。」和慧將酒瓶洗刷乾淨，放進袋子裡。

「妳見過天使嗎？」我笑著問她，「昨天有人說，他曾跟一個天使同居過。」

「要是有天使就好了，」和慧嚴肅地說，「我們就可以趁機跟她打聽一點上帝的消息。」

她這次沒有看電影。她將那些碟片一張張翻過來倒過去，沒挑任何一部。「今天的粥好喝嗎？」她縮在沙發裡望著窗外，「我忘了放百合。」

「是嗎？不過，百合味寒苦，少了它粥會更甜。」

「哦，是這樣的啊？」

「妳沒喝過自己煮的粥？」

「還真沒有，」她有些不好意思地笑了，「這種煮粥的方法，是我從谷歌上搜來的。」

「妳要是生在古代，就是御廚了。」

「嗯，本姑娘想做的事，還真沒有做不成的。」她瞅了我一眼，慢吞吞地說，「其實……有個事想跟你說一下……」

我正給她盛粥，我想讓她親自嚐嚐粥的味道，「啥事？是不是有小男生給妳寫情書了？」

「給我寫情書的小男生多了，架不住本姑娘心靜如水啊。」

「說吧，什麼事？」我把粥遞給她。她漫不經心地接了，想了想又放到桌子上，「我想去安徽看病。」

「……什麼時候去？」

「就在這個禮拜。」

「去多長時間？」

「沒準……」和慧咬著手指甲望著我，「你說我要是走了，你怎麼辦呢？」

我就笑了。

「真的，你人生地不熟的，又懶，又宅，等我回來了，別就餓死了。」

我走過去，將妹妹摟在懷裡。她的身上總是那種莫名的藥片味道。她好像更胖了。

「不過，本姑娘會天天給你打電話的，」她說，「絕不能讓你餓死，本姑娘還等著你拍出侯麥那麼好的電影。」

我說：「好。」

和慧去安徽時，我去汽車站送她。姑媽和她要先坐汽車到唐山，再從唐山坐火車到北京，然後轉火車去合肥。姑父單位有事晚去幾天，只能母女先行一步。那天和慧穿了件花裙子，頭髮毛咋咋的，看上去像朵向日葵。姑媽叮囑我，讓我把租來的房子退掉，去他們那兒住。我只是「嗯啊」地胡亂應允。姑父倒什麼都沒說，只悶頭抽菸。汽車開動起來時，和慧從窗戶裡探出半個身子朝我大聲嚷著什麼，我沒聽清，就跟著汽車小跑了兩步。這時姑媽將和慧拽了進去。我和姑父呆呆地望著遠去的汽車，直到它徹底消失在越來越狹窄的國道盡頭。

和慧走的那天晚上，我像往常一樣剪片。《戀曲》總算要剪完了。對於《戀曲》我有種欣喜的厭惡。男主人公是開大排檔的，泡上了歌廳陪唱的「公主」。「公主」是農村出來的，一直等男人離婚。我還記得「公主」經常深夜給我打電話。我扛著機子呼哧呼哧跑到她住處，調好鏡頭等她哭訴。等她嗓子哭啞了，我還是一句安慰的話都不能說。我還拍過男人哄她的鏡頭，哄著哄著他們就上床了，男人朝我擠擠眼，示意我可以把機器關了……剪片時我有種黏稠的罪惡感——眼睜睜看著女人一點點陷落，卻不能提醒她……如果她醒了，故事結束了，我的片子也夭折了。也許我更信奉蘇珊·桑塔格的話，如果必須在真相和正義間作選擇，那麼我就選擇真相……那天晚上剪的是男人老婆（她在鄉下養雞）和「公主」一起吃飯的鏡頭。男人老婆狠狠嚼著麻辣小龍蝦……我忘了當初為何給她的獠牙那麼長的鏡頭……我站起來抽菸、上廁所，盯著靜止的畫面……我睡不著了。到了凌晨一點，我隱隱約約聽到樓道裡有腳步聲，接著是鑰匙開門的聲響……難道是蘇恪以半夜來了？我強迫自己躺在床上數山羊，一隻、兩隻、三隻……等山羊多得能開牧場了仍無比清醒。我意識到，我的失眠症又他媽犯了。

尖叫聲是在凌晨三點響起的。這是所有正常人該酣睡的時刻。那幾聲突如其來的叫聲尤其顯得突兀空曠。我激靈一下聳身而起將燈打開，豎起耳朵細細聆聽，然而聲音卻倏地下消失，猶如晴天裡一聲悶雷後仍是豔陽四射的晴朗。我坐等半天，耳畔只是燈管靜靜的電流聲。我沒聽清那叫聲是男人的還是女人的。我昏昏沉沉地想，或許是野貓叫春吧。這樣的季節，萬物都在醞釀著膨脹的汁液。

7

第二天中午，我接到和慧打來的電話。她說，她和姑媽還在火車上。火車上有好多好多人。她一點都不喜歡這種蝸牛般的慢車，每隔半個小時就停一次。還好，她對面的魔術師挺好玩，給她變出了隻斑點鴿和一只芒果。芒果她吃了，斑點鴿呢，又被魔術師變沒了。她說話的聲音有點疲憊。姑媽連臥鋪也捨不得買嗎？最後和慧大聲問道：「你是不是還沒吃東西？我給你買了箱八寶粥，就放在廚房的櫃子裡。」

那天下午蘇格以見到我時似乎很吃驚。他還是老樣子，一件白襯衣，修身暗格西褲，腳上是雙尖頭皮鞋。「你病了嗎？」他上下打量著我，「你肯定生病了。」我正在倒垃圾。我懶洋洋地瞥他一眼說：「沒。只是睡不好……」「失眠？」我點點頭。「知道治療失眠的最好方法是什麼嗎？」我有氣無力地搖搖頭。「不是吃安眠藥。而是做愛。」我笑了。「真的，失眠者只有在荷爾蒙分泌正常後，才能睡個安穩覺。這是有科學依據的。」「我每天左手換右手，還是睡不著。」

蘇格以狡黠地笑了：「晚上請你喝酒吧？喝醉了就睡著了。就像早期治療精神病時，只要把病人的腦葉白質切除了，病人就安穩了。」

「腦葉白質？」

「是啊。這是早期精神病人外科手術的一種，」他得意洋洋地說，「能讓病人減少攻擊行為，變得溫和有禮。那個精神病學家還因此得了當年的諾貝爾醫學獎呢。」

「哦，我想起來了。《飛越瘋人院》裡麥克．菲墨就做了這個手術，後來成了行屍走肉。」

「你要是有空，跟我去趟診所吧，給你拿些安眠藥，你也順便溜達溜達。老在家裡悶著會生蛆的。」

說不是很遠，我們卻足足走了半個小時。我住在雲西，門診在雲東。我這才發現雲落其實是個很大的縣城。蘇恪以走路的姿勢很奇特。大多數人走路時雙臂會自然地前後擺動，而他的上半身卻保持著絕對靜止，雙手死死地插在褲兜裡，只有臀部和雙腿急促著行進，而且每當遇到白色地板磚，他都會靈巧地調節一下步伐，直接踩到紅色地板磚上，看上去就像是孩子在玩「跳格子」遊戲。這讓我懷疑他有輕度強迫症的同時，自己的步伐也被莫名其妙地打亂了，一路走下來竟很累。

「郝大夫門診」坐落在雲東的城鄉結合部，是座灰撲撲的二層小樓。那天病人不多，有個姑娘正在給孩子換液體。她看上去年齡很小，個子也不高，臉上泛著淺淡的肉桂色紅暈。見到蘇恪以她似乎有些吃驚，說蘇大夫來了？好久沒見到你了啊。蘇恪以打著哈哈說，至於想我想成這樣嗎？我只不過一兩個月沒過來。姑娘「呸」了聲說，你以為你是誰啊？金城武還是王力宏？他們鬥嘴時，從裡屋走出一位穿白大褂的男人，無疑就是郝大夫了。這是個瘦子，長臉，唇上蓄著抹黑亮的小鬍子。見到蘇恪以他眉頭緊了緊，一句話都沒說，徑直朝我點了點頭。

他問我買什麼藥。沒等我回答蘇恪以就介紹說，老郝啊，這是我朋友，從北京來的，大學講師呢！然後扭頭問我，你是哪所大學的來著？北京電影學院還是中戲？他跟郝大夫講話時用的雲落方言，跟我講話則用普通話。我訕訕地說，早辭職不幹了，哪裡還是什麼老師？蘇恪以就說，你這個人啊，最大的優點是謙遜，最大的缺點呢，也是謙遜。

蘇恪以逕自找了些藥，三四種也有了，一股腦塞給我。我接了，窸窸窣窣地掏錢。蘇恪以不滿地說，客氣了不是？我就去瞅郝大夫。郝大夫沒有吭聲，只是靜靜地盯著我。很少有男人用這種眼神看我。我朝他尷尬地笑了笑，他的嘴角禮貌地抽搐了一下，轉身進了裡屋。

從診所出來，我忍不住問蘇恪以，你不常來上班嗎？蘇恪以沒有回答。我說，你這樣吊兒郎當的，郝大夫會有意見的。蘇恪以「哼」了說，他能有什麼意見？我們是發小，多少年的交情了。當初他開了門診，硬把我從縣醫院撬過來幫忙。我說交情這東西，跟瓷器一樣脆，說碎就碎的，碎了後無論怎麼黏補，還是要有裂紋。蘇恪以支支吾吾地說，我嘛，只是這段時間有些私事，等我把事情解決好了，會好好幫他的。「沒有了我，」他頗為自負地說，「他賺哪門子的錢呢？」我不好意思再說別的。

那天晚上我跟蘇恪以每人喝了四個小二。我從沒遇到過喝酒如喝水的人。他沒有過多客套話，只是朝我晃晃酒瓶，咕咚咕咚灌上一兩口，間或從盤子裡捏兩粒花生米，耐心地搓掉花生皮，慢慢騰騰扔進嘴裡，腮幫子一努一努。我彷彿看到那些被嚼爛的堅果順著他細長的脖頸滑進胃黏膜。「你來這兒多久了？」他漫不經心地問道，「幹嘛來這個破地方呢？」我猶豫著說，小時候在這兒住過一個暑假，很喜歡這裡的空氣。「哦，原來如此，」他瞥我一眼，「這裡的空氣不錯，都是煤灰、碎紙漿和粉塵。」我苦笑了一下，他嘆息著說：「哎，這個地方，留不住人的。留不住人的。」

關於那個晚上我們如何跑到「天使」這個話題，我確實沒有任何記憶。跟一個喝得酩酊大醉的人聊些荒誕的私事，是一種信任呢，還是一種蔑視？反正我記得他說，那個女人，就是長翅膀的那個天使，讓他傷透了腦筋。至於為什麼讓他「傷透了腦筋」，他說得很明白。他說，為了讓天使過上好日子，除了將工資全部給了她，他還不得不每個禮拜六跑到外地冒充專家，給病人做一種被醫學界禁止的手術。至於是什麼手術，他倒是沒說。他給這個天使租了處房子。天使不會做飯，他就給她燒紅燒排骨，給她燉烏雞湯，給她煮海鮮一鍋出；天使不會洗衣服，他就給她洗襪子，給她洗內褲；天使喜歡做愛，他就吃「偉哥」，好讓她高潮迭起……總之，他從來沒有對女人這麼好過。當時我迷迷糊糊地想，這個戀愛中的醫生活得真是不易。他敘述這些「讓他難堪的事」時，他的表情貌似冷靜克制，可我卻窺視到他的眉毛在急促抖動，間或蒼白的手指彈鋼琴般在油膩的餐桌上用力敲滑幾下。他安靜地坐在椅子上，我卻看到了一個被炙火煎烤著的人。

「你能猜到嗎？有天晚上，我在外地就診結束後，都十一點了，人家給我在酒店訂了房間。可是……可是那天我特別特別想她，也許是那個病人長得太像她了。她們都有雙看起來像麋鹿那樣的眼睛。我連夜打車回來。司機跟我要了八百塊錢。說實話，手術算是白做了……」他凝望著我，嘴唇彷彿兩條剛吸完血的水蛭焦躁地蠕動著，「多庸俗的情節啊……到了她那兒，我看到她跟另外一個男人……在床上鬼混……」他冷笑兩聲，手掌緊緊捂住自己的臉龐，良久才緩緩鬆開，哆嗦著點上支香菸，「我當時差點用刀片割了她喉嚨……沒忍心……哎，真不忍心啊……我對她拳打腳踢，把她的一顆門牙打掉了。看她嘴角流著血沫子，我更難受……後來我就野狼那樣嗥叫，可心裡那口氣還出不來，用頭拼命撞牆……咚咚地撞牆……一個人……」他不可思議似地看著我，彷彿我就是那個用頭撞牆的男人，「怎麼能這麼瘋呢？當時覺得什麼都碎了，什麼都不信了。一切都他媽完蛋操了。完蛋操了。」

我木木地注視著他。他不像個說謊的人。他重新整了整襯衣領子，撣了撣棲在上面的蒼蠅，「也許你覺得我神經有毛病，也許你真的不相信世上有天使。可是——」他哽咽著喝了口酒，「如果不是親眼見到，我也不敢信！他媽的！誰信誰是神經病！」他小心著往狹窄的瓶口裡彈菸灰，可還是有一截飄到他漂亮的西褲上，他不得不抖了抖褲子，沒抖掉，就低頭吹了吹，「有一次我們幹完事，我很累，就睡著了。你也知道，我這個年歲的男人，比不得你們，」他訕笑一聲，「當我醒來時她沒在床上。我以為她去解手，就等她。等了半天也沒動靜，就躡手躡腳地溜達到洗手間，沒人，又溜達到陽台。然後……然後……」他的聲音和他的身體一併顫抖起來，「我在陽台上看到了她。當時我想，那根本不是她。她站在陽台的扶手上，那麼穩當，像是用電氣焊焊在上面的一個玩偶……只不過，玩偶的背上長了一對……一對白色的……白色的……翅膀，」他的瞳孔突然放大了若干倍，「那是多好看的翅膀啊，天黑得厲害，可那對翅膀卻閃著螢光粉才有的磷光，就像……就像是白熾燈泡下，飛蛾的翅膀……」他用雙臂將自己圍抱起來，手指艱難摸索著自己的肩胛骨，彷彿在觸摸即將從骨頭裡舒展著生長出的羽翅，「我盯著這個長翅膀的人，盯了很長一段時間。後來……」他長出了一口氣，「後來……我想……我是真喜歡上這個長翅膀的女人了。」他怏怏地看著我，目光如嬰兒般坦誠明亮，「真的，……我從沒這麼喜歡過一個人，願意為她生，願意為她死……」他摸了摸自己鐵青的下巴，似乎在質問自己，「你說，值嗎？」

我只一味朝著他傻笑。說實話，這樣的人我見多了。電影學院每屆都有比他還富有表演天賦的學生。只不過他跟他們唯一的不同在於，他是位診所醫生。「後來呢？」我頭疼欲裂，有氣無力地問，「你們分了嗎？你們這代人，最擅長用別人的錯誤懲罰自己。」

「沒分。怎麼會呢……」他的食指和中指來來回回蹭著自己的嘴唇，「分不了……」

「後來呢？」

「後來……後來……」他閉著眼睛，食指輕輕地戳著太陽穴，旋爾目光咄咄地逼視著我，彷彿在質問我一般嘟囔道，「是啊，後來呢？嗯？後來呢？」

我從椅子上章魚般軟軟地滑下來。我睏死了。我好幾天沒怎麼睡覺了。當你面對一個喋喋不休的酒鬼說著鬼話時睡意會更濃。我是何時枕著沙發靠墊在地毯上睡著的？蘇恪以何時辭別？全然忘了。我只記得那天晚上，一種屈辱的幻滅感緊緊攥住我，讓我在睡夢裡噩夢連連，汗水將地毯都浸透了。

8

醒來時才發現，和慧在晚上十一點打過五個電話。我趕緊回過去，和慧也沒接。我猜她和姑媽已經安全到達合肥了。

蘇恪以三天兩頭朝我這裡跑。有時帶份《新京報》，有時帶些豬肚豬肺之類的熟食。更多時候只是過來隨便坐坐。我對他帶《新京報》很好奇，雲落也有《新京報》賣嗎？他撓撓頭，有些不好意思地解釋說，他訂閱這份報紙很多年了，他不光訂閱了這份報紙，還訂閱了《南方週末》、《新民晚報》、《深圳特區報》、《羊城晚報》和《燕趙都市報》。見我詫異的樣子，他就諾諾著解釋說，他可不想悶死在雲落這個破地方。他必須知道外面是什麼樣子，有什麼樣的人，說什麼樣的話，做什麼樣的事。後來他摸了摸鼻尖，有些羞赧地說，他從年輕時就幻想離開這個地方。他曾經想去法國當僱傭軍：「你知道法國僱傭軍嗎？你肯定不知道，」他有些輕蔑地瞥我一眼，「法國外籍兵團有一百八十多年的歷史了，由於英勇善戰而名聲遠揚。你從來沒聽說過？哎，大學老師也有孤陋寡聞的時候。他們每年在巴黎、尼姆、馬賽三地設招兵處，條件一點都不苛刻，要求年齡在三十五歲以下，沒有精神病史和傳染病史，但是要經過四個月的體能測試，要適應任何地方的氣候。無國籍、無居留證的，服役三年後能取得法居留權，五年後可優先申請加入法籍。多優惠的條件啊。」

我看著他滔滔不絕的模樣說，除了法國的新浪潮電影，我對法國沒什麼特別的偏愛。

他有些不屑地笑了：「據我的了解，僱傭軍裡中國人海了去了。有北京人、福建人、上海人、湖南人。到現在為止，華裔兵已有四十多人復員了。他們有的參加過伊拉克戰爭，有的從來沒有參加過任何戰爭，只是戴著防毒面具進行訓練。他們復員後大多數都住在巴黎地區，當廚師或者當保安，過著體面優雅的日子。」

我很難想像巴黎的華裔廚師或保安過著如何「體面優雅的日子」。我輕輕地打著哈欠。他說他為此還專門去市裡學過一段時間的法語，不過他最終發現，最大的困難不是語言問題，而是他根本沒有辦法簽證去法國。

我盯著他一本正經的樣子，想笑又笑不出來。

他似乎很忙，坐也是不安生地坐，不時站起來踱到窗前定定地望著樓下。在我看來，這個神色匆匆的醫生彷彿在幹什麼大事。有一天我實在忍不住，就跟他說，要是有棘手的事不妨告訴我，沒準我能幫上忙。我以前雖然是個孤陋寡聞的教師，但在北京還是認識幾個有權有勢的朋友。他當時正在陽台上抽菸，半晌才轉過身茫然地凝望著我，嘴唇被黃蜂螫了般哆嗦幾下，又默然閉上。

那天下午我接到一個國際電影節籌委會的邀請電話，讓我攜《戀曲》參展。他們專門設了一個紀錄片單元。據打電話的工作人員說，他們的評委會主席就是拍紀錄片出身，對我以往的片子格外鍾愛。為了證實所言非虛，他一連串報出了我曾經拍過的幾部片子，《天降》、《有一種靜叫莊嚴》……「下個月初把片剪好，然後先送到我們這兒吧。」他以不容置疑的口吻叮囑說，「這絕對是個好機會，千萬別錯過。」

這樣我又忙起來，失眠也無所謂了。經常是一做就是一個通宵。有時做著做著無端恍惚起來，只得盯著晨曦一層層迫近，聽著雲雀一聲聲叫起。和慧打過幾次電話，她說，那邊的醫院環境很不錯，有個煙波浩渺的湖，還有座山。山上全是翠綠的竹子和小野花，就像住在仙境裡。她說話的語氣輕快頑皮，我想起她胖乎乎的臉頰，她短短的黑髮，心裡一跳一跳著疼。

蘇恪以還是副忙忙碌碌的樣子。有天他過來喝酒，帶了壺雲落本地的散白酒。這酒是原漿，七十二度，喝一口能從鼻子裡噴出藍色火焰。他喝了一杯就撐不住了，臉色發紫，靠在沙發上愣愣瞅著房頂。我給他沏了壺碧螺春他也沒喝。後來他舔舔爆皮的嘴唇溫吞著說，他想跟我說件事。我說，我的耳朵早就洗好了。他「嘿嘿」著乾笑幾聲，盯著茶杯說，其實，她早就走了，這些日子裡，他一直在找她。

我不曉得該如何安慰他。我自己的事都處理不好。仲春回北京後一直沒有任何消息。她也沒有邀請我參加她的婚禮。當然即便邀請了我也未必參加。我拍拍蘇恪以的肩膀說：「信我的，最好的藥就是時間。用不了多久，你就會徹底忘了她。」他晃了晃頭，嘟嘟囔囔說了句什麼。我沒有聽清，他也沒有重複。我們就這樣坐在客廳裡。

「其實，她失蹤很長很長時間了，」他終於開口說道，「有多久了呢……我都記不清了……可我還沒法忘了她……」

我記得那次醉酒後他說過，他有個長翅膀的女人，他把她叫做「天使」。那麼看樣子是

「天使」離開他了。「一個人不會無緣無故失蹤的。」我說，「你得找自己的原因。」

「不是這樣的，」他支支吾吾地說，「她……她……她連動都動不了，怎麼說沒就沒了呢？打個比方，一個植物人會自己站起來去公園散步嗎？」

「動不了？什麼動不了？」

「嗯……可能是家族遺傳原因。她這個年紀得了腦血栓確實很少見。身子動不了，話說不了。連吃飯都是我嚼碎了一口口餵她。她喜歡吃芒果，我就用豆漿機打成汁，一杓一杓餵她。」

我狐疑地望著他，「她家裡人呢？也沒她的消息？也許她只是回家了。」

「哎，她跟我一樣都是孤兒。只不過，我父母是地震時遇難的，她父母是她十七歲時車禍去世的。」

「你沒有報警？」

「沒有，」他的眼神像駱駝那麼疲憊，「我信不過他們。你怎麼能相信警察呢？」

這件事本身透著某種詭異。我從不知道他有個臥病在床的女友。在我印象中，他只有個綽號「天使」的女友，她給他戴過綠帽子，他打掉過她一顆門牙。

「有空我跟你一起找找吧。反正我閒著也是閒著。」

「沒用的。她真是從雲落蒸發了。」他哽咽著說，「我都懷疑她是不是跑到了另外一個平行的宇宙裡。」

我實在不曉得再說些什麼。我說的已經夠多了。我看著他從沙發上晃晃悠悠著站起來，晃悠悠著關上房門走了出去。

有那麼一段時間，蘇恪以騎著一輛破嘉陵摩托，馱著我在雲落縣城亂逛。這些街道他已經跑了多次，可是他說，以「天使」的身體狀態，她根本不可能走遠，沒準哪天就突然出現在街頭。就算她的身體有所恢復，她的精神狀態也有些問題，要是被人拐騙到山裡賣掉，或者被那些人體器官販子碰到，她還有什麼活路？我在後座上聽他自言自語，往往就迷糊住了。我很難想像我在摩托車上睡著。有一天他突然把摩托車熄了火，我差點從上面滾落下來。他倒一點沒有生氣，也許在他看來，我肯陪他漫無目的地穿行在大街小巷，已然讓他感激涕零了。

「你這樣熬夜不行的，」他盯著我的黑眼圈嚴肅地告誡我，「分泌系統很容易出問題，尤其是肝臟。」我說我睡不著，又有什麼辦法？只能幹點活兒，不然會更難受，可是越幹活越睡不著，就這樣成了惡性循環。他嘆了口氣說：「我給你開的藥沒吃嗎？」我苦笑著說，利眠寧天天吃，可越吃越興奮。他說，哪天給你開些阿普唑侖吧，藥勁大。你這樣頑固的失眠症患者，我還是頭次碰到呢。

有時候我們轉累了，就到街邊上的小吃攤吃點東西喝口啤酒。雲落的小吃沒什麼特色，除了一種叫餎餷扦子的本地特產，全是米線、涼皮、肉夾饃、麻辣香鍋這樣的外地小吃。夜晚還有點意思，路邊全是燒烤攤，散散拉拉坐著些臂膀紋青龍的男孩。通常會有一個彩色電視機擺在烤爐旁，磨磨唧唧地放著足球賽。我和蘇恪以每人點隻羊蹄，或者烤魷魚，各顧各地吃著。吃著吃著我會催促他說，我們再到四周轉一轉吧？今天還沒去捷克街和廣寧路呢。我的語氣絲毫沒有討價還價的餘地，彷彿尋找失蹤女友的不是蘇恪以，而是我。這不僅讓蘇恪以感動，也讓我自己約略著吃驚。我這才發覺，尋找那個我從未見過的女人，似乎成了眼下我最迫切的事。我感覺自己好像是在一個真實的世界裡進入了一個遊戲的空間，而且不知道什麼時候進入的。蘇恪以紅著眼瞼抓起啤酒瓶朝我晃了晃，面無表情地喝上兩口。有一次他什麼都沒吃，只呆呆地望著路邊的行人。後來他說：「你知道嗎，我跟她曾經商量過，等我們攢足了三十萬，就開一家粥餅鋪。我也想透了，去法國當僱傭軍太遙遠了。再說了，他們很少招女兵。」

我說，我曾經跟女友商量過，有錢了就去麗江開家電影咖啡館。玻璃上爬著花朵和壁虎，我磨咖啡，她在躺椅裡織毛衣，屏幕上呢，放著《四百擊》。

「可是現在，連這麼簡單的想法都實現不了，」他說，「她走了……我覺得我現在就是一具行屍走肉。」他抬起右拳砸了砸自己的太陽穴，「《四百擊》是什麼，電影嗎？」

雲落縣到處都在拆遷，無論走到哪兒都是股嗆人的粉塵味，彷彿你無時無刻不穿行在一個肺病患者的體內，到處是不潔的氣味和輕微腐爛的器官。有時剪片剪到凌晨三四點，還能聽到打夯機哼哧哼哧的響聲從暗夜的某個角落傳來，那麼空曠那麼急促。

那天在街上我們碰到了郝大夫。蘇恪以停了摩托車跟他打招呼。郝大夫「嗯」了聲後，目不轉睛地盯著蘇恪以。那種眼神我永遠都忘不了，我無法用語言描述。那是怎樣的一種眼神？絲絲了了的恐懼？不易察覺的憂傷？還有一點一點漾開去的憐憫？我聽到蘇恪以大大咧咧地跟他說些不鹹不淡的話，郝大夫的小鬍子偶爾上下攢動一番。後來蘇恪以磕磕巴巴地說，忙完這些日子，就去接活。這件事結不了，心就沒法安定下來，即便做手術，也怕出什麼差錯。郝大夫皺著眉頭朝蘇恪以使了個眼色，蘇恪以才回頭瞥了我一眼，然後討好似地笑著說，自己人，自己人，沒事的。又絮絮叨叨說起我的失眠症。郝大夫拍了拍他的肩膀，探著脖頸對我笑著說：「把你手機號給我，我給你配些藥。到時候聯繫你。」

郝大夫走後我對蘇恪以說，你哪能這樣呢？我當初為什麼從學院辭職？就是因為我經常四處拍片老是請假。吃人嘴短拿人手軟，活兒幹不好，拿著俸祿心虛；活兒幹得好，人家說你幹得不好，你還是幹得不好。蘇恪以「嘁」了聲說：「我跟他什麼交情？是小時候穿一條開襠褲的交情！我們都是在孤兒院長大的。何況我一年給他創多少收入？只有他對不起我蘇恪以，沒有我蘇恪以對不起他。」

9

和慧早晨、中午和晚上都會給我發短信。她的信息都很短，「本姑娘在湖邊釣魚」，「本姑娘和小沙彌捉了一隻鳳尾蝶」，「採了捧蒲公英，上面的小蜜蜂睡著了」，「風從屋簷下吹過，像是誦經的聲音」，「八寶粥喝完沒？記得去超市買兩箱」，「你是不是該理髮了？」……這些沒頭沒腦的信息讓我在拼湊她的醫院生活時有種錯覺，那就是她根本沒住在散發著酒精氣味的醫院，而是如她所言，住在一處仙境裡。這讓我多少有些安慰。這些短信我一條都沒捨得刪除。

電影節籌委會那邊又催過兩次，讓我加緊剪片速度，他們要在開幕式前看樣片。說實話，我的片子以前都由一個圈子裡非常有名的專業剪片室做，自己剪還是頭一次，多少有點心虛。最好先聯繫聯繫他們，然後抽空去趟北京。可翻遍了電話薄，也沒有找到他們的手機號。後來我想起仲春曾跟我去過剪片室，沒準她有聯繫方式。猶豫半晌後我打算給仲春打電話。也許她已經度完蜜月了。像她這樣的女人，一直清楚自己到底要些什麼。她肯定會給雕塑師當經紀人，陪著他鞍前馬後，晚上則躺在溫泉裡讀她最喜歡的女性時尚雜誌……

她的手機無法撥通。我好像也預料到這樣的結果，深深呼了口氣，莫名的輕鬆。

蘇恪以仍像隻沒頭蒼蠅東跑西顛。郝大夫給我打過一次電話，讓我去拿配藥。那天門診上人很多，老人孩子一大堆，嗡嗡嚷嚷的。郝大夫把我叫到裡屋，從抽屜裡掏出個紙袋遞給我，說按上面的配方按時服用就好。我說了聲「謝謝」，他就搖著頭說，你不要客氣，恪以的朋友就是我的朋友。我說是啊，蘇恪以是個義氣中人，只不過……有些古怪。他就豎起耳朵目不轉睛地看著我。他的樣子有點像調查取證的警察，我只好打著哈哈說，比如……比如……比如他走路的樣子……

「沒錯。他從小就那樣走路，上半身不動，下半身動。知道為什麼嗎？」他揚了揚眉梢，「這種姿勢來自他對ＰＴＵ機動部隊的崇拜，這會讓他產生一種莫名的榮譽感和……安全感。另外，他初中時學過繪畫，對顏色比較敏感，不喜歡把腳踩到白色地磚上，可是，步幅與地磚的長度不匹配，只好每走幾步，就調節一下腳踩的位置，看上去就像跳格子。」

「你們……都是地震孤兒？」

郝大夫一愣，也許他沒料到我會這麼問。「是的……」他的聲音聽起來沒有絲毫不快，相反倒有種奇異的鬆弛感，彷彿他很樂意回答我這樣的問題，「那年死了很多人，雲落縣是重災區，據說滅門的就有五百戶。我爸媽、我祖父母和我哥哥全壓死了。」他的頭扭向窗外，似乎窗外就站著那些死去的魂靈，「蘇恪以全家也如此……我們從兩三歲起，就住進了孤兒院。我認識他都三十多年了。」

「他人很好……」

「沒錯，」他的目光迎上來，「他從小就稀罕人。院長給我們每人發兩塊壓縮餅乾，他捨不得吃，全送給別的小朋友吃。有一次來了個老乞丐，他送了乞丐一塊饅頭，乞丐就把他抱在懷裡，用鬍子扎他。那個老傢伙渾身是股惡臭的味道，可是蘇恪以卻捨不得從他懷裡下來。老乞丐走的時候，蘇恪以就哇哇地哭，沒完沒了地哭，哭了一宿，結果我們院長用笤帚抽了他一頓。」

我笑了。我突然覺得，郝大夫大概是世界上最了解蘇恪以的人了。

郝大夫又說：「他打小就跟我們兩樣。上小學時，每隔三兩個月他就失蹤四五天。回來時灰頭灰腦，髒兮兮的。我們問他去哪兒了，他仰著脖頸說，他去市裡看親戚，那裡住著他的兩個姑媽、一個舅舅和三個姨媽。」他笑了。這讓我有點受寵若驚。我從沒見他笑過。一般人笑時，眼睛會由於肌肉拉動變得狹長，而郝大夫的眼瞼在瞬間由兩側向瞳孔擠壓過來，讓他變成了只有瞳孔沒有眼白的人。「他從小就撒謊不眨眼。後來我們院長揍了他一頓，他才說了實話。其實他哪兒也沒去，就在雲落縣城邊上的幾個破村莊閒逛，餓了偷人家東西吃，睏了躺玉米秸裡睡。可他總是一本正經地告訴我們，他姨媽給他燉的五花肉，他舅舅把家裡的柴雞殺了煲湯喝。他離開時表姐表妹們都抱著他哭，捨不得他走。」

郝大夫說這些舊事時眼角老忍不住滑篩出會心的笑，而當他把話說完，臉上立馬像地窖般陰冷。

「不過，我勸你以後少跟他來往，」他的小鬍子拱了拱，「不然你會後悔的。他總是讓很多人後悔。」

我朝他點點頭。我從來不得罪留小鬍子的人。

大中午的，我還是吃了郝大夫開的藥，吃完後躺在沙發上盯著房頂。我希望郝大夫開的是劑神奇的安眠藥。不過失望也是意料中的事。我在沙發上翻過來覆過去，怎麼就壓到了電視遙控器。我極少看電視，那些粗製濫造的國產劇和虛假的新聞報導不會讓人愉悅，只會讓人對這個世界更失望。可那天我怎麼就無意瞅了一眼，而且只這一眼就被吸引住了。

這是雲落縣電視台。雲落縣有兩個電視台，一個全天二十四小時賣性藥，另一個播完縣城新聞後賣性藥。一個明顯帶雲落口音的男播音員正激情澎湃地介紹雲落的風物。我曉得這幾天縣裡好像正搞什麼旅遊節，看樣子是應景的宣傳片。我被吸引的原因不是解說詞，也不是雲落的景色，而是這部宣傳片的拍攝手法。這是在一架小型飛機上拍攝的，飛機由高向低緩緩下滑，在下降過程中，大地上的綠色由朦朧的一團慢慢變成一棵棵的白楊樹一片片的高粱地，大地上的淺藍則由模糊的一灘變成一條條的河流一叢叢的紫雲英……攝像師可能是用 red epic 加MP頭拍攝的，效果看起來很棒。這套設備我曾經接一個廣告活時用過，一天的租金是八千元。解說員有條不紊地介紹著這裡的野生林，這裡的天然湖泊和漫天遍野的金色麥浪。當他提起一個叫雲次的鄉鎮時，鏡頭裡是成千上萬畝紫花地丁。他說，這個鎮政府要把這裡建設成冀東平原的「中藥之鄉」，隨著鏡頭一晃，村落出現了，黑色屋頂和白色炊煙出現了，最後的鏡頭定格在一個農家院。一個院子裡晒太陽的姑娘剛好抬起頭仰望著從天空飛過的滑翔機。我聽到解說員激昂地說，廣大人民群眾的心永遠和黨的心連在一起……

蘇恪以敲門時宣傳片已經結束了。我對他的來訪有些慍怒。睏意好不容易一點點瀰漫開來。他一屁股坐在地毯上呼哧呼哧地喘息。我不曉得他去哪裡了，我只想先睡上一覺。我跟他說，鍋裡還有些冷菜，要想吃就自己熱熱。他沒吭聲。隨後我聽到了熟悉的音樂聲，原來，這部宣傳片又開始重播了。我聽到蘇恪以好像點了支香菸……多年後我還記得在沙發上做的那個奇異的夢。夢裡只有嗡嗡的聲音，彷佛成千上萬的蜜蜂在飛，彷佛小時候電影裡看到的無數敵機來襲，但是什麼形象都沒有，只有令人窒息的聲音。

「她！她！是她!!」

我激靈下醒來，或者說我不是醒過來，而是被蘇恪以粗暴地搖醒。「她在那兒！我操！她在那兒！」他再次攫動我的肩膀，手臂顫抖著指向電視機。我從沒聽他爆過粗口，而且是用雲落方言說出來。我不耐煩地坐起來，不曉得他抽什麼羊角風。

「快穿鞋！穿鞋！我知道她在哪兒了！」

我迷迷糊糊地聽他嚷道，剛才宣傳片裡那個仰望飛機的姑娘就是他失蹤的女友。「踏破鐵鞋無覓處，得來全不費功夫！」他哈哈大笑起來，笑著笑著旋爾沉默了。他蹦跳著跑進洗漱間洗了把臉，臉上黏著水珠凝視著布滿灰塵的鏡子。他對著鏡子不停地嘚啵，怎麼可能呢？怎麼可能呢？這怎麼可能呢？然後扭頭對著我不停地嘚啵，怎麼可能呢？怎麼可能呢？這怎麼可能呢？

我承認當我聽到他說的好消息時第一反應是有點失望，彷彿預感到一件事要結束了。但是我還是擁抱了他。他的身體風寒病患者般時不時地抖兩下。我記得當時的想法是，儘量讓他放鬆一些，他的神經繃得再緊些就折了。我輕聲安慰他說，這有什麼奇怪的？前年我去越南旅行，在湄公河上，我乘坐的船和另外一艘船交錯駛過時，我聽到那艘船上有人大聲呼喊我的名字。我當時就驚呆了，那個人是我初中最要好的同學。十五歲他隨父母去了上海後就杳無音訊。我怎麼能想到十多年後，我們會在越南的一條河流上相遇呢？

蘇恪以的眼睛忽閃忽閃的。他完全沒有聽我在說什麼。他粗重的喘氣聲和游離的眼神讓我相信，他在房間裡待上一秒鐘，不啻在地獄裡煎熬一輩子。

10

坐在這樣一個駕駛員身後一點都不安全。果不其然，還沒有出雲落縣城那輛破嘉陵摩托車就熄火了，我們只好下來。蘇恪以鼓搗半晌，摩托車仍然發動不起來。他朝我聳了聳肩膀，一屁股坐在馬路牙子上，直勾勾看著過往的行人。他點了支香菸，只抽了一口就隨手扔掉，從褲兜裡掏出塊潔淨的藍色手帕，俯身擦起皮鞋來。他的皮鞋本來很亮，現在簡直能當鏡子。擦完皮鞋他站起來，拍拍屁股上的灰塵，又伸出中指彈了彈褲腳。當發現白襯衣的衣角有塊蜜蜂大的油漬時，他用食指蘸了吐沫洇濕，小心翼翼地摳來摳去。一輛滿載鋼軌的大貨車從我們身邊隆隆著行駛過去時，他用普通話一本正經地問道：「張文博，我的髮型，亂不亂？」

好歹我們打了輛出租車。他坐在司機旁邊，隨口說了個村莊的名字，之後就沉默起來。半晌他扭過頭沉著眼瞼對我說：「她騙了我，婊子養的，她騙了我。他一開始就知道她藏在姨媽家。沒準就是這婊子把她藏起來的！」

我不知道他口中的「婊子」是誰，也不知道那個村莊又在哪裡。他一會兒讓司機把正在聽的音樂頻道關掉，說這種噪音會讓北京來的客人笑話，一會兒又讓司機打開音樂頻道，說氣壓太低他都喘不過氣來了，好像音樂和氣壓有著必然的聯繫。司機師傅倒沒說什麼，也許在他眼裡，我們倆就是一對醉鬼吧。

出租車在石子路上顛簸著行駛了很久。後半程裡蘇恪以閉著眼，一個字都沒吐。一座又一座破落村莊被我們甩在身後。當蘇恪以終於說「停」時，我看到一家小賣部的牆上用白灰歪歪斜斜地寫了三個大字：「谷水村」。蘇恪以輕笑一聲，繼續指揮司機師傅往前開。看樣子他對這個村子很熟，「我怎麼沒想到她會在這兒呢！」他呲著口白牙「嘿嘿」乾笑，又小聲著嘀咕：「我真是世界上最蠢的白痴。就我這德行，怎配到法國去當僱傭軍？」

關於那個午後，我承認對我來說更像是場被肢解的夢遊。也許我真的在夢遊。我的眼睛都快睜不開了。看來郝大夫的安眠藥還真是有效果。蘇恪以從出租車裡鑽出去，逕自推開庭院的鐵門。我晃晃悠悠地跟在他身後。這是座普通的農家院，院身很長，院子裡種植著成片的紫花地丁。一個老太太坐在草墊上納鞋底。見到我們時她慌張著站起來問我們找誰。蘇恪以盯了老太太半晌，才嘆口氣說，哎，妳不是姨媽。看來姨媽還在深圳呢。可是，如果妳不是姨媽，妳是誰呢?沒等老太太應答,他朝她擺擺手,食指豎在唇邊做了個「噓」的動作,然後大搖大擺進了屋。老太太顛著小腳緊跟進來,嘴裡叨咕著你們是鎮政府的嗎?我們家的提留款早就交了……

我跟蘇恪以前後腳進了屋。屋子有點黑,一個女人正靠在炕上打盹。這是個白胖的女人,衣裳齊整,只是頭髮有些散亂,她躺在那裡就像一尾在深海裡熟睡的白鯨。蘇恪以大口大口喘息著回頭瞥我一眼,又去盯看那女人。

女人大抵是被我們驚醒了。她瞇縫著眼逡巡著我們一番,然後目光死死鎖在蘇恪以身上。多年後想起那聲突如其來的慘叫,我仍會忍不住渾身顫慄,並時常將那叫聲與安東尼奧尼的《紅色沙漠》混淆到一起。《紅色沙漠》裡的女主人公朱麗安娜在孤島的大海邊看見濃烈的迷霧突然升起,漫進窗口,並瞬間吞噬了盡在咫尺的同伴時,她發狂似地轉身逃離,同時嘴裡發出神經質的尖叫。那天,蘇恪以無疑就是那團濃烈的迷霧,他讓那個白胖的女人瞬息崩潰了。

我記得蘇恪以連鞋也沒脫,靈貓般躥上土炕,一把將女人拽進懷裡。也許不是拽進懷裡,而是將女人整個臃腫的身體硬生生搬壓到自己身上。女人沒丁點聲息,彷彿蘇恪以懷裡抱著的不是具鮮活的肉體,而是堆死掉的骨肉。我聽到老太太拔著嗓門喊道:「出去!出去!你們都給我出去!」沒人理會她。蘇恪以跪在炕上,纖長的雙臂箍著女人的脖頸不停嘟囔,「是妳嗎……是妳嗎……真是妳嗎……」他把女人推開，胡亂摸她的鼻子，摸她的唇，摸她的耳朵。女人只瓷著眼，任由他顫顫巍巍的手順著她的小腹直抵渾圓的膝蓋。

「哎，怎麼會是妳呢。」他鬱鬱寡歡地說，「如果真的是妳，怎麼會忘了我？是不是？嗯？是不是？」他將手指伸進牙齒間啃著，彷彿夜鼠在噬咬衣櫥。當他忽然撕拽女人的衣領時，我和老太太全愣住了。可我們誰也沒動，誰也沒吭聲。他修長的手指在女人的肩胛骨上蹭來蹭去，間或急速輕彈幾下，猶如焦灼的鋼琴師在黑夜裡摸索著琴鍵……

他消瘦的後背前後聳動。他無疑是哭了。開始只是微弱的、沙啞的哽咽，慢慢地慢慢地，一個男人歇斯底里的哭聲終於在房間裡肆無忌憚地炸開。他哭得那麼專心，那麼絕望，彷彿他終於意識到，他是這宇宙裡唯一的孤兒。我茫然地盯著兩個再沒分開的人，睏意又席捲而來。我聽到我自己說，蘇恪以，蘇恪以！你冷靜些！蘇恪以似乎根本沒聽到，也許他那時已經變成了聾子。還好，他的哭聲漸漸若有若無，屋內陡然肅靜。我看到窗外的軟光穿過紙窗流瀉而入，變成斑點游在女人浮腫的臉頰上，猶如碩蛾撲棱著飛旋。

「我知道是妳。除了妳，誰還長了翅膀呢……」蘇恪以柔聲說道，「乖，我們回家吧。」

女人猛地推搡開蘇恪以從炕上躥跳下來。她動作矯健，像是短跑運動員在做最後的衝刺。蘇恪以彷彿知道她要逃，看也沒看一把就抓住她披散的長髮，向後一拽，女人「撲通」聲撲倒在炕席上。他們都沒說話，只聽得衣服窸窸窣窣的微響和皮肉撞擊土炕的鈍聲。我突然想起，蘇恪以說過，女人由於家族遺傳原因，年紀輕輕得了腦血栓，身子動不了，話說不了，連吃飯都是蘇恪以嚼碎了一口口餵她。

有那麼片刻，蘇恪以似乎也很詫異。他將目光甩向我，我搖了搖頭，他就去看女人。女人再次搡開他從炕上跳下，晃悠著站在地板上。讓我意外的是這次蘇恪以沒有阻攔她。她的臉即便在昏暗的房間裡也白如細瓷，一雙眼雖有些腫脹，卻遮掩不住森冷的光。她看著蘇恪以，一字一頓地說：「你真的連做鬼都不放過我嗎？」她聲音輕柔，猶如羽毛悠然地懸浮在半空。

「妳說什麼？」蘇恪以狐疑地看她一眼，又苦笑著看我一眼。

「蠍子……蠍子……」女人說，「世上有你這麼毒的男人嗎……」她的聲音乾燥癟瘦，像孩子用磚頭機械地蹭著毛邊玻璃，「蠍子……別蟄我……」

我不禁去瞅蘇恪以。蘇恪以本來跪在土炕上，此時他仍然保持著這個姿勢。他的胳膊在女人說話時直愣愣地伸出，彷彿想捂住她的嘴。

「我什麼都知道……我什麼都忘不了……在床上躺了半年啊……你都忘了嗎……」女人似乎也恍惚起來，她喃喃道，「你真的忘了嗎……怎麼會忘呢……」

我呆呆地看著蘇恪以。蘇恪以臉上的器官緊緊蜷縮著，極力回憶什麼卻又回憶不起來，猶如一個垂死的老人在回憶他誕生時的樣子。他的身體本來處於一種緊繃的、臨戰的狀態，此時也鬆懈下來，彷彿一頭獵食的鬃獅饕餮後無聊地躺在草地上。

「……你給我洗臉，給我刷牙，給我餵飯，給我接屎接尿，像飼養一頭寵物……我什麼都記得……」她用一種商量的口吻輕輕問道，「你覺得很舒心，是吧？」她好像說累了，或者說，她不想再說了，只是怔怔地看著蘇恪以。

蘇恪以突然笑了：「老虎有打盹的時候，我也有失手的時候。」

有生以來我遇到過三件讓我無法理喻的事。第一件是我們家的鄰居離婚後，妻子嫁給了鰥寡多年的公公。他們在操辦簡樸的婚禮時，兒子操著菜刀砍死了自己的前妻和父親，結果那場婚禮變成了著名的葬禮；第二件跟仲春有關，我們第一次做愛時她竟然是處女……第三件事關我的導師，有一天我突然發現，二〇〇三級表演系最爺們的東北男孩竟是他的地下情人……可是那天，昏昏欲睡的我彷彿觀看了一場離奇的話劇。我似乎正在跟仲春一起在小劇場看《哥本哈根》……我彷彿知道他們說什麼，又彷彿根本不知道他們說什麼……

「累啊，真累啊……」女人的語速慢下來，「我以前只有九十斤的……我是我們公司最漂亮的業務經理……」她一點點蹲蹴下去，猶如每秒四十八幅的慢鏡頭。最後她幾乎坐到潮濕的地板上，粗壯的雙臂圈住大腿，腦袋緩慢地鑽進兩腿之間，皺巴巴的襯衣往後面撅著，猶如一隻哀傷的駝鳥……

蘇恪以從炕上跳下來，走到她身旁，試圖去摸她，快要摸到她時手又觸電般抽回。這時老太太把燈打開，屋內瞬息罩了層暖黃的光。我看到蘇恪以的眉頭一會皺起，一會舒展。當女人抬起頭再次剜著蘇恪以時，蘇恪以哆嗦了下。我聽到女人有氣無力地說：「你……不……是……半年前……釣魚的時候……淹死在湖裡了嗎……你幹嘛還不去你該去的地方……我已經不愛你了……求求你，你放過我吧……」

那個一直沒吭聲的老太太忽然攥住蘇恪以的胳膊咬起來。蘇恪以漠然地瞅了她一眼。老太太咬了良久才鬆開，蹣跚著後縮幾步，滿目驚愕。我們，我，女人，老太太就這樣瞅著蘇恪以。蘇恪以掃了我們一眼。我看到他的眼淚「吧嗒吧嗒」地掉在白襯衣上。我猶豫著遞給他張濕紙巾，他咧著嘴角晃晃手。

門外傳來嘈雜的響動聲。我和蘇恪以忍不住朝外面看去。我們這才發覺，原來過堂屋裡早黑壓壓擠了一圈人。那些人的面孔在陰仄的空間裡猶如黑暗中濕漉漉的花瓣上的露珠，看不清他們的眉眼，更看不清他們的表情。他們只是在那裡矗著，有的抄衣袖，有的抽菸，還有的時不時輕撫下懷裡睡熟的嬰孩。無疑都是附近的街坊鄰居，聽到這裡的哭鬧循聲來看熱鬧的。蘇恪以背對著我瞅著他們。他似乎被他們嚇著了，慢慢地往我身上靠。他已經碰到我了，但是好像沒有感覺到，就像我不存在似的，他轉身走了出去……他白色的襯衣在人群裡煞是醒目，左右閃了幾下就不見了，我大聲地喊道：「蘇恪以！蘇恪以！」他並沒有回頭。也許他根本就沒聽到，也許他聽到了卻沒辦法回頭。我又瞥了女人一眼，女人「咯咯咯咯」地大笑起來。我這才發現，女人只有一顆門牙。「他走了……他走了……」她喃喃道，「別再來找我了……別再來找我了啊……」

我扒拉開人群小跑著到庭院，院子裡空空的。我又呼哧呼哧著小跑到門口，那個出租車司機正翹著腳吸菸。我問他有沒有看到蘇恪以。他不耐煩地說，誰是蘇恪以啊？你們有完沒完？大兄弟，我都等了半個多小時了！好歹多加二十塊錢吧。

我打蘇恪以的手機，沒人接聽。我打了十三遍。最後一遍的提示音是，你撥打的號碼無法接通。我暈乎乎地上了出租車。司機打開音樂頻道，噪亂的歌聲又響起來。我跟司機說，送我回雲落縣城吧，我睏死了。我真的快睏死了。當我的頭靠上骯髒的椅套時，我感覺自己躺在棉花般的雲層上。當我的眼皮隨著出租車的顛簸緩緩闔上時，我似乎又聽到了那種嗡嗡的漫天漫野，令人心悸的聲音，我趕緊睜開眼睛，聲音沒有了。

11

接下去的幾天，蘇恪以再也沒有出現。我不曉得該如何解釋這件事。這個女人，難道就是蘇恪以曾經說過的「天使」嗎？他為何把「天使」像寵物般「飼養」起來？那個「天使」是如何逃走的？我還記得女人說過，蘇恪以半年前淹死了。按照她的說法，蘇恪以早已不在人世，那麼，這個「蘇恪以」是誰呢？可是女人的神經看起來並不正常，相對於蘇恪以，她更像一名精神病患者。我有理由相信一個精神病患者的話嗎？我從來只相信，這個世界上，從來就沒有所謂的魂靈，有的，只是死去的靈魂。

三天後，我還是聯繫不到蘇恪以。

那些天我一直吃郝大夫給我開的藥，我的失眠症有明顯的好轉，可是深夜裡我還是常常驚叫著醒來，渾身汗水涔涔。我知道，我需要一個真相。我必須弄清楚，蘇恪以跟這個姑娘到底是怎麼一回事。這也是我真正喜歡拍紀錄片的緣由：這個雜亂無序的世界，總有些事是可以說明白的。後來我靈光一閃：怎麼忘了給郝大夫打電話？在雲落，他是蘇恪以的哥們，也是蘇恪以的老闆。這麼想時我隱隱興奮起來。我在手機裡跟郝大夫說，蘇恪以不見了。你知道他去哪兒了嗎？郝大夫半晌沒有應答，後來我聽到他慢條斯理地問，你的失眠症……是不是好多了？

我無端地替蘇恪以憤怒起來，我說，蘇恪以不知道跑哪兒去了，不會出什麼意外吧?!我聽到郝大夫重重地嘆息一聲，依然慢聲拉語地說，哎，他已經是成年人了，腳長在他腿上，他愛去哪兒就去哪兒吧。沒準哪天，他又出現在雲落了。他小時候，不也老喜歡玩失蹤嗎?

又過了兩天，我去雲西派出所報了案。我說我的朋友蘇恪以失蹤了。那個正在玩手機遊戲的小警察「嗯」了聲，磨磨蹭蹭找筆錄紙。我說，我的朋友，蘇恪以，已經五天沒有音訊了!他白我一眼說，你那麼大聲幹嘛?我又不是聾子。然後他問蘇恪以的民族蘇恪以的婚史蘇恪以的直系親屬蘇恪以的工作單位……我恍惚起來，盯著一隻花腳蚊在他的元寶耳朵旁嗡嗡地飛。他竟然沒察覺他耳旁飛著一隻肥碩的花腳蚊。

也就是報案的那天中午，我接到了電影節籌委會的電話，他們說，電影節主席這個禮拜會從義大利飛過來，這一兩天就把片子送過去，我拖延的時間夠長了。我只得諾諾著說，好的，好的，我這就去。

當天晚上我回了北京。那時都晚上十點了，站在螞蟻般湧動的人群中，我茫然起來。我幹嘛心急火燎地回來?參加這個影展對我來說真的那麼重要?這一切真的有意義嗎?我在惠新南街西口下了地鐵，就近找了家旅館。躺在床上發呆時姑媽的電話打過來了。姑媽說，和慧這幾天情況不太好，情緒也不穩定，你有空給她打打電話聊聊天。我才想起，我已經好些天沒聯繫她。

和慧的聲音還是嫩嫩的，我說我回北京辦點事。

「你真回了啊？哎，也難怪。本姑娘不在，你也成了孤家寡人。那些碟呢？」

「還在那兒啊。妳要喜歡，就全送妳了。」

「這麼廉價的禮物我才不要。不過真後悔啊，」和慧嘆息一聲，「本姑娘該把侯麥的片子帶幾張過來。我發現看了那麼多電影，最喜歡的導演還是這個法國佬。」

「我給妳郵幾張吧。把醫院地址給我。」

「哦……不用了。」和慧想了想說，「這樣想裡面的細節，也很有意思。」

我總共在北京待了七天。晚上從剪片室出來我通常跟和慧聊幾句。她狀態似乎不是很好，說兩句就歇一會兒，也很少開玩笑，有時講到一半姑媽把手機接過去，輕聲細語地跟我解釋說，和慧身體有點虛，少說兩句吧。

臨別北京前，我思忖半晌還是撥了仲春的號碼。我特想告訴她，我跟那個台灣女人真的有一腿，也許不是一腿，而是兩腿三腿……在阿姆斯特丹那幾天，我無時無刻不在搞她。我不但親了她的嘴，還親了她的私處，不但親了她的私處，還親了她的腳趾……我從來沒有對一個女人有如此強烈的熱望。她柔軟潮濕，猶如河蚌將我緊緊夾在內裡，最後連我的靈魂都吸了進去……我甚至想，我要跟這個女人結婚，跟她生一堆屬於我們的孩子，那該是世上最美的事……這就是全部的事實，也是全部的羞恥……這該是我送給仲春最好的新婚禮物。

讓我失望的是她的手機仍然無法接通。我怔怔地想，或許她出去旅遊了吧？這個季節馬爾代夫會是最好的選擇。沒準她和她的雕塑家丈夫正躺在細軟的沙灘上邊吃生蠔邊晒太陽……這麼想時我一點都不難過。我為我的一點都不難過有點難過。

我是在北京站對面的胡同裡接到姑父電話的。他火燒火燎地說，讓我立馬趕往北京機場。「晚上七點半的飛機！帶好你的身分證！」我本想多問幾句，可他很快掛掉了。我只好小跑著去坐地鐵。我想，如果與和慧無關，姑父不會急成這樣，肯定是和慧出了什麼問題。我給姑媽打電話。姑媽沒接。

兩個小時後我與姑父在北京機場會合。沒有直達合肥的航班了，只得買了去南京的機票。他們單位開警車送他來的，據說連保險槓都跑掉了。他一直鐵青著臉左顧右盼。當飛機傾斜著起飛時，我才在嗡嗡的耳鳴聲中怯怯地問他：「和慧怎麼樣了？」他扭過頭瓷著眼久久盯看我，半晌才啞著嗓子說，和慧從昨晚就一直發燒……他沒再說下去，我也沒敢再問下去。那天晚上，一出南京機場我們就直接打了輛出租。和慧住的那家醫院離南京還有五百里。

等我們到了醫院時已凌晨四點半。我這才發現，所謂的「醫院」，原來是九華山底下的一座寺廟。那麼，和慧根本沒有醫治，只是在這裡靜養嗎？主持、姑媽和幾個和尚正等著我們。姑媽臉上沒有任何表情。她說，和慧從前天晚上就發燒，燒到昨天上午。她要帶和慧去縣裡的醫院輸血，可和慧堅持說，她跟方丈打了個賭，她這次肯定會贏……「她現在在哪兒？」我望著姑媽。姑媽垂著眼瞼說，和慧已在鎮上的殯儀館……姑父蹲在牆角嗚嗚大哭起來……

那天晚上我和衣睡在禪房裡。沒有空調，只有兩架吊扇吱吱呀呀地響。姑媽把和慧來寺廟後寫的日記拿給我看。第一篇寫的就是我：

哥哥是個典型的理想主義者。這樣的人，在銀河系都快絕跡了吧？這個自以為是的傢伙肯定不知道，我有多擔心他。他那麼懶，也不怎麼會做飯。難道他不知道，要想拍出侯麥那樣的好片子，必須有一個好胃嗎？

第二篇寫的是個叫「司馬川」的人：

……每次去理髮，我都會找他。他說，我的頭髮是全鎮最長、髮質最好的。他笑起來的樣子有點像羞澀的鼴鼠。入倉手術時，我的長髮全剪掉了，與昂貴的手術費相比，這算得了什麼呢……什麼時候，我能再讓他理一次髮呢？

翌日，我們先去鎮上的殯儀館。和慧在一個透明的玻璃容器裡睡著了。她的眼睛緊閉，嘴唇和鼻翼間全是冰碴。姑父姑媽給她買了條藕色連衣裙，我給她買了雙涼鞋。我記得她以前問過我，為什麼侯麥的每部電影，都有書和書架出現？我跟她說，書和書架是侯麥電影的一種「姿勢」，這姿勢就像一個人拍照時，手沒處放，只好插在兜裡或抱在胸前。現在，她的姿勢就是這樣：雙手抱在胸前，臉色蒼白，猶如唱詩班裡憂傷的少女……他們在給和慧換衣服時，我聽到姑媽說，別哭！別哭！眼淚不能掉孩子身上……不能延誤她輪迴的路啊……我悶悶地在庭院裡踱步抽菸……後來我們又拉著和慧去火葬場。那是世界上最靜的地方。我記得那天很熱，襯衫很快濕透了。當姑媽大聲招呼我時，我才發現一個鬍子拉碴的工人正用鐵鍬往外鏟骨灰。他把骨灰直接扔在水泥板上，就像一個熟練的水泥匠將沙子隨意堆在一旁。散發著熱氣的骨頭旋轉幾下就靜止了，姑媽和姑父蹲著往盒子裡一塊一塊撿。開始，我一直離他們遠遠站著，後來才強迫自己走過去。我猶豫著拿起一塊。那麼溫熱，我不曉得是和慧的肋骨還是和慧的脛骨。我突然再也忍不住，拼命地抽泣起來。我不願姑媽他們看見，只能間或小聲咳嗽一兩聲，彷彿在提示他們，我很好，我跟他們一樣鎮靜，我正跟他們一起埋頭拼湊和慧的身體。

回來的火車上，姑媽姑父一直沉默。我們買的是硬座，三個人輪流著趴在狹窄的桌面上睡覺。我從廁所回來時，姑媽傾斜著身子趴在姑父腿上睡了。姑父只是望著黑漆漆的窗外。後來，我看到他在火車玻璃上不停哈氣，然後伸出手指，在哈氣上一筆一畫地寫字……我木木地盯著玻璃上歪歪斜斜的「和慧」兩字……後來我不得不再次跑到廁所，用拳頭用力砸著牆壁，直到黏稠的血順著手指滴下來……我就是這時接到導師電話的。他肯定做夢都想不到我正做什麼。

「我跟你說件事，」他開門見山地說，「仲春失蹤了。」

「失蹤？你說什麼？」

「是的，失蹤了，都二十多天了。」

「怎麼可能？她不是結婚了嗎？她不是嫁給那個雕塑家了嗎？」

「你是不是見過她？她曾經跟我要過你在雲落縣的地址。」

「見是見過，可是她……她只待了一晚就走了。」

「……你可能是最後一個見過她的人，」導師鬱鬱寡歡地說，「她真的沒跟你提過，她要去哪兒嗎？」

「沒有。」

「沒有？」

「你知道，我從來不撒謊。」

「希望她沒事吧。不過，你要做好心理準備。她丈夫已經向派出所備案了。她丈夫雖然是搞藝術的，卻是少有靠譜的人。警察肯定少麻煩不了你。拉爾斯·馮·特里厄曾經說過，告訴那些傻逼警察，你一向清白善良，蚊子吸你的血，你都捨不得一巴掌拍死牠。」

12

回到雲落縣時，和慧家的親戚們都到齊了。我們從車上一邁下來，鋪天蓋地的哭聲就蔓延開去……我悄悄地轉身離開。

路過那家「司馬川造型室」時，我忍不住進去瞅了瞅。一個金髮小夥問我是理髮還是燙髮？我沒吭聲。後來我問司馬川在嗎？小夥子說，找我們老闆啊？喏，正忙著呢。他努努嘴。我順著他的目光看過去，一個長相文靜的男孩正跟顧客竊竊私語，邊聊邊「呵呵」笑兩聲。和慧說的沒錯，這孩子笑起來的樣子，真的有點像鼴鼠。

從理髮店出來，我的右手隱隱疼起來。我伸出舌頭舔了舔凝固的血漬，突然想起了蘇恪以。他到底去哪裡了呢？

我從診所買了瓶雲南白藥，杵著腰一步步往家蹭。躺在客廳的地毯上覺得骨頭都散架了。可我還是強忍著坐起來，收拾那些散落在沙發和牆角的光碟。我要離開這兒。可是去哪裡呢？我能去哪兒呢？我一直固執地拍紀錄片，我喜歡真實，喜歡真實的肉身和他們卑微的靈魂，可我怎麼又能知道，鏡頭裡的他們並非是虛假的？其實人最好的歸宿，就是做深海裡的一塊石頭，或像蘇恪以所說的那種精神病人，被切除了腦葉白質，安安靜靜混沌一輩子……當我再次想起蘇恪以時，我驟然想起，那天早晨睜眼見到他，曾問過他，有沒有見過「那誰」，我之所以印象深刻，是因為出於羞澀，我並沒提起「那誰」是男人還是女人，可他當時隨即反問道：「你這兒經常來女人嗎？」如果他沒見過仲春，怎麼知道來的是女人？那個女人逃脫後，他一直在來這邊給所謂的昂貴的植物澆水，那麼，有沒有可能……

我忍不住打蘇恪以的手機。我知道一切是徒勞，可我還是打了。仍是一個女人冷冰冰地說著「沒有這個號碼，請查詢再撥。」我越想越毛骨悚然，我想起失眠時樓層裡傳來的莫名的淒叫聲……我猛地推開房門。

蘇恪以常來澆花的屋子就矗在我面前。我曾無數次背對著它窸窸窣窣地掏鑰匙，然後擰開我家的房門。可我一次也沒進入過它。蘇恪以總在我這兒喝酒，或者說，他好像從沒邀請過我去對面喝酒……我試著擰了擰房門，一動不動。我在房門前靜靜地站了半晌，然後猛然用腳狠踹起房門。我不曉得當時為何如此憤怒，似乎這些日子以來所有的憂悒都化成了一股火焰在我腿上燃燒……當我最後一腳踹開房門時，樓下的一位大媽聞聲顛跑上來。她呼哧帶喘地問我出了什麼事？我說鑰匙忘帶了。她狐疑地打量著我說，咦，我好像記得你住對面呢……我沒理她，也沒在意她半信半疑隨我進了屋。

這間房屋的格局跟我住的房子一樣，兩室一廳，一廚一衛。只不過，這間房子更乾淨些。看來蘇恪以是個有潔癖的人。不過我並沒有看到他所說的昂貴的植物。那位大媽跟我轉了廚房和衛生間，又轉了書房。一切都很正常，當我如釋重負般嘆了口氣時，我聽到大媽的喊叫聲。她肯定是個熱衷小道消息的閒婦，總想窺視點街坊鄰居的隱私，不然也不會先我一步跨進臥室。我疾步進了臥室，然後跟這個滿臉老人斑的肥胖女人一起愣愣地看著……看著那個讓我們訝異的東西。

毫無疑問，這是件石膏雕塑。只不過雕塑的人肯定是個非凡的藝術家——如果不是午後刺眼明亮的光線曝晒著房間，我肯定以為這具雕塑是位真人。她的眉毛、她的眼神、她嘴角浮起的笑容和身上緊裹的旗袍，都提示我她是位漂亮賢慧的淑女。我眼前馬上浮現起那個臃腫不堪、說話顛三倒四的女人。當然，雕像跟她的不同之處，就在於苗條的身材和那對雲翳般飄逸的翅膀。

「真漂亮呢，」大媽「嘖嘖」著走到雕塑後，不停撫摸著那對從肩胛骨長出的翅膀，「是你自己雕刻的？還是買的？」

我朝她笑了笑。她說：「不過有點可惜，翅膀上怎麼這麼多印啊？是不是蛀蟲咬的？」

我順著她的目光瞅去，才發現那對羽翼之上全是一道道傷痕，有的深些，有的淺些，不過可以確定的是，全是用利刃砍割而成。我又想起了蘇恪以。蘇恪以是在女人失蹤後請人雕的雕像嗎？那麼，女人是否曾在這個潔淨的房間裡躺了半年？我彷彿看到她猶如肥碩的嬰兒一動不動，蘇恪以舉著勺子給她餵芒果……

那位大媽嘟囔著走了。我關上門躡手躡腳進了我的房間。我餓了。從坐上火車到現在，一口飯都沒吃。我想喝粥。後來，是的，後來，我滿臉禿嚕著淚水和鼻涕，把桂圓、紅棗、枸杞和薏米一把一把泡進水裡，用電鍋煮起來。遺憾的是，百合只能等下次再買了。在等著熟悉的香氣味瀰漫廚房前，我泡了杯濃咖啡，沒放奶也沒放糖。喝著喝著我就蜷縮在沙發上睡著了。

13

我再也沒有見到蘇恪以。仲春那邊也仍然沒有任何消息。有一天我在大街上看到個女孩，戴著一頂不合時宜的黑色雷鋒帽。我盯著她的背影盯了許久。在大街上哭很丟人，可我還是忍不住嚎啕大哭起來。我想，是我離開雲落的時候了。

我給郝大夫打過一次電話。除了蘇恪以，他也算是我在雲落認識的熟人。我想告訴他，我要回北京了，謝謝你給我配的安眠藥，這是我吃過的最管事的安眠藥。他很快接了電話，還沒等我開口，他就說，不要再煩他了，他真的不知道蘇恪以幹嘛去了……他的語氣是那種居高臨下的揶揄。讓我意外的是，我並沒有生氣。我倒是想起了他微笑時的樣子：眼瞼在瞬間由兩側向瞳孔擠壓過來，讓他變成了只有瞳孔的人。

離開前姑父姑媽請我吃了頓便飯。在他們香火繚繞的房間，我喝了很多雲落自產的那種原漿大麯。姑父也喝多了。我們什麼都沒說。我覺得這樣挺好。吃完飯姑媽點了香燭，跪在蒲團上誦讀《金剛經》。誦讀完畢，她拉著我的手說，她把和慧的日記留給了寺廟的方丈。方丈會把這些文字複印成冊，發給到廟裡燒香的居士。我說這樣也好。本來我跟她提及過，想把和慧的文字整理成一本書，分發給親戚朋友。

從姑媽家回來的途中，我接到了郝大夫的電話。他先客套幾句，詢問我回北京的確切日期，然後幽幽地說：「你現在有空嗎？過來坐坐吧。我還在門診上，就我自己。」

到了他的診所時，我才發現還有幾個病人掛點滴。他有些不好意思地把我請到裡屋。和大多數大夫的房間一樣，很乾淨，桌子是白的，椅子是白的，床單是白的，就連電腦，也是一台白色的蘋果。我們東拉西扯地說了點雲落縣城的話題後，必不可免地談到了蘇恪以。我說蘇恪以是我認識的人裡最能喝的，也是我認識的人裡最有個性的。然後我說起那個匪夷所思的下午，那個肥胖的女人，以及蘇恪以離奇的失蹤。

郝大夫一直都沒有吭聲，只是低著頭一根接一根地吸菸。後來他抬起頭，我發現他的眼眶裡竟然全是淚水。他說，他跟蘇恪以是發小，青春期互相打過飛機的那種發小……我對郝大夫提起他們的隱私有些意外，不過我很快鎮靜下來。我說，我能看出來，你是世界上最了解他的人了。郝大夫的手不停抖著，菸灰「噗噗」地掉到他筆挺的西褲上，他也不管不顧。他說，你見過的那個姑娘……是我的表妹，在北京一家上市公司當白領。那時她剛失戀，來雲落散心，在我的門診上認識了蘇恪以……說到這兒時他沉默起來，我只在越來越濃的煙霧裡看到他覷著雙眼盯著白色牆壁。

「……他們同居了很長時間，她沒回北京。不怕你笑話，那個時候，我們的門診生意並不好……」他停頓了一下，「蘇恪以技術沒說的……尤其是做外科手術。我們的鄰居是個蹬三輪的大爺，他有個得精神病的兒子，經常拿著斧頭跑到街上砍人，又沒錢治……後來蘇恪以突發奇想，跟大爺商量，想給他兒子做腦葉白質切除手術，大爺當然求之不得，現在哪裡還有不花錢就能治病的呢。手術效果很好，那個狂躁的瘋子成了雲落縣城最安靜的男人。再後來，我們就去外地接這樣的病人，生意很不錯，你知道，那些窮人，寧願出五千塊錢一了百了，也不願意一到春天就送病人去住院……蘇恪以幫我賺了很多錢，這是真的。」

我突然意識到他後面要說什麼了，莫名地慌亂起來。

但他這時站起來說：你喝茶嗎？沒等我應答，就起身倒了一杯普洱遞給我。

「這個世界上死亡的方式，沒有一萬種也有九千種，」他清了清嗓子，我才發覺他的聲音是那種很悦耳的男中音，「你知道嗎？有一個笑話，說美國一年約有三人被鱷魚咬死，十人跳傘時意外身亡，四十二人被蠍子螫死，一百五十三人被雷劈死。但最令人驚訝的是，每年都有三百多名美國人死於自慰：不是因自慰過度精盡人亡，他們或是心臟病復發，或是使用錯誤的道具助性，例如，一名中年男子用吹風機自慰，因此觸電死了……」

我詫異地看著他。他省略了我們共知的東西，而且因為講了一個好玩的東西變得很平靜。

我說：「是啊，世界真是無奇不有。」

「是的，」他看著我，欲說還休地說：「如果我說我約他到湖邊釣魚……」

湖邊？像閃電照亮了黑暗裡模模糊糊的東西一樣，那些零零碎碎的片段一下子全部黏連在了一起，像一堆拼圖慢慢呈現出一個完整的圖像來，我幾乎覺得腳下的地在變軟，像傳說中地陷一樣。所以我很突兀地站起來，彷彿想到什麼重要的事情似的，我說，我明天一大早要趕汽車，今天晚上必須好好休息，很抱歉我該告辭了。他彷彿早有預料，平靜地看著我。然後爽快地說，好好，以後有機會，再來雲落玩，這個縣城還是很不錯的，有山有海有湖泊，過不幾年就能建成一座中等城市了。

從雲東到雲西，至少要走半個小時，走著走著我就累了。後來，在人行道上看到那種紅白相間的地板磚時，我的腰板下意識地挺起來，我將上半身保持完全靜止，只兩條腿鏗鏘地邁動，由於地板磚的長度和僵硬的步伐不能完全吻合，我只得每隔三兩秒，就像跳格子那樣滑稽地小跳一下。

二〇一二年十月七日　於灤南

七根孔雀羽毛

1

那個冬天我很少出門。如果不是給我們所長面子，恐怕我會一直窩在家裡。心情好了，我也溜達著去上班，反正單位離李紅家不遠。他們都不知道我住李紅家。當然，他們也不知道李紅是誰。有一次，單位的馬文喝醉了跟蹤我，想知道我這段時間到底在哪兒鬼混，結果半路上我就把他甩了。不是我多機靈，而是這傢伙剛過了馬路就躺灌木叢裡睡著了。他一直是個有點口吃、褲兜塞滿榛子果仁味兒巧克力的胖子。

很多個夜晚，我從床上爬起來光腳走到陽台，逡巡著對面樓上亮著燈火的人家。這個小區的居民大都保持著早睡早起的樸素習慣，通常情況下，除了兩棟樓之間的幾顆星星，只是一片漆黑。偶爾三樓會有個女人開著浴霸洗澡。她洗澡很有規律：每個禮拜五晚上十二點。她胖得像頭刮了毛的荷蘭豬。當有一天我看到她裸著乳房，架著一副望遠鏡四處鳥瞰時，我就很少去陽台了。李紅睡覺很死，據她自己說，這麼大歲數了，還從來沒做過夢。不過她的鼾聲很響，一個漂亮的女人為什麼打那麼響的呼嚕？我偎著她躺下，盯著黑房頂。盯著盯著天就莫名地亮了，光亮透過窗簾恍惚漫進，打在她眼袋上。她那麼安詳，總讓我懷疑她其實已經在睡夢中死了。

七點十分，她大聲吆喝著孩子起床，接著去洗手間小解，然後是漫長精細地描眉——我長這麼大，還沒見過這麼熱衷描眉的女人。描完眉後她去燒水煮飯。後來我在看守所那幾天，老想著能有機會告訴她，她完全可以先把水燒上，再去幹別的事，這種方法叫統籌，初中就學過，能省不少時間。可惜她沒給我這個機會。

七點四十，她開車把丁丁送到實驗小學，八點零五分回來。回來後我們就做點有意思的事。她是個三十多歲的女人，渾身化妝品的氣味。女人的化妝品就像男人的謊言一樣讓人徒生厭倦，更何況她喜歡把我壓在身下。我只有閉上眼，胡亂摸著她起伏有致的身體。有一次我突然睜開眼，發現她正盯看著我。她在瞅什麼？我不知道，也不想知道……說實話……我不喜歡這種姿勢。可我畢竟是個有責任心的男人。我把自己弄得無比堅挺，彷彿是台隨時可以發動、馬力十足、性能良好、價格低廉的發動機。九點鐘這種事通常結束。如果她不想結束，我會多費些心思。她不是個過分貪心的人，據我的觀察，她只是喜歡有根溫熱的東西留在體內，如果這根東西恰巧長在別的男人身上，我相信她也不好意思拒絕吧。

十點鐘她去上班，她在步行街開了家美容院。閒得無聊時我曾經去過幾次，沒人理我，我就躺在大廳的沙發裡看《知音》，順便瞄幾眼來回穿梭的女人。說實話，跟在美容院相比，我其實更喜歡在大街上瞎溜達。既然我從生下來就很少離開這個縣城，那麼，我很有必要熟悉它的每條毛細血管。譬如，農貿路有兩家糧油店，一家「老百姓」，一家「綠色貴族」；文化路有四家賣「板麵」的，一家河南人，兩家安徽人，還有一家是成都人；低檔紅燈區都在糧食局後面的胡同裡，小姐平均年齡都四十歲朝上，滿臉褶子，如果你站在她們身邊，能聽到她們臉上的香粉「噗噗」落地的聲音。她們生意很火，據說每天都要接待大量的民工和學生。最受歡迎的一位已經五十二歲，天生異秉，蹬三輪的車夫都讚美她的私部堪比十八歲的處女；縣裡最好的賓館，就在性保健用品一條街的左側，它有個響噹噹的外國名字，叫「迪拜吉美大酒店」。這個名字我老也記不好。我對超過三個字的外國名字總是記不好。

說實話，我很喜歡站在大街上，叼著菸看「迪拜吉美大酒店」。有錢人戴著墨鏡從酒店裡晃出來，開上他們的車咆哮著離開。他們好像總是很忙。有錢人總是很忙。他們大都很年輕，留著板寸，脖子上掛著粗壯的黃金項鍊，如果不出意外，他們的身邊總是跟著位拉風的美女。

據說，他們當中最有錢的一個，是個叫丁盛的人，他很低調，只有六輛私家車，一輛悍馬，一輛寶馬X5，兩輛賓利雅致，一輛奧迪Q7，一輛SUV越野路虎。每天他都會開著不同的車去會晤客商，就像每天都要換一件新襯衣一樣。當然，關於他的傳聞很多，比如他有幾個情人，比如他有幾隻鱷魚、黃金蟒之類的龐大寵物。可這些跟我有屁關係？我永遠不可能像他那麼有錢。何況即便我像他那麼有錢，我也不會買六輛車。我會給鎮上的每個居民買一輛。

2

李紅經常勸我說，我應該做點像樣的大買賣。我知道她這麼說是為了我好。她說這話的時候基本上不看我，她既然知道說也是白說，幹嘛還要說？我拿什麼做大買賣？我又沒錢。一個男人沒錢，不等於新婚之夜才發現自己陽痿嗎？可我不能說「不」。她不是個喜歡聽男人說「不」的女人。前一個男人被她趕走了，就因為那個男人經常跟她頂嘴。他從來就沒有說過「好」或者「是」。提到那個不知趣的男人時她經常會這麼說：「如果他不找個理由反駁你，他就會因為缺氧而憋死。」

對於我的小賭，她倒沒說過什麼。她父親賭錢，她弟弟賭錢，她前夫賭錢。我估計那個喜歡跟她頂嘴的男人也賭錢。在她看來，男人喜歡賭錢，跟天天去洗頭房相比，是種更健康的生活方式。何況有時候她也玩上兩把。她手氣通常不錯。她這個年齡的女人，賭錢一般都不會輸。

我就是在康捷家玩牌時看到曹書娟的。說實話，我真想沒到會在康捷家碰到她。我很久沒見到她了。那天我去的早，我踢掉皮鞋，靠在康捷家的沙發上看電視。我看電視只看中央電視台的少兒頻道，裡面有很多動畫片。我最喜歡《海綿寶寶》。那天講的是蟹老闆女兒生病了，家財萬貫的蟹老闆為了省錢，親自給女兒動手術。他女兒是隻長得非常醜的大嘴巴鯨魚……這時門鈴響了，康捷去開門，然後，我就看到了曹書娟。她看到我時，一點都不吃驚，這讓我有點難受。康捷很客氣地把我們互相介紹了一番，然後我們就坐到麻將桌旁。那天我輸了點錢。我不知道這是不是因為曹書娟。她倒沒什麼，不過很明顯，她的牌技跟以前比是越來越好了。我沒注意到康捷是否察覺出我有點反常。我總是忍不住拿眼去瞟曹書娟。她沒怎麼老，也沒變得更年輕。除了她的牙齒上箍了個牙套，我看不出她跟以前有什麼區別。打著打著她接了個電話，然後就很有禮貌地起身告辭。康捷出去送她，我趁機溜達到廁所，在衛生間裡洗了把臉。等我出來時，康捷猥瑣地看著我笑。他說：「這個貨怎麼樣？嗯？」我朝他點點頭。我很佩服他總是能找到些莫名其妙的人來打牌。而這一次，他把我的前妻找來了。

我把碰到曹書娟的事告訴了李紅。李紅正在用紫砂鍋燉牛肉，一邊燉牛肉一邊唱歌。李紅是個愛音樂的人。據她自己說，在錦州上小學時還專門練過手風琴，另外她還是校合唱團的領唱，如果不是變聲期倒了嗓，她沒準已是個出色的女歌唱家。誰知道她說的是真是假？反正炒菜的時候唱，洗澡的時候唱，化妝的時候唱……她的聲音有點像那種女花腔，即便爛大街的歌，從她抽搐的嘴裡唱出來，也是那種圓潤、顫抖、渾厚、讓人起雞皮疙瘩的高音。當然，用她自己的話講，她是個有素質的人，雖有傲人的肺活量，可為了避免擾民，總是刻意把高音降調。這樣，我總是看到她嚴肅地吟唱著辨不清歌詞的詠嘆調，因驕傲衍生出的隱忍讓她渾身散發出一種光芒……是的，屬於一個美容院老闆的光芒。當然有時她也難以自控，磅礡洪亮的嗓門讓我溜達到陽台上。這時她會很鄭重地問我，為什麼我唱歌時你總愛去陽台？我只得實話實說，我說，我這是為了避嫌。她就迫不及待地問，避什麼嫌啊？我諾諾地說，我怕別人以為是我在打你。

我怎麼能把遇到曹書娟這件事告訴她呢？當她聽到曹書娟這個名字時，她歌也不唱了，從廚房扭頭掃了我一眼。我就繼續嘚啵嘚啵地說。我說，曹書娟都這麼大歲數了，居然還戴了牙齒矯正器。我說，曹書娟的裙子穿得很難看，竟然是紫色的。我說，曹書娟的手指越來越黃，什麼時候變成老煙鬼了。我說，我們面對面地打了兩個小時的麻將，竟然沒說上三句話。我自言自語時，李紅一聲都沒吭。她只是燉她的牛肉。我覺得這樣挺好。

吃飯時通常很靜，尤其是吃牛肉，我只聽到我們三個人的牙齒咀嚼肌肉纖維的聲響。丁丁吃飯從來不看別人。她不光吃飯不看別人，不吃飯時也不看別人。至少對我是這樣。我搬過來半年，她幾乎沒正眼瞅過我。她不光沒正眼瞅過我，也從沒主動跟我說過半句話。為了討好她，我曾花了一百九十塊錢給她買了條連衣裙，她只是從李紅手裡接過去，揪住裙角一聲不吭扔進衣櫃，彷彿這條裙子髒了她的手。後來我在垃圾桶裡發現了那條裙子。裙子黏得全是大米粒，裙邊手工編織的大黃花被剪子剪得支離破碎。不過這孩子的胃口一直很好。我就喜歡能吃飯的孩子。我看著她大口大口把米飯扒拉進嘴裡，又用筷子夾了塊肥瘦適中的牛肉，小心翼翼卷上舌苔。我懷疑這個肥胖的女孩其實早得了自閉症。每當這麼想，我就會想起小虎。每當想起小虎，我的心就一揪一揪地……疼。

「宗建明，快點吃飯。」李紅說。

我只好笑了笑。李紅最喜歡我笑的樣子。

「牛肉涼了就不好吃了，」李紅說。

我說：「醬牛肉都是涼的。」

李紅瞄了我一眼。

我說：「我喜歡吃涼的醬牛肉。」

李紅攢著眉頭白了我一眼。我就不說話了。可我不說話並不代表我就成了塊石頭。

「我知道你在想啥，」李紅嘆了口氣說：「曹書娟可真厲害。」

沉默半晌後我方才說：「我什麼都忘了。」

李紅「咦」了聲：「是嗎？哦，這最好不過。你這樣的人要得了健忘症，反倒是件好事。」

我用力點頭。我把牛肉嚼得更響。

李紅又說：「哎，如果實在忘不了呢，也沒關係，反正你長著兩條腿，想去哪兒就去哪兒。你還長著第三條腿，想搞誰就搞誰。」

我使勁笑了笑。

李紅說：「說實話，你笑起來真挺醜的。眼窩那麼深，鼻子那麼尖，還長著副兜齒。」

我說：「我知道。他們都說我像俄羅斯人。他們都說我長得像普京。」

李紅「哼」了聲繼續問：「你還知道什麼？」

我呲著牙說：「妳燉的牛肉比清真飯館的都香。妳是不是放了大煙殼？」

李紅很鄭重地點點頭。毫無疑問，她對自己的廚藝相當自信，就猶如她相當自信地認為，我已經從上到下從裡到外完全是她的人了。她這麼想也沒什麼不對，我住著她的房子，我吃著她的飯，我蹲著她的馬桶，我睡著她的床，我花著她的錢。如果這樣我還沒有完全屬於她，那麼這個世界就太無恥、太匪夷所思了。

3

多年來我一直堅信我可能是個被淹沒了的……天才。當然，我沒跟別人說過。男人到了我這個歲數，如果還沒學會夾著尾巴做人，還沒學會睜著眼睛說瞎話，還沒學會自己放屁瞅別人，肯定被人笑掉槽牙。我不怕被人笑話，我只是怕被那些我瞧不起的人笑話。不是我吹牛，我們夏庄一千號人，無論男女老幼，哪個不知道我宗建明呢？

小學一年級時我爸心血來潮養了幾條金魚，兩個禮拜就全死了。這在當時的夏庄被人傳為笑談。一個莊稼漢不好好養豬養牛養雞養兔，養幾條花藜胡哨的金魚幹啥？養就養了，還全養死了。我覺得我爸挺窩囊，趕集時就順便偷了幾條。這幾條金魚大概是世界上壽命最長的金魚。我記得高中畢業了，牠們也老得游不動了，還在魚缸裡安然無恙地翕動著牠們碩大性感的紅嘴唇。沒人猜到我是怎樣飼養這些金魚的。我不但把牠們養活了，還讓那條黑瑪麗產了許多卵。那些透明的水泡似的卵孵出了幾百條蝌蚪大小的黑瑪麗。後來我們夏庄的人家就都養上黑瑪麗了。再後來，王二家的母牛難產時，也找我去幫忙。有誰會想到一個十幾歲的孩子蹲在牛棚裡幫母牛分娩？村裡人在我初中畢業時強烈建議我考市農校，專門學畜牧獸醫專業。在他們看來，我是個天生的獸醫。如果我不去當獸醫，那簡直是畜生們最大的損失。

六年級時我練了五個禮拜的乒乓球，把我們學校的體育老師大劉打敗了。大劉曾是我們縣教職工乒乓大賽的季軍。那年春天，大劉從獨寞鎮得意洋洋地帶個少年回來，專程跟我打了一場。那場比賽多年後還被夏庄小學的老師們津津樂道。他們誰也沒想到我只花了半個小時就把少年打敗了，印象最深的是當我發完最後一個側旋球，那孩子突然把球拍往地上一摔，蹲在乒乓球台邊上「嗚嗚」慟哭起來。他哭得那麼傷心，那麼絕望，彷彿他是這個世界上唯一的孤兒。最後，老師們不得不把他連抬帶拖地拽上拖拉機，送回了獨寞鎮。後來我才知道，這個男孩就是桃源縣乒乓大賽青少年組的冠軍。他有個很好記的名字，康捷。

他們都誇我聰明，他們都說，我的心比別人多長了一竅，如果我想幹點什麼，我肯定能幹成。他們說的沒錯。他們總是對的。高中時我喜歡上了曹書娟。第一次見到她是在操場上。高一的新生都在操場上拔草，她蹲在那兒，腰板細得一把掐，乳白連衣裙裹得臀部微微上提，讓她既優雅又趾高氣揚。當時我就想，哦，這就是我老婆。追她沒費什麼勁，我給她寫了幾封情書，請她吃了頓魚香肉絲和麻婆豆腐，然後就把她帶地洞去了。我們學校有座古城，是元朝大將納言倴展修的，據説用以囤積糧草，地洞就在古城下邊，抗日戰爭時成為八路軍的指揮部。不過當我們上高中時，這條地洞被學校用大石頭堵死了，如果他們再不把它堵死，估計會有很多女學生不得不中途輟學。不過那塊巨石並沒難倒我。我攥著根木棍在石頭旁轉來轉去。曹書娟問，你在幹嘛？我就跟她説，我在找一個點，如果把那個支點找到了，我就能把這塊石頭撬開，如果把這塊石頭撬開，我們就能鑽進地洞，如果能鑽進地洞，我們就能幹點我們都想幹的事了。我記得曹書娟的臉當時就紅了。這讓我很得意。後來呢？後來我真把那塊巨石撬開了。怎麼撬的？很簡單，我真就找到了那個支點。是的，只是一個點，然後，我和曹書娟就把石頭撬開一尺——這個縫隙剛好夠我們鑽進地洞。

可是，如果一個男人總懷念從前那點屁事，並故作鎮定地講給人聽，那麼他肯定不是個天才。最起碼講，肯定不是個腰纏萬貫的天才。吃完燉牛肉的下午，那個曾跟我鑽過無數次地洞的女人，那個曾經把我當成天才的女人，終於跟我面對面坐到一家冷飲店裡。如果一天之內兩次見到你前妻，你應該毫不猶豫地去買六合彩。搞到曹書娟的電話很容易，康捷辦事相當靠譜。我沒跟他説我跟曹書娟的關係，我怎麼能跟他説這些呢？我只是貌似不經意地跟他念誦道，我操，那個女人的牙套真他媽性感。他在電話那頭「嘎嘎」笑，他早不是那個為了一場球賽要死要活的少年了。五分鐘後他把曹書娟的電話號碼用短信給我發過來，當然，後面少不了他時常嘲笑我的那句話：種馬發情，少婦遭殃。

見到我時曹書娟臉上沒什麼表情。如果一個離婚的女人跟她的前夫一起吃冷飲，而且臉如塑膠面具，那就表示這個女人跟她的前夫，真的丁點關係都沒有了。

「你有什麼事就說吧，」曹書娟看著我說，「不過我先告訴你，我最近手裡很緊。」

我沒有回答她。我有很長一段時間沒騷擾她了。我把戴著聖誕帽的服務員叫過來，點了兩杯酸梅湯。我喜歡喝熱的酸梅湯。

「我還有半個小時就要去北京，」曹書娟的右臂托著下頜骨，左手托著右胳膊肘。她沒有看我，而是盯著玻璃幕牆外邊的露天遊樂場。

我點了支香菸，然後遞給她一支。她猶豫了下才接過。我慌忙起身用打火機給她點菸。這個ZIP打火機是當年她去洛杉磯時專門給我訂做的。上面刻著我的名字。

「如果你今天約我來只是這麼乾坐著，」曹書娟用手攏了攏頭髮。她一直喜歡這個動作，「我覺得一點必要都沒有。」

酸梅湯上來了，我沒用吸管。我討厭吸管，就像我討厭自己現在為何開不了口一樣。

「你應該清楚，我沒起訴你，沒把你送進監獄，算給你很大面子了。你還想怎樣？」曹書娟用中指輕輕彈擊著玻璃杯的杯口。她的聲音終於不是直線了，我彷彿看到她的胸口在劇烈起伏。這反倒讓我心安些。「你還想怎樣呢？」她又問了一遍，似乎不是在問我，而是在問她自己。這時她的手機響了。很好聽的鈴聲，如果沒有記錯，這首歌的名字叫〈腳印〉，小時候老聽王潔實和謝莉斯在收音機裡唱。他們的聲音有種做作的華美和空洞。曹書娟掃了我一眼，站起來去外面接手機，她就站在玻璃幕牆外接手機。我在座位上能看到她的側臉。我一直認為，她最漂亮的就是她的側臉。她的顴骨有些高，正看有點寡相，不過若是側看，倒有種骨感美。不久她就回來了，她走路的姿勢還和以前一樣，身體往前一挺一挺，彷彿身後有獵狗在追迫她一般。

「我走了，」她把手機放進包裡。這是一款LV的包。小鎮上很少有女人背這種包。「以後不用再給我打手機。從這家店裡走出去，我就換另外一張卡了。」她站著，我坐著。她本來就高，她的語速也有些急促，甚至有些疲憊。有那麼片刻，我懷疑她極有可能會顧不上店裡熙攘的顧客，很優雅地搧我一個耳光。但是，沒有。我就那樣仰著頭凝望著她轉身離開了冷飲店。她的那輛紅色寶馬跑車就停在露天遊樂場。

我終於站起來，去了趟洗手間。在洗手間裡我長時間地注視著鏡子裡的宗建明。我本來以為宗建明可能會流淚，不過還好，鏡中男人只用手按了按自己的眼袋，朝著鏡子呲牙咧嘴地笑了笑。他的牙齒縫隙全是菸漬。我突然想起一句話，不要找你的敵人陪你喝茶，她像你牙縫裡的菸漬和你舌尖上的醋，使你煩躁不安。

4

「你下午是不是出門了？」李紅問。

「沒。一直在家睡覺來著。」

「真的？」李紅換上拖鞋蜷縮進沙發，「那你為什麼還穿著這件阿瑪尼？」

我低頭看了看自己的大衣。我竟然還穿著大衣。這是我最喜歡的一件衣服，每次打麻將或者會朋友，我都會貌似隆重地穿上它，「哦，下午去康捷那兒玩了會兒。」

「不會是又和曹書娟打對家了吧？」李紅「呵呵」笑了兩聲。

「沒。怎麼可能呢？」我倒杯涼白開遞給她，把她的小腿輕柔地抬上我的大腿捏揉起來。我按摩的手藝不錯。我說過我可能是個天才，無論做什麼，都會比別人做得好那麼一點。

李紅很快就放鬆了，小聲哼唧起來。「其實見面又能怎麼樣？」她摸了摸我耳朵，似乎在安慰我，「你當時把她整那麼慘，差點就死你手裡，」她用手支起我的下巴，很耐心地打量我，「宗建明，你知道嗎，潑出去的水是收不回來的，破了的鏡子是圓不了的，花兒不會在一年裡開兩次的。」

「我比妳清楚。」

「那就好，」李紅把我攬入她懷裡，似乎我不是她男人，而是她尚在哺乳期的兒子，「你也該清楚，」她咬著我耳根說，「我跟她們不一樣，我只是想跟你好好過日子……哎，你到底有什麼好呢，嗯？為什麼那麼多女人喜歡你，纏著你？」

她還沒說完我就把她撲倒在寬大的沙發上了。沙發彈性很好。我喜歡跟女人做愛時腳趾觸到溫軟的棉布。「好了……好了，我要去接丁丁了，」李紅喘息著推搡開我，笑著擰了擰我的鼻子，「你呀，渾身總有使不完的勁。」

她走了，房間裡又剩下我一個人。我突然不知道該幹點什麼好。我先給單位打了電話，接電話的是王雅莉。她是我們單位去年新招聘的大學生。她細聲細語地告訴我，她已經幫我把兩家企業的申報表錄好了。我只是「嗯」了聲。這個安靜的姑娘似乎對我很有好感，如果我沒去上班，她會很自然地接手那本來應該由我處理的事。接著我又給康捷打了個電話。我聽到麻將牌掉到地板上的聲響，他似乎在叼著香菸講話，口齒不是很清晰，他說：「怎麼樣？嗯？爽了嗎？你該好好謝謝我！明天，記住，明天去大陸海鮮請我吃龍蝦！」然後是嘩啦嘩啦洗麻將牌的聲響。

還好，李紅很快就把丁丁接回來。丁丁回家後的第一件事就是打開電視看《喜羊羊和灰太狼》。這是部整個銀河系最爛的動畫片。它不會讓孩子們變得可愛，只會讓孩子們變得更蠢。丁丁就是最好的例子。李紅把丁丁放家後又去美容院了。這個女人是隻永遠不會停下來的工蜂。不過這樣也好。這樣能有什麼不好的呢。我到了書房，打開了那只皮箱。這是只棕色的皮箱，一九九四年上大學時買的，我懷疑它根本不是皮子的，而是人造革的，這麼多年來，它的色澤越來越黯，已經破了兩處，露出黃色的硬紙板。可這並不妨礙我拎著它從一個地方走到另外一個地方。裡面也沒什麼東西，一只開膠的乒乓球球拍，幾張散發著霉味的獎狀，幾束乾掉的野花，幾本相冊，然後，就是那七根羽毛。

我已經忘記了這是我多少次打開它，在冬日昏黑的光線裡欣賞這些羽毛了。屋子裡沒有開燈。羽毛色澤暗淡，密集的絨毛上長著一隻沉鬱的藍眼睛。

「喂……」

我知道她是在招呼我。她總是這樣招呼我。她這樣招呼我總是讓我很不爽。我不爽的時候通常會保持沉默。於是我聽到她扯著嗓子喊道：

「喂！給我一根行嗎？」

她把屋裡的燈打開了，站在門口俯視著我。我還從來沒見她用過這種眼神跟我說話。她棕色的瞳孔裡流出的是那種類似瀕死的小野獸特有的溫情。這眼神讓我感覺很舒服。我問她：

「喜歡嗎，妳？」

「這是孔雀的羽毛嗎？」

「嗯。」我拿起一根朝她晃了晃，然後麻利地放進皮箱。接著我把另外六根羽毛也放進了皮箱，用乒乓球拍壓住。皮箱拉鏈拉起來的動靜很響，我留意到丁丁棕熊般的身體隨著拉鍊的聲音顫抖了下。我把皮箱塞到沙發底座下面，這才對她說：「喜歡的話，叔叔以後給妳買。動物園門口不光有賣孔雀羽毛的，還有賣象牙的、賣獺兔的、賣蟒蛇的……妳喜歡紅屁股的金絲猴嗎？」

「我就想要剛才的那幾根，孔雀羽毛。」她咬著肉嘟嘟的嘴唇說。

「哦……這個……」

「七根，」她瞇縫著眼睛說，「一共是七根，快點給我。」

我盯了她半晌，說：「放心好了，我一根也不給妳。」

她的臉通紅通紅的。她似乎要哭出來了。

我說：「別想得到不是妳的東西，知道不？如果妳現在不知道，長大了就會很狼狽。尤其是妳這樣一個又胖又醜的女孩。」

她肯定聽不懂我在講什麼，她只是輕聲輕語地說：「我會告訴我媽。我會跟她說，你連根孔雀羽毛都捨不得給我。你不怕我媽生氣嗎？你不怕我媽把你趕出這座房子嗎？」她倚著門扶手插著胳膊站在那裡，說話時除了肥碩的雙腮鯰魚般翕動幾下，她的整個身體彷彿就是根冰涼的、粗糙的大理石柱。

我點了支香菸。我覺得這確實是件撓頭的事。後來，我站起來摸了摸她的頭頂：「隨便，我又沒用針縫妳的嘴，妳想怎麼說就怎麼說。說實話，叔叔一點都不喜歡妳，真的，可是，叔叔還得裝出喜歡妳的樣子，這挺難受的。我從來沒見過妳這麼討厭的孩子。妳跟小虎比起來，簡直一個是天使，一個是狗屎。」

丁丁就是這時哭起來的，李紅也是這時擰開防盜門走進來的。不過，她似乎並沒有聽到我說了什麼。如果她聽到了，那天晚上我也不會躺在她的床上了。她給丁丁買了蜂蜜小麵包。吃了蜂蜜小麵包的丁丁不哭了。那天晚上，李紅摟著我說，跟孩子計較啥呢，孩子是什麼？孩子就是小動物，小動物喜歡什麼？喜歡甜的喜歡暖的，你往她的嘴裡塞塊糖，給她的腳上套只棉襪子，她就歡喜了。她沒有跟我說孔雀羽毛的事，也許她說了，我忘了，我唯一記得的是那個晚上，她趴在我身上狠狠咬我肩膀，就像一隻記仇的獾終於用獠牙狠狠咬住了牠的敵人，良久都沒有鬆開。

5

我足足打了十幾遍手機曹書娟才接。很顯然她記住了這個不受歡迎的號碼。讓我略感意外的是，她似乎頗為平靜，沒有絲毫厭惡的意思。她說，她現在很忙，只能給我一分鐘。她還說，我跟你已經離婚了，我們現在連朋友都算不上，不要動不動就騷擾我。說到「騷擾」這兩個字時，她語氣冷靜，彷彿只是在轉述別人的台詞，表明別人的態度。我只好跟她說實話，我必須跟她說實話。我必須把上次在冷飲店沒說出來的話全告訴她：

「我想要小虎。」

「你說啥？大聲點。」她有點不耐煩地說，「你難道不能換部好點的手機嗎？」

「我想要小虎。我想把小虎接過來，跟我一起住。聽清了嗎？」

「你瘋了吧，宗建明？」曹書娟驚訝地問道，「你是不是剛從五院裡跑出來？」

「沒錯，我剛把精神病院的護士全打暈了。我正在開著飛機在世界各地旅行。」

曹書娟半晌沒說話，她不說話就表示，她正在認真對待我。她必須把我的話當成真話。

「你連房子都沒有。你現在還住你姘頭家。」

「這個不用你發愁。」

「行了，別做夢了。宗建明。你總是在夢遊。你總是搞不清，你是什麼東西，你配有什麼東西！」

曹書娟大吼一聲掛了手機。她掛得很對時候。如果她還吼叫，她的聲音肯定跟我的手機一起摔到地上了。後來我就坐在馬桶蓋子上抽菸。我的要求難道真過分嗎？我想小虎了，我想把他接過來一起住，這一點都不過分。如果這個算過分，那麼，世界上還有什麼不過分的事？

我突然想把這件事講給別人聽。於是我坐在馬桶上給康捷打手機。剛接通我就按掉了。我覺得如果康捷知道了我以前那點雞巴事，肯定瞧不起我。除了小時候贏過他一場球賽，我好像樣樣都不如他。我就給馬文打，馬文很利索地接了。不過，我幹嘛要跟這個喜歡吃巧克力的胖子說我的私事？他知道的還不夠多嗎？我又不是個喝醉了的抑鬱症患者。後來我就給菲菲打。菲菲是個可愛的東北姑娘，跟我有過幾腿，她最擅長的是冰火兩重天。她極瘦，躺在白色床單上扭動身體時，就像醫學院的教授在冷漠地擺弄一副人體骨骼標本。她極愛說話，如果你不打斷她，她可以從地球一直說到冥王星。她是個無所不知的人。可惜，那天她在電話裡的聲音扭捏不安，我隱約聽到了一個男人粗重愚笨的喘息聲。打擾一個女人做生意是不厚道的，我只得懨懨地掐掉電話。後來，我索性打開手機上的電話簿，一個人名一個人名地翻，翻到最後一個人名，我才發覺，我竟然沒有一個可以說話的人。這個念頭讓我沮喪起來。這沮喪來得如此猛烈，以至於當李紅敲起廁所的門時，我還在愣愣地盯著牆上的一隻死蒼蠅。這隻蒼蠅還沒腐爛，我想肯定是以前的某個男人用蒼蠅拍隨手打死的，而且這個男人有潔癖，他甚至不願意把這隻蒼蠅扔進垃圾箱。

「你有空嗎？」李紅斟酌著問，「我想跟你……談些事。正經事兒。」

「我很忙。妳沒看到我正忙著嗎？」

「是啊，你是很忙。我長這麼大，還沒見過有人穿著褲子拉屎。」

我只得從廁所裡磨蹭著走出來。她能有什麼事？什麼重要的事能讓她捨得放下美容院的顧客？我狐疑地盯著她。我肯定把她盯毛了。她的唇邊黏著一粒米粒。

「曹書娟給我打電話了。」

「什麼？」

「曹書娟給我打電話了。聽清楚沒？曹書娟給我打電話了。」

這倒讓我有些毛了。曹書娟給她打電話？她們根本不是一個星球上的人。她們之間有數十億光年的距離。

「我不知道她怎麼找到我的。」李紅雙臂交叉倚靠著推拉門，「不過，她真的給我打電話了，」她似乎為接到我前妻的電話有些抱歉，「曹書娟說，你想把小虎接到我這兒來？嗯？」

我不知道該答「是」還是「不是」。如果回答「是」，那麼我肯定是個不知趣的男人，竟然想把兒子接到情人家裡住。如果回答「不是」，那麼我肯定是個虛偽的男人，竟然不敢承認想把兒子接到情人家裡住。

「我知道你是個好爸爸……」李紅壓著嗓門說，「你對丁丁那麼好，更別說對小虎了，」她摸了摸我的下巴，「可你有沒有想過我的感受？」她的眼睛潮了。我知道她是個容易動感情的人，我想她那些年費過萬的客戶都是被她濕漉漉的眼神打動的。「我已經很累了，我不想把自己弄得更累。誰希望自己總是筋疲力盡呢？你說呢？」

我只有說「是」。我肯定不能說別的。

「如果你真的想小虎了，可以把他接到家裡住幾天，」她輕聲輕語地說，「這個我絕對沒有意見。」

我走上前緊緊摟住了她，然後垂下頭吃掉了她唇邊的那顆米粒。她在我懷裡突然小聲抽泣起來。她也把我摟得緊緊的。她的胳膊那麼細。她的細胳膊上長滿了濃重的體毛。我一直不明白她為什麼不把她胳膊上的毛給刮掉。

「我肯定會把小虎要過來的。」我望著她的眼睛，「我想跟我兒子住一塊。這段日子，我總夢到他……」

李紅一把推開我，然後仰著頭看我。她的表情有些錯愕。也許她認為她的這番話是白說了。她往後退了兩步，又掃我兩眼，轉身就走了。她關門的聲響不大，說明她還沒有真正生氣。女人真正生氣的樣子我再熟悉不過。她們都有一個共同點，那就是，她們的瞳孔會噴出紫色的火。那股火焰會讓她們精緻的臉龐在瞬間變得畸形，彷彿一個塑料玩具被人狠狠踩了兩腳。

我從樓上鳥瞰著她上了她的那輛馬6。她開車的速度還和往常一樣慢。她是個急性子的人，可她開車從來不超九十公里。這很好，她開了十幾年的車，從來沒有撞過別人，也沒有被別人撞過。

6

其實跟曹書娟徹底分開時，她把那棟房子留給了我。這說明她還算是個有良心的人。她離開後，我跟一個飯店的服務員搞上了。這個服務員長得很像香港演員溫碧霞。我喜歡所有長得像溫碧霞的女人。她跟我在房子裡住了很長一段時間。她還只是個十九歲的女孩，從燕山山脈的一個山溝裡走出來不過半年，口音裡還帶著艮栗子味兒。這個年歲的女孩談戀愛不要別的，只要你帥就行。當然，如果你長得帥，有份穩定的工作，還有自己的房子，那就更好了。我確信那段時間我徹底忘了曹書娟，徹底忘了小虎。我突然就得了失憶症，不久前發生過的事突然就像一粒沙子落在沙漠上，沒一點蹤跡。這讓我想起一部美國電影，主人公得了一種奇怪的病，每隔五分鐘，他就會把發生過的所有事都忘了，哪怕你還跟他躺在床上，他已經想不起你的名字。後來他只好給每一個剛認識的陌生人拍張照片，在照片上寫上名字，而那些他認為極為重要的線索，則讓紋身師紋上他的大腿根、胸部、胳膊……我確信我比他幸運，下班買菜的時候，會有飄忽的影子倏地下閃過。我會咬著牙齒讓那些影子以最快的速度消失……

後來我跟馬文說過這種感覺，據他的推測，我那陣時間肯定是得了「選擇性失憶症」。也許這個胖子說得沒錯。他一直是個聰明人。當然，比我還差那麼一點。飯店服務員後來為什麼離開我？我打了她。我為什麼打她？因為有一天她心血來潮，在我上班的時候，把我們家的地下室給重新收拾了一下，她把那輛「金蛙」牌三輪車、生鏽的煎餅鍋、斷了一條腿的軍用床鋪、爬滿了蜘蛛網的書櫥以及幾十雙高跟鞋全部賣給了一個綽號「皮諾曹」的紅鼻子老頭。服務員哭著走了後，有個在歌廳陪唱的小姐曾跟我同居過幾個月。我就是那個時候迷戀上賭博的。要是李紅知道我賭博時曾經輸過一棟二層獨院小樓，那麼她肯定不會讓我跟康捷他們去打麻將。

在那段聲名狼藉的日子裡，我身上通常不會超過二十塊錢。一個離婚的男人如果混到這份上，只能有一個辦法，那就是去找他腰纏萬貫的前妻。剛開始的時候，曹書娟是一萬一萬地給，我記得很清楚，她總是把那些捆得極為齊整的人民幣狠狠砸到我臉上。然後我就拿著我前妻的錢，繼續去賭。輸掉後我還去找曹書娟，我覺得如果我不去找她要錢，我就太不對不起她了。她生性貪婪，後來幾次，只是兩千兩千地給。她面無表情地把錢塞到我的衣兜裡，鼻子裡哼哼著，明顯是對我的這種行徑極為鄙視。可這有什麼關係？如果當時有人讓我吃泡狗屎，再給我五千塊錢，我肯定吃。再後來就找不到曹書娟了。這個吝嗇小氣的守財奴在我的生活中消失了很長一段時間。那段時間裡我一直住單位宿舍。那幫賭徒也沒聯繫過我，也許在他們看來，我只是堆散發著惡臭的垃圾，連個饅饅頭也撿不出來了。那時我們單位的人見了我都避之不及，彷彿我身上的厄運隨時會像病菌一樣傳染給他們……當那天馬文皺著眉頭說外面有人找我時，我愣了半晌。後來馬文嘴裡嚼著巧克力繼續大叫我的名字，我才哆嗦著走到單位門口。那天多冷啊。那是有生以來最冷的一天。就在那一天，我在我們單位門口看到了一個男孩。

這個小男孩裹著件白色羽絨服，羽絨帽子外面還裹了條桃紅色的圍脖。他站在那裡一動不動，彷彿雪後剛堆好的雪人。當他小跑著到我跟前時似乎猶豫了一下，然後死死抱住了我的大腿。我就是在他抱住我的剎那知道了他是誰。能是誰呢？還能有誰呢？只能是我的小虎。小虎。我的兒子小虎。我上小學三年級的兒子小虎。考試從來很少及格的小虎。我蹲蹴下去，撥拉開他的帽子和圍脖，輕輕蹭著他的小臉。他什麼都不說。他好像離我很遠很遠。當我試圖去親吻他的臉蛋時，他才害羞地笑了。我承認，這是我這輩子見過的最好看的笑。他把一個信封偷偷塞到我手心裡。他說：「爸爸，這是我攢的錢，給你買好吃的。」

他怎麼來的？又怎麼走的？我竟沒留意。我當時打開了那個信封。信封裡裝了二十五塊錢。錢很舊，聞上去有股餿味。我就攥著有餿味的二十五塊錢，在寒風中站了幾分鐘。從那以後，我就再沒賭過。後來跟康捷混上，也只是隨便玩玩，那種動輒上萬的遊戲，我再也沒碰過。

「我知道你徹底戒了，」康捷說，「我相信你再不會碰了，」他那幾天一直犯牙疼，總是耷拉著八字眉吸溜著空氣，同時眼神裡流瀉出不耐煩的神情，「可是一下子借這麼多錢……」他左邊的眉毛快耷拉到肥碩的腮幫子上了，「我也拿不出啊。」為了證明他言辭非虛，他只得繼續說，「你也知道，去年秋天接的那筆活，帳到今天也沒要上來。建明啊，財主也不是天天吃龍肝鳳膽啊，是不？」

我很鄭重地點頭。我必須很鄭重地點頭。任何一個人，如果碰到有人跟他借二十萬，即便他沒牙疼，肯定也是康捷這副嘴臉。事後我想不起怎麼就去找康捷了。跟人借錢最好撒謊，但是跟康捷借錢，最好實話實說。我說，我想買房子。我想把小虎要過來跟我一起住。我經常在夢裡看到他。我快受不了了。

「晚上呢，別走了，來一幫貴客。你幫我陪陪酒吧。這幾天我的牙快疼死了。」他忍不住用手指去摳自己的臼齒，「有時候坐床鋪上，一坐就坐到天亮。操他媽的，我多希望自己的三十二顆牙齒都完美無瑕啊，」他的舌尖不停伸縮著舔那顆牙齒，「就像個十六歲的雛兒。」

康捷的朋友很多。那些人無一例外都是他的貴客。窮極無聊時我曾總結過他的朋友圈：一種是他的小學同學，沒什麼本事，做點小本生意，這些人包括賣水暖配件的、賣農機的、賣聖象木質地板的、賣劣質化妝品的，他們一般都開松花江或者長城皮卡，來找他的原因也簡單，無非是借錢；一種是他的生意朋友，那些人大都跟建築、飲食和娛樂業有關，他們開的車都比康捷的那輛豐田霸道要好；還有種就是行政口的，國地稅工商局銀行建設局環保局城建局，也許可以這麼說，在這個縣城裡面，每個行政口都有康捷的人，那些人基本上都開著十來萬的車，他們的白眼仁通常都會比黑眼仁多一些。「今兒晚上的人你差不多都認識，都是好哥們，」他遞給我一支香菸，「先別想房子的事了。每個人都有受不了的事，但也得受著啊，活著不就是受罪嘛。」

如康捷所言，那天晚上來的客人我大部分都認識。一個叫「刺蝟」，是環保局質檢科的科長，長著兩道殘眉，從來不笑，喝起酒來從來不醉。一個是銀行儲蓄所的所長，明眸皓齒，貌比潘安，見人總是頗為含蓄地頷首微笑，彷彿他是個來開新聞發布會的明星。還有個是財政局的科長，據説平時好寫點豆腐塊文章，發在我們這裡的晚報上。那個有點禿頭的是縣醫院實驗室的主任，他很有名，不過他有名不是因為他的醫術，而是因為他小姨子，他小姨子跟了他十三年，當然，他老婆沒死，活得好好的，他們也沒離婚……只有一個不認識。我不認識這個人，是因為我真的從沒見過他。他大概不會超過二十五歲，頭髮黃黃的，眼窩很深，瞅人時眼神渙散，當發現別人注視他時，他才朝別人木木地點一下頭。

「這是李浩宇，」康捷説，「人勞局的李浩宇。浩宇過來。」李浩宇就低著頭走過來，「這是宗建明。稅務師事務所的。」李浩宇就跟我握手。他的手心潮乎乎的。我很少碰到冬天手心潮濕的人。一到冬天，大部分人的手心會非常乾，並且手指上的皮膚會因燥冷的氣候變得粗糙蛻皮。

那天晚上我們喝了三瓶十斤裝的張裕干紅。那種酒的玻璃瓶足有兩尺高，卡在造型優美的木頭匣裡。他們在忙著打麻將時，我就和李浩宇忙著開酒。我們都沒喝過這種包裝的酒，鼓搗半天也沒把紅酒從包裝盒裡拽出來。後來李浩宇轉身從廚房裡翻出把錘子，然後照著木頭匣子狠狠砸下去。他的手指又細又白，有些像女孩的手。高過膝蓋的紅酒從匣子裡取出來了，可是倒起酒來很費事。「有暖壺嗎？有暖壺嗎？」李浩宇皺著眉頭凝望著我。我說肯定有，誰家沒一兩個暖壺呢？他就吩咐我去拿。這孩子可能很少參加這樣的場合，為了證明自己是個聰明能幹的人，他努力在每一件小事上都顯現出自己的鎮定幹練。我把暖壺隨手遞給他。他瞇縫著眼睛盯了我一會，匆忙低頭把紅酒灌進暖壺裡。

「你是近視眼嗎？」我問他。

「不是……哦，是……」他慌忙回答問題時，紅酒就從暖壺裡溢出來。那些紅色的液體很快就把乳黃色的瓷磚洇了一大片，他「啊」了聲後轉身去拿拖布。他就是在轉身的剎那間跌倒的。一隻腳順勢把暖壺蹬出了足有兩米遠，然後，伴隨著「砰」的一聲，暖壺就碎了。

說實話，這個場景給我留下了異樣深刻的印象。包括我後來去做那件事的時候，我在車裡還想起了那個暖壺，以及從暖壺裡灑出來的飄著香氣的葡萄酒。滿滿的一暖壺葡萄酒把地板變成了一塊猩紅的大絨布。當康捷踱步過來時，李浩宇剛從地板上爬起來。他的淺色牛仔褲上全濕了。「哦。沒事的浩宇。」康捷還在用牙齒不停地舔著那顆臼齒，「歲（碎）歲（碎）平安嘛，你的腿沒傷著吧？」

李浩宇小聲「嗯」了聲，又支支吾吾說，「沒事。」「沒事就好，」康捷笑了笑，「你們慢慢拾掇吧。放心好了，我的酒窖裡還有十來瓶這樣的紅酒。一會兒你們儘管去拿。」

我不知道該怎麼安慰李浩宇。當然，如果他是個姑娘，我肯定有辦法。我就盯著紅酒繼續在地板上流。後來當我瞥李浩宇時，我發現他也在看我。他竟然在笑。他笑起來的樣子有點像鼴鼠。

「真夠丟人的，」他用手撣了撣仍滴答著葡萄酒的褲子，「我長這麼大，還沒碰到過這麼丟人的事，」似乎為了安慰我，他的手稍顯遲疑地在我的肩膀上重重拍了下，「可誰沒疏忽的時候呢？凡事包容，凡事相信，凡事盼望，凡事忍耐。愛是永不止息。」他的手還停在我肩膀上，「這是《新約．哥林多前書》第十三章裡的。你覺得有沒有道理，宗建明？」

7

那天晚上，縣醫院的醫生喝吐了。康捷和我開著車去送他。都淩晨一點了，他老婆和他小姨子還在門口等著這個臉色浮腫的男人。然後康捷又去送我。在路口我們遇到了紅燈。康捷就窸窸窣窣地從放光碟的地方扯出個信封，抖了抖遞給我。我摸了摸，很厚，但是還沒厚到可以交房子預付款的地步。「這是兩萬塊錢，你先拿去用吧，」他咧著嘴說，「牙真他媽疼……哎喲……等過段時間資金回籠了，我再替你想辦法。成嗎？」看我沒吭聲，他突然笑了，「你別不知足，這些錢夠一隻雞賣多少次啊？」我想了想說，我不是雞，我是你哥們。康捷就不笑了。他把信封從我手裡冷不丁抽回去，摔到玻璃窗上說，你他媽愛要不要！我可沒欠你的！我慌忙著又把信封抓過來塞進褲兜。我小心地笑著說，我不是嫌少，而是你給的太多了。

他對我已經夠意思了。說實話，我跟他混也就這兩年的事。那是個無聊的飯局。請客的是家鋼鐵公司老總，由於我們單位的關係，我被隆重地邀請過去。我知道在那種場合該怎樣喝酒，該怎樣說話，以及該說怎樣的話。那種八股文的程序既乏味又約定俗成。譬如先敬誰酒，後敬誰酒，然後主人幾個黃色笑話過後，酒場就像水燒到滾邊了。主陪會挨個敬酒，如不出意外，主陪一般都海量，不僅海量，口才一般都不輸《百家講壇》那些信口開河的狗屁學者。那天他們乾杯時，曹書娟的電話偏就打過來。我忙去接，有個男人就說，喂，宗主任，業務這麼忙？我強笑著說，是你嫂子。男人就問，哪一房啊？大嫂還是二嫂？我想想說，不是大嫂也不是二嫂。男人問，你腎功能還挺強！兩個還不夠你忙活？我諾諾著說，不是你嫂子……是我前妻。男人就說，前妻也是妻嘛！誰能說你用過的尿壺扔了，就不是你的尿壺了？眾人哄笑。後來這男人親昵地摟了我脖頸，一起去洗手間。在洗手間曹書娟的電話又打過來，我聽到她「嗡嗡」地說，她打算好了，房子給我，小虎她要。「我不起訴你已經比上帝都仁慈了，你不能說不，聽清沒！」她用慣常的口吻一錘定音，「從今後，宗建明，你再也見不到小虎了！」

我愣愣地掛掉電話，那個男人也剛好方便完。他拍了拍我肩膀，問道：「哥們，我問你件事。」我說隨便。他沉吟片刻說，「你是不是叫宗建明？」我說是。他笑嘻嘻地問：「你還記得一九八七年，夏庄的那場乒乓球比賽嗎？」我這才正眼觀瞧他一番，然後皮笑肉不笑地問道：「難道……你就是康捷？」很明顯，他對我依然記得他的名字頗感意外。那天晚上，我跟他喝了一斤半五糧液。男人間的交情很簡單，無非是酒跟女人。而我跟這個男人，除了這些，還有二十幾年前一場乒乓球比賽。我才知道，康捷已經是一家建築公司的老闆。後來慢慢搞清，所謂的建築公司，有點草台班子的意思，有活了就拉關係、搞競標、跑批復，活計到手了，再把標的一賣，輕鬆掙上四五百萬不是問題。大多時候，康捷總是比我還悠閒，悠閒的時候，他會時不時叫上我，跟他喝喝酒，打打麻將，陪陪客人。不過，我們再也沒一起打過乒乓球。不是我不想打，而是康捷說，自從那次輸球給我後，他就再也沒摸過乒乓球拍子。

「每次你跟康捷喝酒都會喝多，」李紅似乎暫時忘記了小虎的事，對我這麼晚從康捷家回來也絲毫沒有介意。她一點都不傻。她懂得排兵布陣的道理，知道越是當口，越不能急躁。穩住陣腳才能一招制敵。她嗔怪道：「你不就是小時候贏過他一場乒乓球賽嗎？至於好得穿一條褲子？」我知道她沒生氣。我還知道她對我跟康捷交往還是很自豪的。女人的男人如果有一個有錢的哥們，這哥們又對男人不錯，女人肯定覺得是件有面子的事，況且康捷出手大方，給他老婆和他的情人分別辦了一張過萬的年卡。

「對了，問你件事。」

「問吧。想問什麼就問什麼。我對妳就像對它，」我摸了摸下邊，「都是最親的。」

李紅沒笑。李紅沒笑說明她真的有事，「丁丁今兒晚上跟我說，前幾天她跟你要幾根孔雀羽毛，你沒給她？」

「嗯。」

「你為什麼不給她呢？她只是個孩子啊。孩子最好哄了。你把她哄高興了，才會跟你親……我希望我們結婚後，孩子管你叫……爸爸。」

我不知道該怎麼樣回答她才好。

「不就是幾根破羽毛嗎？又不是什麼值錢的貨，至於為了這件小事惹孩子生氣嗎？」

我隨手翻著枕邊的幾本雜誌。雜誌嘩啦嘩啦地響。

「不會是以前相好的送的吧？」

「是的話我早就扔了。」

「可我還是鬧不清，你幹嘛捨不得幾根破孔雀毛呢？」

「是啊，我為什麼捨不得幾根破孔雀羽呢？」

「誰送你的？嗯？」她的手划過我的小腹，然後就停在那裡。我感覺到小腹慢慢溫暖起來。

「明天你送給丁丁幾根，」她一把就抓住了正經地方，我不禁小聲呻吟起來，「不，全都送給丁丁，一根不剩地送給丁丁。」

「我真記不清了。」

我想跟她說，這幾根孔雀羽毛對丁丁並不重要，重要的是她應該帶丁丁去市裡看心理醫生。這孩子已經有兩天沒說過一句話了。可話到嘴邊又活生生嚥了回去。我不想她整宿睡不著。我一個人整宿睡不著就夠了。

第二天李紅一大早就走了，她去市裡進貨。李紅走了以後我又開始給曹書娟打電話，我想我一定是瘋了，只不過瘋得還不夠。如果一個人瘋了，而且還沒到癲狂的地步，那麼他一定是最冷靜最理智的。我知道如果直接聯繫曹書娟，她肯定不會接我的電話。我也不知道她是否還在郭六那裡上班。可即便她在郭六那裡上班，即便我去郭六那裡找她，我又能怎麼樣呢？我以前又不是沒去郭六那裡找過她。郭六長得比我矮，也沒我年輕，但比我有錢。他家就住在縣城十里開外的農村。不過他居住的那個村子比較奇特，家家戶戶都在大規模地生產鋼鍬、鐵鋤、斧頭、鐮刀之類與農活有關的器具，他們將這些農具拋光上油，再賣到緬甸、埃塞俄比亞、厄瓜多爾、哥倫比亞這樣喜歡種植罌粟和馬鈴薯的國家。他們的村子據說是全亞洲最大的鋼鍬生產基地，也是整個縣城包二奶包得最瘋、最明目張膽的地方：大老婆穿著黑棉襖在家裡跟雇工一起割道軌、鋸鐵板，小老婆則在縣城裡餵養私生子，或者到美容院做昂貴的面膜。按照桃源縣的說法，這個村子的男人普遍吃著碗裡的，看著鍋裡的；左手握著醜陋冰涼的鐵軌，右手攥著小巧鋒利的鐮刀。

「康捷，你知道曹書娟現在……住在哪兒嗎？」

「操。你還當真了？這個女人你可惹不起的。」

「那你肯定知道她住哪兒了？」

「我勸你最好別碰她。你知道她跟著誰嗎？」

「我不想知道。」

「你最好知道。以前她跟著郭六，現在又跟著……」他沉吟了片刻，似乎在考慮是否該告訴我，「現在呢，嗯，她跟……丁盛的關係……很密切。你總該知道丁盛吧？」

是的，我知道丁盛。我們都知道丁盛。這個縣城的人可能不知道縣委書記是誰，但是沒有人不知道丁盛。他以前是棉麻公司的工人，後來開了一家飯店，五年後他把飯店開到了市裡，據說是我們市的第一家五星級酒店。有錢人手裡的錢總是滾雪球般越滾越大，他又開了若干家洗浴中心，然後是全省最大的男科醫院。男人有了錢，肯定又會涉足房地產。我們縣城的大部分商品樓都是他開發的。所有人都說，他大概是桃源縣有史以來最有錢的人。他到底多有錢？你看看他的車就知道了。

「你最好離曹書娟遠一點。」康捷語重心長地叮囑我，「別等著麻煩上身時，連跑都跑不了。」

「那你肯定知道她住在哪兒了？」

康捷沉默著掛了手機。他擔心我，說明他真把我當了哥們。要怪的話，只能怪我不夠哥們，我從來沒把我跟曹書娟的關係告訴過他。他從來不知道，幾年前被桃源人嚼爛舌根的「郭六被刺事件」就是我幹的。在傳聞中，我被塑造成一個為了報復妻子出軌策畫謀殺的人。也許他們同情我頭上那頂綠帽子，他們把我的形象傳得很高大。他們說我將一把藏刀藏在褲襠裡，郭六剛從奧迪A6裡邁下來，我就獵豹一樣竄上去朝他胸部猛捅三刀，鮮血直接就噴濺到我臉上。然後我用腳踹了踹郭六的肥頭，又朝他吐了兩口濃痰，這才甩著胳膊揚長而去。還好，他們並沒有讓我穿一件「小馬哥」那樣的黑色風衣，也沒有鴿子從我頭頂上的天空飛過。可這都不是事實。事實是，我根本從來就沒有過那麼一柄藏刀，即便我有，我怎麼會捨得把它藏在褲襠裡呢？我事先也並不知道那天晚上會碰到郭六，如果我知道，我肯定會買把更鋒利的蒙古刀。那天晚上我只是和馬文跟一個北京來的神經質女人吃燒烤。也就是說，那陣子我很鬱悶。我怎能不鬱悶？我老婆曹書娟失蹤了。我知道她蹲監獄了，可我並不知道她到底在哪兒蹲監獄。我找了她大半年都沒找著，她竟然在我吃燒烤時從郭六的車裡款款走出來。我還記得當時的情景，她昂著頭，挺著胸脯，臉上是那種慣常的不屑表情。郭六摟著她的腰，他不僅摟著她的腰，還在大庭廣眾之下親了她一口。由於他個子比曹書娟矮，他親她時只能踮起腳。我盯著他的屁股，突然想把手裡還串著羊肉串的鋼釺扎進去。我彷彿聽到了鋼釺扎進皮肉時輕微的聲響，然後血流出來，把略微烤焦的羊肉染得色澤更深些……

康捷還是把電話打過來了。他畢竟是我哥們。我的哥們已經不多了。他低著嗓子跟我說話，也許我該問候下他的牙疼是否痊癒。但我沒有。我聽他說，曹書娟有時候住在市裡，有時候住在酒店，有時候住在縣城，而現在……她就在縣城的鼎盛花園。「一一〇棟三門一一二。」當康捷說完最後一句話時，我聽到他深深嘆息了一聲。

當時是上午九點，這個時候曹書娟通常還沒起床。日子好過些後，她一般都十點起床。那個時候，她不再中午時到學校門口賣雞蛋煎餅，她到郭六的鋼鐵廠當了財務科長。那是最安靜的一段時期。她喜歡醒後再賴在床上半個多小時。當我催她給小虎去做飯時，她總懶洋洋地說，讓我甦醒甦醒吧，宗建明，讓我甦醒甦醒吧。我討厭她在日常生活中使用書面語。跟她不同的是，我從來不喜歡「甦醒」，我從來不知道「甦醒」是什麼滋味。我幹嘛非要知道「甦醒」是什麼滋味呢？

8

我按了不下二十次門鈴。估計曹書娟在貓眼裡觀察我半天了。小虎肯定沒跟她在一起。聽說小虎被她送到了市裡的私立學校。

我說：「開門，曹書娟。」

我說：「妳為什麼不開門呢？我只是想跟妳說說話。」

我說：「妳把門開開吧。我沒有別的意思，我只是想跟妳聊聊。」

我說：「我知道妳恨我。妳恨我是應該的。」

我說：「我們從十六歲就談戀愛。難道妳現在連見一面的機會都不給我嗎？」

我說：「如果妳還恨得牙根癢癢，妳就把我在籠子裡關上半個月。」

我說：「曹書娟，妳不開門的話，我就把這扇門給砸爛了。」
我說：「開門，曹書娟。」
我說：「誰沒疏忽的時候呢？凡事包容，凡事相信，凡事盼望，凡事忍耐。」
最後一句話是李浩宇說過的。不過從我嘴裡說出來有些可笑。我徹底沒輒了。我不可能真拿錘子把門砸爛了。我可不是個野蠻的人。我上過大學，小時候就會給牛接生，我是個沒有成功的天才。我突然想哭。我好久沒哭過了，或者說，在我有生以來的記憶中，我好像就沒哭過。可那天，坐在曹書娟家門口的樓梯上，我突然想哭了。我知道這很危險。這不是好兆頭。很好，這個時候我接到了李紅的電話。她貌似漫不經心地詢問我，是否已經把那幾根破孔雀羽毛送給了丁丁。我說，丁丁不是上學了嗎？李紅就說，中午你接她吧，順便帶她吃肯德基，再把那幾根破羽毛給她，為了給她一份驚喜，你可以把羽毛用禮品盒包裝起來。我打著哈欠說，單位很忙，中午有客戶要請吃飯。李紅就嘟囔著說，你少喝點酒啊。你現在每喝必醉，簡直有酗酒的傾向了。
從十一樓坐電梯下來，我才發現下雪了。桃源總這樣，每到冬天就鋪天蓋地地下雪，把各種顏色都染成白色，看著挺耀眼挺迷人的。我縮著脖頸，突然不知道去哪兒。我好像沒有任何必須要去的地方。我多想找個會出氣的說說話啊，哪怕牠是條狗。還好，在小區垃圾箱旁，我真的遇到了一條流浪狗。說實話，我還從來沒見過渾身沒毛的狗。牠看上去更像一頭營養不良的豬崽，在一堆被刨得雜亂的垃圾中急切找尋著食物。當牠發覺我在冷眼看牠，牠也漠然地瞥了我一眼。牠的黑眼珠在雪地裡像兩顆煤糊。我順手摸了摸衣兜，我記得裡面還有兩根火腿腸。後來我俯身蹲牠旁邊，剝掉腸衣，猶豫著遞到牠嘴邊。牠嗅了嗅，一口就吞下去。牠竟一口把整根火腿腸吞進肚子。我忍不住伸手摸牠。牠沒動。牠的皮膚像張砂紙，長滿了爛苔蘚的砂紙。

我起身離開時，牠的眼裡忽然流出一行淚。

一條會流淚的狗。我碰到了一條會流淚的狗。我本來想把那條流浪狗帶回家，可是後來又想，我都不能帶小虎回家，更何況一條長得那麼醜的狗？街上行人稀少，下雪天，他們都喜歡貓在有暖氣的房間。我也不例外。我已經很長時間沒去單位報到了。我們所長，那個喜歡跳交誼舞的老太太，對我不是一般寬容。也許在她看來，像我這樣的男人能安全地活著，不給她添什麼亂，已讓她感激到燒香拜佛了。

在單位門口我碰到了王雅莉。她見到我似乎很驚訝。她說剛想打電話給我，有人找我呢。我漫不經心地問是誰？她垂著頭喃喃道，喏，他還沒走呢。

是李浩宇。李浩宇坐在辦事廳的椅子上抽菸。他是個不會吸菸的人。他只是把菸從鼻孔裡艱難吸進去，頃刻間又從嘴裡吐出來。他吸菸的樣子讓他顯得既寒酸又古怪。「哦。我來這兒有些公務。不過已經辦好了。」他朝我迅速瞄一眼，低著頭又猛吸了一口香菸。接著他佝僂著腰劇烈咳嗽起來。「我這幾天有些感冒。你知道，冬天簡直是氣管炎患者的地獄。」他哆嗦著掐掉香菸，盯著牆壁突兀地問道：「中午你有空嗎？我請你吃涮魚。」也許他怕我對他過分的熱忱有所疑慮，接下去他貌似坦蕩地感慨道：「下雪吃魚跟紅泥火爐話春秋，人生兩大快事呢。金聖嘆說的。」

我從沒聽過金聖嘆這個名字。看來李浩宇的確是個有文化的人。他說的話我都聽不大懂。我還是繃著臉。他連忙小聲商量著問：「不然……我們叫上康哥吧？」我說不用了。他牙疼，請一個牙疼的人喝酒，只會讓他的牙更疼。他如釋重負般「哦」了聲，彎下腰替我把門拉開。

我沒想到他會把吃飯的地方選在「香灣活魚鍋」。以前曹書娟我們經常來的地方。把一尾鮮魚煮進麻辣的湯裡，魚的味道真不是一般的鮮美。李浩宇把魚眼附近的嫩肉小心著剜出來，全夾進我的吃碟，他自己則只吃了幾根半生不熟的菠菜。我們喝了一瓶五十年陳釀的茅台，是他從車裡取出來的。說實話，我沒想到這孩子有一輛寶馬。看來真是人不可貌相海水不可斗量。我突然知道康捷為什麼要跟李浩宇這樣的人交往了。李浩宇沒上幾年班，又沒什麼職位，他們來往的唯一原因就是，李浩宇可能是個所謂的「富二代」。

酒的味道挺醇厚。事後我想起那個漫天飛雪的午後，我跟個只見過一面的孩子吃了頓還算豐美的午餐，確實有些不可思議。我不是那種自來熟的人，他好像也不是。不過我們還是說了些話。他的話有一搭無一搭，全然不在情理之中。有那麼片刻我愣愣地盯著他。他的人中很短，按照桃源縣的說法，他的壽命應該不會太長。與他的人中相比，他的下頜則很長，這讓他的臉頰有些失去比例，有種滑稽中的威嚴。而他的眼睛……怎麼說呢，很純。我不知道用純這個詞來形容男孩的眼睛是否合適，可事實是，他確實有雙看似無辜的眼睛。

「我知道你的酒量很大。聽說有一次你自己就喝了兩斤衡水老白乾？」

「老黃曆了。」

「聽康哥說，你打得一手好乒乓球？你跟劉國梁交過手？還贏了他一局？」

「我有三兩年沒摸過球拍了。」

「我嫂子是開美容院的嗎？」

「我還沒結婚。不過……我結過婚。」

他好像不清楚問什麼好了。他的牙齒間咬著一根青菜，呆呆地望著翻滾的魚身。

其實，我本來想告訴他，我二十一歲就跟曹書娟結婚了。我們都是農村出來的，我是鳳凰男，她是鳳凰女。我在稅務師事務所上班，每個月只有七百塊，曹書娟在縣鎖廠當配件工，每個月四百五十塊。生下小虎後她只待了兩個月產假，就去一家私人文印部當打字員。小虎兩歲時，她開始頻繁更換工作：先是辭掉了打字員的職位，到農貿市場賣山東煎餅，然後到家冷飲店當門童，專門對那些前來吃霜淇淋的孩子們像鸚鵡那樣不停地說著「您好，歡迎光臨」。之後，她又跟親戚推銷一種昂貴的保健品，傳銷禁止後她借錢買了輛二手電三輪，晨起六點鐘就到汽車站、小區門口拉客。有一次馬文母親住院，他夜間陪床，清晨去上班，隨手在醫院門口招了輛三輪車。那個車夫裹著軍大衣戴著白口罩，腳上蹬著雙翻毛皮鞋，將馬文拉到單位時已氣喘吁吁。馬文剛想掏錢，車夫擺擺手說，馬文，我是你嫂子。馬文這才明白過來，車夫原來就是曹書娟。

「對了，你怎麼看待夫妻間的忠誠問題？」李浩宇沒看我。他盯著盤子裡的青菜。他來回用筷子扒拉著青菜，「如今搞一夜情的太多了。」

曹書娟就是蹬三輪車時認識的郭六。郭六當晚喝醉了不敢開車，把車停在酒店的停車場。曹書娟將郭六送回家後，在三輪車上撿到一個黑色手包，裡面裝著手機、身分證、汽車鑰匙、偉哥、銀行卡和兩個數目驚人的存摺。她隨意從手機裡挑了個號碼打過去，間接找到郭六，將手包還給了他。郭六很感激，便邀她去他的工廠當現金保管。當然，按照我的理解，郭六其實從開始就心懷歹意。我甚至可以打包票，這完全是場陰謀。郭六當晚乘坐曹書娟的電三輪，肯定是故意把手包丟在了上面。

「我還沒談過戀愛呢。」李浩宇諾諾地說，「我有婚姻恐懼症。我大學時還得過抑鬱症，沒畢業就不念了。」

他幹嘛跟一個不熟的人說這些話？我不是神甫，他也不是信徒。我們也沒在教堂裡。

「對了，跟你問個問題。你知道宇宙有多大嗎？」說到「宇宙」這兩個字時，他伸出雙手比畫了一下。他雙手之間的距離不會超過三十釐米。

我就盯著那三十釐米的宇宙說：「我只看過《ET》和《星球大戰》。」

「太陽有一百三十萬個地球那麼大，而銀河系裡又有兩千多億顆太陽那麼大的恆星。」我盯著他。他的瞳孔放射出一種光芒，讓他蠟黃的臉頰在瞬息間紅潤起來。「你可以閉上雙眼想一想，兩千億是什麼概念……」我的眼睛依然睜著，不過他的眼睛倒是安靜地閉上了。「你可能根本想像不出銀河系有多大，在我們肉眼看來，那只是一條點綴著星星的河流……前幾年，天文學家又發現了五百多億個與銀河系類似的恆星系統。」

「哦。」

「宇宙裡肯定有不計其數的外星人。他們之所以沒有冒昧地打擾我們，」他艱難地嚥了口吐沫，「只是因為，整個地球在他們眼裡，只不過是玻璃球那麼大小的一個玩具。」他睜開眼，面無表情地凝視著我，「有誰會跟玩具過不去呢？我們這些人，不過是依附在玩具上的細菌。或者說連細菌都不如，只是一個個原子那麼大的物質。外星人肯定也不是以我們通常認為的方式存在，他們可能是氣體，也可能是液體，更有可能是透明的非物質。他們幹嘛非得以人類肉體的方式存在呢？」他笑了笑，「沒準肉體滅絕後，我們倒有可能在肉體之外見到他們呢。」

我百無聊賴地玩弄著手裡的打火機。曹書娟送我的打火機。

「可是，即便我們只是一群細菌，也該有細菌的道德底線。你說呢，宗建明？」

我把一盤寬粉倒進鍋裡。我有點後悔跟他出來吃飯。他只是個對世界充滿好奇心的小職員，喜歡跟人誇誇其談，以顯擺自己淵博的知識。可這有什麼了不起？我十幾歲就會給牛接生。

「有一個細菌想辦點事。可是，他不確定，這事兒是否值得他去辦，是否值得他付出一些代價。」

我什麼都沒說。我什麼都沒說是因為，他說的已經夠多了。當我們結束了這頓午餐，已經是下午兩點。李浩宇堅持開車把我送到單位。他車技很好，安謐的雪花大片大片打在車窗上，他仍把車開得又穩當又快捷。他的酒因為凜冽的寒氣醒了不少，他肯定也為在酒桌上說了那麼多該說或者不該說的話有點後悔，這讓他的眼裡有種惶惑的神情。當我下車時，他喊住我，說了句我一輩子都忘不了的話。

他說：「有人打你的右臉，你把左臉也讓他打；有人要你的襯衣，你連外套也讓他一塊拿走；有人逼你跑一里路，你就同他一起跑二里。這樣會舒服些。」

他幹嘛給我講這些？難道他知道我什麼事？可即便知道，又有狗屁關係？我又不是山西煤老闆，為了洗白只得為山西某集團注資五十億元。我只是宗建明，輸得一個子兒都沒有的人。我搖搖頭。關車門時我聽到他「哦」了聲，然後微笑著說：「不過，以牙還牙的滋味，肯定也挺爽。」

當時我想，他不但是個天文愛好者，還是個基督徒，如果他不是個基督徒，那麼他肯定是個瘋子。我沒有必要聽懂一個瘋子的話。我現在唯一關心的是，該怎樣拿到一筆錢，該怎樣把小虎搶到我身邊。如果真如李浩宇所說，我只是一個肉眼看不到的細菌，那麼，這就是這個醜陋的細菌活著的全部理由。

9

「你倒是挺忙活。」李紅說，「你這件阿瑪尼都快穿酥了。」

「一個客戶。他們公司財務出了點問題，想讓我們做一套假帳。」

「待會跟我一塊接丁丁，」李紅斬釘截鐵地說，「順便帶上你那幾根破孔雀羽毛。」

「我待會還要出門。妳自己去吧。」

「你能不能對丁丁好一點？」李紅柔聲道，「你能不能不那麼自私？」

「……」

「你摸著自己的良心問問你自己，我待你怎麼樣。」

「……」

「你再不說話我就把你當啞巴賣了。」

她有資格生氣。我重新繫上我的圍巾，轉身去擰門把手。她從身後摟住了我的腰身。我垂下眼瞼看著她白皙的手指交纏在一起。

「我們談談好嗎？」

「我們不是一直在談嗎？」

「不是這樣的。」她的聲音有些哽咽。她的乳房透過保暖內衣頂著我的脊梁骨。說實話，她破碎的聲音完全沒有了花腔女高音的高亢，相反，有些像是從羞澀的女孩的嗓音裡擠出來的。有那麼片刻，我的眼淚差點就流出來。我強挺著沒有吭聲。她絕對是個好女人。我現在不缺一個好女人，我缺的只是小虎。

「你把小虎……接過來吧。兩個孩子還是個伴兒。」她的細胳膊仍然沒有鬆開。不但沒有鬆開，還把拖鞋踢掉，兩條細長的腿勾住了我的膝蓋骨。這樣，我們兩個以一種奇怪的姿勢僵硬地站在那兒：我身體前傾斜，左手牢牢握著冰涼的金屬把手，而李紅則像隻八爪魚一樣手腳並用，纏住了我的小腹和雙腿。也許她也覺得保持這個姿勢需要體操運動員的體力和腰肢，很快就從我背脊上滑了下去。滑下去後她沒有像通常打情罵俏那樣狠狠地揪住我的耳朵，而是將臉龐死死貼住我後背。

「我真的是想好好跟你過，你知道嗎，宗建明，」她的聲音很小，「我知道你所有的事，可我從來沒有懷疑過你的誠意。我知道你跟我在一起後，再沒有雜七雜八的事。我們圖什麼呢？我們什麼都不圖，」她好像終於哭出了聲，「小時候我們家住在錦州，那裡老地震，我爸爸就說，我們回老家唐山吧，那裡地廣人稀，魚蝦成群。於是，一九七六年七月二十六號，我們就舉家搬遷到桃源縣。結果剛過了兩天，就來了場七點八級的地震，還好我們全家都安然無恙。有時候我就想，這輩子最倒楣的事已經過去了，後來的事再倒楣，肯定也要比這件事好，所以……」我聽到她在擤鼻涕，「我第一個丈夫和他同事被我堵在他們單位的值班室，我啥都沒說，我甚至連鬧也沒鬧。第二個男人是個杠頭，如果你駁他一句，他會有一籮筐的話等著你……我想肯定有更好的男人等著我。等啊等，就等到了你……我是真的想跟你在一塊。就算你啥都沒有，可我真的願意。就算你長著一副兜齒，我也願意。」

我轉身抱住她。她那麼瘦小，抱住她時彷彿抱住了一個發育不良的女孩。「妳自己去接丁丁吧，」我佯裝親了親她眼睛，「我真的有事要辦。我要是騙妳，我出門就被暴打一頓。」

她笑了笑。她笑起來的樣子還是很好看的。

外面的積雪越來越厚，踩上去能淹沒了腳脖子。我打算去找曹書娟。這麼大的雪，她不可能再開車去市裡。她肯定一個人在家看電視。她最喜歡看韓國電視劇，尤其是《加油，金三順》。也許她覺得她自己就是金三順吧。

最先發現曹書娟和郭六有勾當的，是我媽。她那陣子給我們看小虎。我媽是個一輩子沒進過幾次城的農婦，終生的樂趣除了生兒育女，就是拾掇農務，立春栽稻子二伏割麥子，霜凍收白菜臘月焐熱炕頭。那天她去商場買棉拖鞋。在商場門口，她看到顧客對兩個人指指點點。她眼花，而且對縣城每件事都有種孩子似的好奇心。她拎著雙拖鞋，慢慢踱到那兩個人身旁，忍不住「咯咯」笑了。原來是個男人和一個女人親嘴。男人個子矮，女人個子高，那個男人只好把腳踮起。她的笑聲驚動了兩個正在親昵的人。女人掙脫開男人毛茸茸的手臂，嘀咕了句「討厭」，從包裡掏出口紅描了描唇線，機警地朝四周掃了掃。當她掃射到我媽時，有些詫異似地問：「媽，妳怎麼在這兒？又迷路了嗎？」我媽去看那男人。那男人不是我。那男人怎麼會是我呢？我媽立馬就懵了。她沒答曹書娟的話，而是指著那個頭髮稀疏、肥頭大耳的男人問道：「他……他是小虎舅嗎？」曹書娟她哥我媽以前見過，跟郭六模樣倒差不多。曹書娟捋了捋我媽的衣領，安慰她道：「媽，他不是我哥。他是我老闆。」她給我媽買了隻趙家燒雞，讓郭六開車把她送回家。我媽還沒明白過來，就被郭六訕笑著推搡進轎車。轎車裡溫度很高，我媽感覺氣息急促，心胸煩悶，眼冒金光。後來，她把早晨吃的鹹菜全解恨似的吐在車裡。當然，這件事當時她並沒跟我說。她怎麼可能跟我說呢？她的心臟病已經讓她說不出話了。

我大概是最後一個知道曹書娟郭六這對狗男女有姦情的人。我用皮帶狠狠抽了她一頓。抽完後我想，好了，好了，一切都結束了。一切都會重新開始。誰能保證一輩子不犯點錯？然後有一天，我突然被公安的請過去。他們說，曹書娟利用專用發票偷了八百多萬出口退稅，結果被海關發現，因為數額巨大，稅務部門已將案件移交到他們那兒。他們只是象徵性地通知家屬一聲。我當時很納悶，這事跟曹書娟有什麼關係？她只是小小的財務主管，偷稅這種事，公安的不找法人怎麼找她頭上？後來才知道，郭六的廠子曹書娟能當一半家。好些重要協議和單據，都是她簽的字。更讓我吃驚的是，她一個人把所有罪名都頂下來。那次我在拘留所見到她，她神情淡漠，只是叮囑我別擔心，把小虎帶好。她說郭六先讓她頂罪，他會在外面跑關係，用不了幾天她就能出來。郭六答應過她，等她出來後就給她兩百萬當酬勞。兩百萬哪，我記得當時她伸出兩根手指，在我眼前驕傲地晃了晃……結果呢，郭六臨陣拉稀，並沒把她弄出來。她失蹤了，我不知道她到底被判了幾年，也不知道她被押在哪所監獄……然後就是那個夏天的「郭六被刺事件」，我發現她從裡面出來了，仍跟郭六混。只可惜，我那六把穿著羊肉串的鋼釺並沒插進郭六屁股。事實是，在我撲上去的剎那，曹書娟擋住了郭六，那六把尖細的鋼釺，全部插在她的乳房上……

我為什麼要想起這些B事？這些B事只會讓我頭疼。我不想頭疼，頭疼比牙疼更難受。我突然想起李浩宇的話，我們都是細菌。雖然是細菌，我們也要做不頭疼的細菌。在鼎盛花園的門口，我又看到了那隻流浪狗。我朝牠擺擺手，牠漠然地瞅我一眼，然後跟著我默默地走，一直走到一一〇棟三門。這個時候我停了下來，牠也停了下來。我就摸我的大衣兜，很遺憾的是，衣兜裡除了手機和錢包，什麼吃的都沒有。我蹲下身子朝牠吹了吹口哨。牠突然大聲狂吠起來。當時我想不明白，牠幹嘛那麼生氣呢？只是因為我沒餵牠火腿腸吃？

事後我想，其實牠並沒有朝我狂吠。牠只是看到了三個彪形大漢站在我身後。他們在我身後大概站了一段時間。後來一個站得不耐煩，這才一腳把我踢了個跟頭。他們不但把我踢了個跟頭，還用他們粗糙碩大的拳頭在我的肋骨、我的鼻子、我的襠部、我的屁股上狠狠砸了若干拳。我被打懵了，從小到大我還沒被這樣揍過。有一拳砸在我的肋骨上時，我聽到了核桃殼被捏碎了的清脆聲響。我想，一定是骨頭折了。我只好用胳膊死死抱著我的腦袋。我那陣還清醒，想偷偷看一眼他們的模樣，但馬上一隻拳頭就砸在我左眼眶上。他們在打我的過程中沒說一句話，我只是聽到那隻流浪狗在不停地叫，後來叫的聲音也漸漸弱下去。我想如果從天空往下俯視，一定是很有意思的事。一個人被三個人拳打腳踢，一隻狗在旁邊胡亂狂吠。這一切這麼安靜，跟雪花落在雪花上的聲音一樣安靜……我突然想抱住什麼東西，我的手臂似乎想攫住什麼。也許他們認為我是想反抗，拳腳上的力道更足了。其實他們根本不會想到，我只是想起了我的兒子，我的兒子有個好聽的名字，他叫小虎。我想把他抱在懷裡。我甚至想起了曹書娟失蹤的那段日子……每天下班後小虎都會把飯做好。他才七歲啊。可是他炒的菜是我吃過的最美味的菜，他最擅長的一道菜是紅燒鯽魚……鯽魚身上的鱗片他總是刮不乾淨……我那段日子晚上老是喝酒，喝完酒後就躲在書房裡上網聊天，要不就激情視頻……有一天我聽到小虎在門口輕輕地說，爸爸，我可以進來嗎？我說進來吧。小虎就站在門口看著我，然後我聽到他說，爸爸，我可以站你身邊嗎？我說站吧。小虎就站在我身邊，用他的小手摸我頭髮。摸著摸著他說，爸爸，你能抱我一會兒嗎？還沒等我回答，小小的一團肉就鑽進了我懷裡……我就那麼摟著他，他的雙臂反勾住我脖頸，他的小臉磨蹭著我下巴……

10

我在李紅家躺了好幾天。據李紅說，我是被一位熱心腸的大媽發現的。她老聽到一隻狗拼命叫，叫得她心裡直發毛，就從樓上下來觀瞧。當她發現我時，我身體僵硬，左手緊緊揪著一隻狗的尾巴。當我被送到醫院，他們以為我死了。我臉上全是血，呼吸微弱。我像一隻彎狗蝦般在病床上靜靜地躺了兩個小時。當李紅趕到醫院時我還沒有完全甦醒。萬幸的是我身體皮實，筋骨一點事都沒有。除了我的眼睛有些浮腫，我簡直比醫生都健康。「你幹嘛非要揪住那隻狗的尾巴呢？」李紅強笑道，「不過，幸虧你揪住了牠的尾巴，牠才叫的。牠要是不叫，你肯定被埋在雪底下凍死了。」

康捷和馬文他們都來看望過我。康捷什麼都沒說，只是給了我一個厚厚的信封。他走後我拆開，裡面是五千塊錢。馬文那幾天正鬧感冒，說話甕聲甕氣，他說所長去市裡開會了，讓他代表事務所來探望我，希望我早日康復。臨走前他問我，有沒有報警？我笑著說，我要是報警了，只會被打得更慘。他吐了吐舌頭。他的舌頭很長，能夠伸到鼻尖。

幾天後康捷叫我到他家去吃飯。他說有人送了他一條兩米長的深海魚。他招呼了幾個哥們喝兩杯。他沒再提我被打的事。他什麼都明白。當然，他也明白我什麼都明白。我們不說只是因為我們都知道，即便我們說出來，也只是白說。那天晚上的客人無一例外地全是桃源縣的大老闆。我搞不清這種場合幹嘛讓我來參加。不過還好，李浩宇也在那兒。見到我時他只是嚴肅地點點頭，然後就站在那些老闆旁邊，神態自若地看他們打麻將。他對我的態度和前幾天判若兩人，我甚至懷疑那天跟我一塊吃涮魚、滿桌上胡言亂語的人是否就是這個神情高傲的人。我有點失落。這種失落一直延續到他主動邀請我去陽台上抽菸。

他抽菸的動作還那樣，只把菸從鼻孔裡艱難吸進去，頃刻間又從嘴裡吐出來。我們就並著肩望著窗外吸菸。開始誰都沒說話，我不是個多嘴多舌的人。後來還是他打破了沉默。他拍了拍我肩膀，問道，你的傷全好了吧？我點點頭。他又問，知道是誰幹的嗎？我朝他笑了笑。他也笑了。然後我們就繼續望著黑暗的天空吸菸。

「你知道嗎，有時候望著夜空，我會有種恐怖感。」

「哦？」

「世界上有很多這樣的人。這是種病，叫宇宙恐懼症。宇宙恐懼症始於一種叫人產生幻覺和思維障礙的精神病。在人類最開始探索太空的時候，飛船的成員少，而且不會跳躍，必須要進行長期的飛行。在這種極度壓抑的環境中，某些人就會患上一種心理疾病，這種疾病就是宇宙恐懼症。」

「哦。」

「不過，後來這種病的範圍又有些延伸。面對夜空、星星、宇宙時感到擔驚受怕，甚至到了無法控制的地步，也叫宇宙恐懼症。」

「細菌也不是那麼好當的。」

李浩宇半天才反應過來。他「嘿嘿」地笑了兩聲說，「你比我想像的聰明多了。」

那天晚上，晚宴很快就結束了。老闆們晚上一般都比白天忙。李浩宇走得更早，我甚至都不知道他是何時離開的。最後房間裡只剩下了我和康捷。康捷喝了點紅酒，看來他的牙疼有所好轉。我本來也想早早回李紅家，可康捷說，他有件事要跟我商量一下。他說話的口氣很鄭重，彷彿真的有什麼事。他把我叫到書房，把門反鎖，又疑神疑鬼地檢驗了一遍窗戶是否關閉嚴實，這才抻過一把椅子坐下，翹著二郎腿注視著我。我被他看得有些發毛。我說，什麼事這麼神祕？不會是你中了兩億元彩票吧？他沒點頭，也沒搖頭。我就驚喜地問，真中了？中的話一定要給我買輛奧迪啊！

「不用我中彩票，過兩天你也能買得起奧迪。」他望著我說，「有件好差事。你願不願幹？願意的話，三天後你就能拿著現金去買車了。不過，我想你不會買車的。你現在最想買的是房子。」

我的腦筋迅速轉動著。什麼事的酬勞能買得起一輛奧迪？

「其實也挺簡單，你車開的怎麼樣？」

「我十六歲就開拖拉機，十七歲開三馬子，十八歲開貨車。大學社會實踐時，我還開著一輛公共汽車繞著市裡走了一天。」

「吹吧你，你知道迪拜吉美大酒店在哪兒吧？」

「你說的是阿聯酋的那個，還是咱們縣的那個？」

「你明天早晨能早起來嗎？」

「我整宿整宿地睡不著。我失眠足有半年了。」

「哦。那好辦多了。」康捷深深吸了一口氣，「明天早晨五點五十你準時下樓。你們家樓下會停著一輛沒有車牌的嶄新紅色霸道。鑰匙就在左前軲轆下面。你開上車去迪拜吉美大酒店，停在三號車位。你們家到酒店，最多用六分鐘，所以六點鐘的時候，你必須準時到迪拜吉美大酒店。六點零五分，會有兩個男人上車。」

我盯著康捷的瞳孔。

「那兩個男人你肯定不認識。你也沒有必要認識。當然，也不會有別的人錯上你的車。你不要在車上説任何話。你必須把你當成一個啞巴。然後，你走下道，把這兩個人送到市裡的西客站。記住，千萬別走高速。」

「就這麼簡單？」

「就這麼簡單。他們下車後，你把車開到西客站旁邊的香格里拉酒店。把鑰匙放在左前軲轆下面，就可以打車回家了。」

「然後呢？」

「然後明天下午，我會把三十萬現金送到你手裡。你來我家拿也成。」

我沉默了足足有五分鐘。這五分鐘裡，康捷一句話沒説。我們彼此凝望了一眼，然後迅速將目光投向別的地方。在那五分鐘裡，我想了不下十種可能，可是無論哪一種，歸根結底都可以概括成一句話：這絕對不是一件光明正大的事。這個結論很蠢，但肯定是我得出的最正確的結論。

「我只是想幫你，」康捷終於説道，「你再這樣萎靡下去，一輩子都不會站起來了。這件事沒有任何風險，只要你按我說的辦，你就能有筆小財。這筆小財能讓你做點你真正想做的事兒。何樂而不為呢？」

我還是沒吭聲。

「如果你不想幹也簡單，就當沒聽過我這些話。我再找別人。說實話，如果不是看在我們多年交情的分兒上，我絕對不會找你。你該非常清楚這一點。」

我想抽支菸。可我摸遍全身也沒找到。康捷就點了一支，遞給我。他的手指碰到我的手指時，我不禁哆嗦了一下。這時康捷說：「好了，你回去睡吧。我剛才說的話，你只當是我放了一個屁。」

我猛地吸一口香菸，盯著康捷說：「康哥，你放心，明天的事包我身上。打架親兄弟，上陣父子兵。」

康捷這才笑了笑。我第一次發現，他笑的時候嘴巴有點歪。

那天晚上回到李紅家時，李紅還沒睡。不曉得她想什麼了，她的眼圈有些發紅。我什麼都沒問，只是把她摟在懷裡，安靜地躺了會兒。我們也什麼都沒做。熄燈後我翻來覆去，怎麼都睡不著，於是乾脆躡手躡腳去了書房，把我的皮箱從沙發下拽出來。當我打開皮箱，那七根孔雀羽毛還在，在燈光的照耀下，它們顯得色澤斑斕鬼魅妖豔。我躺在地板上，來回擺弄著其中的一根。這是最長的一根，上面的那隻眼睛也最大。我把這根羽毛在燈下晃來晃去，晃著晃著我就看到小虎……李紅何時走進書房的？我竟一點都沒察覺。我甚至沒察覺她輕柔地剝掉了我的內褲，軟軟覆到我身上。當我發覺自己有了反應時，我翻身將她壓倒在地板上。我瘋了似的進入著她，一聲不吭。她起先還配合似地呻吟，後來就被我的粗暴弄煩了，想把我推下去。我咬著牙牢牢攥著她手腕，把她釘在堅硬的地板上。我看到那幾根孔雀羽毛在她身底下隨著我的動作前後左右輕盈地擺動。後來，我還聽到她小聲抽搭的聲音。當那最後幾秒鐘如期來臨，我們摟抱在一起。沒有人肯說一句話。

11

那天早晨我五點鐘就穿好了衣服。李紅和丁丁還在熟睡。我打開電腦看《海綿寶寶》，一直看到五點五十。這期間我有種強烈的衝動，想看看樓底下有沒有人，有沒有車。不過我的理智告訴我，知道的越少才越安全。五點五十我準時下樓。天黑漆漆的，只能看到白色的積雪映襯著暗影。我真的看到了一輛紅色霸道。我安慰自己，一定要冷靜，然後我把衣兜裡的一把鑰匙扔到地上，佯裝撿鑰匙時，順勢仔細地摸索著輪胎下面。下面真有一把鑰匙，即便看不清，我也知道這肯定是把嶄新的鑰匙。打開車門坐上座位時，我整個人突然鬆懈下來。我甚至有點神清氣爽的感覺，彷彿我馬上就要開著新車去旅行。是的，就是旅行前那種感覺。這種感覺一直伴隨我到了迪拜吉美大酒店。

雖然停車場的燈沒亮，我還是很輕易地就找到三號停車位。我看了看手機，是五點五十八分。也就是說，如果不出意外，還有七分鐘，就會有兩個男人從酒店門口走出來，坐上我的車。康捷曾一再叮囑，不要和他們說話。這難不倒我，我向來是個沉默是金的人。我記得在那七分鐘裡，我打開手機，聽了一首歌。那是首俄語歌，是個漂亮男人唱的。可是我沒記住他的名字。我說過，我對超過三個字的外國名字總是記不好。不過我知道他的唱腔叫「海豚音」，我還知道有個叫張靚穎的中國歌手也會「海豚音」。那是首超長的歌，我一邊聽一邊盯著我的手機。我從來沒發覺一秒一秒地數時間，是這麼熬人的事。當俄羅斯男人的「海豚音」響到第二遍時，酒店門口仍然一個人都沒有，而這個時候，已經是六點零五分了。

我敢肯定，除了那次，長這麼大我從來沒有汗毛豎起來的時候。我之所以知道我的汗毛豎了起來，是我用手背擦臉上的汗時，本來纖細的汗毛扎疼了我。我只好又把那首《歌劇2》重放一遍。我的眼睛眨也不眨地盯著酒店的那扇門。那是一扇透明、豪華的玻璃門。我能看見門上用金粉描了一隻虯龍和一隻鳳凰。它們一動不動趴在玻璃門上，不知道什麼時候會隨著門的轉動飛舞起來。當我發現已經是六點十分時，我的心臟突然狂跳起來。我有種不祥的預感，一定是哪裡出了差錯。如果不是哪裡出了差錯，一定是我的手機出了差錯。這麼想時，我有點恨起自己來。我嘴裡不停地念叨著「穩住穩住穩住穩住穩住穩住」，彷彿不是說給自己聽，而是說給那兩個我不認識的人聽。

當桃源一中上早自習的學生騎著自行車從對面馬路上駛過時，我又看了看手機，六點十五分。也就是說，那兩個我從來沒見過的蠢貨，已經整整晚了十分鐘。我覺得口乾舌燥，我當時想，我怎麼沒拿瓶礦泉水呢？即便沒拿礦泉水，拿瓶酒也不錯。我突然想起了在康捷家被打碎的那瓶葡萄酒。想到葡萄酒時我的鼻子聞到了一股濃郁的香氣，然後是滿眼的紅色液體在眼前緩慢流動……

我知道，我不能再待在車裡了。我必須出去透透氣。我從車裡蹦了下去。車位離玻璃門的距離超不過十五米。這十五米我只走了八步。是的，只走了八步。我記得我一直在心裡念叨著「一步，兩步，三步……」當我從玻璃轉門進去，大廳裡一個服務員也沒有。燈光倒是很亮，我猜服務員一定還在睡懶覺。我忍不住在偌大的前台大廳裝模作樣轉了一圈。我從沒來過這個酒店。我沒想到這個酒店這麼氣派，牆壁上全是光著屁股的金髮仙女。她們看上去就像是真人被掛在了牆壁上……那兩個人就是我盯著油畫時從電梯裡走出來的。我當時確實嚇了一跳。他們的頭上蒙著黑色頭套，看上去就像是香港警匪片裡的銀行搶劫犯。他們沒有奔跑，他們只是輕便地、快捷地行走，彷彿兩個坐長途火車的人到終點站時，旅途中的焦急在邁下火車的剎那，終於被到了目的地這個事實緩衝得懈怠了。

我轉身就跑。我有種預感，我等的就是這兩個人。我必須在他們找到我的車時先坐到駕駛員位置。看來我的判斷是準確的，我剛把車發動好，這兩個戴黑色頭套的人就鑽了進來。我想也沒想就將車竄出十來米。這時，我聽到其中一個壓著嗓子說，慢點，路滑。我「嗯」了聲，同時想通過反光鏡仔細地看看他們。我當時特想知道他們長什麼樣兒。可是，車行駛了十來里地了，他們仍沒捨得把頭套摘下來。我不知道這是否影響到他們的呼吸，不但讓他們的聲音變形，也讓他們顯得格外緊張。

「我操！這是啥東西！」這人一口東北腔。

「媽的！你怎麼把這玩意帶出來了？」另一個也東北腔，只不過他的聲音嫩些。

「這是啥玩意？」

「蜥蜴。非洲蜥蜴。你不知道啊？丁盛最喜歡這些玩意。不過蜥蜴是要冬眠的，跟熊瞎子一樣。」

「那這隻咋沒冬眠呢？」

「如果世界上只有一隻不冬眠的蜥蜴，那牠肯定是丁盛的。」

「哦。可能是從他口袋裡跑出來的。真他媽怪，哪有兜裡揣著蜥蜴散步的？」

「這有啥啊。聽說他家裡還養了好幾條黃金蟒蛇呢。」

「養那玩意，還不如多養幾個老婆。」

「操，他老婆還少？五六個也有了！他那些孩子因為財產的事，打得不可開交。」

這是兩個饒舌的東北人。後來，我承認，我一點聽他們講話的心思都沒有。我的腦袋裡只是來回旋轉著兩個字：「丁盛」。看樣子他們是把丁盛給咋著了。這麼想時，我的心跳得更快。我的車開得比我的心跳還快。我從沒想到我能在積雪裡把車開得如一頭敏捷的麋鹿。

接下去簡單多了。我把他們送到西客站時，還不到七點鐘。我在雪天只用了四十分鐘走了一百二十里路。我對我的速度很滿意。唯一遺憾的就是，直到那兩個東北人下車，我也沒看清他們的模樣。這一點都不重要。重要的是我把車安全地停在了香格里拉大酒店的停車場。當我呼著長氣轉身下車時，突然有個東西從我肩膀上躥了出去。

那是一隻蜥蜴。一隻綠色蜥蜴。這是我第一次看到真的蜥蜴。牠足有半臂長，趴在水泥地上，恐龍樣的頭顱上長著兩隻棕色的眼睛。牠靜靜地瞪著我，彷彿隨時聽從我的吩咐。牠在等我一起散步嗎？那兩個東北人幹嘛沒把牠帶走？我忐忑不安地盯著牠，俯身把鑰匙放在輪胎下。當我打上出租車時，牠還以最初的姿勢臥在那裡。我不時扭過頭，透過車窗回望著牠。我相信用不了多久，這隻沒有冬眠的蜥蜴就要被凍死了。

到桃源縣城時，太陽已經完全出來了。李紅見到我時有些不滿，也許昨天晚上我確實把她弄疼了。她大聲地詢問我大清早的跑哪兒去了？連個招呼都不打。我朝她笑了笑。她就說，別自作多情了，你笑起來挺醜的，鼻子那麼尖，還長著副兜齒。

我就說，我知道。他們都說我像俄羅斯人。他們都說我長得像普京。

12

丁盛的事，當天下午就傳遍了全縣城。每個人都知道他在迪拜吉美大酒店跟情人過夜，晨起散步時被人注射了氰化鉀。每天凌晨六點五分散步是丁盛雷打不動的習慣，只不過，從今後他再也不能帶著他的蜥蜴或蟒蛇去散步了。

當天桃源縣百度吧裡關於丁盛和關於氰化鉀的帖子鋪天蓋地。甚至鳳凰網上也有了相關新聞，題目叫「億萬富翁酒店偷情，怎奈橫屍酒店走廊」。我沒去康捷家，他直接把三十萬現金送到了李紅家。他說，沒把錢直接打到我的銀行帳戶，是怕有人懷疑。這些現金也不是一次性提出來的。「你現在不能把這些錢存到銀行，」他說，「近期內你也不能花這些錢。這是為了你好。」其實他的潛台詞是，為了他好，我決計不能出半點漏子。

我說我知道。

他沒多問別的，他也沒多說別的。他不用說別的我也知道我該怎麼做。我一直都比他聰明，只是我運氣不好。我把這些錢全藏進我的破皮箱。後來我坐在皮箱上，想著我的屁股底下坐著三十萬塊錢，真是爽透了。我閉上眼睛，感覺像是坐在飛機上，正朝著無比美妙的地方飛去。那是什麼地方？我不知道，也不想知道。我只知道有了這些錢，就能買一處兩室一廳一衛的房子。房子不夠大，但足夠我和小虎住，當然如果李紅願意，也可以和丁丁搬過去。我討厭丁丁，可她畢竟是個孩子。我一個大老爺們怎能和一個孩子計較？我坐在皮箱上不停吸菸，又泡了杯速溶咖啡慢慢喝。喝咖啡時我又把今天早晨的事從頭到尾審視了一遍。我沒發覺我有任何差池。可以這麼說，我的每一步都做得非常完美。我甚至很佩服我在車裡聽了兩遍《歌劇2》。

那一整天，我都處於一種莫名的亢奮狀態。我不停地吃東西，不停地刷新桃源貼吧的帖子，看網民們熱烈到近乎瘋狂的討論。他們討論的焦點主要集中在兩點：一是誰膽子這麼大，幹掉了丁盛；二是在迪拜吉美大酒店跟丁盛過夜的女人是誰？當然其他方面的帖子也很熱鬧，比如有人問，丁盛到底有幾個老婆？有幾個孩子？這個問題很快得到了解答。有人說，丁盛跟原配並沒有離婚，他們有一個兒子，在縣裡的某事業單位上班，這個兒子和丁盛的關係很緊張。另外丁盛還有四個小老婆，這四個小老婆給他生了三個女兒和兩個兒子，其中一個兒子二十一歲，一個兒子剛過十四歲生日。後面的跟帖形形色色吐沫亂飛。有人剛佩服一個男人能娶這麼多老婆，立馬就有人回帖說，丁盛每天都固定吃兩個豬腰子，都是從「大老黑」熟食店買的。接下去，又有江湖術士開始賣一種價格便宜、功能非凡的春藥，他保證這種春藥吃了之後，一晚能馭三女……

到了晚上，到底誰跟丁盛在酒店過夜的帖子突然點擊量暴漲，很快突破了二十萬。我漫不經心地一頁一頁流覽。在倒數第六頁，一個貌似知情者的傢伙斬釘截鐵地說，那個女人就是桃源縣最牛的女人，叫曹書娟。她開一輛紅色寶馬，以前從事鋼鍬進出口貿易，現在跟丁盛聯手搞房地產開發。發帖人還貼了一張不曉得從哪裡弄來的曹書娟的照片，不過很快就被吧主刪除了。

說實話，看到「曹書娟」這三個字，我的頭嗡的一下就大了。那天康捷跟我說，曹書娟跟丁盛關係很密切，我只是一個耳朵進一個耳朵出。沒想到倒是真的。她怎麼跟丁盛勾搭上的呢？不過我很快就釋懷了。像她那樣的女人，做出什麼驚天動地的事都有可能。如果哪一天她跑到美國當了美國歷史上第一任女總統，我也絲毫不必覺得驚訝。看來那天在她家樓下收拾我的，沒準就是丁盛手下。想想那天的情形，又想想曹書娟，我的咖啡就喝不下去了。

吃完晚飯後我跟李紅商量，要不要出去旅遊一下？李紅說，冰天雪地的，去哪兒旅遊啊？我說去海南啊，我們去海邊游泳、晒太陽、潛水、吃龍蝦、喝椰奶。我請妳們娘倆，飛機票和來往費用我全包了。李紅笑著說，得了吧宗建明，你發橫財了啊？聽到這句話時我不禁沉默了。我很後悔剛才說的話。於是我說，我沒發橫財，我也沒有多少錢，但是我們在一塊半年了，我們還從來沒有三個人一起去旅行呢。我認為我和丁丁的關係有可能在旅途中有所改善。李紅沉默不語，只是用她的手指蹭著我的手背。後來她說：「這樣吧，我們別去海南了，我們去哈爾濱。現在正是看冰燈的好時節，而且我老姨他們全家就在哈爾濱，吃住不用花錢，我也有五六年沒見到他們，說實際的，還真是挺想他們呢。」

我們就一本正經地謀畫去哈爾濱的行程。我們把日子定在後天。李紅說，有幾個重要的顧客要做定期保養，現在打電話通知人家太晚了。我說好吧，哪一天都無所謂。

第二天上午我回了趟老家，看了看我爸我媽。下午，胖子馬文來電話，說讓我趕快到單位去一趟，有幾個警察找我，說要了解些情況。我說好吧，我馬上就到。我幹嘛答應得那麼爽快？不過我倒真的很鎮定。我先給康捷打了一個電話。康捷說，我操，你做什麼壞事了啊？是不是找小姐沒給錢？我說誰知道呢？真是莫名其妙。康捷說，你什麼都沒做，所以你什麼都別亂說。去就去嘛，有什麼好怕的？我又問他，需不需要找個律師？他果斷地說，找個屁啊，他們問你什麼，你就如實回答什麼，警察不會冤枉好人的。要相信政府嘛！

我突然明白過來是怎麼回事，他肯定是怕我的手機被人監聽了。我冷靜地說，是啊，我這就去，你在哪兒？要不開車送我到單位？康捷說，你要是不怕晚就等著我送你吧，我正在北京的三里屯酒吧跟人喝酒。

警察的態度倒和善。他們把我帶到了訊問室。開始只是問些年齡籍貫之類的問題。後來就問我昨天早晨幾點起床？起床後幹了什麼？我想了想說，我昨天起得很早，這段時間我老是失眠。至於幾點鐘倒記不清了。起床後我到文體中心跑步來著。

「你確定你去跑步了嗎？」一個滿臉長滿麻子的警察問。

「當然，」我說，「我喜歡跑步，跑步讓我覺得舒服。」

「有人看到你跑步了嗎？」麻子臉繼續問。

「我怎麼知道啊？」我說，「黑燈瞎火的，誰也看不清誰。」

「跑完步後，你跟誰去的迪拜吉美大酒店？」麻子臉問。

我說我從來沒去過迪拜吉美大酒店，那是有錢人才去的地方。像我這種小職員，一個月工資不到兩千塊，哪裡有福去那兒享受？

麻子臉笑了笑，說：「那你過來下，看看這個人是誰？」

說實話，當時我確實懵了一下。在電腦裡我看到了一段視頻。像我這麼聰明的人，怎麼會想不到前廳安裝了攝像頭呢？麻子臉把這段視頻反覆放了三遍。我看到自己在前廳裡溜達了一圈，貌似專注地逡巡著牆壁上的油畫。當電梯門打開，兩個戴黑色頭套的人不緊不慢地走出來時，我突然撒丫子轉身就跑。我第一次看到我自己跑步的姿勢。

「這個人不是你，還會是誰呢？」麻子臉突然暴喝道，「老實交代！這兩個人是誰！他們去哪兒了！」

我沒吭聲。我當時想我必須一口咬定，那個人並不是我。攝像頭拍攝的畫面有些模糊，只能看到我穿了件黑色夾克和一條藍色牛仔褲。畫面裡甚至沒有我的眼睛，只有一個翹起的下巴。而那件黑色夾克和藍牛仔褲，我上午去看我爸我媽時，早順手扔到途中的一個垃圾處理廠。我也不怕他們搜李紅家。那三十萬現金被我藏到了連上帝都找不到的地方。

「確實不是我，」我說，「我難道連我自己都不認識嗎？」

「嘴硬是吧？」麻子臉冷笑著說，「不過，你的鴨子嘴早晚會被煮熟的。小李，去把曹書娟帶過來。」

這是我這輩子最後一次見到曹書娟。我沒想到他們讓曹書娟指正我。我更沒想到是曹書娟在觀看錄像時脱口而出喊出了我的名字。她穿著件呢子套裙，粉紅色的。也許她有點冷，我感覺到她似乎在不停地哆嗦。看到我時她朝我點了點頭。她在朝我打招呼嗎？出於禮貌，我也朝她點了點頭。我就是朝她點頭時，突然想起了多年前我們一起鑽地洞的情形……在地洞裡用火柴將油氈點亮時，我彷彿來到了另外一個世界。這個世界沒有風聲，沒有人聲，甚至連我們的呼吸聲都沒有。我跟曹書娟在洞邊站了足有兩分鐘。在這兩分鐘裡我什麼都沒想，什麼都沒做，就這樣在油氈忽明忽暗的光亮下，凝望著蛇一樣蜿蜒扭動的黑暗幽洞。

13

在看守所那幾天。我整宿整宿地睡不著。我知道他們在另外一個房間裡日夜觀察我，我不能輾轉反側，不能表現出焦慮不安的神情。所以我總是朝左側躺著。時間長了，等心臟被壓得麻痹，我才裝作不經意的樣子打著鼾聲朝右側躺。做這些根本沒費多大事。無論朝著哪個方向躺著，我心裡想的只有一個人，那就是小虎。我自己也很奇怪我為什麼沒有殫精竭慮地思考些真正實際的問題，比如第二天他們可能會問哪些問題，我該如何不動聲色地回答，並回答得滴水不漏。我已經承認了那個攝像頭裡的人是我。我是這麼解釋的，跑完步後，我沿著主街溜達，到了迪拜吉美大酒店時，出於好奇，我順便到裡面參觀了一圈。沒有任何法律條文或地方法規規定，住不起酒店的人就不能參觀酒店吧？當我看到那兩個戴頭套的人從電梯裡走出來時，出於本能的恐懼，我轉身跑出了酒店。就這麼回事。只能是這麼回事。任何一個正常人看到如此裝束的人都會這麼做。至於為何開始不承認那個人是我，原因就更簡單了，哪個無辜的人面對警察的嚴厲審問時，不會下意識的撒點小謊，從而保護自己呢？

他們從市裡請了很多審訊專家。可我只是堅持我的說法。我清楚該如何對付他們。這期間李紅看了我一次。她好像找了人，帶進來不少好吃的。她說她和丁丁很想我，她說她已經從北京請了一個最好的律師，用不了多長時間，我們就可以團聚了。她說等我從裡面出來，我們一定去趟海南。哈爾濱等明年再去吧，她現在最想做的一件事，就是穿著比基尼和我在三亞游泳，躺在沙灘上晒太陽。她還說了什麼？哦，她說，她在我的書桌上看到了孔雀羽毛，隨手就給了丁丁。丁丁非常喜歡。「你不會生氣吧？」她笑著問，「其實我一直想知道，那幾根破羽毛裡到底有什麼祕密，讓你當成了寶貝疙瘩？」她笑的時候，我在她眼裡看到了淚花。

我說，這些破羽毛狗屁祕密沒有。我早忘了是誰送我的了。要不就是我自己逛動物園時花錢買的？誰知道呢？況且，有些祕密，除了它是祕密外，什麼也不是。

對我的回答李紅很不滿意。不過她還是摸了摸我下巴，說，別怕，普京先生，我保證會把你弄出來。說這些時她像個做禱告的修女。本來我想跟她說件事。我想告訴她，她晨起化妝前，完全可以先把熱水燒上，再去描眉，這種方法叫統籌，初中就學過，能省不少時間。可惜時間到了。警察已催促了兩次。她起身朝我擺擺手轉身走了。她走得很匆忙，連頭都沒回。她的黑色羊絨大衣的腰帶掉下一頭，一直垂到地面，當她走路時，一下一下磕著她的鞋後跟。

康捷一次也沒來過。沒來他就對了。他很少做錯誤的決定。不過讓我吃驚的是，李浩宇探望了我一次。開始，我們就面對面地看著，誰都沒說話。其實我當時特別想聽他高談闊論一番，說說宇宙恐懼症，說說銀河系，說說恆星和行星，說說他的「細菌理論」。他為什麼捨不得說話呢？他待的時間很短。只有臨走時才說了兩句話。第一句話一點都不符合他的說話方式，我一時半會也沒忘。他嘀咕著說：「宗建明，祝你好運。」當「好運」兩個字從他嘴裡蹦出來時，他的眼淚忽然大滴大滴滾下來。他的樣子讓我很訝異，所以當他的第二句說出時，我有點神情恍惚。我聽到他哽咽著說：「細菌沒了道德底線，細菌的兒子為什麼還要道德底線？」

他的樣子不但讓我訝異，肯定讓那兩個警察訝異。他走後，我聽到一個警察說：「真奇怪，他幹嘛要來看嫌疑犯？有病啊？」

另外一個說：「是啊。讓人鬧不明白。不過聽人說，這孩子一向行事古怪。上大學時跟他爸吵架，還割過手腕呢。差點就死在醫院裡。」

一個說：「不過，看樣子，他跟他爸並不像傳說中的那樣，沒一點感情。他剛才哭了呢。他是哭了吧？」

另外一個說：「再怎麼說他也是丁盛的大兒子嘛。父子心連心，打斷雞巴連著筋。」

一個說：「聽說，他把公職給辭了。丁盛的所有公司都交給他管理了。」

另外一個說：「人家那個班，也只不過是幌子嘛。有錢人幹什麼都會有錢的。不過，這小子也算是因禍得福。」

他們的對話我全都聽到了。他們的對話讓我那天上午一直鬱鬱寡歡。李浩宇是丁盛的兒子？打死我都不信。他為什麼姓李而不是姓丁呢？這個問題一直糾纏著我，讓我的頭裂開了一樣疼。中午吃飯，我本想問問那兩個警察到底是怎麼回事，可話到嘴邊又嚥下去。他們怎麼可能會告訴我呢？那天中午的飯是一個饅頭一碗白菜湯。我先喝了一口白菜湯，鹹得要死，我立刻就吐了。看來我只好乾吃饅頭了。可饅頭鹼大火也大，黃黃的像泡狗屎。看守所為什麼不找個手藝好點的廚師？我一邊琢磨一邊把饅頭掰成碎碎的一小塊一小塊，順手扔到腳邊。腳底下的螞蟻就慢慢圍了上來。牠們那麼小，那麼黑，讓我不禁皺了皺眉頭。我想伸出手指撚死牠們，可是手還在半空，我的眼淚就落了下來。一滴眼淚在螞蟻看來，或許就是一個湖泊吧？

中午的陽光透過鐵欄杆射進來，在骯髒的地板上打著形狀不一的亮格子，不計其數的灰塵在光柱裡安靜地跳舞。那一刻，我誰都沒想，我誰都想不起來了。我只知道，陽光躺在眼皮上，太他媽舒服了。

二〇一〇年八月十五日　於唐山

梁夏

1

買賣是夫妻倆的買賣，沒有閒著的腿，沒有白吃飯的嘴。婚後不久，老婆就說，哎，別去城裡幹泥瓦匠了，我一個人在家睡不踏實。世上還有什麼比睡個安穩覺更緊要的事？沒有。況且，這話從一個新婚燕爾的新娘嘴裡出來，便帶了些別樣的意味。梁夏點點頭，說，我聽你的，春艷，這個家妳做主！王春艷爽朗地笑了。王春艷笑時很有些男子氣。她本生得五大三粗，鐮眉豹眼，嘴唇厚得賽豬肚，這一笑，嬌憨中透些不自然的嫵媚，讓梁夏心裡暖暖的。關於改弦易轍的事，梁夏並沒有表態。在梁夏看來，男人的事女人若摻乎進來，豈不是草雞替公雞打鳴、黃鶯替杜鵑孵卵？

說良心話，當初梁夏跟王春艷相對象，還真沒打心眼裡瞅上她。那時梁夏在桃源縣城當泥瓦匠，二十郎當歲，每天掙三十塊錢。小夥人兒是人兒個兒是個兒，頗討姑娘稀罕。媒婆也曾給介紹幾個，梁夏不是嫌人家長得糙，就是嫌人家全是茶壺把沒有茶壺嘴。要麼就是人家挑他，怨他悶嘴葫蘆不吭聲，嫌他家清湯寡水沒油水，怕他爹年輕時偷雞摸狗老了也要扒牆灰。這一錯兩錯，梁夏歲數難免就大些。像他那般大小的同學親戚，孩子都會打醬油、會來貓貓、會做俯臥撐了，他心裡才委實有點慌。那年秋天，又有人給他介紹了個鄰村女子，叫他回家相看相看。他換了乾淨布裳騎著自行車回來，推開門便是一愣。剛收了秋玉米，母親正跟姑娘在庭院裡盤腿剝皮。姑娘背對他，他只能看到她後腦勺梳著條黝黑蓬鬆的大辮子。這辮子左右一甩，白玉米皮子就飛出來一個，空氣中瀰漫的腥甜氣似乎就更濃烈，一絲兩縷的玉米穗子間或彈出，黏上梁夏的白襯衣領子。梁夏恍惚著將穗子摘下，放到鼻下，手指慌慌地撚了撚，心就跳得快些。原來這姑娘來得早，見梁夏母親正忙農活，二話沒說就幫忙起來。看來姑娘是個實惠人。梁夏抽眼覷她，姑娘也不躲，逕自朝他咧嘴一笑，露出口比玉米粒還瓷實的白牙，將手在褲子上撣了撣，旋爾伸出，朗聲說道：

「梁夏你好，我是王春艷。」

正是貓冬季節，莊稼院沒什麼正經事，兩人就終日在熱炕上廝混。那日下雪，兩人顧不上朗朗白日就滾作一團。事畢，梁夏脊梁上皆是汗水。王春艷順手拽了枕巾替他擦拭，將他的頭枕上自己的乳房，摸著他耳垂說，我想跟你商量個事。梁夏壞笑著說，還有啥事？是不是還想要一次？佯裝翻身摟她，王春艷說，哎，這事我都說絮煩了，可我還得說。等開春了，你別去城裡做泥瓦匠了。錢是掙得不少，可日頭底下晒腳手架上站，危險著呢。梁夏不吭聲。王春艷繼續說，你放心，我不會讓吃你閒飯。婚前我在縣城賣過童裝，有經驗，也攢了兩小錢。開春後我們去市裡頭進貨，桃源縣大大小小三十六個集口，我們還怕賺不來錢？總比你那土裡刨食強吧？梁夏還是不吭聲，只從身後緊緊抱了她溫軟的腰身，下身狠加了把氣力。

就這麼著，這一行做了下來，一做就做了四五年。

王春艷能吃苦，進貨時摸黑起來，臉不洗襪不穿，嘴裡嚼著涼饅頭，提著亞麻袋小跑著去搭村頭的公共汽車。梁夏那時睡得香，只曉得身邊的那塊暖肉沒了，滿被窩透涼風，心有點慌，睜開眼晃晃房梁又沉沉睡去。汽車票來回二十塊，坐了幾趟，王春艷怎麼就跟售票員攀上了八竿子打不著的親戚，姐呀長姐呀短的，還用破棉花套子給售票員縫了個椅墊，說是怕售票員坐冷板凳時間長了得痔瘡。又過些時日，給售票員攢了一尿灌烏雞蛋，讓售票員給孩子煮著吃，說是對孩子的骨髓發育很有好處。自那以後，售票員來回便只收她十七塊。進貨的地兒呢，叫做「小山」，她以前跑過這行，手頭有幾個老貨源，熟頭熟腦，進價上又討些便宜。等天黑了，村人便會看到王春艷呼哧帶喘地跳下公共汽車，大包小包連拽帶抻地鼓搗進家裡。趕上了四鄉八里的集，雞叫頭遍就悚身而起，燒灶滾粥，嘴上還黏著米粒就命梁夏開著手扶拖拉機，頂著北斗星出發。比起梁夏做泥瓦匠的日子，倒是忙得四腳朝天。不過梁夏倒也滿心歡喜，尤其是春天，麥子抽節了，楊樹拱穗了，蒲公英開花了，禿蘿蔔頂能蘸醬吃了，不時有莫名的野香在拖拉機裡飄。半路上梁夏會將拖拉機熄火，顧不得王春艷催促埋怨，跳將下去採些野薑花扔進車棚，便有細腰金翅的馬蜂一路瘋趕，嚇得王春艷「哎呀哎呀」地直掐他大腿。這王春艷長得粗笨，嘴上卻塗抹了蜂蜜，見人說人話，見鬼說鬼話，見了王母娘娘就說天上的話，一條褲子別人能賺十塊，她則能賺十五。錢攥在手裡的感覺咋那麼好呢？兩口子坐炕頭上，十塊八毛地數，夜裡，兩口子就在被窩裡摟了鈔票睡。有了錢王春艷也不顯擺，過年時給梁夏買了套西服，給公公買了個雕花煙斗。過不幾天，讓梁夏開了拖拉機，從縣城拉了台VCD和一套音響。那時候全村只有書記李富貴家有台萬利達VCD於是村裡人便知曉，梁夏兩口子這是掙了點錢，這看似五大三粗的王春艷，還真是個「女光棍」。

「女光棍」在周庄夏庄一帶，專指那些像男人的女人。四鄉八里的女光棍不多，但好歹總要出幾個，不過她們的營生哪裡能跟王春艷比呢？譬如夏庄的周素英，最好跟庄裡的老爺們賭錢鬧鬼，嘴叼香菸口吐髒話，動不動摸老爺們褲襠揪老爺們騷鳥；譬如馬庄的劉美蘭，終日穿著灰西服，腳上踏著男式軍購鞋，專事婚喪嫁娶事宜，渾身油膩，嘴上還長著兩撇毛茸茸的小鬍子。

如此看來，梁夏還真是娶對了媳婦，媳婦幫他賺錢，還把他打扮得一點不像個莊稼人。剛流行皮襖，一千二一件，王春艷想也沒想就從城裡給他買了，貂皮毛領將他的桃花眼襯得水汽沼沼。梁夏笑著問王春艷：「妳是不是把我當兒子養了？嗯？」這「嗯」用鼻音甩出來，懶散地往上輕挑，不經意就有了挑逗的意味。王春艷抿嘴笑，笑著笑著嘴角耷拉下來，抬手摸摸男人粗壯的喉結半晌沒吭聲。也是，兩人結婚幾年，王春艷還沒「開懷」。照兩人勁頭，孩子本應母豬下崽似地扒拉不開。兩口子沒少跑醫院，可東檢查西檢查，誰也沒毛病。兩人就抓空日耕夜作，可地雖不是鹽鹼地，卻愣是打不到糧。梁夏知道這事讓老婆心裡疙裡疙瘩，忙閉了嘴，將老婆手掌抻過來，拿了夾剪，把女人的指甲修剪乾淨。

2

夫妻倆的買賣是做得越來越大發，拖拉機換成三馬子車，三馬子車換成松花江。集也趕得密，以前專撿四鄉八里的小集，後來專趕八鎮九寨的大集，倴城、樂營、馬城，再後來，連鄰縣的集市也一個不落。王春艷越來越胖，喝口涼水都長肉；梁夏越來越白，站貨架子後面倒像遊手好閒的風騷少年。一日，王春艷吃著吃著飯直喊累，嘴裡都淡出鳥來。梁夏就說，我去給妳買幾根火腿腸吧。等回來一看，王春艷偎著炕沿睡著了。她的方臉在燈下黝黑黯澀，彷彿滿屋的暗影都揉進她皮骨。梁夏鼻子發酸，攥著火腿腸默然發愣。翌日便跟老婆商量是不是要尋個幫手？忙時打下手，幫著進進貨看看攤收收錢，免得她心力疲乏，整日裡像搶食的禿鷲似的。

王春艷就笑著說：「咱們家還沒熬到地主的分哪，找扛活的幹啥？」

梁夏說：「妳就嘴硬吧，妳看看妳那眼睛，天天睜不開，比席篾還細。」

王春艷沉吟著說：「你算算帳吧，僱人的話怎麼也要每個月四五百塊錢。一年下來就是五六千塊。你說這五六千塊錢，幹點啥不好？龍肝鳳膽也能吃上好幾頓。」

梁夏就緩緩道：「咋啦，妳不心疼妳自己，還不許我心疼妳？」

王春艷愣了愣，上前環了梁夏的脖頸，頷骨輕輕蹭著他的肩胛骨，眼睛就潮了。

找幫工說起來易，真正找起來卻不是想像中那麼簡單。村裡十七八的姑娘大都早早輟了學，去鎮裡的棉線廠當紡紗女工；新媳婦呢，要麼挺著大肚子納鞋底，要麼躺炕上奶孩子；三四十歲的女人家，男人都在外打工，整日忙著餵豬餵牛，連放屁的空都沒有。如此一拖兩拖，這事就擱下，兩口子每日仍忙得昏天黑地，夜裡連夢都捨不得做一個。

那天梁夏正抽空拾掇院子，準備栽些青菜，便聽到有女人嘰咕著說話。原來是王春艷領著個女人從正門進來。兩人看似很熟絡。也許本來生疏，可再生疏的人到了王春艷跟前，都會變得話比老鴰都多。梁夏就叉了腰看那人。要比王春艷長上六七歲，臉上點著幾顆雀斑。梁夏彎了腰繼續耪地。王春艷就嚷嚷道：「梁夏！還傻愣著啥，快過來見見嫂子！」

女人是王春艷他們村的，算王春艷叔伯嫂子。男人在深圳的玩具廠當工頭，年初剛把初中畢業的兒子帶過去，三嫂就閒下，況且每月都有匯款，吃穿不愁，乾脆將十畝水田租給隔壁，秋後收些錢糧。「三嫂子不給誰面子，也得給我面子啊！」王春艷摟著三嫂的脖頸說，「是不是啊嫂子？」三嫂摸著她的手背微微笑了笑，也沒說什麼，拿眉眼掃了掃梁夏。梁夏朝她點點頭。女人在半個多時辰裡很少說話，只用「哦」，「嗯」這樣的語氣詞來應王春艷。譬如王春艷問，嫂子，我哥半年沒回來了吧？女人漫不經心地「嗯」了聲，譬如王春艷問，嫂子，妳想我哥不？女人照舊漫不經心地「嗯」了聲。她的聲音仿若冬天地裡的一星野火，風不吹來兀自滅著，偶有風拂，方才暗夜裡流出一兩點光亮。

這樣，三嫂就正式來幫了忙。晨起騎著輛木蘭摩托過來，再跟梁夏兩口子一塊趕圈集。梁夏本以為這女人不缺錢，看上去是個尊貴人，哪裡願意幹這等粗活？不過王春艷倒沒走眼，女人幫著裝貨卸貨，在集市上搶著擺攤位、掛衣裳、收銀錢，一絲也不敢怠慢。人跟王春艷講價錢時，她一般不插嘴，可一旦插嘴卻極管用。有個女人買裙子，偏偏為了十塊錢磨嘰半天，王春艷磨破了嘴皮，女人死活不肯鬆口。三嫂便說：「大妹子，妳手上的戒指是白金的嗎？」

女人說：「不是白金的難道是鋁的？我男人從上海買的。」「上海」兩個字咬得極重，眉眼也亮起來。三嫂笑著說：「妹子妳看看妳的穿戴，一看就是個有福的人。白金戒指黃金項鏈，手上戴的玉鐲怕也是和田玉吧？」女人說：「哎，有啥福氣，瞎湊合唄，就是孩子爸在外地攬個小工程啥的。」三嫂說：「這是命啊，妳命好，家裡舒服舒服待著。妳看他們兩口子，命就不好，賺的都是辛苦錢，比不上大妹子妳一個手指頭，何苦為了這十塊錢跟他們廢那麼多吐沫星子？」女人盯看了三嫂一眼，就把十塊錢遞將過來。梁夏在一旁聽了，不禁多看了三嫂一眼。

趕集的人三教九流，難免有手長腳長不聽使喚的。趕丁零河集就丟了兩套秋衣秋褲。王春艷很懊惱，這集不是白趕了？三嫂低眉耷眼，彷彿這事全歸罪於她。沒料到下集又碰到一個。是個戴氈帽的老太太，擠人群中很是扎眼。梁夏正站板凳上掛衣裳，一扭頭就看到她伸手抻了件棉背心左盯右看，後來哆哆嗦嗦退出人群，東張西望一番轉身就走。梁夏剛想扯著嗓子喊，可見她佝僂著老寒腿倉惶逃跑的樣兒，心就軟了，這話就硬生生噎回去，去瞅王春艷，王春艷正忙著給姑娘家挑羽絨服，去瞅三嫂，嫂子正低頭數錢。散了集，兩口子回家算帳，梁夏想把這事說給王春艷，可東琢磨西琢磨，橫豎是自己理虧，乾脆閉嘴算了。讓他略感意外的是，帳結完後卻一分錢不少，而那件棉夾克的售價是三十六塊。呆呆盯著王春艷問：「算得對不？」王春艷蘸著吐沫又數一遍，扯著鐵嗓子說：「一分錢不多，一分錢不少。咋啦？」梁夏說：

「沒啥。」王春艷望他一眼：「你還別說，三嫂還真挺能幹，咱們這幫工的錢可沒白花。」梁夏說：「我瞅著她也挺利索的，賣衣服說的話比媒婆還好聽，就是私下裡話比金子還貴。」王春艷說：「呦，話再金貴也比你強吧？人家以前可是小學裡的代課老師呢。」梁夏「嘿嘿」一笑說：「小學老師怎麼了？我以前還是工程師呢。」

樂營集那天，兩口子醒得遲些。六時剛過就聽到「砰砰」地敲門聲，知是三嫂來了，王春艷慌忙套了衣褲趿拉著鞋去開門，梁夏不緊不慢套著毛衫，望著窗外的那叢野櫻桃。也不知道是哪年的樹了，橫豎那麼長出來，一年比一年繁茂，一撲棱一撲棱的要擋了窗欞，花開得極為瑣碎，一簇一簇，白白脆脆，彷彿老人們怯怯的眼。梁夏褲子也沒穿，忍不住往外細細打量。待聽到門軸「吱扭」聲，道是王春艷進了屋，便說：「操，這櫻桃開瘋了。」說完扭身看王春艷。這一看倒真讓梁夏委實愣住，一時竟然不知如何是好，過了七八秒方才將棉被硬生生抻過死死捂住下身。梁夏睡覺有個毛病，無論冬夏向來不著一絲，尤是晨起，這下面一杆旗飄得格外高揚。

進屋的不是王春艷，卻是三嫂。王春艷去了茅廁，虛呼著三嫂屋裡來坐，三嫂想也沒想就挑門簾進來，竟也一時呆住，倒把梁夏上上下下看了個通透。梁夏忙套上褲子著了鞋襪，將被褥拾掇好，推了窗戶下了土炕。洗臉時心仍是「咚咚」亂跳，嗓子又乾又癢，從小到大還沒出過這等洋相。待聽到過頭屋傳來春艷和三嫂嘀嘀咕咕的話聲，心裡方安穩些，佯裝無事般出了屋，將包裹扛上「松花江」，坐車裡喝了口礦泉水。鄉間四月已一派喧嘩，農人鏟草，草驢嘶吼，公雞打鳴，野貓叫春，花瓣上的露珠從這一瓣滾到一那瓣，大黃蜂從這一朵飛到那一朵。梁夏禁不住閉了眼做幾個深呼吸，從倒車鏡偷偷瞄了三嫂。三嫂正和王春艷說昨晚鎮上的新鮮事。無非是哪個村的張三爬了李四家的牆頭，苟且行事間被李四堵在炕頭，鐮刀鐵鍬都用上了，人腦袋打出了狗腦袋。梁夏穩穩地開著車，鬧不清自己有啥好上火的。這麼想著，渾身鬆懈下來，邊開車邊點著一支香菸，噴雲吐霧間太陽就噴薄而出，瞬息將天下物事都染了暖暖一抹胭脂。

3

月底結算工資時，王春艷思忖半晌，往三嫂褲兜裡多攜了五十塊錢。三嫂沒推辭，只朝兩口子笑了笑。梁夏這才發覺，三嫂笑起來很受看。眉極輕目極細，眉目間略敞，眼皮不是乳黃，而是籠了層炊煙。還有嘴，肉肉的，不是通常這個年歲女人的李子紅，而是櫻桃紅。梁夏聽她跟王春艷說，想請一個禮拜的假去趟深圳，倒不是惦記男人，而是想兒子。王春艷笑著說，想男人就是想男人了，幹啥拿孩子來做幌子？三嫂也不辯白，拂了拂王春艷的頭髮。

三嫂不在的幾天，兩口子才發覺略微有些不慣。這段時日，都是三嫂晨起敲門，比鬧鐘還準。看兩口子扒拉不開，就幫他們填填灶火，攪攪稀飯。三嫂手巧，聽人說沒開懷的女人，若是繫了七彩絲條纏就的腰帶，孩子會早早坐胎，就熬了幾個晚上給王春艷織了條彩色褲帶，親手幫王春艷繫上。說實話倒不像僱來的人，反倒是一個娘胎的親姐。那天晚上，王春艷對梁夏說：「三嫂怎麼還不回來？都去五六天了。連個電話也不捨得打。哎。」梁夏悶聲悶氣地說：「咋啦，還想她了？」王春艷說：「嗯，倒真是有些想呢。這麼惹人疼的女人，哪裡有不喜歡的理兒？你想嗎？難道你不想？」梁夏就說：「別胡說八道了。快睡了。」王春艷就嘻笑著說：「我知道你也想。你肯定比我還想。」梁夏「嘁」了聲翻身過去不再答理她。

三嫂也是個不經念叨的人。第八天，他們就把三嫂盼回來了。三嫂回來，給梁夏和王春艷都帶了禮物。送給王春艷的是尊送子觀音，說是男人帶著去千佛山，她燒高香求來的，還專門花錢請高僧開了佛光。王春艷稀罕得不得了，將觀音緊緊摟懷裡。拿眼去瞄送梁夏的禮物，卻是幾件南方剛流行的衣物，就笑著對梁夏說：「三嫂真懂你的心思呢。知道你是個騷瓜蛋子，好穿。」梁夏沒說話，接了衣物隨手扔到炕上。王春艷就纏磨著三嫂給她講去深圳的見聞。三嫂說深圳也沒什麼啊，就是森林一樣的高樓。王春艷又問三哥怎麼樣？三嫂說，也就那個樣，兩條胳膊兩條腿。王春艷又問孩子怎麼樣？三嫂說，也就那個樣，鬍子一把抓，比他爸還老。王春艷聽出三嫂的興致不是很高，彷彿去了趟深圳，就跟她回了趟娘家一樣隨便。

翌日是倴城集。倴城號稱「京東第一集」。等貨物拾掇完將要出發，王春艷突然扶著門框嘔吐起來。梁夏忙去攙扶。她擺擺手說，可能是蔥花餅太涼，有些胃寒，喝點熱水就好了。梁夏三步併作兩步進屋倒水。王春艷喝了仍攢著眉。梁夏就說：「這個集我們不趕了，不趕了。待會我送妳去鎮上的衛生院，好好檢查檢查。」王春艷用拳頂住胸口說：「那哪成呢？上次有個人褲子買肥了，這集要來換的。我們要是不去，人家不就白等了？」梁夏急了，說：「是一條褲子要緊呢，還是妳個大活人要緊？」王春艷就閉了嘴。三嫂就對王春艷說：「這樣好了。等會讓妳婆婆陪妳去看醫生。我跟梁夏去趕集。兩不耽誤，妳說呢？」王春艷又吐了一口，輕聲細語地說：「那敢情好。三嫂，真是麻煩妳了。」

梁夏就拉著三嫂去倴城。一路無話，只有麥香的糊味脈脈吹來。梁夏從倒車鏡裡看見三嫂一直盯著自己後背。他尋思她可能會說點什麼，但她終歸什麼都沒說。快到倴城，梁夏還是放心不下王春艷，就給她打了個電話，王春艷也沒接。三嫂便說：「春艷是不是懷上了？」梁夏喜滋滋地說：「哎，誰知道呢。」下午收了攤，梁夏便請三嫂去肉餅店吃「虎頭」肉餅。「虎頭」肉餅皮薄肉多，梁夏一口氣吃了四塊，抬頭間見三嫂小口小口地嚼著，便問：「咋啦？不餓？」三嫂盯看著他，卻沒有話。梁夏就笑了。梁夏笑得時候嘴巴有點歪。三嫂說：「哎，你笑起來，倒真像個孩子。」梁夏又笑了笑，繼續埋頭吃肉餅。吃著吃著又去看三嫂，三嫂還是將肉餅夾在筷子上擺弄來擺弄去。梁夏說：「嫂子妳要是有什麼話，儘管說好了。」三嫂將筷子放了，左肘架在右手上，左手拖著腮，緩緩地說：「我一直想不明白，上次你明明看到那個女人偷東西了，為啥沒吭聲呢？」

梁夏嘴裡的肉餅就沒嚥下去。他看著三嫂，三嫂也看著他。半晌兩個人都不約而同笑出聲來。梁夏這才問：「我也一直想不明白，上次明明看到東西被偷了，為啥錢倒是一分沒少呢？」

三嫂說：「哎。那個老太太，跟我有點遠房親戚，她腦子裡缺根弦，時常幹點偷雞摸狗的勾當。我看你沒吱聲，就替她把錢給補上了。」

梁夏說：「我本來差點就喊出來。不過看她穿得破破爛爛，心想那件坎肩穿她身上，興許到了冬天就不冷了。」

王春艷真是懷上了。懷上了的王春艷照樣趕集。照樣趕集的王春艷明顯有些力不從心。在丁零河，她正幫人挑裙子，突然一口就吐在裙面上，嚇得女孩驚聲尖叫。王春艷灰頭灰臉地向人家陪著不是，梁夏忙把髒物用手紙擦拭乾淨。第二次是在獨寂城，她一口就把酸水沁在梁夏手上。梁夏高興地甩甩手，替她輕輕地捶背。王春艷小聲咳嗽著，眼睛裡滿是大滴大滴的淚水，嘀咕著我這是怎麼了？我這是怎麼了？梁夏笑著說，兒子才一個來月就這麼能折騰，是好事。王春艷怎地就酥軟了，靠梁夏懷裡小聲抽泣。三嫂說，以後會鬧得越來越凶，我懷孩子那陣，見油膩東西就吐，最後連苦膽都吐出來，要死要活的。王春艷聽了臉就綠了，唉聲嘆氣地說，這可咋好呢？梁夏倒很少看王春艷這樣發愁。王春艷從來都不是個會發愁的人。這樣看來，生養孩子倒真是件既讓人歡喜又讓人擔憂的事。連忙去縣城找了好醫生，開了幾劑中藥，熬了給老婆喝。到了兩個月頭上，王春艷突然見紅了。她那天穿著條裙子，一條紅蚯蚓就順著她大腿根緩緩下爬。當時梁夏就傻了，忙招呼三嫂過來看。三嫂把梁夏叫到一旁，悄悄叮囑他千萬別聲張，不要讓春艷知曉，這可是流產的跡象，不是什麼好兆頭。梁夏連忙開了車拉老婆去縣醫院。結果真是被三嫂說中。醫生說，還好來得及時，吃些保胎藥，姑且再觀察一段時日吧。

王春艷就只好待家裡，讓梁夏和三嫂去趕集。

車廂裡少了王春艷，就像車子鏈條和軸承之間少了潤滑油。梁夏從倒車鏡裡看到三嫂盯著自己後背，像石像那般可以盯上半個時辰。梁夏就覺得渾身不自在。對三嫂說，嫂子妳坐到副駕駛上來吧，陪我說說話，真夠悶的。三嫂沒吭聲，直接從兩個座位中間擠了過去，這讓梁夏驚奇地笑了起來，他真從來沒有見過這樣換座位的。三嫂也笑了，說：「幸虧我長得蜻蜓那麼瘦，要是春艷那骨架，是無論如何鑽不過來的。梁夏說：「是啊，是啊，妳說春艷怎麼就那麼胖？她買了件花襯衣穿上，說自己被綁成粽子了，我就對她說，那不是粽子葉的問題，而是粽子餡的問題。」三嫂「噗哧」笑出了聲，梁夏說：「三嫂子，這些天還真是多虧了妳。」三嫂說：「有啥謝的，都是家裡人。你們倆呀，掙兩塊錢也真是不容易。」梁夏就歪了頭去看她。她的臉從側面看上去猶如剪影，簡潔、潦草又有些模糊，尤其是鼻梁，從眉骨間起勢就高，到了下眼線處又凸一塊，而後才滑下去。就想起一則葷笑話，說鼻梁中間的那塊凸起叫「淫骨」，長了淫骨的男人是大牙狗（公狗）六親不認，誰都敢上；長了淫骨的女人呢，天煞的「花痴」，稍有姿色的男人，沒有不被她弄身上來的。這麼想呢，梁夏忍不住就「呵呵」笑，笑完又去仔細打量三嫂，越看她那鼻梁骨越像是「淫骨」反倒不好意思起來，是笑也不敢笑了。

三嫂知道梁夏看她，說：「哎，人老了就是皮包骨。尤其是莊稼老娘們，要是過了三十歲，那真是豆腐渣都不如。」梁夏說：「可不能這麼說。女人家，到了三十來歲才是秋後的柿子甜得麻嘴，十月裡的苞米香得膩人。」三嫂說：「你扯吧，嘴巴真是塗了蜜，越來越像春艷。」梁夏說：「這妳可說錯了，我們周庄，就我算是個好老爺們。」三嫂說：「可不，就你一個好老爺們，黑夜睡覺連條褲衩都捨不得穿，早晨起來搖著棒槌迎接客人。」梁夏的臉瞬息紅了。他沒料到三嫂會拿這件事開玩笑。說實話，他覺得自己跟三嫂還沒有熟到開這種玩笑的分上，只得乾笑兩聲說：「從小習慣了。家裡窮，買不起內褲。妳是個有知識的人，不曉得習性一旦養成，是到了棺材裡也改不掉嗎？」說話間梁夏覺得自己的右臉頰被什麼輕輕劃了一劃，以為是蒼蠅，想也沒想用手去撣，沒想到，碰到的是一根手指。

這手指只能是三嫂的。除了是三嫂的，還能是誰的呢？三嫂恍惚著說：「你臉上都是汗。」梁夏說：「是啊，麥子都熟了，眼看著入伏了。熱得人心慌慌的。」

晚上想白天的事，就有點睡不著。這種玩笑在村子裡算不了啥，小叔子跟嫂子、小姨子跟妹夫掐鳥摸奶，天經地義。可三嫂這樣不吱聲不言語伸了手指摸自己的臉，安安靜靜的，正正經經的，倒從來沒有過。想著想著就罵起自己，人家一心一意來幫襯，自己倒想些不著邊際的，真是憋壞了。也難怪，王春艷懷孕後就沒讓梁夏碰過。在王春艷看來，這個節骨眼做夫妻間的事簡直是謀殺孩子。她也曉得梁夏難受，有時乾脆用手幫他了事。然而即便用手也是敷衍的，動了幾動心思便又跑到孩子身上去，乾脆讓梁夏自己來弄。這樣的事本來男人最擅長。梁夏不幾下就完事，窸窸窣窣地用手紙擦弄。王春艷就「咯咯咯」地笑，一開始聲氣還小，後來愈發大起來。梁夏望著屋子裡瀰漫的黑，突然有些傷感起來。

這集趕得不像以前那麼密了，倒不是出於懶惰，而是梁夏覺得，讓這麼個不遠不近的親戚終日裡跟著跑，真有些不落忍。好歹三十多的女人了，天天磨著嘴皮子，還要幹些體力活，哪個女人受得了？即便三嫂受不了，像她那麼臉皮薄的人，出於情面也不會說出來。就給三嫂打電話說，這三兩天不用趕集，姑且在家休兩天。三嫂在電話那頭半天沒吭聲，她似乎想說點什麼，可是靜默半晌，還是一句話沒說。反正她這種說話方式梁夏也習慣了，女人家嘛，麻雀的心眼，小著呢。就跟三嫂解釋說，這兩天要帶王春艷去醫院做檢查，等忙完這事，集還是要以前那樣趕的。三嫂這才「哦」了聲，聲音也活泛起來，問道，要不要我陪王春艷一塊去啊？很多事你們男人不懂的。梁夏就說，有她娘家妹子一塊去，妳放心好了。

說實話，王春艷懷孕後就變了個人。以前是破鑼嗓，見人遠遠打招呼，就是隔上個百米也能聽得見，這下是說起話來慢聲慢語，唯恐打擾了腹內睡得並不安穩的孩子。以前是書不看一本，即便是《故事會》，翻上兩頁也要打呼嚕，這下倒好，專門讓梁夏打電話給李明坤，讓他從網上幫忙買書。李明坤是個熱心腸，不僅買了《如何培養兒童右腦和如何培養天才兒童》、《從尿布到約會——尿布卷》這樣的中國讀物，還買了諸如《猶太家教聖經》、《斯托夫人自然教子書》這樣深奧的外國讀物。王春艷整天手裡捧著一本，炕上讀廁所裡讀被窩裡讀，眼瞅著就要讀成近視眼了。以前是看到好看的衣裳就忍不住給梁夏買，現在呢，衣服也不替梁夏洗了，不讀書時就給沒出世的孩子做紅布兜、老虎枕頭老虎鞋，光尿布就裁了不下三十塊……

沒想到剛過去兩天，三嫂就來了。她先問候了王春艷體檢的結果，然後迫不及待地問啥時候趕集去？王春艷本是要好好跟她聊聊孩子的事，沒料到她這麼關心自己的買賣，眼眶便潮濕起來，咂摸著嘴說：「三嫂啊……上輩子……肯定是妳欠我了，所以這輩子對我……這麼好。」三嫂就低了頭笑，笑著笑著抬起頭說：「妳安心保妳的胎。坐下這麼個孩子，啥容易的事？」王春艷就更受不了，大眼淚「噗嗤噗嗤」往下掉。三嫂說：「別哭別哭，容易動胎氣的！」王春艷忙止了眼淚，有一搭沒一搭地說：「呦，嫂子這裙子啥時買的？真好看。」三嫂原來穿了件咖啡色連衣裙，腳上是雙高跟涼鞋。村裡除了沒出嫁的姑娘，倒極少有女人家穿裙子。三嫂就訕訕地問：「好看嗎？妳三哥……給我從深圳郵回來的。」王春艷拉了她的手，細細摸著她的小骨節，緩緩著說：「好看，好看，妳穿啥衣裳都好看。妳當過老師，跟我這樣沒文化的比，到底是兩回事呢。這樣吧，要是沒什麼要緊的事，趕明兒妳陪梁夏去趟市裡，進進貨，梁夏這個人心粗，常常丟三落四，他一個人去我還真是不省心。」

4

於是去市裡進貨。梁夏本想開車，王春艷死活不讓，非讓他們坐班車，還專門給她那個八竿子打不著的親戚打了電話，讓她票價便宜些。翌日，梁夏跟三嫂肩並肩坐在公共汽車上，發現她身上香香的，就打趣說：「三嫂子，這香水都快把人熏倒了。」三嫂說：「你不喜歡這味道嗎？」梁夏說：「哎，啥喜歡不喜歡的，人的鼻子又不是狗鼻子。」三嫂就白了他一眼，屁股挪了一挪，故意將兩個人的縫隙拉遠些。

進完貨已垂暮，沒想到在高速上堵了車。原來「奧運」期間，這跑東三省的大貨車全被趕到京唐高速來，一輛一輛水庫似地綿延開去，望也望不到頭，動也不動一絲。梁夏急起來，怕王春艷惦記，偏巧手機又停電，借三嫂的，三嫂卻連帶都沒帶。眼看著車越來越密，空氣越來越濁，天邊偏又綻起朵朵大金絲菊，然後是震動天地的雷聲從車頂劈過，嚇得三嫂一把抓住梁夏。梁夏躲也不是不躲也不是，只覺她的手心潮潮的要浸出汗來。剛要將手掙脫開，不成想頭頂又是一聲悶響，車上的乘客都「哎呀」一聲，三嫂的手攥得也越發緊起來。梁夏心裡發虛，忍不住環顧四周，每個人都慌慌的，也沒甚熟人，即便如此，梁夏心裡還是疙裡疙瘩，默然把手從她掌心拽出，放在鼻下動也不敢動。不久窗外就什麼都看不到，漆黑如墨，雨水順著玻璃窗河流般恣肆地流。車裡也沒有打車燈，嗡嗡嚶嚶地議論聲咒罵聲此起彼伏，都怕是晚上回不到家。梁夏悶悶地點了支香菸，沒成想剛吧嗒兩口就被售票員發現，大聲叱喝著讓他掐掉。梁夏蔫頭蔫腦地掐掉，把手放在膝蓋上神經質地敲打。這時，三嫂的手就又摸上來了。

多年後梁夏還會記得那個雷聲滾滾、大雨如注的高速公路上的吊詭傍晚。車燈是慢慢亮起來的，由於電壓不足或是旁的緣由，燈光是那種憂傷的暗黃，猶如黑夜裡的螢火蟲在墳塋裡有氣無力地晃——光亮慢慢浮起，燈光下黑呼呼的頭顱分不出是男人還是女人。世界在梁夏的耳朵裡突然安靜下去，他什麼都聽不到了。有那麼片刻，他甚至懷疑是剛才的雷聲把他的耳朵劈聾了，他只得拿另外一隻手摳了摳耳蝸。後來，他扭過頭，狐疑地看了看三嫂。三嫂正襟危坐，眼睛漫無邊際地盯著前方，像是在盯著司機，又好像是盯著外省的卡車，她那麼專注，睫毛連眨都不眨，呼吸也沒有一聲。在暗淡的橘紅光下，她的皮膚沒有一絲油膩，是黃疸病患者那種潔淨的蠟黃，彷彿被藥材浸泡過一般。沒人看到她的手死死攥著梁夏的手。這個表相瘦弱的女人，氣力竟如此之大，彷彿她此刻將畢生的力量都傾注出來，或者說她把她畢生的氣力都孤注一擲，為的僅是將他的手指跟她的手指糾纏一起，為的僅是她的皮膚能與他的皮膚摩擦無隙，為的僅是她的指紋與他的指紋或許能有重疊。梁夏後來一直想不清，如果當時他果斷地把手抽離，會是如何的結果？他當時沒想過這個問題。他當時已沒有心思去想這個問題。他記得他就那麼乾坐著，手被這個女人顫抖著握住，而窗外，依然是盲人般的黑。

幾點到的家？記不太清了。他只記得到了村頭時雨已經很小。天已擦黑，卻仍能看出楊柳青翠乳燕翻飛。在村頭，他看到了身材臃腫的王春艷。她挺著個大肚子，一手叉腰，一手打傘，看著他和三嫂從車上把包裹一個一個卸下。三人淌著雨水回了家。炕上早擺了八仙桌，桌上是盆小雞燉蘑菇，一瓶紅星二鍋頭。王春艷把熱水倒好，命兩個人洗臉洗腳，又不停嘮叨為什麼連個電話也不打？梁夏囁囁地說，手機沒電了。王春艷就說，用三嫂的打呀，梁夏說，三嫂忘了帶手機。王春艷一愣，說是嗎？那怎麼不用售票員的？她可是我遠房表姐呢！梁夏不耐煩起來，嚷道，什麼狗屁表姐！連支菸都不讓抽！王春艷就笑了說，三嫂子看到沒？別看他平時在眾人眼裡人模狗樣，溫順得像貓，說實話這脾氣藏性著呢！三嫂說，這就不錯了，妳三哥要是有三言兩語跟我不對付，這巴掌早搧過來了。

就吃飯。梁夏倒是一滴酒都沒敢喝。王春艷就張羅著梁夏陪三嫂喝一點。三嫂說，女人家要是沾了酒，就等於是男人家在炕頭上納鞋底，有些事是不能顛倒的。梁夏聽了也沒吭聲。王春艷就跟三嫂拉起胎教的事來。在王春艷看來，一個曾經的小學語文老師，肯定對胎教有著良好的建議和經驗。三嫂說，我們改天再聊吧，天很晚了，我要回家了……

「回啥家呀。外面還在下雨！今晚住我這兒好了。跟我睡一個屋，讓梁夏西屋睡！」

三嫂瞟了梁夏一眼。梁夏不曉得她為何要瞟他，就下了炕去開電視。電視裡正在演新聞聯播。梁夏聽到三嫂說：「這哪成呢？我這個人怯炕。睡別人家的炕要失眠的。」王春艷說：「失眠好，我這些天就老睡不著，妳正好陪我好好說說話。」

三嫂就這麼著住下來。梁夏把自己的被褥搬到西屋。早早脫衣睡下，卻翻來覆去怎麼都睡不著。腦子裡全是三嫂……她肯定稀罕自己，可他委實搞不清楚，自己哪裡招她稀罕？即便她稀罕他又能怎樣？她是春艷叔伯嫂子，即便不是叔伯嫂子，自己也不會跟別人家的女人亂來。可在車上為何又讓她攥了自己的手？為何不當機立斷將手挪開，開些玩笑話遮擋過去？梁夏越想越煩，越煩越想，身子骨碌過來骨碌過去，對面屋子裡卻傳來兩個女人放肆的笑聲。

想著想著就迷糊住，半夜醒了次，聽到王春艷打呼嚕，恍惚又睡去。後半夜大抵是雨停了，空氣薄涼起來，窗外傳來昆蟲的叫聲。不久，他聽到門軸「吱扭」著轉動，知是春艷去廁所了。想想又不對，這段時日她都在屋子裡小解的。那麼出去的人肯定是三嫂。又過了會兒，梁夏突然覺得有人在摸自己的腳。那雙手梁夏太熟，他頓時六神無主起來。手很涼，像在公共汽車上時那麼涼，手心沁得潮呼呼的，摸在腳踝上很是舒服。手挪得很慢，猶如老蝸牛在青苔上慢爬。他下面一下子就硬了，不禁聳了聳身子，同時故意摒住呼吸。他想讓三嫂明白，他已醒來，他知道她在做什麼。他想她應該知道他並不喜歡這麼做。然而那雙手仍是一直往上游走，趕到後來，梁夏驚訝地感到女人溫軟的身軀已然偎依進自己懷裡。他聽到女人在耳邊呢喃，你知道嗎，每天晚上，我只有想著你才能睡著……我本想去深圳躲一躲，可在深圳一天都待不下去……我管不了我自己了，我真管不了我自己了……她的聲音既細小又微弱，同時有些忐忑的哽咽。梁夏動也不敢動，直到她的手邊順勢握住他堅硬火熱的下體。他的下體那麼粗大，她的手快要攥不住了。梁夏突然喘息著一把將她推開。她一愣，發情的母獸一樣復又捲過來。她是個過來人，當然曉得哪裡才是男人的七寸。梁夏只得壓著嗓子說道：「別介！別介！鬆開！鬆開！再不鬆開我就喊春艷了！」

「喊吧，喊吧，王春艷是聖旨。王春艷是王母娘娘。」女人的乳房頂著他的胸膛，舌頭吮吸著他的脖頸，「傻子，王母娘娘是信你的話呢，還是信我的話呢？別動。」

梁夏就是這時煩躁起來一把將她搡到炕底下的。她可能沒料到他竟真的推開她，腳落地時沒有站安穩，一個趔趄跌坐地上。而她的手則不合時宜地碰到了一把椅子，椅子倒下時碰到幾個空啤酒瓶，空啤酒瓶倒下時又碰到了老鼠夾。老鼠夾打到空瓶時尖利清脆的聲響在三更半夜裡如是悅耳又如是刺耳。當梁夏打開燈慌亂著套衣服時，他看到了站在門口的王春艷。

王春艷挺著個大肚子呆呆站在門檻上。她先是掃了眼坐在地上的三嫂，又掃了眼下身昂揚挺拔的梁夏。她什麼話都沒說。什麼話都沒說的王春艷就那麼站著。三個人都以各自的姿勢待了足足有一分鐘。後來，梁夏聽到了搧耳光的聲音。耳光很響，更響的是劈天蓋地的咒罵聲。那個坐在地上的女人似乎半晌才明白過味來。她僵硬地站起來，看也沒看王春艷，只是死死盯著梁夏。燈火不是那麼明亮，雖然王春艷抓著女人的肩膀又是哭又是喊又是搖晃，梁夏還是在女人的眼裡，看到了一團迅速燃燒的、憤怒的、幾乎將噴薄出來的火焰。梁夏不禁打了個寒噤。

5

第二天，剛上任不久的村支書梁永剛到村民活動中心，便瞥到一個女人立在大門口。那天梁永去的早，去的早是因為晨起跟老婆吵了架逗了嘴。老婆不願意他競選村支書，他偏要競選，老婆不願意挨家挨戶送魚，他偏要送，老婆以為即便送了魚他也選不上，結果他偏偏選上了，老婆以為選就選上了，除了開會點卯年底分紅，該不會有什麼狗屁閒事，結果他上任沒兩天就號召全村村民捐款修路。除了掏錢疼就是割肉疼，哪個不在背後戳著他的脊梁骨說三道四？媳婦就急了，急了的媳婦早晨逕自餵驢餵豬，就是不餵他。沒人給做飯的梁永就擰著眉頭到村民活動中心來了。當他看到那個女人時，他並沒有認出來是誰。這女人站門口低眉耷眼，右腳不停地蹭著潮濕的地面，眼瞅著就蹭出個坑出來。於是梁永吐了口痰清清嗓子，頗為威嚴地問道：「妳是哪兒的啊，嗯？有啥事嗎，嗯？」

女人這才抬起頭。太陽剛高過炊煙，她的一雙瞳孔被鍍成了金黃色。

當梁夏接到梁永電話時，正在鎮裡的衛生院。昨天晚上三嫂走後，王春艷反倒安生下來，不哭也不鬧。梁夏過去想說點啥，卻發現門閂被插上了。就敲門，敲也是白敲，就說話，說也是白說。王春艷變成了隻冬眠的蟋蟀，什麼聲音都聽不到，什麼話都聽不進。後來梁夏就獨自在西屋睡了。或許太累，這一覺倒睡得安生，等睜開眼時卻發現王春艷呆呆地坐在身邊。有那麼片刻，他完全忘了昨晚的事，笑著去摸王春艷的肚子。王春艷將他的手挪開，說：「快送我去醫院。我又流血了。」她的聲音聽著又平又乾。她已經完全變成一截木頭了。

在車上梁夏不停解釋。他說他跟三嫂根本就沒什麼。能有什麼？她那麼大歲數了。說這話時他自己都覺得可笑，但正因這話可笑，反而從內心隱隱升騰出一種莫名其妙的「虛」出來，彷彿本來應該他跟三嫂有點啥，這話聽起來才更真實、才更有說服力。王春艷連看都不看他一眼。到了鎮醫院下車，梁夏去攙扶她時，才發現她的臉上撲滿了大滴大滴的淚珠。梁夏這才相信，王春艷委實往心裡去了，她或許真的認為，他把那女人睡了？這麼想時難免有些憤懣，甩開她的手徑直進來了急診室。王春艷雙手捧著肚子慢慢地跟上來。等那個婦科醫生建議他們去縣城的婦幼醫院做子宮縫合手術時，梁夏的手機便響了。他聽到梁永在手機那頭大聲地喊：「梁夏，你他媽快給我回村裡！」

當梁夏跟三嫂面對面坐在村民活動中心的凳子上時，兩人誰都沒看誰。梁夏聽到梁永問：「你認識蕭翠芝吧？」，不待梁夏回答接著說，「你肯定認識她，她是你們家幫工的。」

梁夏去看三嫂。他才知道她的大名原來叫「蕭翠芝」，以前只曉得她姓蕭。

「蕭翠芝說，昨天晚上住在你們家了？」梁永問。

「嗯地。咋啦？」

「咋啦？你說咋啦？你還有臉問我？」梁永的聲調突然高八度起來，「我一直以為你小子是正經人，本想過兩天讓你來村委會幫忙，當個現金保管呢！真是走了眼！」

梁夏突然間明白了接下去的對話可能是啥，但他還是不敢相信。他掃了三嫂一眼，三嫂只梗著個脖子冷冷地望著院子裡的幾頭約克豬，又掃了眼梁永，梁永的眼睛瞪得圓圓的：「你怎麼能幹這種糊塗事？嗯？」梁永站起來拍了拍桌子，「老貓房上睡，一輩傳一輩，你還真隨了你那親爹！兔子還不吃窩邊草！你對得起你三哥嗎，嗯？你對得起王春艷嗎，嗯？你腦袋被豬啃半拉去了嗎，嗯？」

梁夏仰起頭盯著梁永。他心跳得厲害，他相信更可怕的言語就要從他叔伯哥的嘴裡吐出來。有那麼一會他妄圖躲過梁永的身坯去看三嫂，他簡直不能相信那些可怕的話會是從她嘴裡說出的。可梁永肥胖的身軀猶如一口水缸穩穩擋住了他的視線，他只得盯著梁永胸前的一顆鈕扣。那顆鈕扣四個針眼，其中的一個破線了，線頭掙掙著，一隻長著透明雙翼的小螞蟻在上面趴著。

「你說這事咋辦吧？」梁永似乎平靜下來，他拍了拍梁夏的肩膀，「你把人家給搞了，人家來告你，你說這事咋辦吧？」

梁夏突然站起來將梁永扒拉到一旁，兩步就邁到了三嫂跟前。三嫂這時才將目光從窗外拉回來，漫不經心地瞄了他一眼。他一把就抓住了她瘦削的肩膀，用力地晃了兩晃，大聲地喊道：「妳瘋了嗎？妳瘋了嗎？妳他媽瘋了嗎？我啥時候碰過妳？」當他妄圖將她整個身軀從板凳上提起時，他感覺到自己的屁股被人猛踢了兩腳。他翕動著嘴唇愣愣地回過頭看著梁永。梁永似乎比他還要憤怒，「你個狗操的！把人家給搞了還這樣囂張，還有沒有點人性？嗯？還有沒有點人性？」

梁夏說：「我沒搞她！我從來就沒搞過她！」

梁永說：「放屁！你沒搞過人家，人家一個老娘們能厚著臉皮來告你？嗯？」

梁夏突然不知道要說什麼。他還能說些什麼呢？他只能去看三嫂。三嫂也在看他。她臉上的表情梁夏一輩子都忘不了，那是因為她臉上根本沒有任何表情。她細細的眉毛，細細的眼睛，細細的鼻梁，除了她的眼圈有點黑，她跟往日裡沒有區別。她似乎在仔細傾聽他們的對話，又似乎什麼都沒有聽到。

「人家不去公安局告你強姦就是對得起你了！」梁永低沉著嗓子說：「人家也沒啥別的要求，就是要你認了這事，要你賠個禮道個歉，」梁永的拇指和食指狠狠地撚了一撚，「你還不趕緊掏點這個？嗯？」梁夏的臉完全成了醬紫色，他的瞳孔似乎就要冒出火來。他完全沒有留意到梁永的手在他衣兜裡搜了一千塊錢出來，他也沒留意到梁永將這一千塊錢屁顛屁顛地塞到了蕭翠芝手裡。他的血管、他的肺、他的皮膚瞬間就要爆裂了。

三嫂就在這時慢慢地朝他走過來的。他與她之間的距離很近，她完全三兩步就能邁過來，而事實是，她走了足足七八步。她身上還瀰漫著香水的味道。刺鼻的香味讓梁夏突然想起高速公路上的情形。當她跟他面對面對視，她的嘴角神經質地抽搐了一下。當她的右手響亮地抽在他光潔的臉頰上時，火辣辣的疼肆無忌憚蔓延至耳根，讓梁夏眼裡的淚水幾乎要摔落下來。事後他常常責罵自己，當時為何沒反手抽她兩個耳光？或者一通老拳將她打翻在地？或許他當時完全傻了。他眼睜睜地看著這個叫蕭翠芝的女人把一千塊錢在他眼前晃了晃。她晃得很慢，彷彿瞬間有片刻走神了，然後一聲脆響，紙幣被她從中間果斷地撕成了兩截，有一兩張順勢飄到地上，死掉的蝴蝶般蕩了幾蕩。她的這個動作無疑讓梁永和剛剛進門的副書記王金榮都很震驚，梁夏似乎聽到梁永扯著嗓子喊了句「這可是錢哪大妹子！」她那雙枯瘦但蘊含著巨大氣力的手動得越來越快，越來越快，猶如一個疲憊的農婦輕車熟路地用鐮刀收割麥子般，將一疊錢幣撕得越來越碎越來越小。趕至後來，她甚至沒發覺那些紙幣已完全從她指間落下，紅色花紋的紙幣靜墜到地上，被晨風拂到梁夏腳上——她的手指還在機械地重複著那個動作，絲毫沒有察覺只是在漫不經心地撕扯著空氣。如果梁夏沒有記錯，她最後緩過神來，朝梁永和剛進門的副書記王金榮鄭重地點了點頭，似乎是在讚許他做得很好、做得很對，她對這樣的結果無疑很是滿意，然後，晃著消瘦的肩膀從屋子裡一點一點踱出去，慢慢地騎上她那輛木蘭摩托車，一拐兩拐就消失不見了。

梁夏的嘴唇被自己咬破了。

6

全周庄的人都曉得他把王春艷的叔伯三嫂給睡了。睡就睡了，村裡爬牆頭的也有，也沒見爬出什麼不乾淨的話，偏偏他就被人家給告到村委會，告到村委會也罷，還被人家當面撕了一千多塊錢，被人家當面撕一千多塊錢也罷，還被人家搧了一個格外響亮的耳光……看來王金榮不但喜歡賭錢，還是男人的腿女人的嘴，搞宣傳很有一套。梁夏一整天都沒挪窩，蒙著被子躺了整整一天。中午王春艷將他的被子一把扯開，冷冷地說了聲「吃飯」。她煮的麵條。如若是往日，麵條裡總要專門給梁夏放些細肉絲、荷包蛋、枸杞，但那天王春艷什麼都沒放。梁夏扒拉了兩口覺得越發寡淡。他想好好跟王春艷談談，但王春艷根本就不給他談的機會，大白天的也把門閂插上。話又說回來，有什麼好談的？他跟這個叫「蕭翠芝」的女人屁事都沒有。他從來就沒對她動過什麼念想，如果說有念想，也是蕭翠芝對他有念想。他越想越氣，直把一碗麵條摔扣到牆上。

晚上他父親就來了。他父親該是聽到了什麼風聲，不然的話不會來看梁夏。梁夏對他父親孝順是孝順，但走得並不近，這走不近的緣由便是父親名聲不好，年輕時睡人家女人常被捉到現形，有次甚至被那一家男人差點當場閹掉。他坐炕上抽著旱菸袋，開始什麼都不說。後來終於說了，倒是些前不著村後不著店的話，什麼貨賣的如何如何，王春艷的胎氣保得如何如何，東扯西拉一番，這才壓著嗓子小聲著問：「兒子啊，你真把人家給睡了？」

梁夏不搭理他，他就又問：「你這孩子也是，睡哪家的不好，偏要睡春艷家嫂子。那麼大歲數了，身上連片肥肉都沒有，老模咔嚓眼的。」

梁夏仍不搭理他，他就又說：「這事沒啥可丟人的，兒子，我曉得你臉皮薄，可褲襠裡的那點事，從省長到村長，從村長到平頭百姓，只要是長兩卵子的，誰不稀罕誰不好惜呢？真沒啥丟人的啊。你可千萬要想開點啊，兒子。」

梁夏挨家挨戶拜訪村裡人是幾天後的事。他先去的他三爺家。他三爺以前是村裡的小學校長，見到梁夏時他正躺在一把搖椅裡戴著花鏡讀《人民日報》。他這輩子最喜歡的報紙就是《人民日報》，以前是在學校裡讀，現在是自己掏錢訂了一份，有事沒事喝著茶水讀。在梁夏看來，三爺是全村最明事理、最洞世事的人。三爺見到他並沒有起身，只是朝他點了點頭，又指了指旁邊的凳子，意思是讓梁夏坐下。三爺喜歡梁夏，三爺喜歡梁夏是因為在三爺眼裡，這孩子知書達理，手腳乾淨沒有尾巴。人這一輩子咋會沒尾巴呢？官人的尾巴是貪汙腐敗，商人的尾巴是見利忘義，明星的尾巴是叫賣身體，農民的尾巴是小肚雞腸……但梁夏這孩子沒有，這也是三爺人前人後誇梁夏的緣由。梁夏就在凳子上坐了，給三爺敬菸，三爺擺擺手；給三爺續茶，三爺擺擺手；給三爺遞了把涼扇，三爺擺擺手。梁夏一肚子話，就全在三爺擺手間沒有了。看來三爺也知曉了他的事，不但知曉了他的事，而且對他的事頗為惱火。梁夏還能說什麼？梁夏什麼都不能說了，只有站起來告辭。剛直起身，便聽到三爺說了句：「君子有所為，有所不為。」梁夏去看三爺，三爺也在看他。梁夏說，我來了就是想跟您說聲，我什麼都沒做。我真的什麼都沒做。三爺朝他擺擺手，意思是走吧走吧。梁夏悻悻地走出來，這胸口就隱隱疼起來。

第二家，他去的是梁明家。梁明從小跟他睡一個被窩長大，好的跟一個人似的。長大後一起在縣城做泥瓦匠。梁明沒在家，在家的是他女人。女人家正在做飯。見了梁夏連忙洗了手進屋，給梁夏又是翻箱倒櫃地找菸，又是端茶倒水。女人家無疑知道了他的事，但女人家就是不說。她坐在炕沿上，小聲地詢問梁夏為何沒有去趕集？梁夏說，這幾天熱死荒天，正好在家休整整幾天。女人家問，春艷這些日子咋樣了？有沒有去鎮上的衛生院做B超？梁夏就說王春艷一切都好，一切都好。女人家又問，你媽在家幹啥呢？哮喘病好些沒有？梁夏就說哮喘好幾年沒犯了，只是又犯了風濕……女人家一路問下去，就差沒問他的遠房親戚了。梁夏心裡就更加難受，拿眼去瞅女人。女人大夏天的只穿了件皺巴巴的背心，腰裡的贅肉擠出來，脖子上全是一圈一圈的汗。梁夏就說，嫂子，妳忙著，我先走了。女人家見梁夏瞅她，怎地激靈下就朝後挪了挪屁股，彷彿怕梁夏要做出什麼過分的舉動。梁夏就說，嫂子，我先走了。女人這才如釋重負一般嘆了口氣說，慢走啊他叔，有空來待著。梁夏出了梁明家，在一棵老槐樹下站了片刻。槐樹上的蟬叫起來沒完沒了，梁夏聽了更是煩悶。他突然覺得自己的舉止行為多麼可笑。

第三家他選擇了王寶泉家。王寶泉是賣鞭子的，跟梁夏一樣趕圈集。這些年來，用馬車耕地的農戶越發得少，王寶泉的鞭子賣得也越發得少。梁夏見到他時他正用一片鋒利的刀片「哼哧哼哧」地刮一張豬皮。梁夏說，這些日子賣了多少根鞭子啊？王寶泉說，夏庄有個鳥人，不曉得哪根神經錯亂，也他媽做起了這一行。他這鞭子一杆二十元，那個王八羔子只賣十八，走了幾個集口，就把他的老主顧搶去不少。說然拿眼瞥梁夏，說，你這生意好啊，乾賺不賠，實在賣不動，還可以自己穿。你說我留這麼多條鞭子有個屌用？梁夏就說，可不是嗎，以後你也可以改行幹點別的。王寶泉的山羊鬍子抖了兩抖，嘻嘻笑著說，我看行，老子也去賣服裝，老子也僱個女幫手，老子也可以把女幫手順便睡上一睡。梁夏說，怎麼，你也認為我跟她有一腿？王寶泉說，你說沒一腿會有人信嗎？梁夏說，我今天到你這裡串門，就是想澄清這件事，別說跟那個女人有一腿，我根本是連碰到沒碰過她。王寶泉把豬皮掉了個，刀片在上面刮得更為迅捷，刮了十幾刀後方才翻梁夏一眼，問道，她個東西，倒是緊不緊？

看來自己的走訪完全是錯誤的。即便他長了一百張巧嘴，人家也認為他說的全是屁話。梁夏站在村裡的街道上，看著轉來轉去的土狗，看著跑來跑去的野孩子，眼淚差點就掉下來。他方才發覺，自己是多麼小，小到不如一隻螞蟻，如果他沒辦法證明自己的清白，那麼他馬上就要被吐沫星子淹死了。即便淹不死，他這輩子也休想直起脊梁骨走路。就想起蕭翠芝的樣子，想起蕭翠芝的樣子，牙根就癢癢起來。

幾天後，梁夏乍膽子去找梁永。說實話他對這個本家哥有些畏怕。梁永從小就是孩子頭，脾性壞，自從當了村書記後，架子更是大得不得了。見到梁永時梁夏開門見山說，讓梁永陪他去鎮上。梁永吹鬍子瞪眼道，你去鎮上幹啥？人丟在村裡就行了！梁夏就說，他去鎮上，是有正經事要辦。梁永說有屁正經事！你的正經事就是趕緊把你媳婦央好，把自己雞巴管好，以後別做那上梁不正下梁歪的事！梁夏也沒有惱他，只好聲好氣地讓他陪自己去鎮裡。梁永說你把緣由告訴我，我就陪你去。

梁夏就說：「我要去鎮裡告蕭翠芝。」
梁永呆呆地看著本家兄弟，後來伸手抹了抹他腦門，說：「你腦子沒燒壞吧？」
梁夏說：「沒有。」
梁永說：「你告啥？你告蕭翠芝啥？你底下舒坦了，你還去告人家？」
梁夏說：「我底下沒舒坦。」
梁永說：「你底下沒舒坦，人家為啥要說你舒坦了？」
梁夏說：「我不跟你磨嘰。我就是讓你帶著我去告她。」
梁永說：「我可不能跟你比飯量吃出個胃下垂，我可不能跟你比誰雞巴大下面掛秤砣。我可不能因為你是我兄弟，就跟你一塊去鎮裡丟人現眼。」
梁夏大聲說：「沒啥可丟人的！丟人的是她蕭翠芝！」
梁永就皮笑肉不笑。
梁夏說：「我想通了了。我要告她兩條罪：強姦我；強姦未遂反倒誣告。」
梁永兩顆門牙間有條裂縫，所以很少咧開嘴巴大笑。可這次他真的咧嘴巴笑了，他邊笑邊揮揮手說：「你自己去告吧。嗯，去告吧，嗯。你要是告贏了，這美國就變社會主義國家了。嗯。」

7

梁夏在鎮裡瞎蝙蝠一樣飛來飛去，愣是死活找不到個熟人。後來有人看他在院子裡晃悠來晃悠去，就不耐煩地問，你找誰啊你？梁夏倒一時語塞，後來乾脆說要找書記。那人問找書記幹啥？書記去縣裡開會了。梁夏問那副書記在不在？那人上山下下打量梁夏一番說，副書記們也沒在家，你不曉得嗎，這幾天梁各庄出事了？梁夏搖搖頭說不知道。那人不再搭理他逕自走開。梁夏在院子裡來回蹀躞，後來在間屋子的門楣上看到寫著「書記辦公室」，壯膽子推了推，確實鎖著，又忍不住扒窗戶往裡觀瞧，委實一個人都沒有，只得坐到花圃上抽菸。這樣一直乾坐到將近晌午。不久那人又看到他，攢著眉頭問，你咋還沒走？梁夏這才細細打量起這人，見他五短身材，方頭大耳，憨憨厚厚樣子。這人說，這樣吧，你要是有什麼事儘管跟我說，書記回來後我轉告給他。梁夏就說，我要告狀。那人說，哦，告狀啊，告狀的話你就找對人了，我就是鎮裡司法所的，說吧，你有什麼事？

梁夏說：「我要告牛庄的蕭翠芝。」

那人說：「咋啦？占你們家宅基地了？」

梁夏說：「不是。」

那人說：「欠你們家錢了？」

梁夏說：「沒有。」

那人說：「沒占你家地，沒欠你家錢，還有啥逑事？」

梁夏就遞給他支菸，恭恭敬敬給他點著，這才支支唔唔說道：「她……她……她……」這後面半句死活也張不出口。那人瞥他一眼說：「你是個爺們嗎？是爺們的話有屁快放，別扭扭捏捏跟女人似的。」梁夏這才清了清嗓子，直視著他說：「她……她想搞我。」

那人皺著眉頭問：「啥？你剛才說啥？」

梁夏說：「她想搞我……」

那人把手擋在耳朵上，狐疑著問：「啥？啥？」

梁夏大聲說：「她想搞我！」

那人一愣，半晌才說：「搞……成了沒？」

梁夏就說：「沒有。」

那人上上下下掃梁夏兩眼，半晌才磕磕巴巴地說：「沒……沒……搞成……屬……屬於未遂。告……什麼……告？」

梁夏說：「因為沒搞成，她反到我們村告我，說我搞了她，還撕了我一千塊錢。」

那人嗞了口吐沫，說：「你這樣的事倒是少見。你先回去吧。明天再來，我們先研究研究。」

那人又問了他是哪個村的，叫啥名字，並用鋼筆一一記下。梁夏這才放心，開了車出來。他還是拎不清，蕭翠芝為啥去村裡告他？因為王春豔搧了她幾個耳光？可她想過沒，如果這事她不張揚出去，大不了她跟王春豔再也沒得姐妹可做，除了天知地知，丟人也只是丟三個人，不會鬧得全村沸揚。話又說回來，既然她都不怕丟人，腆著個臉去告我，我還怕什麼？路過一片麥地，發現這家的麥子還沒割，灰麻雀在麥穗上跳來跳去，就停了車直挺挺躺上去。麥芒扎得渾身癢癢，耳蝸裡是麥稈被壓彎後掙扎著起來的劈啪脆響。而天上，大大的一個太陽掛著，連一片雲朵都沒有。又想起蕭翠芝信口雌黃的樣，隨手摘了麥穗揉巴揉巴嚼了。

回家裡時王春豔正在吃飯。她吃的很慢，看到梁夏時呶呶嘴，意思是飯在鍋裡自己去盛。梁夏就盛了滿滿一大碗，一個米粒一個米粒地乾嚼。王春豔把手裡的大海碗一推，挺著肚子過來圈住他脖頸，突然就哭了起來。她本是個大嗓門，怕街坊鄰居聽到，這哭聲被她壓得很低，聽上去就像胡弦在暗夜裡嗚咽。梁夏輕撫著她的後背，不曉得該如何安慰她。等王春豔哭夠了，梁夏就說：「我去鎮裡了。」王春豔哽咽著問：「去鎮裡幹啥？」梁夏說：「能幹啥，告狀唄。」王春豔一把推開他，瞪著大眼珠子問：「告啥？你去告啥？」梁夏說：「妳說能告啥？」王春艷想了想說：「你沒瘋吧？」梁夏說：「我要是瘋了倒好，一刀砍死她算了。」王春艷用手摸了摸他的喉結，又抹了抹他的耳垂，說：「我信你，我真的信你，我怎麼會不信你呢？」梁夏說：「已經告到鎮裡了，明個我還要去。」王春艷緩緩推搡開他，蜷縮在炕角呆呆凝望著房梁，半晌才說：「你還是別去了。現在丟人也只丟到村裡，要是到了鎮裡，三十六個村就全知道了。你不曉得這個理兒嗎，好事不出門，壞事傳千里。」梁夏這才正眼去看王春艷。王春艷彷彿一隻孱弱的病貓縮在那裡，全然沒有了往日「女光棍」的風度。梁夏嘆了口氣說：「女人家有清白，男人家就沒有了嗎？」

第二天梁夏早早就到了鎮政府，徑直找昨日那個王幹部。王幹部似乎也專門候著他，見了他很嚴肅地點點頭，直接把他叫到了自己的辦公室。不一會又過來了三個人，有男有女，一本正經地在旁坐了，眼神全都直勾勾地釘梁夏身上，間或相互咬著耳根竊竊私語。梁夏覺得自己彷彿就是一隻馬戲團裡的猴子，被這些好奇的人肆無忌憚地圍觀，心裡不禁就憋了一股火氣。王幹部起先也沒有問話，只是「滋滋」地在那裡喝茶水，不時地朝地上吐兩口茶葉沫。看樣子他們似乎在等什麼人。等鎮上的領導嗎？梁夏噝了噝吐沫，只覺得口乾舌燥，抬頭間就看到蕭翠芝從門外走了過來。

蕭翠芝穿著件灰撲撲的褲子，上身套著件灰色翻領短袖襯衣。她人本來就瘦，這樣看上去就像是一粒乾癟的草籽。她漫不經心地掃視了一遍房間，當目光掃到梁夏時，竟然朝他很有禮貌地點了點頭，彷彿他們之間從來就沒有發生過什麼睚眥的事。王幹部揮了揮手讓她坐到另一面，這才正視著梁夏說：「今天我們把蕭翠芝也叫來了，咱們好好掰扯掰扯。好歹你們以前是親戚，又是傭傭關係，買賣不在了，仁義不在了，話總要說透澈，不要動不動就告狀。」

梁夏只是盯著蕭翠芝。他壓根就沒聽王幹部的話。可蕭翠芝壓根就沒有瞅他。她垂著頭不停地摳弄著指甲，偶爾將手指伸到嘴唇裡咬著指甲……

對於那個有些荒誕的早晨多年後梁夏仍記憶猶新。他記得王幹部先問了他，然後又問了蕭翠芝。他和蕭翠芝說的內容倒沒有什麼大的出入，只不過他堅持說是蕭翠芝主動，他執意不肯才沒搞成。對於他的說法王幹部顯然不太相信，他一個勁地追問梁夏，既然是蕭翠芝投懷送抱，為啥梁夏會沒有搞？作為一個正常的男人，既然已經被女人摸硬了，哪裡還有不搞的道理？梁夏的解釋是，他心裡只有王春艷一個人，他長這麼大就喜歡王春艷一個女人，況且栓哪家的槽子是哪家的驢，蕭翠芝是別人老婆，我怎麼能跟她有瓜葛？而蕭翠芝的說法是，是梁夏在她借宿的那個晚上，趁她小解回來主動搞了她，不但搞成了，還搞了很長一段時間。為什麼搞了很長一段時間？因為他老婆懷孕了。她的話讓另外幾個幹部「噗哧」笑出聲來，但蕭翠芝沒笑。她仍然面無表情地盯看著王幹部，彷彿王幹部肯定會對她的供詞深信不疑。而毫無疑問王幹部似乎也確信了她的話。她那麼乾癟樸素，彷彿一株秋天裡即將老去的棉花，根本就不像是個會撒謊的人。這期間另外兩個人非常熱忱地詢問了蕭翠芝幾個非常專業的問題，比如梁夏用了幾個體位跟她搞的？比如梁夏的老婆既然在另外一個房間裡睡覺，那麼她有沒有大聲呻吟？蕭翠芝都很敬業地一一回答了他們。她回答他們的時候梁夏一直目不轉睛地看著她。她貌似面無表情，但其實她的臉頰還是像少女般微微泛紅，她本就細小的眼睛瞇縫起來，讓她的神情有些恍惚、沉醉甚至痴迷的味道。如果梁夏沒有猜錯，她好像真的沉浸到那個虛構出來的、對於她來講既恥辱又讓人難忘的夜晚裡去了。

她的這種姿態獲得了王幹部他們的認可。他們很坦誠地告訴梁夏，他來這裡告狀完全是無理取鬧，既然他跟她睡了，人家女方又不去派出所立案告他，已經是給他情面，否則要是立了案，他怎麼不也得判個十年八年？即便撕了他一千塊錢也無可厚非，相反，這從另一個角度證明了蕭翠芝不是貪圖錢財的人。一個不貪圖錢財的人，怎麼會做傷天害理的事，怎麼會誣告自己的僱主呢？女方都這麼仁慈了，男方就更應該大度，而不該倒打一耙來告女方。如果不是因為最近開「奧運」，上面千叮嚀萬囑咐搞好安保維護團結，他們才不會B事B事地接待這樣的上訪，這樣的上訪從本質上講，是扯淡的上訪，是得了便宜又賣乖的上訪。

梁夏一下子就懵了。他只是來回強調他沒有跟她睡過。他支支吾吾的樣子讓王幹部他們更加不爽。後來他們乾脆不再問他，而是和顏悅色地詢問蕭翠芝。蕭翠芝對王幹部的信任似乎很是感動，所以那句話她一不小心就說出來。她說，梁夏跟她睡過是有證據的。說完，她窸窸窣窣地從褲兜裡掏出條小手絹，然後將手絹小心翼翼著展開，為了防止屋頂的電風扇將裡面包裹的東西吹走，她用手捂住手絹慢慢走到王幹部身邊，說，瞧，這兩根，就是梁夏的陰毛。

梁夏看到王幹部他們都迅速圍了過去，嘰咕嘰咕討論起來，邊討論邊拿眼瞄著梁夏。而梁夏呢，恨不得地下立刻裂開一個深淵，自己跳將下去死了算了。另一方面，他覺得這樣的場面真是太他媽滑稽了。她竟然用手絹包裹了他的兩根陰毛！雖然他覺得場面似乎就要失去控制，但還是裝作冷靜地樣子坐在那裡，一根接一根地抽著香菸。等王幹部們也正襟危坐面帶微笑地逡巡著他時，他發現他是一句話都說不出了。他只是聽到王幹部用顫顫巍巍的、似乎一不小心就要狂笑出來的聲音問道：

「梁夏，你還有什麼要說的嗎？」

8

梁夏去鎮裡告狀的事，周庄的人全知曉了。就有那仨好的倆近的來看他，勸他別再瞎折騰。自古以來，只聽過女人告男人作奸犯科，哪裡有男人告女人強姦的？況且打開窗戶說亮話，人家手裡是有「貨」的。如此看來，蕭翠芝私藏梁夏陰毛這樣狗血的事，村裡的人也全知曉了。梁夏就更覺得氣不打一處來，嚷嚷道：她說是就是嗎？她說是就是嗎？沒準是她自己拔自己的呢！別尋思我不懂法！是不是得經過DNA驗證才算數！人家見他態度這麼強硬，也不好再勸什麼，只得悻悻離開。梁夏就恍惚起來，常常坐在庭院裡，呆呆地盯著黃瓜架一言不發。

他越是這樣，王春艷越是很少跟他講話。她只是像頭冬天的棕熊般整日四腳朝天地躺在炕上。以前是廢寢忘食地讀育兒書籍，現在是什麼都讀不下了。有一天她很鄭重地叫梁夏過去，跟他商量做保胎手術的事宜。她好像已經忘記蕭翠芝的事情了。梁夏就說，等兩天成嗎？等兩天成嗎？等我把這事辦利索了我再陪妳去。王春艷尋思半天說，梁夏，我還是想問問你，你到底跟她……有過沒？梁夏想也沒想說，沒有！王春艷又問，那天，到底是你主動的還是她主動的？梁夏掃了王春艷一眼，從炕上跳下來，拿起板凳就朝電視機砸過去。王春艷也不阻攔，等他砸完了，王春艷又問，你說你跟她沒有過，那她怎麼會有你那東西？梁夏朝王春艷冷笑一聲，又拿起板凳去砸洗衣機。王春艷就說，你砸吧，你砸吧，你就砸吧，你越是這個樣子，越是說明你心裡發虛。梁夏冷冷地看著王春艷，彷彿他已經不認識王春艷了。

梁夏去縣裡上訪時晚玉米都拱出地皮了。他是開麵包車去的。到了桃源縣政府，見一群人嗡嗡嚷嚷圍在大門口。這幫人有老有少有男有女，不曉得有什麼緊要事。梁夏想從他們中間擠過去，但卻發現根本是徒勞。原來這幫人手挽著手組成一道人牆，別說是人，就是一條瘦狗都鑽不過去。梁夏看突圍進去很是費勁，就給李明坤打了個電話。李明坤聽到他到了縣城頗為開心，讓梁夏去網吧裡找他。網吧裡面更亂，全是十七八歲的孩子打遊戲。李明坤就問，你今天咋這麼閒？不賣服裝了？梁夏悶悶地說，賣個雞巴毛！李明坤問，出什麼事了嗎？你可是從來說話不帶髒字的。梁夏就在網吧裡將蕭翠芝的事一五一十地講給李明坤聽。李明坤一邊聽一邊笑，一邊笑一邊聽。等梁夏講完，李明坤就盯著怪物一樣盯著梁夏。梁夏就說，看啥看！有啥好看的！你倒是幫我想想正經辦法！李明坤就樂了，他給梁夏倒了杯茶，又給梁夏點了根香菸，眼睛濕巴濕巴地眨了眨，這才說，哎，以前我一直以為你是個明白人，雖然沒考上大學，可智商並不低，沒想到你還真是榆木腦袋！你跟我過來！

梁夏就乖乖地跟他走到一台電腦前，看他擺弄了會兒，屏幕上就跳出個窗口出來，裡面有個黃頭髮女人在笑。李明坤劈里啪啦地打了兩行字，女人突然就將上衣脫了，不但上衣脫掉，連乳罩也一併脫掉，一對碩大的乳房就那麼著蹦出來。梁夏暗暗吸了口涼氣，狐疑地看著李明坤，李明坤就問，大不大？爽不爽？這叫激情視頻。

梁夏沒吭聲，李明坤就關了窗口，帶他進了自己的辦公室，從抽屜裡拿出個筆記本甩到桌面上，對梁夏說，你翻一翻，看一看吧。梁夏就拿了筆記本仔細翻看，卻也沒什麼特殊的地方，裡面只是記下了一些名字，似乎都是女人的，住在哪個小區，在什麼單位上班，以及年齡、腰圍之類。梁夏就問，這是什麼東西？李明坤就瞇著眼睛笑了，說：「這些女人，全是我搞過的女人。」梁夏囁囁著說，我知道你從小就好這一口。李明坤沒有搭理他，只是問道：「你知道我是怎麼認識她們的嗎？」梁夏搖搖頭。李明坤就噴雲吐霧地說：「說了你也不相信，這些全是我的顧客，你也知道，我也負責修理電腦啥的。這些筆記本上的女人，招呼我去修理電腦，結果呢？我就到床上把她們修理了。知道她們都是些什麼人嗎？」梁夏又搖搖頭，李明坤得意地說：「操，全是機關單位上班的，有幼兒園老師，有鄉鎮女幹部，有工商局的科長，有大官老婆，還有女警察。」梁夏吐了吐舌頭。李明坤用手指敲了敲電腦桌說：「你在村裡屁事也不懂，城裡可是什麼事都必須懂。現在的世道，笑貧不笑娼，笑陽痿患者不笑性病患者。脫褲子上床比吃頓飯還容易。換妻的，一夜情的，群奸群宿的，啥事沒有？司空見慣，見怪不怪。哎，難得你這麼個莊稼人，還這麼一根筋。如若我是你，早他媽把她給幹了，也不枉她告我一回。」

梁夏聽不太懂，只得說：「她們跟你睡，那是自願的，我可不是自願的。」

李明坤就看著他，彷彿不認識他一般。

梁夏說：「不管咋樣，我總得找個說理的地方。」

李明坤說：「理兒是這個理兒。不過你沒必要在這棵樹上吊死。人活一輩子，可不能老長著一張苦瓜臉。」

梁夏說：「如果這事拎不清，我只能一輩子長著一張苦瓜臉。」

梁夏進入縣政府大門是兩天後的事。這一次是他父親用馬車拉他來的。他父親說了，你看你這樣哪裡像個告狀的？穿得跟新鮮姑爺似的，還開著輛喜氣的紅麵包！人為啥要告狀？是受了委屈？受了委屈啥樣？那就是塊長滿膏藥的爛白薯，兩眼漏神，渾身霉氣。

於是梁夏就換了身昔日打工時穿的舊衣裳，他父親趕著他那匹掉了牙的老馬，爺倆神色淒然地奔往縣城。到了縣城也沒個停車的地方，父親就趕了馬車去集市溜達，說是要買幾斤上好的旱煙絲。梁夏看到政府門口倒很肅靜，心裡滿心歡喜。剛想進大門就被保安給攔下了。保安頭也沒抬地問，你找誰啊？梁夏就說，我找縣長。保安問，找縣長幹啥？梁夏說，我要跟縣長反映點情況。保安問，縣長每天忙得跟地裡的拉拉蛄似的，今天正在會西班牙來的客商，如果你不是啥大事，還是趕緊回家去吧。梁夏在警衛室裡走也不是，不走也不是。保安說，你有啥想不開的？這麼年輕，兩手都是勁，不好好打工，晃著膀子來這裡鬧騰啥？梁夏沒吭聲。保安又問梁夏姓甚名誰。梁夏就老老實實告訴了他。保安聽了他的名字似是一愣，仔仔細細端詳他一番，就問他是哪個村的？梁夏說是周庄的。保安想了想說，你先待在這裡抽支菸，我去找個人，看他能不能幫你忙，你可千萬別走開！

梁夏點點頭，然後呆望著縣政府的大樓，心想世上還是好人多，人家跟自己非親非故，還這麼熱心腸。想到一會就要見到縣長，難免就有些緊張起來。

過了一會兒那保安就回來，後面跟著另外一個保安。後來的保安長著一張馬臉，見了梁夏也上上下下打量著，說，你要告狀是嗎？梁夏忙點頭說：「是的，是的。」馬臉保安說，你先跟我出來一趟，這裡耳目混雜，你把你的事先跟我好好地說上一說。梁夏就連忙跟他出了門，出門後左拐右拐，就拐到一條僻靜的小胡同。

馬臉保安說：「你就是周庄的梁夏？」

梁夏說：「是。」

馬臉保安說：「你是不是要來告蕭翠芝？」

梁夏一愣，說：「是。你咋知道？」

馬臉保安說：「我咋知道？我當然知道！你們鎮上有誰不知道呢?!」突然一腳就踹過來。梁夏一點防備都沒有，「噗通」一聲倒在地上。那人上來照他的胸口就是兩腳，疼得梁夏「哎呀哎呀」大叫起來。那人不待他起身又跨他身上，一手揪住他頭髮，一手左右開弓搧他嘴巴。梁夏蒙頭蒙腦地被打了一通，兩眼就啥都看不真切了。那人這才猶豫著撤身而起，叉著雙臂遠遠地觀瞧他。他剛掙扎著站起，那人健步上來又是一腿。梁夏就徹底動不了。那人半蹲著托住梁夏下頜骨，咬著牙齒道：「知道我為啥揍你不？」

梁夏是連頭都不會搖了，只是不住吸嘴裡的涼氣，嘴裡是黏稠的液體，怕是哪裡流出的血，哼唧著說：「不知道。」

那人問：「想知道不？」

梁夏說：「想。」

那人說：「那我就告訴你。蕭翠芝是我姐！我是蕭翠芝兄弟，知道了不？」

梁夏說：「知道了。」

那人說：「只要我還在這裡當保安，縣委和政府兩個大院，你一個都進不來！知道了不？」

梁夏說：「知道了。」

那人說：「你以後還告狀嗎？」

梁夏說：「只要我還有口氣，我就一直告下去。」

那人狠狠捏了捏他下巴，說：「我姐名聲被你搞臭了，天天在家哭！整宿整宿睡不著覺，你他媽還沒事似地天天告惡狀！你咋那麼愛嚼舌頭？你個大老爺們，該做的事都他媽做了，還有啥不敢承認的！我操你媽的！」說完一掌摑過來。梁夏頓時雙耳轟鳴。那人後來還說了什麼，還幹了點什麼，他都不記得了。當那人晃著身子悠閒地走開去，他才有空拿袖口擦了擦嘴角，他估計自己的眼睛被打青了，胸口也撕裂著疼。他現在多盼望趕馬車的老父親趕快從集市上回來，拉著他去衛生院包紮傷口。

9

梁夏在炕上跟王春艷並排著躺了三天。都是他母親唉聲嘆氣地過來給煮飯。馬臉保安雖下手毒辣，但好歹沒傷正經地方，只損些皮肉而已。幾天裡梁夏一口飯也沒吃，一口水也不喝，身上長了蝨子般翻來覆去。王春艷只得一手按著自己的肚子，一手不停蹭著他的手背。那天半夜三更了誰也沒睡，王春艷就起身出去，過了半晌端著個洗臉盆過來，費勁巴力地爬上炕頭，甕聲甕氣地問梁夏，吃嗎，你？梁夏只當沒聽見。旋爾聽到王春艷在炕沿上磕雞蛋殼。一個，兩個，三個……這樣反反覆覆不下十來次。等梁夏忍不住去看，王春艷摟著盆子已吃了十來個雞蛋。梁夏駭然，問道，妳咋啦？妳咋啦？王春艷的唇邊黏的全是雞蛋黃，這裡一粒那裡一粒。王春艷拿眼掃掃他，又剝了個雞蛋，直愣愣塞進嘴裡。梁夏一把奪將過來扔到地上。王春艷也不惱，只朝他「嘿嘿」笑了笑。梁夏起身就將她摟在懷裡。她肚子很大了，摟緊她倒頗費一番周折。王春艷就在他懷裡悄無聲息地哭，哭得梁夏的肩膀都潮了。梁夏只得輕輕捶著她後背，怕她這口氣喘不上來。好歹王春艷哭累了，這才說，我沒事，我沒事，我只是覺得餓，我是不是又長了一個胃出來？說完她有些驚恐地捂住了自己的嘴，似乎自己真的多了一個胃。梁夏就說，怎麼會呢，怎麼會呢。王春艷就又從盆裡拿出個雞蛋出來，梁夏一把搶了。

王春艷說，小時候家裡窮，雞蛋一年也吃不上幾次的。梁夏就說，可不是，囤裡沒餘糧，就怕春脖長，哪裡還能吃得上雞蛋？王春艷說，還是個野丫頭的時候我就想，將來要是一個人抱著一盆子雞蛋，想怎麼吃就怎麼吃，愛吃多少就吃多少，怕是世上最幸福的事了吧？梁夏就賠笑說，我小時覺得，長大了要是能娶個妳這樣又聰明又能幹的老婆，才是最美的事呢。王春艷沒接他的茬，只恍惚著說，等到了十五六歲，我就踅摸著，將來要是能嫁個又漂亮又健康的男人，怕是世最幸福的事了吧？梁夏就說，妳看看，妳看看，妳的願望不都實現了嗎？王春艷這才睜眼瞅他，說，是嗎？梁夏忙說，是啊是啊，我們過得多好啊，周庄能有幾戶人家趕得上咱家？王春艷嘆了口氣，攥了梁夏的手，說，以後你就別去上訪了，成嗎？我知道你受了委屈，可是人活著，怎麼可能不受委屈呢？我都快四個月了，你就多陪陪我。梁夏這下不吭聲了。他撣掉王春艷的手重又懶懶地躺到炕上。王春艷雞蛋也不吃了，又抽泣起來。

梁夏開始給縣長寫信是後來的事。既然自己進不了衙門口，那些信件總能進去吧？他買來紙和筆，放了炕桌一個字一個字地寫，將那事的前因後果敘述得頗為清晰流暢。他上高中時語文念得好，這信寫起來也不費什麼周折。等信郵出去了，他就天天盼回信，每天偷偷摸摸溜達到村民活動中心。在那裡倒是遇到不少人，有開會的，有嘮嗑的，還有打球的，見了他都嘻嘻著笑，佯裝問他傷口是否痊癒？上訪見沒見到大官？梁夏也懶得搭理他們，繃著臉匆匆走開。等了幾天又不見回音，就接著寫。因為寫了一遍，這第二遍寫得格外順手，梁夏心血來潮，在信裡用了不少情真意切的形容詞，以此描摹自己的絕望心情。第二封信寄出了四五天，還是沒有半星消息。難免焦慮起來，於是開始寫第三封信。這樣一個多月下來，梁夏總共寫了八封信。梁夏想，這八封信即便被人弄丟了七封，肯定還有一封落到縣長手裡。

那天，村裡的王寶水結婚，梁夏也塞了五十塊錢份子，中午待賓客，梁夏也去了，被安排跟一群年輕後生一桌。酒喝到酣處，各桌就相互敬酒。梁永過來敬酒時，座上的人都已經七八分醉。梁夏話雖少，酒卻喝得不少。座上的明白人知他心情不好，一個勁勸他少喝些，可越是勸他他越要硬喝，一碗水酒下去，天地似乎就旋轉起來，想到這些時日的遭遇，喉頭就緊起

來。這時恰巧梁永來敬酒。他敬了張寶剛，他敬了王春生，他敬了梁守禮，總之除了梁夏，這桌上的人他全一個個敬了。梁夏酒喝得有些多，但還是看得明白，就咬著舌頭問，永哥永哥，你啥人都敬了，為啥不跟我喝一杯。

梁永舌頭也短了，看了梁夏一眼說：「我為啥要敬你？」

梁夏說：「你為啥不敬我？」

梁永說：「你說我為啥不敬你？」

梁夏說：「我睡了別人，你就不敬我了？」

梁永白著一張臉沒言語。

梁夏冷笑著說：「我根本就沒睡她，信不？」

梁永說：「你要是讓我信你，你就把你左手的食指剁下來。」說完轉身去廚房拿了把菜刀過來。眾人一看如此，慌忙去阻攔他。他大吼著將旁人喝退，將菜刀扔到梁夏眼前，大聲說道：「你不是個爺們，你要是爺們，你要是沒睡過蕭翠芝，有種的就剁！」

事後，人們已經記不起梁夏是如何大叫一聲把菜刀搶到手裡、如何以迅雷不及掩耳之勢剁掉左手食指的。人們只記得梁永傻了眼，王寶水也傻了眼。當有人吵嚷著打電話找救護車時，梁夏用右手捏著著自己沾滿塵土和菜葉的食指，坐在板凳上一聲不吭。有人慌忙著用油晃晃的抹布裹住了梁夏的左手，有人慌忙著去冰箱裡找冰棒，有人慌忙著去找赤腳醫生……當王春豔挺著個大肚子慌裡慌張著跑來時，梁夏已經昏過去了。他躺在一跳狹長的凳子上，血跡將他的白襯衣幾乎要染紅了。

梁夏還是保住了自己的手指，只不過在醫院裡待了十來天。出院後他繼續寫信。只不過這信要來別人代筆了。說實話他也不明白為何無休止地寫這些看似無用的東西，很多時候他用膠水把郵票貼好後，安靜地凝望著信封，彷彿那裡面隱藏著最甜美的祕密。

那天下午，梁夏剛把信郵走，便接到他連兄電話，讓他去拉幾袋麥子。連兄家住在段庄，跟梁夏走得頗近，曉得他把地都包了出去，吃糧食要從集市上買，故而每年麥收後都要梁夏去拉上幾袋麵。梁夏只得應允，傍晚時分開了麵包車去了。到了連兄家，已然飯菜備好，煮的早苞米，燉的豬蹄和下水，連嫂跟孩子們都出去串門了，哥倆就斟了酒，在庭院的葡萄架下慢慢喝起來。喝著喝著連兄就說，哎，你那事，我聽說了。梁夏「嗯」了聲。連兄說，這種事，自古清官都難斷，你這樣整天跑上頭有啥用呢？要是朝裡有人，事怎地都好辦，可咱們家盡是窮親戚，誰能拉你一把？梁夏眼睛就潮了。連兄說，我曉得你心裡苦，可你也得為春豔想想，她都好幾個月了，胎又坐得不正，聽你嫂子說是要做手術的，你啊，早早收了告狀的心思，好生伺候春豔吧。梁夏就把酒一口乾掉，站起身跟他連兄說，哥你慢慢喝，我這就走了。不待他連兄回話，轉身上了麵包車。

夏夜的村莊依然是亮的，鄉間路兩旁全是粗長的白楊，愣眼瞅去，樹冠似乎就要衝破雲朵扎進月亮裡。而月光從枝葉間灑落，地上明明暗暗，斑斑駁駁，伴著樹葉的沙沙聲，仿如不停歇的細雨。梁夏在半路上停了會，扒在方向盤上抽了支菸。等到家門口停了車，便看到門口恍惚著站了個人。這個人細細的猶如根竹子，抱了肩膀靠了牆，不是蕭翠芝是誰？梁夏漠然地瞅著她。他原以為如果哪天見她，定會上前扒了她的皮肉喝了她的血髓。可現在，他心裡倒格外靜，彷彿這只是一個從來跟他沒有干係的人。那晚月色很好，兩個人面對面站著時，梁夏看到她的臉也是銀白銀白的，彷彿瓷器般潔淨光滑。她盯著他瞅了半晌，這才幽幽地說，我那混帳兄弟沒把你打壞吧？你的手也沒事吧？梁夏連哼都沒哼一聲。他突然又想起了在鎮上時她狂熱的樣子，她手裡捏著所謂他的陰毛，在王幹部他們面前眉飛色舞信口開河，跟眼前的樣子比，真讓人難以置信是同一個女人。他從她身邊走過去，掏了鑰匙徑直開門。蕭翠芝就是這時從背後攬住他腰身的。她的雙手氣力還是那麼大，梁夏掙扎了一下沒有掙脫開，就冷冷地說，鬆手。蕭翠芝並沒有鬆手，她的前胸貼著他的後背，在這涼薄的夜裡很是暖。梁夏只得又重複了句，鬆手，別這麼不要臉。蕭翠芝這才將雙臂挪開。梁夏將門打開，從裡面插了，急匆匆進了房間。

王春艷已經睡下。這段時間她很少這麼早就睡，看來她終歸也是熬不住了。梁夏坐在炕上愣愣地盯著王春艷。王春艷的臉油油的浸著汗，梁夏就擰了濕毛巾幫她擦了擦。王春艷也沒甦醒，仍睡得死死的。梁夏忍不住跳下炕，三兩步邁到門前，手在門閂上停了停，終歸還是沒有打開。

翌日早早就醒了，幫王春艷煮了一鍋稀飯，又烙了幾張她最愛吃的蔥花餅。然後穿戴齊整，開了車去市裡。他是想明白了，既然給縣長寫的信都沒有著落，那麼他只有去市裡告狀了。他也想明白了，他現在的對手不光是蕭翠芝，還是一個他看不到的、無形無蹤的、巨大而透明的洞。他這樣安慰自己，將車開得又快有穩。有那麼片刻，他的心情突然間莫名地愉悅起來。過道兩旁全是一人高的青玉米，一片一片蕩開去，望不到頭，也望不到人，偶爾有隻野狗從莊稼地裡溜達出來，神情高傲地打量著他的麵包車，而後在車面小跑著狂吠。樹上的蟬叫得也比往年的清亮，時不時將尿灑到路人身上。

市裡他可沒少來，進貨都是從市裡進的。可市政府卻是從來沒去過。正在十字路口跟人問路，便接到個電話。電話裡的人說，他是縣政府督察辦公室的，梁夏寫給縣長的信他都看了。這種民事糾紛他們也從來沒有遇到過，如果要想更好地解決，可以去市晚報社找記者，記者對這類街頭巷尾的事倒比較關心，沒準可以通過輿論宣傳的方式幫他解決問題。

梁夏就在電話裡大聲感謝那人。那人說，我還可以把報社李記者的手機號碼給你，我跟他是多年的朋友，你可以去找他幫忙，就說是我介紹的。梁夏就認真記下了李記者的號碼，然後想了想，就給李記者打電話。李記者很痛快地接了。李記者說，他已經聽縣政府的小岑說起過這事，不過其中的一些詳情，還要跟梁夏當面攀談攀談，他正在鄉下採訪一個挺少見的案件，紡紗廠的三個女職工，給一個小夥子吃了牲口用的春藥，在宿舍把小夥子折騰了一宿，弄得小夥子都休克了，下身出了不少血，這兩個案件如果放在一起，倒是一件很有意義的新聞。然後讓梁夏先行回家，明天再來找他。

由於李記者在山區裡採訪，信號不是很好，聲音斷斷續續，梁夏聽得也不是特別明白。不過有一點倒可以肯定，那就是他委實可以幫到自己。梁夏內心裡便漾起小小的歡心出來，跑到專賣店裡給王春艷買了一件加肥的睡裙，又給沒出世的孩子買了個金鎖、撥浪鼓，彷彿只有此刻忙碌起來，那種雲開日破的喜悅才會維持的更長久些，心裡也更安穩些。買完東西就開了車回家。路過一個野村落時，看到麥場上金黃的麥秸子垛，就下來撒了泡尿。尚未撒完就接到王春艷的電話。王春艷的聲音似乎有些顫抖。除了孩子的事，梁夏倒很少聽到她用這種聲音說話，她小聲詢問道：「你在哪裡呢？你在哪裡呢？」

梁夏就說：「我在市裡。」

王春艷說：「你去市裡做什麼？」
梁夏說：「妳說我能來做什麼？」
王春艷在那頭沉默了會，梁夏就說：「我來市裡給妳買裙子。」
王春艷說：「夏天都過去了。」
梁夏說：「今年穿不得，明年不會穿嗎？」
王春艷又是一陣沉默，梁夏就問：「妳怎麼了？」
王春艷說：「我沒怎麼。是蕭翠芝出事了。」
梁夏木木地問：「出事了？她能出什麼事？瘋子從來都是最安全。」
王春艷說：「蕭翠芝死了。」
梁夏問：「死了？怎麼死的？」
王春艷說：「上吊死的。」
梁夏木木地問：「啥時候的事？」
王春艷說：「該是昨晚上吧？今兒晨起她兄弟來看她。她在廂房裡已經死了。」
梁夏說：「哦，死了……死了。」
王春艷又急急地說道：「你先到親戚家住上幾天吧。人家說，他兄弟傳話出來，要找你算帳。你可千萬當心些！」

梁夏掛了電話，長出一口氣，身子不禁往後一靠。麥秸扎身上軟軟的，有些癢，梁夏覺得很舒服，忍不住用了用力氣，身子就整個陷到麥秸裡去了。金黃的、脆酥的、長短不一的麥稈瞬息就把他淹沒了。良久，梁夏張開眼，透過麥秸仰望著天空，此刻天空也成了橙黃的顏色，幾隻紡織娘在半空中悠閒地飛來飛去。他突然覺得眼角有些癢，以為是垛裡的螞蟻爬上來，就伸了手指去摸，摸了半天卻什麼都沒摸到，將手指在眼前晃了晃，只有幾滴潮濕晶瑩的液體，放舌尖舔了舔，鹹鹹的。有那麼片刻他覺得世界安靜極了，所有的喧囂都被這麥秸垛擋在了耳朵的外面，他甚至痴痴地想，要是能一輩子這樣躺在麥稈裡，該多好啊。

剎那記

一彈指六十剎那，一剎那九百生滅。

——《仁王經》

1

櫻桃是愈發得厭惡裁縫了。不過是立秋，裁縫已披裹了軍大衣，將掉毛的矬領箍住短粗的脖頸。一張窄癟的核桃臉被窗欞打成細小的碎格，偶有光斑飛蛾般浮游，她就慌亂著用掌心去遮閉。她手上戴著副線手套，這樣終日匍匐在「飛人牌」縫紉機前，「歌德歌德」地踩著踏板，永遠不知疲倦。舊款的阿拉伯睡袍早就不縫製了，縣服裝廠破產了，沙漠裡的阿拉伯人民再也穿不到桃源鎮的睡袍了。裁縫現在接的都是零活，春天裁風衣，夏天剪旗袍。雖然活比以前少了，飯量卻大了。她吃飯素來香甜，從來都是副低眉耷眼的肅穆神情。在裁縫看來，每天能吃到大米白麵，能喝到雞蛋紫菜湯，能燒得起煤氣，無疑是上蒼的恩賜。櫻桃常常看到她端起草莓剩的碗底子，伸出猩紅的舌頭舔來舔去，同時嘴裡發出急促的、響亮的咀嚼聲。那一日櫻桃看《動物世界》，便想，裁縫多麼像隻食欲旺盛的豺狗。

裁縫戴的那副線手套，本是櫻桃為羅小軍織的。班上的女孩都在為男生織手套。細絨毛線很便宜，八毛錢能買一小條，色彩極明麗，有暗紫，有豔黃，有朱紅，還有果綠。櫻桃選的是素黑。她覺得羅小軍如果戴上露手指的黑手套，就更像個小流氓了。器具也簡陋，不是閒婦們織毛衣用的棒針，而是纖細的竹針，一尺有餘，在手指間穿梭纏繞，即便上課時在抽屜裡編織物什，老師在講台上也不會有絲毫察覺。單是雙手套，旁人四五天就完工。櫻桃不行，她的右手還似先前那樣，三根手指鴨蹼般糾結在一起，做起針織類的細活很不便當。她織了足足半個月。

羅小軍還沒初中畢業，就去新疆當兵了，櫻桃便沒機會將手套送他。即便羅小軍不當兵，又能怎樣呢？以前他瘋了似的搞收藏，櫻桃曾託煤礦工人買過不少張交通地圖，有南京的，上海的，有巴黎的，伊斯坦布爾的，甚至還有張布宜諾斯艾利斯的，攢了一捆也有了，他不照樣沒要？羅小軍臨行那日，櫻桃倒是去偷偷送了。家屬們都聚在縣武裝部門口。先是衣著鮮豔的農民舞龍獅，後是新兵代表發言，再是個唇邊綴了顆桑葚般大小黑痣的中年男人「嗯啊」著無休止地演說。新兵蛋子都穿著沒肩章的軍裝，戴著樟腦味的軍帽，一撮撮綠碩的蘿蔔櫻子似的。櫻桃混跡人群中，睜了鼠眼尋覓羅小軍。那幾百號人模樣也不太像，瘦的瘦肥的肥，可偏望不到羅小軍。櫻桃垂著頭，坐到花圃邊來回擺弄著線手套。劉若英摟了下她肩膀說，我們走吧，我們走吧，好冷啊。劉若英是來送黑皮的。黑皮高三沒讀完，要去旅順當海軍了。

劉若英生得黏，又有點窩胸，便顯得有些許的駝背。她小頭小臉，眉寡目淡，已經念到高一。她早不在體育隊練長跑了，也不再熱衷舞蹈。五年級時，她有雙粉紅色豬皮童鞋，是她父親到蘇州出差時買的，寫完作業，便在門口的煤渣路上跳新疆舞。如今她迷上了音樂。她父親請了位退休的音樂老師，每個週末教她拉手風琴。「煩死了，」她時常對櫻桃嘟囔，「我想學彈吉他，我爸偏讓我學手風琴。他怎麼一點都不理解我？煩死了。」

煩死了的不光是她，還有櫻桃。對於新近搬到家裡的那個陌生男人，櫻桃老覺得彆扭。煤礦工人失蹤兩年了。不是死於礦難，也不是罹於車禍疾病，而是失蹤了。古冶礦的領導來過幾趟，警察也來過幾趟，都跟裁縫問些細情，卻也問不出個所以然。煤礦工人倒是有個弟弟，據說在南方一座城市的動物園裡當管理員，不過一封電報過去，卻全然沒有回音。總之，那個黑糊糊、滿臉鬍髯、一推門就將裁縫按倒在床的男人再也沒回過家。隱約聽人說，他搞了礦上某工頭的老婆，被人砍了手指蹽東北去了。在櫻桃印象中，那些落魄的人，似乎都會坐著火車逃往東北，彷彿那裡是世界上最安全最明亮的地方。櫻桃還記得小時候，礦工常帶切糕回來，切糕上鑲著金絲小棗、葡萄粒、芝麻跟亮晶晶的碎煤渣。他還偷偷送過她一雙絲襪，一管口紅，一方絲巾，當然，那是櫻桃上初中之後的事。

現下這男人是鎮上的鞋匠，住在另一條街上。以前櫻桃倒沒怎麼見過。一臉的碎麻子，鼻毛耷拉到人中，嘴唇呢，滿是那種只有過度飢渴才生成的碎皮。用媒婆的話說，這是只沒嚐過女人味的老童子雞。倒也不是身體有什麼毛病，那年月家裡成分不好，地主出身，又沒有兄弟姐妹攙扶，一拖兩拖就拖成了老光棍。只是個修鞋匠，可不吸菸不嗜酒，平生最喜歡的事就是攢錢，雖說只是塊八毛的生意，可終歸還是生意吧，手裡肯定是有兩仔的。再說了，平生沒貼過女人的身，如若嚐了女人的鮮，定會知曉女人的好，不怕他不疼兩個孩子。裁縫邊穿針引線邊點著頭，算是應了。鞋匠送了兩千塊禮錢過來，過了幾日，用三輪車把行李搬過來，草草擺了桌酒席，將媒人和鄰里請來，喝了幾盞酒，算是「倒插門」，正式做了裁縫家的女婿。

2

這男人晨起頗早。往往櫻桃剛將檯燈打開溫書，正房那邊窸窸窣窣的動靜就有了。櫻桃撩了廂房的窗簾側身觀望。鞋匠正在刷牙。他刷牙的樣子非常虔誠，門牙犬齒一百下，臼齒一百下。刷完牙齒後他打開鐵門倒尿罐。無疑他是個好乾淨的人，櫻桃聽到破刷子在來來回回蹭著尿鹼，接著廚房的煤氣灶開關「啪」地聲被擰開，火焰「噗噗」燃著，自來水「嘩嘩」流著，勺子「叮噹」地碰著鍋沿。然後，草莓的哭聲就從安謐的聲響中浮起了。這個煤礦工人的兒子天生一副粗嗓門，都六歲了卻夜夜驚夢，是個難纏的夜哭郎，不光夜間哭，早晨睜開眼後的第一件事也是扯開喉嚨大哭。裁縫通常厲聲喝止，將他的屁股搧得「啪啪」響。櫻桃用棉花團塞緊耳朵，世界就在柔軟的撫慰中漸漸安息下去。待她推開窗戶通風，鞋匠已經開始練習倒立。他雙手撐地，將身體倒貼牆壁，一雙鞋幫漬了汗鹼的解放鞋，將牆壁上的老苔蘚劃開道道刮痕，死掉的蝸牛殼就「簌簌」地掉了下來。她彷彿能聽到他微微了了的喘息聲。

她已經給羅小軍寫過兩封信。她長這麼大還沒給人家寫過信，因而格外重視。信紙是貴，五毛錢三張，頭尾是素粉碎花，朵朵纏著蔓延開去，將整張紙都鋪滿了。櫻桃通常先在白紙上打草稿，打完草稿後方將文字正式謄到信紙上，即便如此，她還是不可避免地將信紙弄髒，留下淺黑的螺形指紋。沮喪是難免的，信裡其實並沒說什麼。說白了，只是流水帳似的日記罷了，只不過前邊鄭重地加了「羅小軍」這三字。她說「秋天到了，萬里無雲，碧空如洗，大雁南飛，丹桂飄香」，這些詞都是她從《中學生作文詞典》上抄襲下來的。她還說，院子裡的芭蕉枯萎了，薔薇枝幹昨天被她用鐮刀割掉，根莖處鋪了層薄薄的爐灰，怕的是霜凍來臨。她說，母親為了結婚買了身水紅色的羊絨大衣，由於大號和小號都是一個價錢，母親就要了大號的，穿在身上連腳面都蓋住，像馬戲團裡的女馴獸師。如此而已。郵是郵不得的，儘管從同學那裡要了他的部隊番號和地址。她曾騎著自行車跑到郵局，那信封已經揣進郵筒過半了，還是硬被她拽出來，惴惴地揣進懷裡，東看西望的，怕被同學瞅見。傍晚了，桃源鎮的每條主街，無論是「東方紅」路還是「捷克」路，「友誼」路還是「斯大林」路，都有高音大喇叭播報《晚間新聞》，然後放些流行歌曲。櫻桃聽到一個吊詭的細嗓門唱著，雪在燒……雪在燒……風中的花朵……絕望地奔跑……便有流淚的欲望。伸了三根手指去揩眼睛，乾迸迸的，沒得一滴鹹濕的鹽水，就越發羞愧，拖了蠢笨的身子騎上加重自行車埋頭憨騎，秋天在身後就愈發得深了。

然而櫻桃還是遭到了劉若英的恥笑。她恥笑櫻桃是有道理的。她都給黑皮寫了十六封信了，每封信都用唇膏塗了嘴唇的形狀，還要夾上幾片乾玫瑰花瓣。信紙呢，白白淨淨，撒了桂花香水，疊成優雅的紙鶴，塞進一個杏黃色信封。妳個窩囊廢！怕什麼呢？劉若英通常伸出食指，在她額頭上狠戳一下，憐惜地說，要不，我替妳郵信？

劉若英當然不怕了。上小學時，羅小軍三番五次追打過櫻桃。他追打她似乎也沒有什麼理由，只是因為櫻桃長得蠢笨吧？可惜他腿雖比櫻桃長，卻沒櫻桃跑得快。那一回，他在「大眾副食批發部」溢出的豬頭肉香氣中興致大發，竟追到了櫻桃家門口。劉若英家那時跟櫻桃家尚住隔壁，她正在門口旋著腳尖跳舞，那頂新疆帽垂下的數條麻花辮彷彿讓她真的變成了驕傲的維吾爾族姑娘。她什麼都沒說，只輕蔑地盯了羅小軍幾秒鐘，羅小軍的眼神就慢慢萎縮，背著綠軍用書包轉身走了。如果沒記錯，上了初中後，羅小軍是劉若英眾多的追求者之一，曾割破了手指寫了封觸目驚心的血書，內裡抄的席慕容的情詩，託人捎給劉若英。劉若英窩沙發裡，命櫻桃用火柴將信點著。她嘴裡咯吱咯吱地嚼著脆薯片，陽光將她的眉眼打成了錫紙的金黃，讓櫻桃的腰愈發直不起來。

「我跟黑皮說了，放寒假了就去看他，」劉若英說，「妳知道桃源鎮離旅順……有多遠嗎？」不待櫻桃應答，她就繼續自言自語，「哎，妳肯定也不知道。妳這麼沒心沒肺的人，除了傻吃蔫睡，知道什麼呢？嗯？」

櫻桃雖沒心沒肺，可還是察覺到自己的信被人讀了。她偶然從《少年文藝》上讀到篇文章，說是主人公為了防止父母偷窺日記，將日記裡藏根頭髮，要是頭髮掉了，便是日記被父母偷窺了。櫻桃覺得這辦法很好，也就將信裡夾了兩根。信封是漿糊封的口，本不結實，如果拆開再糊上倒也瞧不出什麼。關鍵是裡面那兩根頭髮沒了。櫻桃憋悶了半天，還是去問裁縫：

「媽，妳是不是翻我抽屜了？」

裁縫從縫紉機前撤出身子，軍大衣上滿是碎布條，頭上呢，頂著絲縷的破線頭。她先端起搪瓷缸子咕咚咕咚灌幾口涼水，又將根細紅線穿進針眼，這才盯著櫻桃身後說：「我哪兒有閒心管妳的抽屜？我忙得連放屁的空都沒有。」

她說話時從來都是盯著人家身後，似乎後面尚站著旁人。櫻桃還想問兩句，裁縫又說：「妳丟什麼東西了沒？」

櫻桃說：「沒。」

裁縫說：「沒有妳咋知道抽屜被人翻過？」

櫻桃不曉得如何作答，囁嚅著轉身去尋草莓。草莓正騎著條野狗瘋跑。櫻桃揪了他的黑耳朵問道：「你動姐的抽屜了？」

草莓說：「沒！別揪我耳朵！」

櫻桃問：「誰進我房間了？說！不說我把你耳朵扯下來炒韭菜吃！」

草莓淚眼汪汪地說：「爸去過。別揪我耳朵！」

這孩子對礦工早沒什麼印象，管鞋匠叫「爸」是難免的。櫻桃一陣噁心，回房將信件揉巴揉巴扔到垃圾桶，坐在椅子上生悶氣。後來又將信撿回來，小心著拿熨斗熨平藏進被窩，騎了自行車去街上買鎖。買鎖的時候，她在百貨大樓門口看到了鞋匠。鞋匠正拾掇鞋箱，見了櫻桃遠遠地喊：「櫻桃！櫻桃！」櫻桃只當沒看見，目不斜視地騎了自行車回家。

傍晚吃飯，裁縫煮的毛蝦蘿蔔餡餃子。家裡多日沒吃過餃子了。鞋匠倒了盅散白酒慢慢飲。飲著飲著抬起頭，對櫻桃說：「櫻桃……妳去商場買啥？我見到妳了……招呼妳……妳……妳也沒吭聲。」

櫻桃不說話，裁縫蹙著眉說：「這傻丫頭，嘴巴是用來出氣的？妳叔跟妳說話呢，妳倒是吭一聲！」

櫻桃半晌才小聲解釋道：「我沒聽見……」

晚上出去小解，剛蹲到屋簷下，便聽到正房裡有人拌嘴。不禁將耳朵貼了窗戶細聽，方聽清是母親在訓斥鞋匠。母親聲氣時重時輕，時緩時急，聽得出是在責怪鞋匠亂進櫻桃的房間，鞋匠的聲音細若游絲，似乎在辯駁什麼，但辯駁得心不在焉，後來聲音越來越嘈雜，滿耳是鞋匠的喘息聲。櫻桃的臉便紅了，轉身欲回，慌亂中卻將尿盆踢倒，裁縫在屋子裡問道，誰呀？櫻桃嗎？還好草莓又開始哭夜了。他的哭聲在深秋的庭院顯得如此憂傷空曠，櫻桃不免抬頭看了看天。天上滿是星斗，一直朝北方灑開去。櫻桃想，羅小軍現在是不是也從軍營的窗戶看桃源鎮的星斗？

翌日吃早飯，櫻桃的眼睛便有些腫澀。鞋匠不時盯看著她，後來方說：「櫻桃，叔叔發誓，我沒亂動過妳東西。」

櫻桃開始不敢正眼瞅他，後來聽沒了下文，這才狐疑著抬頭，正碰到鞋匠的目光。鞋匠臉上滿是碎麻子，不過在昏暗燈火下倒也光滑油潤，他的鼻毛修剪得齊整多了，說話時呲出口白牙，呼吸間滿是薄荷牙膏味兒。櫻桃微微笑了下，點點頭。後來她想，興許是自己疏忽了，頭髮其實並沒有真正封到信封裡。

可過不幾日，裁縫跟鞋匠大吵了一架。原來那天晨起落雨，鞋匠便沒有出去擺攤，將家裡的衣服洗了。當然，家裡的衣服包括他自己的，包括裁縫的，草莓的，也包括櫻桃的。洗也就洗了，偏就洗了櫻桃一條內褲。鞋匠倒是比先前的煤礦工人勤快多了。可這勤快如若不合時宜，倒不如懶惰些討人歡喜。鞋匠沒嫁過來時，衣服都是裁縫洗，裁縫忙，將褲子襪子裙子塞進洗衣機，轟隆轟隆轉上幾圈，就晾到竹竿上去曝晒了。鞋匠嫁過來後，嫌衣服洗得不乾不淨，要麼是油漬洗不掉，要麼就是白襯衣染了桃紅色。他常常將四五個洗臉盆一字排開，一個泡洗衣粉，一個泡肥皂水，另外幾個泡清水。櫻桃見那些衣物分批分次地從一個盆挪到另一個盆，再從另一個盆甩到第三個盆，如此反覆後，再將渾水倒掉，重新倒滿清水。陣仗大得很，便想起電視裡耍雜技的，不免「噗哧」笑幾聲。說實話，櫻桃的內衣褲都是自己洗濯的，見了鞋匠代勞不免有些羞澀。可她還是沒料到母親會因此跟他翻臉。

裁縫不單針線活拿手，摳人也是拿手。開始只罵罵咧咧，「不要臉啊」「騷雞巴啊」諸如此類。做過寡婦的，心肺裡的怨毒冒將出來，是比用刀子捅人還要鋒利的。鞋匠難免回嘴。回嘴也回不幾句，臉漲成絳紅，一隻手戳點著裁縫單是顫。裁縫愈罵愈烈，後來徑直撲了上去。除了吃飯如廁，櫻桃很少見裁縫離開縫紉機，她沒料到母親身手如此敏捷。鞋匠的白牙在陽光下沒開啟幾個回合，裁縫已如獼猴般躥爬到鞋匠身上，兩條腿將鞋匠臀部緊夾，一雙手在鞋匠臉上撓來撓去。櫻桃很納悶母親為何沒從鞋匠身上掉下來。更納悶的是，鞋匠只象徵性地躲閃，並沒還手或咒罵。一切如此安靜，像無聲電影那樣岑寂著上演，櫻桃的眼淚就流下來。她不再搭理他們，默默地將那條內褲從細竹竿上抻下，用熱水燙了，泡了洗衣粉來回搓洗。洗著洗著就忘了兩個撕扯的人。後來內褲也洗完了，忍不住去瞀裁縫和鞋匠。兩人都蹲在花牆下，隔了一米左右的距離各自喘息。裁縫還嘟囔著髒話，唇上滿是吐沫，一雙眼斜視著鞋匠身後。鞋匠臉上全是血紅印子，不時有秋風旋過，將牆壁上的沙粒和枯草葉拂到他耳蝸裡。櫻桃想踱過去安慰幾句，卻終歸開不了口，心裡難免憐憫起這男人，對母親呢，則隱隱記恨起來。

她倒不曉得裁縫這般做法全是出於緊張。櫻桃畢竟是姑娘家，雖生得粗糙，卻也胳膊是胳膊腿是腿的。裁縫雖斷斷續續做著寡婦，卻也知曉男人若是下作起來，什麼醜事都做得出。櫻桃便將這事說與劉若英聽，說完後問劉若英：「妳爸……給妳洗……內衣麼……」

劉若英說：「怎麼不洗？我十三歲那年我爸還給我洗澡呢。」

櫻桃黯然道：「我從來沒見過我父親。」

劉若英說：「我爸現在還給我洗腳呢。他那麼胖，蹲在那裡呼哧帶喘的。」

櫻桃說：「我媽是不是我親媽呢？我是不是她撿來的棄嬰？她從沒提過我爸。我爸……是個什麼樣的人呢……」

劉若英安慰她說：「媽肯定是親媽，怪只怪不是親爸。妳這麼大了，雖然長得醜點，當媽的還是難免有忌諱。」

見櫻桃不開心，她又挑起快活的話題。她說，她打算寒假去旅順探望黑皮。黑皮來信了，信裡的字都被淚水打濕了，黑皮還從沒哭過呢。黑皮說，他每天都夢到她，不光夢到她，還夢到他們親熱。黑皮還說，再見不到劉若英，他就直接跳進黃海餵鯊魚算了。「我打算偷著去打工，不讓爸媽知道，」她調皮地吐了吐舌頭，「再用打工的錢，買一張去大連的火車票，」她把櫻桃緊緊攬進懷裡，「妳不覺得我很偉大嗎？啊？黑皮會感動死的！」櫻桃感到劉若英跳動的胸脯頂著自己。為了去看黑皮，她竟然要去打工。打工，這個字眼只在電視劇裡聽到過。櫻桃就想起羅小軍。如果她坐了火車去新疆探望他，他會怎麼樣？

「妳沒在學校的牆上看到廣告嗎？桃源鎮第一家酒吧就要開張了，」劉若英那時迷上了台灣言情劇，說話的時候總是帶著濃濃的台北腔，「酒吧是什麼樣子的呢？我打算晚上去那裡當服務員。我好興奮耶。」

3

劉若英當真去當服務員了。每天晚上九點才回家。那個酒吧叫「黑夜吧」，就在縣職工俱樂部。職工俱樂部是文革期間蓋的，看上去彷彿一座雄偉豪華的水庫，牆兩側鑲嵌著兩條巨幅標語，一條是：「毛主席萬壽無疆！」，另一條是：「全世界無產階級聯合起來！」，專供開批鬥大會和演樣板戲，如今又有了新用途，常有走穴的三流歌星或雜技團來演出。櫻桃曾經帶著草莓看過馬戲團演出。櫻桃非常喜歡那個單手就能甩出四個棒槌的小丑。

酒吧就設在俱樂部二樓，場子闊，能擺十幾張檀木桌，桌上托著紅蠟燭。大廳裡有點唱機，五塊錢一首。老闆是縣石油公司的會計，據說走的黑白兩道，很有些來歷。劉若英每天晚上七點上班，九點下班。因為是瞞著父母，便不敢聲張，膽子又小，只得央櫻桃接她。

櫻桃還是很樂意去接劉若英的。下了晚自習，回家也無趣。裁縫的工作間就在櫻桃臥室隔壁，回去了，滿耳是「歌德歌德」踩縫紉機踏板的聲響，有時還要當模特，穿了各種款式的衣服走來走去，邊走邊忍受裁縫「妳咋又胖了！」之類的牢騷。草莓倒是睡得早，可以看兩眼電視，電視裡正在演台劇《八月桂花香》，櫻桃最迷劉松仁和米雪，她發現他們都長著可愛的大板牙。可鞋匠嫁過來後就不能隨便去正房了，一則鞋匠喜歡看評劇，將黑白電視的按鈕「啪啪」地轉來轉去，不是《花為媒》、《劉巧兒》就是《楊三姐告狀》，大抵單身慣了，還喜歡光著膀子，即便初冬了，也只套件鬆鬆垮垮的跨欄背心，單只披著條床單摳腳心；二則對於那次與裁縫的爭吵，鞋匠似乎並未放在心上，常大聲召喚櫻桃去看電視。裁縫通常輕輕咳嗽聲，櫻桃剛邁出的腳步就顫抖著縮回來。

自從每日接劉若英後，櫻桃回家的時間便晚了一截。櫻桃並沒有將實情告訴母親，只是說功課緊了，老師常常將課時延長。裁縫正樣看著件壽衣。冬天到了，老人們似乎更願意選擇天寒地凍的季節去喝孟婆湯。裁縫頭也沒回地說，學習是不能耽誤的，這樣吧，我讓妳叔叔去接妳，免得妳害怕。櫻桃聽了不免有些意外，後來想，看來母親對鞋匠終歸放心了，不再胡亂想些沒有邊際的事了，心裡竟隱約竊喜起來，也不知是為母親喜呢還是為鞋匠喜呢？臉上砌著笑忍不住去瞄裁縫，只見裁縫將踏板踩得比往日裡更快，壽衣的針腳也比往日裡扎得更為細密。

可思來想去櫻桃又想拒絕，雖則鞋匠很是隨和，可櫻桃討厭成年男人身上那種氣味。櫻桃喜歡男孩身上的味道，譬如羅小軍，她從他身邊疾走而過時，也能聞到他身上那種植物的清香，那是剛發芽的柳樹、白楊、桑樹或茱萸在雨後的味道，攙雜著泥土、麥穗和蒲公英的甜味。成年男人則不同，彷彿他們歷經了多年的呼吸與排泄，身上沉澱下來的不是松脂的暗香，而是類似油漆、牲畜糞便和髒池塘混淆後的氣味，這氣味櫻桃從諸多陌生或熟稔的男人身上聞到過。比如她們班的歷史老師，人長得斯文乾淨，可他從櫻桃身邊走過時，櫻桃卻聞到種動物尿液的騷味，那氣味讓櫻桃身上的每個毛孔瞬息掙扎著豎立起來，呼吸急促，閉了眼睛時身子恍如置於一條幽深漆黑的洞穴，沒有一絲朝暾明亮的光。可若是拒絕了母親的好意，又委實有些害怕，冬天夜來得早，夜深人靜，耗子都懶得偷糧食，家裡南側是片玉米地，玉米早已入倉，只有成垛的玉米秸子矗在田野，黑呼呼的委實讓人心生忐忑。劉若英住在「捷克路」的商品樓，離櫻桃家尚有一里半路。櫻桃只得應允了。

這樣，行程變得複雜起來，每日夜裡櫻桃先去職工俱樂部接劉若英，護送她回家後，鞋匠再來接自己。鞋匠似乎來得早，通常站在一抱麥秸垛旁，將手電筒遠遠地晃著，光線能甩到百米開外，待櫻桃的自行車鈴聲響得歡了，鞋匠才溫吞著嗓子喊兩聲：「櫻桃！櫻桃！是櫻桃嗎?櫻桃！」有時櫻桃忘了按車鈴，鞋匠仍站在那裡，待她側身過了，才疑惑著問道：「櫻桃！是櫻桃嗎?櫻桃！櫻桃！」櫻桃這才發覺，原來鞋匠是夜盲症，夜裡看不清東西的。不知道他每天來接自己，是只出於母親的拶逼呢，還是他心裡確實願意？想到他眼睛如此了，還每日來提著碩大的電工手電筒接自己，心裡漸漸生出些暖意。這暖意對櫻桃來說是如此的彌足珍貴。十七的年歲了，從沒有一個人用如此溫厚的嗓門呼喚過自己的名字。

便漸漸盼起夜晚的來臨了。每每送完劉若英，餘下的路就顯得短促而漫長。有時候她故意下了自行車推著前行，為的只是讓那溫淨的呼喚聲來得遲些。她想到他滿臉的麻子，想到他每隔幾天就必須修剪的鼻毛，想到他努力刷洗牙齒的樣子，想到他晨起倒立時牆上的那雙解放鞋，就忍不住「噗哧」聲笑將出來。鞋匠呢，也不是個愛說話的人，也許先前是愛說話的吧，只不過婚後氣焰被裁縫輕易滅掉了，雖然在裁縫面前挺著胸脯，跟櫻桃該說的說該笑的笑，一副我行我素的模樣，可骨子裡對裁縫卻是彎著脊梁的，因而單獨跟櫻桃趕路，也從不主動說上一個字。牽引他們的只是手電筒的燈光，細長細長的，近的路照得清晰，能照得見衰敗的車前草、枯萎的波斯菊、僵硬的石子、發霉的玉米骨頭、長尾巴的肥鼠，抑或疾走的野貓；遠的路照得模糊，只依稀辨出這是棵瑟瑟抖動的槐樹，那是屋頂上冒著黑煙的煙囪，這是堆過冬用的無煙煤，那是城外高聳的火葬廠，抑或是偶爾路過的夜行人。他們的距離，通常也保持在兩米左右，一輛「鳳凰」牌加重自行車的身長。很多時候，鎮子的夜晚似乎也只剩下了車子輻條滾動的聲音，鞋匠磕磕絆絆走路的聲音，連土狗都不會吠兩聲。後來櫻桃想出了個主意，她在前邊照手電筒，鞋匠在後面推著自行車緊隨。這樣有了自行車的牽絆，鞋匠反而走得安穩些。那一日不願走了，櫻桃想了想說：

「叔，我馱著你吧。」

鞋匠沒有說話，櫻桃卻能猜到他一定在拚命搖頭。

櫻桃鼓足勇氣說：「你咋這麼封建呢？你是我叔，又不是外人。」

鞋匠這才磨蹭著過來，待櫻桃騎了自行車後才跳上後架。他腿長，雙腳不時蹭到地面，發出「擦拉擦拉」的聲響。櫻桃要騎自行車，只得讓鞋匠打手電筒。鞋匠呢，一手拿著手電筒照亮，另一隻手緊攥著鞍座的彈簧，難免坐得不安穩，碰到溝溝坎坎，櫻桃騎得晃來晃去，鞋匠就要掉下去的樣子，情急之下扶了扶櫻桃的腰身。櫻桃穿了厚重的羽絨服，卻仍然察覺到鞋匠的大手勁道不小，剛想說你扶穩了，鞋匠的手已然撤回去。半晌，櫻桃聽鞋匠嘆息聲說：

「哎，有個閨女真是好呢。」

櫻桃心裡一熱，心房竟顫出小小的幸福。她從沒見過自己的生父。裁縫從未提及過父親，家裡也從來沒有父親的任何舊物，彷彿裁縫是蝸牛那樣雌雄同體的動物，並不靠男人來生養。櫻桃懂事後常常猜度，定是多年之前母親與父親之間生了齟齬乃至變故，方才導致母親如此乖戾的性情。小時她隱約聽鄰里們嘀咕，地震那年，裁縫挺著肚子來到桃源鎮，借了人家的草房替人縫製衣物，過了五個月生下櫻桃，身旁連個伺候月子的人都沒有。生櫻桃的時候更別提了，甭說去縣醫院，連赤腳醫生都沒來得及請，裁縫自己用剪子鉸斷臍帶，把櫻桃裹進棉花裡面……如此看來，倒有可能是父親在地震中身亡了，這很正常，一九七六年地震，整座城市死了二十四萬人，據說當時天崩地裂鬼哭狼嚎。有時候櫻桃會胡亂地想，這座城市是個棲息著諸多幽靈的城市，那些魂靈並未拋棄苟活下來的親人，他們在黑夜裡彳亍徘徊，在風裡睡眠在麥田裡散步，同時嘴唇裡發出虛無的、憂傷的嘆息。

那一天，櫻桃馱著鞋匠剛走不遠，便發現身後有黑影小跑著追趕。櫻桃騎得慢些，那人就行得慢些，櫻桃騎得快些，那人就行得快些。櫻桃有些發怵，悄聲說，叔，車鏈子掉了，你先下來，我拾掇拾掇。她貓下腰身朝身後看去，那人也就停了，側身隱進路旁的玉米垛。過了會兒櫻桃佯裝修好了，繼續馱著鞋匠趕路。那人又從玉米垛裡閃出繼續跟著行走。櫻桃的左眼就突突地跳，只得將腿上的肌肉繃得更緊。等到了家門口，櫻桃顫抖著嗓門說，叔你先推車子，我去開門！進了門後櫻桃小跑著拐進廂房，黑著燈拉開一角窗簾。這時鞋匠已將自行車推進庭院，櫻桃看到那個黑影的速度也慢下來。不會兒聽到有人開門，便聽得鞋匠問，咦，黑燈瞎火地妳去哪裡了？

原來那人是母親。櫻桃心就放下了。只聽裁縫笑著說，哦，我剛才去給劉榮書媳婦送羽絨服了。鞋匠說，都快十點了，還跑出去做什麼？明天不會送嗎？把草莓一人扔家裡，妳倒真是放心呢！裁縫悶生不語，半晌聽他叨咕，我都忙成這樣了，你還有閒心雞蛋裡挑骨頭，還讓不讓人活了？櫻桃躺在床上聽他們拌嘴，覺得母親說話的語氣有些綿軟，全然不似平日裡的做派。仔細一想，母親顯然是在睜著眼睛撒謊，劉榮書家住在「斯大林」路，跟她回時的路完全在相反的方向。她到底是去做什麼了？為何要說假話呢？難道……是在監視她和鞋匠？想到「監視」這個詞時櫻桃突然就臉紅了。她跟鞋匠有什麼可監視的呢？腦子裡就映出了母親總是斜視的眼神，想到她灰頭灰臉的樣子，愈發得厭惡。

4

裁縫的冬天格外忙。劉若英也不例外。她似乎愛上她的工作了。她將賺來的錢大部分存起來，零錢呢，請櫻桃吃了碗蘭州拉麵，又給櫻桃買了副護膝。櫻桃有關節炎。劉若英父親是縣委辦公室副主任，家境自不必說，好歹見過世面的，可她跟櫻桃說起酒吧裡的有錢人，照樣是一驚一咋。她說，那裡的一瓶洋酒最少得兩百塊。常有那出手闊綽的，一晚上就喝上千八百的酒，而她父親的工資，一個月也不過九十八元。又說那裡的男人，小費給的也不少，有個叫輝頭的，有次就給了她三十元，聽得櫻桃連連咋舌。

「我現在往返的火車票都有了，」劉若英托著腮幫子說，「我還要攢些錢，給黑皮買件佐丹奴。」

為了黑皮的佐丹奴，櫻桃只好繼續夜夜去接劉若英，鞋匠也只好夜夜去接櫻桃。那一日，劉若英回得晚些，十點鐘也有了。她似乎很掃興。櫻桃問是怎麼了，她說有位客人，獐頭鼠目的，大概是跑鋼軌生意的江蘇人，這些天老膩歪她。所謂膩歪，就是請她喝酒唱歌，不光請她喝酒唱歌，還給她送黃玫瑰，「煩死了！煩死了！」她恨恨地說，「眼裡全是毒水，真想拿刀剜了他的眼珠子！」櫻桃安慰她說，有人喜歡是高興的事呢，說明妳長得漂亮，人家都願意親近妳。劉若英點點頭說，這話妳說得倒沒錯，這樣看來，他還是很有眼光的嘛。

兩人絮叨著走走停停。走著走著路燈倏地下就全滅了，看來是停電了。每到冬天，桃源鎮就趁著夜晚大修電路。路兩旁的樹木黑魆魆的，光禿的樹枝手指般叉開，天上也沒有月亮，兩人的腳步不由得快了起來。過了一會兒，身後便掃過雪亮的燈光，知是夜行車路過，也沒在意。等到了一叢玉米垛旁，那車就將燈火熄了。櫻桃和劉若英忍不住回頭看。這時車上影影綽綽下來兩人，在她們愣神的空檔，三兩步跨到她們身旁，先將她們的自行車鎖了，順勢拔下鑰匙。劉若英尖叫一聲剛想斥罵，一人已經捂緊她嘴巴，揪住她的馬尾辮往車裡拖。櫻桃突然明白是如何的一回事。她粗壯的身體直接朝虜劉若英的人衝撞過去。那人似乎沒料到櫻桃的氣力如此之大，一個趔趄跌坐到地。櫻桃就朝劉若英大聲喊：「快跑啊小英！快跑！」劉若英這才緩過神來，撒腿就跑。她小時候練過田徑，短跑和長跑俱是強項，在縣裡拿過名次的。她很快如塵埃入土般在黑夜裡消逝不見。櫻桃本想跟她一起跑，她跑得比劉若英還快，可她的臂膀被另外那人死死鉗住。地上的人搖晃著站起，將條手絹塞進她嘴裡。櫻桃又踢又踹，愈是掙扎，那人勁道愈是生猛。他身上濃烈的酒氣將她熏得眼睛也要睜不開了。

他們並沒把她塞進車廂，而是將她挾持到麥秸垛裡。只聽得一人懶散著罵道，媽B的，野鴿子跑了，剩下隻爛麻雀，湊合著用吧。你先來還是我先來？他們的口音聽起來是本地人，只是因了醉酒，抑或因了寒冷的空氣，方將他們的聲音襯得陌生而空蕩。櫻桃很輕易地就被他們摁倒在地，一人攥住她雙臂，另一人在她臉上拱來拱去，後來乾脆將舌頭頂住她上嗓，吭哧著裹緊她的舌頭。櫻桃幾要窒息，男人的手麻利地褪掉她的厚棉褲……

櫻桃始終閉著眼，不敢睜開。等睜開了，萬籟俱寂，耳窩裡是頭髮壓倒野草的窸窣聲，身子顫抖時，底下的玉米秸就爆出微弱脆響。她凝望著天空。星星多得很，銀白銀白的，並不如何耀眼。有那麼片刻她甚至懷疑是夏天到了，自己正躺在乾草堆裡，觀望著打燈籠的螢火蟲。及至後來，下身的刺痛和冰冷方才慢慢浮騰上來。不曉得又過了多久，她才打著寒噤站立起來。剛站起，又一屁股跌倒進麥秸垛。良久，櫻桃聽到熟悉的呼喊聲：「櫻桃！櫻桃！妳在哪裡啊？櫻桃！」手電筒的光線晃來晃去。她想應聲作答，才發現嘴裡的手絹還沒摳掉。等她將手絹扔掉，將褲子繫好，方才朝那束光線跟蹌著蹭去。

「都十點半了。咋這麼晚？」鞋匠狐疑地問道。他平日裡很少主動說話。

櫻桃沒吭聲。她想去搬自行車，卻是鎖著的。也不知他們將鑰匙扔到了哪裡。

「妳沒事吧櫻桃？」鞋匠小聲著問，「妳方才在那裡幹啥？」

「……撒尿。」櫻桃半天擠出兩個字。

「哦。我們走吧。車鑰匙呢？」

「丟了……」

「在哪裡丟的？」

櫻桃想了想說：「忘了。」

鞋匠把手電筒遞給櫻桃，自己扛了自行車跟在櫻桃身後。櫻桃走得慢，晃晃悠悠，鞋匠彷彿幾次開口要問些什麼，但又都憋了回去。到了家，櫻桃將房門攮開，安靜地躺到床板上。母親過來了，問道，妳叔說妳病了，發燒了嗎？櫻桃說沒有，什麼事都沒有。母親伸手探探她的額頭，將被褥蓋覆到她身上說，妳……是不是有心事？櫻桃說，沒。母親沉默片刻，轉身欲走，走了兩步又折回來，挨她身子坐了，摩挲著她的手背說，女孩大了，有心事正常。哪個姑娘沒心事呢？有的話妳不要憋心裡，說給媽聽，媽好歹是過來人。裁縫極少這般溫聲款語地說話的。櫻桃哽咽著說，把燈熄了吧，睏死了。裁縫這才離開。櫻桃掙扎著坐起，下身的疼痛一脈一脈撕裂開去，讓她直冒冷汗。她哆嗦著從裁縫的麻袋裡揪了團棉花，將下身潦草地擦了擦，這才將電熱毯插上，緊緊抱住棉被，牙齒咬著鬆軟的枕頭昏昏睡去。

第二天，櫻桃沒上學，託人遞了請假條。裁縫給她煮了兩個荷包蛋，派草莓端到床頭。櫻桃一口沒吃，只瓷著眼盯房頂。房頂的葦蓆早被煙火熏黑，夏天的馬蜂窩也已皸裂，單剩欲墜的空殼。那條塑料黏蠅器上，黏滿了死掉的黑頭蒼蠅、蝴蝶、蜘蛛和蜜蜂，被窗戶鐢進的西風吹著，不停地蕩。

等到晌午劉若英來了。她好像還沒從昨夜的恐慌中恢復過來。她神經質地握住櫻桃的手，問她有沒有看到她的自行車鑰匙。她說，那輛公主車的鑰匙本就丟了一把，如果這把也丟失了，那麼就得撬鎖頭了，而她不想換別的鎖，原裝的鎖多好啊。她又說，黑皮的佐丹奴還是不買了，她不想去酒吧裡當侍應生了，倒不是累，而是危險。像她這樣又漂亮又有氣質的女孩，要真是出點意外，她父親會傷心得自殺的。自己說累了，見櫻桃還沒有言語，這才恍惚著問：

「妳昨天沒事吧？幾點到的家？」

櫻桃照例沒聲氣。劉若英說：「哎，妳能有什麼事呢，妳跑得那麼快，鬼都追不上。再說了」，她捋了捋自己的馬尾辮，笑著說，「就妳這模樣，該不會出什麼事的哦。」

櫻桃說：「我睏了。」

劉若英有些不快地離開了。臨走前她突然問道，對了，昨天那輛車的車牌號妳記下沒？要是記下了，我們可以去公安局報案。櫻桃想了想說，天那麼黑，沒看清楚。劉若英怏怏不樂地埋怨道：「妳怎麼就那麼笨呢。」

櫻桃在床上躺了兩天。裁縫請了位老中醫過來。中醫把了把脈，說沒什麼大礙，只是傷風而已，給開了劑草藥，命裁縫熬了與櫻桃喝。裁縫在第三天頭便想殺隻老母雞燉了給櫻桃補身子。鞋匠去街上出攤了，裁縫只得自己殺雞。那隻雞雖看著愚笨，上躥下跳起來裁縫還真是拿牠沒辦法，就想呼鄰居過來一併拾掇。怎奈鄰居去串親戚了，裁縫只得悻悻折回。等進了庭院不免暗暗吃驚。原來是櫻桃從床上爬起來了。那隻雞怎的就被她抓在手裡，一隻手攥著翅膀，另一隻手握著菜刀。見裁縫進來，也沒說什麼。裁縫只見一刀劈下，雞頭就被剁了下來，直挺挺飛到自己腳邊。裁縫就說，我來吧，妳去燒壺開水。櫻桃默不作聲。那隻雞雖被斬了頭，卻還是硬生生從櫻桃手裡掙開去，三撲棱兩跳地飛上花牆。櫻桃追過去一把捋下，重重摔到地上，咬牙踩了幾腳。裁縫忙去燒開水，等水開了，櫻桃將母雞按捺進水盆打濕，開始拔雞毛。

眨眼功夫那隻雞就被褪乾淨，白白淨淨躺水盆裡，濺出的血水將泥土洇成了暗紅。裁縫就曉得櫻桃徹底沒事了，心底有些歡喜，匆忙泡了野山菇，灶膛添了木柴。水咕嘟咕嘟響著，她撒了大把的花椒八角下去，將雞嫩嫩地燉了。

鞋匠回家時，遠遠地就聞到了香味。他給櫻桃買了糖人。本是小孩子吃的，櫻桃木木地接了，端詳會兒，憨笑著對鞋匠說，給草莓吃吧。草莓只舔著嘴唇說，我的牙齒掉了，不能吃甜的。櫻桃就將糖人拿在手裡觀瞧。捏的是頭豬，圓潤軀幹，尾巴俏皮地打著卷，一雙烏黑的眼珠似乎會說人話。就想起小時候，羅小軍每每將她圍追堵截時，都會慨慨罵上句：「妳個豬玀！把右手伸出來！」

想到羅小軍，方才想起有些時日沒給他寫信了。就溜進屋子洗了手，拿出紙筆。她告訴他，桃源鎮的冬天和往年一樣冷，大風小嚎的，不過還沒來得及下雪。她又說，前些日子，廣州的大馬戲團又來演出了，不過，這次那個單手能拋接四個棒槌的小丑沒來，也沒看成鸚鵡做算術題，換成了一個兜齒的侏儒，這個侏儒身上纏著條蟒蛇，還能自由自在地走鋼絲……寫完後櫻桃將信件封好，鎖進抽屜裡。想起了什麼似的又拿出來，將信貼到臉上來回著蹭，蹭著蹭著，大滴大滴的眼淚就順著粗糙的鼻翼流下，將信封打得精濕。

這個冬天其實比往年要冷些。櫻桃穿了保暖內衣，又套了裁縫新做的羽絨服，還是常常凍得打寒噤。小雪那天，真就下了雪，剛開始還小，後來就漫天皆是，慢慢地卷了西風，淹沒了整個桃源鎮。到了大雪，櫻桃就套上了劉若英送她的護膝，晚自習也不去上了，整日貓在被窩裡寫信。剛開始，信首還題了「羅小軍」三個字，後來乾脆就省了。她寫道，放寒假了，劉若英真的去旅順了，她穿著款最新樣式的紅色呢子大衣，穿著雙黑皮靴，被她父親親自送到唐山火車站，當然，她沒說是去看黑皮，而是去探親，她叔父一家在旅順工作；她寫道，劉若英從旅順回來了，她又白又瘦，眼皮割了雙眼皮，手上戴著只銅戒指，劉若英給她買了個海螺，可惜海螺被草莓打碎了，不然的話他要是從新疆歸來，她可以吹給他聽，她相信他能聽到海鷗的叫聲和海浪拍打礁石的聲音；她寫道，鞋匠即便下了雪，還要到街上去擺攤，他說越是天寒地凍，人們越需要將鞋子補得密不透風；她寫道，母親今年接的活計特別多，母親已經是桃源鎮最出名的裁縫，連居委會的主任都親自來家裡，讓她翻新了一件裘皮大衣；她還寫道，最近老肚子疼，老反胃，常常嘔吐，她很少生吃蘿蔔和白菜心了，因此她懷疑，可能是腸子裡長了條豬肉條蟲。

5

櫻桃的信寫得越來越多，也越來越長。她似乎把平時要對活人講的話，全變成了死掉的符號存留在白紙上。上課有時也寫，寫完了帶回家鎖進抽屜。抽屜鼓鼓囊囊的。那天她把抽屜清理了下，仔細著數了數，這段日子以來，總共寫了三十五封信。這些貼了郵票但沒投遞出去的信，讓她既覺得羞澀又覺得幸福，羞澀是這些話好像是對遠在新疆的羅小軍說的，她跟他沒什麼交往，唯一印象深的，就是他小時候老欺負她；幸福也是閃爍其辭的，只是心裡覺得柔軟溫善，彷彿羅小軍已聽她親自說過那些無聊的話，並且喜歡她親自說這些無聊的話。

又有什麼用處？新疆那麼遠，她連他的一張照片都沒有，甚至她對他的相貌也逐漸模糊起來了，只記得他十一二歲時，臉窄小無肉，目光冷清，長大後臉依然窄小，一對鐵皮耳朵掙掙著，眼睛大得似乎要撐到臉龐外邊，喜歡穿雙黑色冒牌耐克鞋，春天時他從她住的廂房後面疾走，扁瘦的臀部機械地擺動，渾身散發出類似鐵器冰涼的光芒，這光芒將他四周的空氣也浸潤得乾澀、疏離，她根本就近不了他的身。這麼想時，又覺得有些虛妄。

而劉若英這些天根本就不用寫信了。黑皮回了家。黑皮的父親跟人下象棋，用馬踩了對方的炮，又將死了老將，得意地哈哈大笑一聲歪頭死了。他父親原是縣車輛修理廠廠長，能言善飲，據說一人能喝倒仨壯漢。得的肝硬化，肝硬化了每天還要喝上斤老白乾。可終歸沒死在肝上，而是死在心上，這讓子女們甚是欣慰。黑皮那天櫻桃見了，胳膊上戴著黑箍，頭上幾乎沒有髮根，一雙三角眼暴出的精光，並沒有因為當了海軍而有絲毫的減弱。只是比以前黑了，估計是在船上晒的。他只在家停留了兩日。白天他忙著跟哥哥姐姐辦喪事，晚上則抽空出來會劉若英。他請劉若英到飯館吃了頓便飯，喝了幾瓶啤酒。櫻桃也去了。是劉若英硬拽過去的。她沒別的意思，只是向櫻桃炫耀她的男朋友罷了，就跟小時候她拿著動物小餅乾和酒心巧克力，在櫻桃面前晃來晃去一般。

小酒館裡又冷又乾，生著煤爐子，寒氣還是讓人不停打著噴嚏，三合板桌面爆了皮，皮上皮下俱油膩膩的，沾著沉澱下的爐灰、菜葉和肉渣。還好，溜大腸和木須肉是熱的，冒著刺鼻的香氣。櫻桃縮在一角並不夾菜，偶爾喝口茶水。劉若英就數落起她，說女孩長得醜點沒關係，胖點也沒關係，長了三根手指也沒關係，可要是眼睛不靈活，呆頭呆腦的，就真沒人喜歡了，還說這小店服務態度不好，女服務員的白圍裙髒兮兮的，明顯是不尊重顧客嘛，菜端上來時呢，也不知道報菜名。後來她又埋怨起黑皮，說黑皮答應過，如果他回家探親，會給她買魷魚絲和乾烏賊吃，可這次竟然忘記了。可見，信裡所謂的想她想得直哭，明明就是騙人的勾當。

黑皮也只是一旁聽著並不搭話，也不吃菜，一口悶一杯啤酒。大抵他還沉浸在喪父的悲傷之中，坐在那裡心神不定的。後來他突然站起來瞄了劉若英兩眼，把老闆招呼過來將帳結了。他嘟囔了句，真他媽B的煩！起身走了。劉若英愣了愣，尖叫著追了出去，把櫻桃晾在飯館。

冬天的夜晚無非就是冷，還好櫻桃穿得厚實。飯店離家並不遠，櫻桃開始倒沒覺出如何，只顧「嗖嗖」地走著。快到拐角處，她的心忽然慌到不能再慌，不光心臟隱約著疼，連下身也撕裂般地疼。路燈還亮著，百米一杆，並不一抹眼似的黑，櫻桃還是撒腿就小跑起來，跑著跑著到了先前鞋匠接她的地方，心裡才隱約著踏實安穩。那晚之後，她極少上晚自習，也沒接過劉若英，鞋匠也自然沒接過她。她想起那些日子，嘴角倒時常滑篩出絲縷的微笑。她記得鞋匠拎著電工用的那種笨拙、老氣的手電筒，蜷縮在一棵樹下。即便她騎著自行車從他身旁過去了，他也不敢輕易認定就是她。他是夜盲眼。

可是，現在她慢慢地走到樹下，樹下倒真站著個人。那人除了是鞋匠，還會是誰呢？他壓著嗓子細細地問：「櫻桃嗎？是櫻桃嗎？」

櫻桃說：「是我。」

鞋匠說：「吃飯吃得這麼慢？」

櫻桃「嗯」了聲。

鞋匠說：「吃飽了沒？」

櫻桃說：「沒有。我不愛吃大腸，也不愛吃肝尖。」

鞋匠說：「沒吃飽的話，叔叔回去給妳煮麵條。」

櫻桃說：「我媽讓你來接我的？」

鞋匠說：「不是。」

櫻桃說：「要不我拿手電筒，你跟在我後邊。」

兩個人就一前一後走。走著走著，鞋匠突然問：「櫻桃，前些日子，有天晚上我來接妳。丟鑰匙的那回……妳……怎麼了？」

櫻桃哆嗦了下，說：「忘了。」

鞋匠說：「妳那天慌慌的……還記得麼。」

櫻桃不時吸流著鼻涕。

鞋匠說：「哦。忘了就好。有些事，不要老惦記著。人這一輩子，其實就是眨眼的空檔。」

等到了家裡，裁縫還在燈下做活。她的腰愈發佝僂，頭上戴著煤礦工人送她的棉帽子，不時拿起眼藥水翻了眼皮，大滴大滴地擠著。見了鞋匠，淡淡地問了句，你去幹啥了？鞋匠想了想說，能去幹啥，接櫻桃了唄，怕她害怕。裁縫就問櫻桃，妳哭啥？鞋匠去看櫻桃，果然，櫻桃的臉頰上全是淚水。櫻桃說，睏了，打哈欠打的，妳怎麼什麼都管！裁縫摘下帽子，將髮卡叼在牙齒上，把披散的頭髮捋順了，盯著櫻桃身後說，妳學會了頂嘴是吧？有人給妳撐腰了是吧？翅膀硬了是吧？

櫻桃和鞋匠都不搭理她。鞋匠到廚房給櫻桃下麵條。櫻桃在邊上站著看。鞋匠做飯很有一套。主要是他的做法跟裁縫不同。譬如最簡單的涼拌黃瓜，裁縫把粗鹽用水稀釋，搗好的蒜沫和醬油一攪和，倒進去就是。鞋匠呢，是把花生油燒熱了，撒上花椒、胡椒粉、薑片和孜然，等香味炸出來了，再潑到嫩黃瓜上。如果是下麵條，鞋匠將水燒開了，先倒少許的山西老陳醋，等沸到不能再沸，扔段山東大蔥，抓把海鹽，打個雞蛋，才將細掛麵款款下鍋。櫻桃好吃這口，又酸又辣，吃後身上的每個毛孔都生出毛茸茸、濕漉漉的翅膀。鞋匠說這叫酸湯麵，正宗老蘭州的吃法。鞋匠從沒出過桃源鎮，雜七雜八卻也懂得不少，想必是光棍做久了，晚上睡不著覺，就只能琢磨著如何將腸胃伺候得如意些。

麵條很快熟了，鞋匠正用筷子往碗裡挑著，裁縫走過來了。她把撈到碗裡的湯麵「嘩」一聲倒進鍋裡，大聲清了清喉嚨，一口痰吐出，嘿水不偏不倚就吐在荷包蛋上。鞋匠傻站著，櫻桃也是。兩個人直勾勾盯著裁縫端著馬勺把，大踏步走到院子裡，將一鍋麵全倒進了垃圾桶。

倒完後她兀自擰開自來水管，用絲瓜瓢將鍋鏟洗涮乾淨，放到煤氣灶上，然後用肥皂把手打了打，細細地搓了搓，朝棉褲上揩了揩，重新蹩到廂房，屁股黏住板凳，身子俯到縫紉機上，繼續給黑皮父親縫壽衣。她動作緩慢，膝關節和肘關節似乎上了鐵鏽的機器，運作起來既生硬又散發出金屬憂傷的氣息。鞋匠什麼都沒說回了正房。櫻桃也回了臥室，木木地躺上床板。她倒習慣了母親對鞋匠大吵大鬧，或者動粗將鞋匠的臉摳成糖葫蘆。可這次，母親如此沉靜，倒讓她不安生起來。她將棉被罩住了耳目，耳畔依舊是裁縫「歌德歌德」地一成不變的踩踏板聲。她終歸不是母親的對手，而有些事，也不像繼父所說的那樣，能忘就忘得了的，這樣想著，鼻涕和眼淚把枕巾浸得又冷又硬。

6

鞋匠彷彿變了個人似的，平日見了櫻桃，不再「櫻桃櫻桃」地親切喊叫，即便兩人走了對死面，也只是側了身貼住牆壁，讓櫻桃先行過去；也沒再給櫻桃買過烤紅薯、棉花糖、薄荷糖之類的零嘴，更不用說替櫻桃洗衣服了。櫻桃想，鞋匠是徹底地被母親征服了，這讓櫻桃有些悵然。她很是企盼回到以前的老樣子，有說有笑，晨起練習倒立時讓她幫他掐錶，看看倒立了幾分幾秒，是否能破吉尼斯世界紀錄。裁縫呢，她徹底成了縫紉機不可或缺的零件，和機頭、齒輪、針頭、牙齒、腳踏板一起快速磨合、轉動。櫻桃甚至發覺母親的模樣也越來越像台縫紉機了：頭顱漸漸長成矩形，脖子出奇地纖細，肩膀處畫出兩道生硬的曲線，身體則發酵似地膨脹起來，大腳走起路來「歌德歌德」地擦著地面，頻率和縫紉機齒輪轉動的速度都出奇一致。她話本來就不多，如今更是稀有，只有偶爾哄草莓睡覺，才會輕聲哼幾句老歌。她會唱〈相思河畔〉、〈我一見你就笑〉什麼的：**自從～相思河畔～見了你，你就深深地～印在～我心裡**……歌詞從她嘴裡錯落有致地哼出，讓櫻桃想起深夜之時，針頭在布料上發出的快速的、密集的、冷漠的擊打聲。

裁縫越是這樣，櫻桃反而就越不怕她了。如果她怕了母親，母親反而會多疑，如果她越是跟母親拉硬杠，母親倒有可能心敞些。鞋匠不吭聲，那麼她就主動打招呼，鞋匠不給她洗衣服了，她就主動給鞋匠洗，鞋匠不給她買零嘴了，她就主動給鞋匠買雙鞋墊。她也不是存心與母親作對，只是母親的嘴臉委實讓她難以忍受。當然，裁縫也沒對她說過什麼，任著她性子做。雖然過了年，風還是硬朗得很，鞋匠每每回家，脖子都會跟褪毛的火雞般抖個不停，櫻桃就對母親說，媽，妳咋不給我叔買條棉圍脖呢？又花不了幾個錢。裁縫沒吱聲。過幾天，櫻桃發現鞋匠脖子上真就多了條方格子圍巾，毛茸茸的看上去就柔軟。鞋匠的鞋大都是嫁過來時自帶的，唯一的一雙翻毛皮鞋，被鞋匠釘了一個又一個補丁，表皮的褐色毛皮早磨得光亮無比，櫻桃對母親說，媽，妳看我叔的鞋，跟個要飯的花子沒啥兩樣。這話說完了櫻桃自己都有些後怕。鞋匠畢竟是結了婚的人，「老爺們的穿戴媳婦的能耐」的道理櫻桃是知道的，這不明顯是損裁縫麼。裁縫回頭看了眼鞋匠，鞋匠連忙說，破點是破點，穿在腳上可是真暖和呢！不要聽櫻桃亂說！裁縫又看了眼櫻桃，櫻桃的目光生硬地迎上去，裁縫的眼神就飄移到手頭的活計上，咳嗽聲說，妳要是有空了，就陪妳叔去「桂英」勞保商店走趟，給他買雙軍勾吧。話是這麼說了，櫻桃自然不會去買，不過，鞋匠幾天後倒真有了雙軍勾，黑亮的皮子，鞋幫裡全是棕色狗毛，穿在腳上威風得很。櫻桃隱隱覺得是自己勝了，心頭難免沾沾自喜。

可櫻桃越是如此，鞋匠反倒越是沉默寡言，話就更少了。每天早出晚歸，輕易看不到他身影。還沒出正月，鞋匠在街上叫輛拉鐵鍬的「三友」農用車給掛了，被同行用板車拉回來，坐在炕上哼哼唧唧。裁縫只打了個照面，問了句骨折了沒有？鞋匠連連搖頭說，不礙事不礙事，只是筋扭了下，妳忙妳的。裁縫說用熱水把腳泡泡，櫥櫃裡有紫藥水，也有麝香虎骨膏，自己貼上一帖吧。說完回了廂房。鞋匠就顛著一隻腳去翻箱倒櫃找藥膏，一個踉蹌癱到地板上。櫻桃正在寫作業，聽到鞋匠的叫喊聲連忙衝進正房，將他小心著扶攙到炕沿上，又幫他褪了鞋襪貼麝香膏。鞋匠連連說，我自己來，我自己來，腳臭著呢！櫻桃不搭理他，幫他將藥敷好，又翻騰出合「三七」片，端了熱水命鞋匠服了。等忙活完，抬頭間正看到裁縫叉著腰板倚靠在門框上。櫻桃就說，媽，妳忙妳的吧，我幫叔弄好了。鞋匠的腿就顫起來，不時拿眼瞥裁縫。裁縫笑了，說，你真是命好呢，白撿了個閨女，看來養老送終也不是什麼難事了！鞋匠「嘿嘿」地乾笑著說，這不都是託了妳的福氣嗎？是妳生養得好，生養得好……生養得好呢。

翌日，裁縫突然說要帶草莓去她姨媽家小住兩日，算是忙過了冬，要休憩幾天。這倒是件新鮮事，櫻桃長這麼大，一回親戚也沒走過。父親自小就沒見過，更不肖說祖父祖母伯父姑母，母親那頭呢，據說親戚都在七六年唐山大地震時壓死，絕了門戶，只剩裁縫一人。去就去吧，櫻桃無所謂的。中午吃了鞋匠燉的雞蛋糕，晚上吃了鞋匠炒的麻婆豆腐，吃完了就扒著桌子溫書，溫著溫著打起瞌睡。睡夢裡有人敲門，卻是劉若英來了。劉若英還沒進屋先「嚶嚶」地哭上了。她穿著件火紅的裘皮大衣，脖子上盤著油光閃亮的狐狸皮，眉眼黯然耷拉著，全沒了平時的驕傲。進了屋先上了櫻桃的床，將棉被捂住腿腳，手指纏著櫻桃的手指不停地抽泣。櫻桃問這是怎麼了？是不是考試沒及格？劉若英聳了聳鼻子，鄙夷著說：「不及格我會哭嗎？妳也太小瞧我了！」說完仍舊嗡嚶著垂淚。櫻桃給她倒了杯熱水，一心一意看著她哭。

「黑皮不要我了，」劉若英抽嗒著，「這個沒良心的，說不要我就不要了！拿我當什麼！」櫻桃傻傻地問，不是過年前奔喪時還好好的嗎？劉若英說：「他說，他不喜歡我了。他喜歡上了一個北京姑娘，也是當兵的。聽聽！北京姑娘！皇城根長大的！」

櫻桃聽她絮叨著有些犯睏。後來說：「他不要妳了，妳就再找一個。妳這麼漂亮，追妳的人又那麼多。」

劉若英這才心敞些，說：「可是……可是……」

櫻桃倒極少見她這樣溫吞，就問：「可是什麼？」

劉若英說：「我懷孕了……」

櫻桃的嘴巴張開，半晌沒有合上。

「這種事，千萬不能讓父母知道的，」劉若英說，「我讓他回來陪我去墮胎。妳猜他說什麼？」

「說什麼？」

「他說，」劉若英哇哇地嚎啕起來，「他說誰知道我懷的誰的種！」

櫻桃剛想罵黑皮，聽到門又哐噹著響起，以為是夜風颳的，不料旋爾聽到草莓「哇啦哇啦」的哭聲，正暗自納悶，裁縫已然閃進了屋。草莓被她攬懷裡，努力睜著小眼，顯然睏了。裁縫見了劉若英也沒如何寒暄，只僵硬地笑了笑說，是小英啊？妳們聊吧，聊吧，我們娘倆去睡覺咯。櫻桃想，母親不是說在姨媽家住幾天嗎？怎麼這麼快就回了？劉若英仍喃喃自語，後來，她乾脆央求櫻桃陪她去縣醫院做墮胎手術。「墮胎」這個詞從她嘴裡脱口而出時，她絕望地躺在了櫻桃的床鋪上，用被褥死死蒙住了頭。櫻桃只見那被褥不時聳動，哭聲沒了，只聽得窗外咆哮的風聲漫過屋頂，將鐵皮煙囱吹得鏗鏘作響，而糊窗戶的草紙被風颳裂，「呼啦呼啦」地忽扇，誰家的狗「汪汪」地狂吠，吠得夜色愈發黑亮。她不禁直起身走到窗口，緩緩拉開窗簾。缺月掛疏桐，幾顆碎星嵌到玻璃冰花上。她努著嘴唇朝冰花噓了口哈氣，滿窗的景色瞬息變幻起來。她重又坐到劉若英身邊，壓著細嗓門對她説，她是她最好的朋友，她一定會陪著她去醫院的。她聽人説過，做流產其實並不痛，就像被蚊子叮咬了幾口。她還説，要是她實在疼了，疼得受不了，就咬她的三根手指吧，她不怕。電視裡女人家生孩子，不都是咬著被角或者男人的手嗎？她這麼一説，劉若英似乎更害怕了，哭聲從棉被下嗚咽著傳出，比裁縫踩腳踏板的聲響更讓人不安。

7

手術倒很順利。醫生是個男的，肥胖的肚腩估計讓他看不到自己的膝蓋了，滿臉的落腮鬍則讓他顯得落落寡歡。他的手和他的身材一點都不協調，小、白、嫩、軟、薄，將橡皮手套戴上時，他怎麼著就打了個漂亮的響指，讓劉若英緊緊閉上了眼睛。手術俐落乾脆，劉若英從手術台上邁下來時，醫生猶豫著對她說，我閨女跟妳同歲呢！女孩子家嘛，該懂得護著自己，免得遭殃受罪，將來落下病根，父母也跟著丟人現眼。很顯然，他輕易就明白了剛才躺在那裡劈開雙腿、讓他一雙小手在花蕾般脆弱的子宮裡忙活的，無疑是個懷春的高中女生。也許他碰到這樣的事挺多，他的口吻沒有試圖說教的意思。他摘了膠皮手套，將金屬器具扔到白瓷盤裡，點了根香菸悠閒地抽起來。劉若英拼命低著頭，嘴唇被她細密的貝齒咬得滲出血珠。到了走廊裡，她將下巴軟塌塌地頂住櫻桃寬厚的肩膀，乳房憂傷地抖動著。櫻桃隨手摸了摸她白淨細膩的臉頰，不曉得如何安撫她。

不過有件事櫻桃很是好奇。劉若英是如何知道自己懷孕了呢？一些事櫻桃影影綽綽知道些，但不是很清晰，她剛上初二，還沒來得及學《生理衛生》，裁縫呢，對閨女的事素來不聞不問，那些女孩該知曉的事，也從未鄭重地說與她聽。櫻桃騎了自行車，劉若英坐在後面，由於心存疑惑，自行車就騎得東晃西晃，還被路上的石子硌得顛簸不已。劉若英就不幹了，說妳存心害我是嗎？我的肚子疼得要命，妳是真對我好還是假對我好？說完又哭起來。櫻桃不理她的茬，只是小聲著問，妳是怎麼知道自己……自己……有了呢？劉若英哼唧著說，妳腦袋是榆木疙瘩啊，妳是真傻呀還是假傻呀？月經不來了，不就是懷上了嗎？

車子咯噔下就停了。劉若英大聲罵道，妳個死櫻桃！黑皮欺負我，連妳也欺負我！她的聲音飽含著憤怒。她想從自行車上跳下來，又怕崴了腳傷了身，只好從後座上伸手去捶櫻桃後背。櫻桃也不躲閃，也沒繼續騎自行車，慢騰騰地推著劉若英。劉若英這才歡暢些，說這還差不多，妳對我的好我會永遠記得的，我是屬黃鼬的，有仇必報有恩必還，櫻桃妳給我記著這句話。

櫻桃回了家，裁縫恰巧帶著草莓去給客戶送貨了。她插了門閂，把窗簾拉得密不透風，爐鉤子將蜂窩煤捅開，屋子裡就熱氣騰騰起來。她脫了棉襖棉褲棉鞋鑽進被窩，不住地哆嗦著。她記得自己已經三個月沒見紅了。按照劉若英的說法，就是她也「懷」上了。她伸出手指掐算了一下，距離那天晚上發生的事，剛剛也是三個月。如果不出意外，定是那兩個男人中的一個使她有了身孕。她邊尋思邊把肥胖的身體蜷縮成團，一隻腳的腳心磨蹭著另外一隻腳的腳背，只希望自己越縮越小，最後變成懵懂的嬰兒再次鑽進裁縫的子宮。後來她忍不住從抽屜裡取出面鏡子照著腹部，似乎確實比以前大多了，摸上去似乎也多了些許的褶皺。昏睡了片刻她又激靈著聳身而起，穿了衣服和襪子鑽進朱紅色的大衣櫃。這大衣櫃還是礦工跟裁縫結婚時打的，松木的料，漆也好，躺在裡面倒是很舒服，鼻孔裡滿是松木的脂香，只是悶了些。她想如果這是口棺材就好了，自己一輩子躺在裡面，不用見到任何人，哪怕是遠在新疆喀什的羅小軍。這樣死了也好，沒有人會知道自己發生了什麼事，醜陋的祕密和流言蜚語會像水消失在水裡，街坊鄰居只知道櫻桃在大衣櫃裡悶死了，卻全然不曉得她為何悶死在裡面。她甚至想到她死後，裁縫可能會抽身離開縫紉機，扒拉扒拉她的厚眼皮，然後命鞋匠借輛馬車或拖拉機將她送到火葬場，草莓呢，可能會更高興，再也不會有人揪他耳朵，劉若英呢，照樣會和別的男人談戀愛，用不了半月就將她徹底遺忘……櫻桃越想越傷心。後來聽到門響，知曉是裁縫回來了。裁縫大聲喊道：「櫻桃！櫻桃！開門！」

櫻桃從櫃子裡慌亂著跳出，趿拉著鞋小跑著去開門。裁縫就問，妳中邪了？大白天的妳插什麼門？櫻桃不敢去看母親。裁縫進了櫻桃的房間，前前後後觀瞧一番，這才去縫紉機前裁剪布料。櫻桃重新鑽進被窩，將自己蜷縮成條肥碩的蛆蟲。不會草莓溜達過來，非要嚷嚷著和櫻桃一起睡。櫻桃將他拖進被窩，緊緊抱擁到自己懷裡，伸了手去摸他脊梁骨。草莓長得瘦弱，脊梁骨摸上去硬扎扎的，讓櫻桃眼角沁出的淚水終於忍不住流出。弟弟很是聽話，他一項懼怕櫻桃，也沒有哭鬧，安然地枕了櫻桃肉透的胳膊。姐弟倆一直睡到吃晚飯。鞋匠來叫他們，說米飯煮好了。櫻桃這才抱著草莓去廚房。

吃著吃著裁縫說：「櫻桃，妳把筷子伸到妳叔的碗裡了。」

櫻桃慌忙著把手縮回，低了頭默默地吃。裁縫倒是很久沒見櫻桃如此安靜，眼皮也不挑，話也不多，也不挑剔她了，就跟鞋匠拉起家常。她說，鎮上孫德昌的閨女，就是在百貨大樓賣布料的那個，長得像林黛玉的那個，跟百貨大樓的經理有了。說「有」這個字時她停頓了下，繼續神祕地對鞋匠說，那個經理帶著她去醫院流產，正碰到她姐姐去打保胎素，姐倆就碰上了，裁縫打了個飽嗝，不屑似地說，真是丟人啊，孫德昌閨女才十九歲，那個老不正經的都五十八了！半截身子入土的人了！真是孽障。

櫻桃撂下碗筷快速退回屋子。裁縫說妳怎麼只吃這點？櫻桃窩著胸半句話也沒說。裁縫似乎有些得意，說翅膀就是硬了，也得吃飽飯吧？吃不飽可是飛不起來的。櫻桃沒接茬，逕自出了院門。晚上的風不似以前那樣鋒利，夜也不似以前那麼黑，田野裡的垢雪正在日漸融化，牆角裡鑽出了鵝黃色的蒲公英。櫻桃在煤渣路上跑動起來。她小時跑得那麼快，快的連羅小軍都趕不上她，如今不行了，脂肪將她的臀部變得臃腫笨拙，兩條粗短的大腿如非洲象般布滿褶皺。除了去找劉若英討主意，還能做些什麼？

劉若英的臉色紅潤許多，正在床上咂摸著嘴喝雞湯，見了櫻桃很是高興，說還是妳惦記著我，別看妳傻拉吧唧的，卻懂得心疼人呢。櫻桃咧嘴笑了笑，話到嘴邊又硬生生嚥將下，只機械地擺弄著髮梢，聽劉若英罵黑皮的種種不是，罵著罵著她「噌」地下躥了起來，用力拍了拍桌子，將本岑凱倫的小說震到地上。她父親推門進來問是怎麼了？劉若英說，麻煩你進屋之前敲敲門好嗎？虧你還是個知識分子！她父親訕笑著退出去。櫻桃仍是木頭般坐了，將沙發靠墊抱懷裡撫摸著，眼睛盯看著沙發下的波斯毛毯。劉若英罵累了，也就不說話了。屋子裡突然安靜下來，只聽得兩人勻稱的呼吸、鬧鐘滴答走動的聲響和窗外傳來的貓頭鷹淒厲的叫聲。

又過些時日，飯是更難下嚥了，常常是課間操的時候，一個人偷跑到廁所，將早晨喝的大米粥吐得乾乾淨淨，也怕聞到那油煙味，以前是喜歡的，有事沒事站在鞋匠身後看他掂大勺。尿也勤了，剛如完廁又隱約著來了。如此折騰了近個把月，肚子似乎也微微隆起了，好歹是冬天穿得厚實，旁人倒也觀瞧不出什麼門道。櫻桃幾次找到劉若英，想將事情原委告訴她，可每次俱是縮手縮尾地潰逃回來。便知道當初劉若英去做流產是需要多大的定力。課也上不好了，尤其是體育課，考仰臥起坐竟然沒有及格，讓櫻桃的臉上很是掛不住。這樣的日子又維繫了段時間，有一日她把劉若英叫到自己家中，大聲對她說，讓她陪自己去醫院墮胎。

劉若英驚愕的樣子櫻桃多年後仍會記得。劉若英的下巴瞬息間竟然脫臼了。櫻桃只好先陪她去了附近的小門診，讓醫生幫她把下巴接好。接好了下巴的劉若英眼睛還是大得驚人，她緊握著一隻手，將它擱放在喉嚨上，她這麼做似乎是想優雅地扶好下巴，免得它再次掉下來。後來她好歹安定些，神情吊詭地問櫻桃，跟誰有的？

櫻桃閉口不談是誰的孩子。她只關心到醫院打胎到底需要多少錢。劉若英告訴她，錢倒是不多，幾百塊。櫻桃說能不能先借我？劉若英沉吟會兒說，我上次用的錢，還是先前在酒吧裡打工時攢的。現在往哪裡去找那麼多錢呢？往哪裡找那麼多錢呢？她神情恍惚地嘮叨著，一副六神無主的樣子，彷彿不是櫻桃懷孕，而是她再次懷了別人的孩子。及至後來，她彷彿將錢的事情淡忘了，倒一味詢問起是誰做的孽，聲音也漸漸暖和起來，問櫻桃有沒有愛過那人？那人對櫻桃又如何如何？櫻桃就扶了大衣櫃不停地嘔吐，想起那一日的兩個男人。她沒看清他們的嘴臉，她只記得濃烈的白酒氣味和他們粗糙的大手，以及下身傳來的讓她撕心裂肺的疼。劉若英上街幫她買了些橘子，安慰她說，她已經有辦法了，雖然不是最妥當的辦法，但終歸是辦法，總比這樣拖延下去好，如果再這樣不慌不忙拖著，沒準哪天櫻桃就會把孩子生在課堂上，到時候連個剪臍帶的護士都沒有，丟人的不光是她櫻桃，還有她母親和學校。櫻桃就急急地問是什麼辦法？劉若英豎起食指放在唇邊「噓」了聲，眼睛裡漾出燦爛的笑意。櫻桃的心裡就安穩多了。

櫻桃被裁縫用皮帶抽打是幾天後的事。劉若英所說的不妥當的辦法，原來就是將這件事情告訴了裁縫，讓裁縫帶櫻桃去醫院婦產科做手術。裁縫那天等櫻桃放學回來，二話沒說先就將櫻桃撲倒在床，一把扯下櫻桃的褲子，將她的羽絨服撩上去，一雙乾枯的手掌在她腹部摸來摸去，摸著摸著裁縫險些昏厥了。她離了櫻桃，穩穩地坐到縫紉機前，機械地踩踏了幾下腳踏板，不成想全踏了空。後來她直勾勾地盯著縫紉機的皮輪，皮輪有些乾澀，她皺了皺眉頭，從抽屜裡划拉出半瓶潤滑油，小心著在皮輪上抹來抹去，抹完了隨手將潤滑油扔了，這才恍惚著說，櫻桃，幫媽把櫃子裡那條皮帶拿來。

櫻桃「嗯」了聲垂頭就去拿。這皮帶是礦工的，據說是哪個狐朋狗友送的名牌，礦工失蹤後一直在櫃子裡鎖著，那天被鞋匠看到了想自己用，卻被裁縫討要回來。櫻桃怯怯地將皮帶遞給母親，裁縫穩穩地接了，命櫻桃自己掀著衣襟，露出白皙、脂肪叢生的小腹，一皮帶就抽將下去。櫻桃一哆嗦，也沒吭聲。裁縫就一下一下地抽起來，櫻桃開始還小聲哼唧兩聲，後來連聲氣都沒了。裁縫還不罷手，將櫻桃的身體翻將過去，繼續抽她脊梁骨，抽著抽著櫻桃醒過來，輕輕地喚了聲「媽」，裁縫嘴唇哆嗦了下，彷彿方才明白自己在做什麼。她扔了皮帶，目光在櫻桃脊背上掃來掃去，後來伸了手去觸，剛碰到櫻桃的皮膚，櫻桃就斷斷續續地呻吟起來。裁縫一把將櫻桃攬進自己懷裡，嚎啕大哭。哭了沒兩聲就歇了，怕左鄰右舍聽到。櫻桃長大後還是第一才這樣被母親抱著，儘管皮肉和筋肉都散了架，卻仍察覺到母親乾癟的乳房頂住了自己的乳房，母親的心臟貼住了自己的心臟，母親呼出的氣息吸進了自己的肺裡。

後來，裁縫問：「誰的？」

櫻桃半點說話的力氣也沒有了，身子是軟的，舌頭是硬的。

裁縫問：「誰的?!」

櫻桃就哭了。

裁縫繼續問道：「誰的?!」

櫻桃良久才哭著說：「我也不知道……」

裁縫問：「是不是他?」

櫻桃嘴唇翕動著：「他……?」

裁縫冷冷地說：「我就知道是他。」

櫻桃想知道母親口中的「他」說的是誰。可裁縫沒說。

裁縫嘆了口氣：「我早就看出來了……我早就看出來了。」

櫻桃這才一驚，雖則神智模糊，卻也隱約猜出母親口中的「他」是誰，沙啞著嗓子說：

「不是他！不是！」

裁縫冷笑一聲：「到現在你還護著他。你到底跟誰一條心?虧我生養了妳！」

櫻桃被裁縫強行攮進被窩，聽到門響了聲就昏迷過去。也不知道過了多久漸漸甦醒過來，只覺背部如被針氈刺了個遍，腹部亦是火辣辣地跳個不休，便想，魚被人放到滾燙的油鍋裡時，是不是也這樣的疼法?平躺著也疼俯臥著也疼，只得側身臥了，盼母親回來快給她上些雲南白藥。想著想著又昏睡了過去，似乎只有在睡夢中，屈辱和憂傷才會全然沒了蹤影，所有的事才會踏實如意，便對自己說莫醒來，莫醒來……等一隻小手來回摸自己的臉，才將眼睜開，知道是草莓和夥伴捉迷藏回來。草莓問，媽去哪兒了？媽去哪兒了？我快餓死了！我要吃肉！櫻桃嗚咽兩聲，一個字也吐不出。弟弟就說，姐姐，抱著我睡覺，抱著我睡覺。櫻桃哪裡有心思去抱他，只好任他脫了鞋子躺進來，將窄小的頭顱偎依著她的乳房，安靜地閉了眼又睜開，說，姐姐，姐姐，我長大後要娶妳做老婆，我喜歡妳呢。櫻桃哽咽著說，好……好。將他摟得更緊，怕是一鬆手，自己這口氣就要緩不上來。

傍晚時分，裁縫和鞋匠雙雙回到家。鞋匠似乎很是開心。原來下午裁縫沒做衣裳，而是去街上幫他看攤子。裁縫不光幫鞋匠看了鞋攤，還去肉鋪買了三斤五花肉、半斤草驢肉，又去農貿市場買了四兩東方蝦和一瓶高粱酒，簡直比過年還要豐盛。鞋匠將肉切了便要入鍋，裁縫柔聲說，你累了半天，該歇歇了，讓我來吧。鞋匠有些受寵若驚，搓著手站在那裡不知是繼續幫忙呢，還是哄了草莓去玩。裁縫就嗔怪道，你有啥不放心的？我燉的五花肉肯定比你燉的香。鞋匠「嘿嘿」笑著，臉上的麻子聚在一起，反倒顯得臉光滑許多。雖說是裁縫下廚，鞋匠也不敢走開，在她身後躡手躡腳站了，又是切蔥薑蒜又是遞醬油瓶子，見裁縫忘了放桂圓又偷著往鍋裡投了幾粒，怕裁縫見了生氣，動作倒極為乾爽俐落。等忙活得差不多也有八點鐘了。鞋匠將裁縫腰上的圍裙解下，這才快活地問，咦？怎麼不見櫻桃？

裁縫說：「櫻桃這孩子，又發燒了。躺著呢。」

鞋匠問：「要不要請醫生？」

裁縫冷哼一聲：「不用。被子一蒙，薑湯一喝，比什麼靈丹妙藥都管事。」

鞋匠訕笑著點點頭，將餐桌放好，又問裁縫：「櫻桃起來吃，還是在床上吃？」

裁縫朝他笑了。鞋匠跟裁縫結婚半年多來極少見她笑過，即便笑時也轉瞬即逝，仿若夏天偶從弄堂裡吹過的涼風。不過裁縫笑起來倒比平日耐看些，鞋匠就多看了兩眼。裁縫也不惱，叼了髮卡攏攏碎髮說：「櫻桃估計不想吃膩的，我們吃我們的吧。」

鞋匠又掂量著問：「要不要給她熬點稀粥？廚房裡還有些綠豆和冰糖。」

裁縫將五花肉盛進花瓷大碗，緩緩地轉過身來凝望著鞋匠，即便是凝望著丈夫，她的瞳孔還是不自覺地偏離開去，對準了牆上褪了顏色的楊柳青年畫。後來，裁縫斜著眼捋了捋鞋匠的衣領，鞋匠前胸有塊油漬，她又用食指蘸了吐沫洇濕，指甲上下左右摳了摳，這才喃喃著說：「總是這麼心細呢，你。」

鞋匠對妻子溫存的舉止倒有些不適，將她的手掌輕輕移開，「嗯」了聲，又試探著問：「要不要去問聲？沒準她現在燒退了，吃點油膩的，倒能開開胃。」

裁縫轉過身端起五花肉，說：「也好。隨你的便吧。你是她繼父，不要屁大點的事也要問我。你不一向是個有大主意的人麼？嗯？」

鞋匠就進了櫻桃的屋子。櫻桃恍惚中聽到腳步聲，知道是他，沒等他開口就說：「不吃。」夤夜，鵂鶹數聲，寒燈吹熄，櫻桃只望得見梁上無涯的黑。她本想將詳情原原本本告知母親，可一念到那兩個男人，心裡委實噁心，彷彿言辭沾了這兩人，對她亦是另一次糟蹋。母親又會如何看她？母親無疑會將眼神斜釘在她身後的簸箕上，將她的身坯和星點可憐的自尊壓成齏粉，她就跟鞋匠一樣，在母親眼前再也直不起腰身了。等裁縫摸黑推門進來，她慌忙著閉緊雙眼。母親偎了她的身子，半晌沒得聲息。旋爾裁縫撤身離開，寒風自門縫颼進，吹得額頭冰涼，難免沉沉睡去。孰料不久，母親又推門進來，仍是貼她坐了，影子般沉默。櫻桃能感覺到母親寒氣沼沼的身體不住打著寒噤，渾身散發出染料、豬油和縫紉機油的氣味。櫻桃想去拉母親的手，怎奈連臂膀也抬不起。裁縫就這樣在黑夜裡坐著，燈也不打，呼吸聲也聽不得一息，彷彿坐在櫻桃身旁的只是個沉默寡言的魂靈。有那麼片刻，櫻桃以為母親已經離開了，不禁睜開眼掃射四周，黑暗中卻看到兩束綠色的光芒安靜地籠罩著自己，不禁打了個哆嗦。裁縫這才起身關門離開，關門時門閂似乎碰到了爐鉤子，裁縫及時扶住，金屬鈍響在暗夜裡未來得及蕩開，倏地就斷了。

8

翌日清晨，迷迷糊糊中櫻桃又聽到鞋匠刷牙的動靜，心裡莫名地安定下來。他心情很好，嘴裡吹著口哨，把自來水放得嘩嘩大響，想必是昨晚的五花肉很對他胃口。及至寒日東升，草莓端了碗綠豆粥進來，一勺一勺餵給櫻桃吃。櫻桃盯著弟弟的小髒手，眼淚就收不住了。草莓雖小，卻有得耐性，等碗裡的粥餵完，又奶聲奶氣問櫻桃，姐姐，要不要再來一碗？爸爸煮的，好吃不？櫻桃攥了他老鴰般的黑爪，想了想說，不吃了，你把媽給我招呼進來。

裁縫進來時嘴裡正嚼著乳豆腐，滿嘴猩紅，雙眼腫脹。她先坐到縫紉機前縫了頂帽子，然後她側轉身子，手指不停揪著帽簷上的破絨線，生硬地問道，妳……有什麼事？

櫻桃這才支支吾吾地將那晚發生的事，一五一十告訴母親。在述說的過程中她並不敢看裁縫。裁縫也只安然地聽著，並不插話。櫻桃一口氣講完如釋重負，身子也沒了力氣，懨懨地躺平。裁縫一點點逼仄過來，想去拉櫻桃的手，櫻桃激靈下躲開，起身扶著床沿將吃進的綠豆粥吐得滿地皆是，邊吐邊思忖，母親會說些什麼呢？知曉了真相，她該不會懷疑繼父了吧？想到母親竟然會猜到鞋匠頭上，櫻桃的眼裡就浸了淚水。裁縫的手硬生生地撤將回去，什麼都沒說，起身給櫻桃倒了杯熱水，半天才緩過勁來似地說了句：「妳……別怕，有我呢。」她沒說「媽」，而說的是「我」，櫻桃這才感到絲暖意，卻也只是料峭的春風裡，零星的幾點野火罷了。

快到晌午時好歹筋骨舒展些，皮肉不那麼痛癢，櫻桃慢慢地穿著衣服，耳朵裡是母親隔三差五踩縫紉機的動響。後來，她看到母親急匆匆走出廂房，將一件物事扔進垃圾桶。扔完後她又急匆匆進了廂房，站在縫紉機前按捺住胸脯不停地喘息。本來櫻桃也沒如何留意，可裁縫驚慌的神情讓她心裡生出絲不安。她趿拉著鞋佯裝去倒垃圾，然後，她從滿桶的煤灰、鵝毛、白菜梆子、生肉皮裡撿出個塑料瓶。塑料瓶是白色的，嶄新的商標是用老鼠屍骨歪歪斜斜拼湊的黑字，「毒鼠強」。這段日子家裡的老鼠並不擾人，鞋匠手巧，用廢銅爛鐵和彈簧自製了老鼠夾子，夾子上放了塊碎乳酪，竟打到了十五隻肥碩的家鼠。母親買「毒鼠強」做什麼？聽說國家已經禁止生產這種烈性毒藥，想來母親買上這麼一瓶也非易事，幹嘛又要鬼鬼祟祟扔掉？櫻桃盯著商標上老鼠乾癟的屍骨，寒氣便迫上心肺。

中午，劉若英來看櫻桃了。她似乎還在為她的主意暗自得意，一個勁地問櫻桃她母親是怎樣的態度？何時動身去醫院？還好，她不再一根筋地追問這胎兒的由來，想必在她看來，能跟櫻桃好上的，絕非什麼玉樹臨風的白馬王子，早沒了探究的興致。另外她還提供了條珍貴的信息，她說，剛才放學回家路上，她從電線杆上看到條廣告，上面寫著：「不痛不癢，一針墮胎——廣大粗心女人永久的福音」。只不過價錢並不便宜，兩百多塊，可藥水真是管用的話，當初她倒寧願挨上這麼一針，也不願看到那個男醫生有條不紊地戴橡皮手套。她又神祕兮兮地告訴櫻桃，黑皮又回家了。聽說這頭沒良心的騷驢在部隊體檢時，被查出有肝炎，要在家裡待上段時間。櫻桃覺得劉若英完全沒有必要再打聽黑皮的任何消息。這個男人不值得她拿正眼去看，可劉若英似乎並不這般想，她拉著櫻桃的手，用近乎甜蜜的聲音問道，櫻桃，妳說我要不要買上筒荔枝罐頭，去看看他呢？他獨自在家……肯定很無聊呢，妳不知道，他這個人，最好熱鬧了。櫻桃將臉頰面向牆壁，不再搭理她。

裁縫這天也沒再理櫻桃的茬，不過伙食倒硬了不少，燉的小肘子肉。櫻桃其實企盼母親儘快出個准主意，趕快去醫院把孩子拿掉。裁縫呢，似乎並沒著急，想來她在盤算最好的法子。任何一件壞事發生，總會有個最好的辦法來應對，裁縫素來相信這道理。不過，她最好的辦法還沒有想出，家裡卻來了位陌生的客人。

這客人是鞋匠帶回家的。他白淨柔弱，圍著條暗紅方格子圍巾，身上是件瘦瘦的掐腰黑風衣，已然褪了顏色，襯得他像顆上了鏽的黑色鉚釘。他頭上頂著細雪，踏著碎步尾隨鞋匠進了庭院。裁縫正杵著縫紉機托著雙腮走神，便聽得有個男人細聲細氣地喊：「嫂子！嫂子！」

裁縫、櫻桃和草莓都從屋子裡跑出來。他們家從沒有來過親戚。尤其是草莓，拽了裁縫的後衣襟，探頭探腦地朝朝男人擠眉弄眼，被裁縫扒拉過去。她遲疑著問道：「你是？……」

男人尚未答話，鞋匠就急忙說：「我正在修鞋，賣肉的王德勝把兄弟帶到我那兒，說是妳親戚……」沒待鞋匠解釋完畢，男人突然伸出手握住了裁縫的手，裁縫想把手抽回，她沒有和男人握手的習慣，不料男人熱忱的雙臂緊緊焊住了她的雙臂，裁縫倒絲毫動彈不得。她看見他朝自己咧嘴笑了笑，露出兩顆金燦燦的門牙，他似乎察覺到她窺到了他與眾不同的門牙，有些羞怯地笑了笑。他笑的時候左眉未動，右眉梢則在瞬息間挑了兩挑。她盯著他的黃金牙齒機械地啟合，碎雪花不時撲進他幽深的口腔。她只得再次問道：「你……是？……」

「我是妳弟弟啊！」男人有些幽怨似地說，「我哥難道從來沒和妳……提起過我？」見裁縫仍愣愣地掃視著自己，他只得說道：「我哥就是岑國慶啊！我是岑國慶他弟弟，我叫岑衛星。」

裁縫這才明白過來，原來客人是煤礦工人的親弟弟，據說在南方的動物園裡飼養大象，前夫失蹤時倒給他拍過封電報，詢問他哥是否去了南方。不過他也沒回信。裁縫「哦」了聲，目光散淡地問：「你哥哥跑了，你來這裡幹什麼？」

鞋匠似乎覺得裁縫這樣對待一位千里迢迢趕來的客人有些生冷，忙拉著大象管理員進了正房。裁縫則在庭院裡站了幾秒，後來她望著櫻桃問：「他來這裡幹什麼？嗯？」櫻桃也搖搖頭。對於礦工，櫻桃已然將他忘卻。唯一記得的，是他給她買過好多交通地圖，有南京的，有蘇州的，還有巴勒斯坦的。更小的時候，他給她買過切糕和麻糖。短短幾年，櫻桃記不起他長什麼樣子了，不過有一點倒能肯定，他和他這個在動物園工作的弟弟全然不像。

一家人都圍看著這個外省來的人。他那麼瘦，定是營養不良，是不是他把食物都餵給了他心愛的大象？他也不是很健談，坐在炕沿上低頭修理著自己的指甲。他小拇指的指甲兩寸盈餘，晶瑩剔透。鞋匠瞄了裁縫一眼，商量著問男人，你晚上別走了，天這麼冷，我們喝兩盅？說完又去看裁縫，裁縫恍惚著回他一眼，並沒吭聲。大象管理員這才朝小拇指吹了吹，將指甲刀小心翼翼地放進錢包，盯看著鞋匠說，好吧，好吧，不過我來得非常匆忙，並沒有給孩子們帶禮物，真是不好意思。鞋匠炒了個雞仔，拌了塊豆腐，熱了熱前日剩的草驢肉，倒了盅散白酒，兩個男人默默喝起來。幾杯酒下肚，大象管理員這才暖和過來，他說，還是家裡好啊，自從唐山大地震後，他已十六年沒回過老家，這麼些年來，他一直待在南方那個瘋狂的城市，飼養著大象和烏龜。他使用了「瘋狂」這個辭彙似乎還不過癮，接著他詳細描述起那個貌似文明其實野蠻的城市。他說，這座城市裡居住著大批沒有進化好的土著居民，面目可憎，身材畸小，空氣裡滿是人肉的臭味；火車站、地鐵、商場裡全是盜賊，專門偷窮人，不光偷錢，還偷身分證、暫住證；大街上、天橋上、地下通道裡全是飛車黨，動不動就將行人耳朵割下、手指剁下，為的只是耳朵上的金耳環和手指上的金戒指。述說這些情境時，他不停聳著肩，右眉梢跳得更加厲害，不禁讓草莓嚇得鑽進裁縫懷裡。鞋匠只「嗯啊」點著頭，為了讓客人顯得更有尊嚴，他挑了幾個有關動物的問題問他，比如，鞋匠有些謙卑地問道，大象……是不是……分為非洲象和……和……和亞洲象兩種？

「你怎麼能這麼說呢！」大象管理員尖著嗓門嚷道：「你們這些農民，看問題總是這麼膚淺！」他有些賭氣似地將酒杯重重摔到酒桌上，有些詫異似地盯著鞋匠。鞋匠只得「嘿嘿」乾笑幾聲，大象管理員這才緩緩說道：「首先我要說，僅僅根據外貌和大小來判斷一個物種是不是由幾個物種構成，是很冒失的！是極端不科學的！比如文糙龜，紅耳亞種最大的雌性可以達到三十五釐米，而維納斯亞種最大的雌性只有二十多釐米，泰氏亞種、黃耳亞種最大雌性在牠們之間，四個亞種的花紋、花色構成在你們這些人看來，都會認為是不同的龜，而和牠們沒有關係的甜甜圈龜、彩龜，卻擁有和牠們相似的花紋花色。」他饒有興致地摸了摸草莓的後腦勺，又摸了摸櫻桃粗糙的臉，「另外某些動物幼年和成年差異相當大，例如稜背龜，從幼年生長到成年，食性會由肉食完全轉換為徹底的素食。」

他並沒有說大象，而是說了這麼多聽起來如此神奇的烏龜。一家人都焦急地等他繼續說下去。而他卻不說了。他好像累了，身體躺靠在炕縟上說：「我哥到底去哪裡了？」他沒有望著裁縫說，而是望著鞋匠說。鞋匠搖搖頭，他這才將目光投向裁縫。裁縫「哼」了聲：「我倒是想問你呢。你哥跑哪兒去了？扔下我們娘仨，不聲不響就沒了！沒了！」

她近乎憤怒地起身去了廂房。鞋匠這才鄭重地對大象管理員說，天很晚了，他最好先去汽車站附近找家旅館，免得待會雪大了，路泥濘不堪，黑燈瞎火地不要有什麼閃失。大象管理員點了點頭，細聲細氣地問櫻桃，請您給我拿幾張餐巾紙，好嗎？

櫻桃對這個大象管理員沒什麼好感。他身上有種動物的氣息。這和他當不當動物飼養員沒關係，她相信他即便去摩托車商行賣摩托車，去種子站賣玉米種子，去稅務局收稅，他身上照樣是股子動物的氣息。對這位貿然來拜訪的客人，櫻桃也不甚關心。她關心的是母親。整整一天了，母親再也沒提過她懷孕的事，彷佛櫻桃根本沒和她提過這檔子事。而櫻桃是多麼急切地想知道母親的算盤是怎樣打的，她有沒有將這事告訴繼父？繼父如果知道了，會拿怎樣的目光看她呢？他還會在漆黑的夜晚，提著碩大的電工手電筒去接她嗎？櫻桃在屋裡走來走去，耳畔是「歌德歌德」的躁響。後來，她端坐到書桌前，打算給羅小軍同學寫信。她很久沒給他寫信了，那種素粉花朵的信紙也用完了。櫻桃將做數學題的本子撕下一頁。她寫道：羅小軍你好，請原諒我這麼長時間沒跟你聯繫，我遇到了些麻煩事……寫「麻煩事」這幾個字時，櫻桃眼前又浮現出母親那張沒有任何表情的臉，像張薩滿面具嵌在黑夜上空。她接著寫道：我媽的親戚來了，不過我媽並不喜歡他。這個親戚也讓人討厭，長著條會跳舞的眉毛和兩顆黃金板牙，說話尖聲尖氣，渾身散發著大象和藥水的氣味……你那邊冷不冷？桃源鎮還在下最後一場雪，不過快立春了，估計雪化了，大雁就該飛來了，我的麻煩事也會解決掉，你也不用擔心了。

9

然而這幾天母親仍然沒有提墮胎的話題，何止是沒提，簡直和以前待櫻桃沒什麼區別，照例做她的活。春天快到了，好些人家託裁縫縫製一種愛爾蘭帽子，據說寬大的帽簷對付春天的沙塵暴綽綽有餘。櫻桃又急又氣，急得是再拖延下去，出醜就是板上釘釘子的事，氣得是母親為什麼這樣麻木不仁？她是否想憑這件事拿捏自己？

倒是鞋匠對她突地親近起來，也不再顧忌裁縫。那天中午他很早回來，在廚房忙活半天，端了盆黑糊糊的湯出來，湯上飄著幾塊枯木皮般的東西。他叮囑櫻桃趕快趁熱喝掉。櫻桃問這是什麼湯？鞋匠的臉就紅了，只說妳喝就是了，對妳身體有好處的。說到「身體」這兩個字時他加重了語氣，眼神卻並不看櫻桃，而是盯著碗裡的幾根香菜。櫻桃「咕咚咕咚」地喝了。鞋匠的廚藝沒的說，湯滋味鮮美，櫻桃全喝下了，最後她用筷子將那幾片貝殼樣的東西挑出來，扒拉過來扒拉過去，委實猜不出是什麼。第二天中午，鞋匠又炒了海馬韭菜，偷偷端到櫻桃房問。櫻桃看著鞋匠，鞋匠將目光投向窗外，叮囑櫻桃說，櫻桃……妳什麼都不要說，也什麼都不要問……叔給妳煮的東西，妳儘管放心吃好了……

這樣，鞋匠每天都弄些奇怪的食物來讓櫻桃品嚐，有辣椒炒丁香，茴香拌洋蔥，生薑沫泡芥末油，還有生蘿蔔蘸醬，落葵炒菊花腦，肉桂煮羊湯。他甚至不曉得從哪裡弄了些檳榔，讓櫻桃有空就吃幾粒。櫻桃將檳榔放進嘴裡嚼著，一股煙絲嗆人的味道，舌頭麻麻幽幽。櫻桃就曉得，他大概是知道了自己的事，給她吃的東西，怕也全是對墮胎有益。果不其然，那天櫻桃去正房裡翻找毛衣，便在櫃子裡發現了本薄薄的舊書，叫《孕婦食譜》，好多處用鉛筆重重畫了波浪線。譬如孕婦忌吃食物裡就有「海馬」一則，寫道：「《本草新編》曰：海馬入腎經命門，更善墮胎，故能催生。《本草綱目》亦云：海馬，難產多用之。《食物中藥與便方》中介紹：婦女子宮陣縮無力而難產：海馬一個，煮水，沖入黃酒半杯溫服。故凡在懷孕早中期，切勿食之。」每一頁多少都用鉛筆畫了橫線，甚至連介紹如何保胎的相關條款亦是如此。

看來她的事，家裡除了草莓，是都清楚的了。鞋匠之所以能知道，只能是母親相告。可是母親為何遲遲按兵不動？那天鞋匠又炒了馬齒莧給櫻桃，櫻桃低著頭悶悶地吃。鞋匠並沒立刻離開，而是垂頭看著櫻桃。櫻桃見他站那裡不發一言，就仰了頭看他。她看到他眼裡沁著淚水就要奪眶而出。見櫻桃瞅他，連忙用手指掐住眼角，笑著說，春天該來了吧？風沙恁地大呢！

櫻桃說是啊，我頂不喜歡春天，昏天黑地，桃源除了沙子還是沙子。鞋匠說，話也不能這麼說啊，春天還是好的，草長鶯飛，萬物復甦……他頓了一頓，說，櫻桃，其實妳媽比我還……操心這事，只是她不說而已……妳也知道她的脾性……她是妳親媽呢……妳現在的樣子，吃藥其實已經不管事了……她在給妳聯繫一家好點的醫院，又不能在本縣……那些醫生都認得她，她們的旗袍，妳也知道，不都是妳媽給她們做的？

母親當真關心自己？如若真把閨女當回事，為何連句安慰的話都不肯說？是面子重要還是閨女的身體重要？櫻桃賭氣似地撕扯著自己的衣襟，將馬齒莧的菜湯都嘛乾淨。鞋匠磨磨蹭蹭拾掇著碗筷，像是還要說些什麼。後來，他只是拍了拍櫻桃的肩膀。

學還是要上的，劉若英還是難免會碰到的。劉若英的裝扮奇特而詭異，她套了頂灰色貝雷帽，戴副白口罩，脖子上纏了條厚實的花圍巾，單只將一雙驚恐的眼睛露在空氣裡。她偷偷把櫻桃拉到車棚，很嚴肅地告訴她，這幾天，有個南方口音的男人經常跟蹤她，跟蹤了幾天後就不跟蹤了，而是直接跟她談了話。這個男人穿著件黑風衣，戴著副墨鏡，跟電視裡的偵探沒什麼兩樣。他知道她的名字，知道她跟櫻桃要好，他甚至知道她墮胎的事。這個幽靈向她詢問了很多關於櫻桃家的事，比如她最後一次見到煤礦工人是什麼時候？煤礦工人失蹤多久開始有媒婆給裁縫做媒？鞋匠第一次去裁縫家又是何時何日？裁縫跟鞋匠在煤礦工人失蹤之前是否就有往來？總之這個娘娘腔的男人比女人還煩，問的問題她根本無從回答。不過她還是認真回答了，因為這個男人警告她，如果她不如實坦白相告，他不但會把她去醫院的事寫信告訴她父親，還要寫成成篇累牘的大字報，貼滿桃園縣每條主街道的電線杆。

劉若英說完急匆匆地走了，走時還東張西望一番，大抵怕那男人在暗處盯梢。櫻桃覺得好生奇怪，這人無疑是大象管理員，他跟劉若英問這些事，到底要做什麼？狐疑著回到家，卻看到大象管理員正蹲在門口，拿著卷皮尺悠閒地丈量著土地。他見了櫻桃咧嘴笑笑，不慌不忙掏出筆記本記錄著，後來他收了皮尺和本子，一本正經地對櫻桃說：「妳，喜歡岑國慶嗎？」

櫻桃沒理會他，逕自推了自行車入門。見了裁縫，把這男人的古怪行徑說了一遍，裁縫的額頭就沁出汗珠。她咬掉了愛爾蘭大簷帽的一根線頭後，吩咐櫻桃千萬不要搭理這人。他無論問什麼話都不要理會，就當他是個不存在的人好了。櫻桃連連點頭，轉身去盛米飯，聽到裁縫在身後嘀咕，哎，屋漏偏逢漣漣雨。

長這麼大櫻桃還沒遇到過這麼讓人頭疼的人。晚上在家門口她又見到那男人。他竟然正抱著草莓聊天。草莓被他緊緊箍在懷裡，還要不時被他從臉頰上親吻幾口。草莓倒也安生，嘴裡嚼著塊旺旺雪餅，見了櫻桃就大喊，姐！姐！大象叔叔買的餅乾，妳吃不吃？

大象管理員見了櫻桃，很禮貌地點點頭，示意櫻桃一併來坐。櫻桃就坐了。她倒想看看他到底要什麼把戲。男人對櫻桃坐到他身邊沒有覺得意外，好像事情就應該是這個樣子。他在給草莓講大象的故事。他溫聲款語地說，我的侄子啊，我的寶貝啊，我們家唯一的骨肉啊，你知道嗎？大象的腳趾數目往往不是絕對的，而是存在著變異。為什麼呢？腳趾數目的減少，可能會讓腳部有更多的空間來生長肉墊，而寬大的腳墊，可以應對森林鬆軟的地面。這和「生活在乾燥平原地區的馬蹄子窄小，生活在潮濕林地的馬蹄子寬大」應該是一樣的……他聲音溫淨、安詳，似乎在這寒冷的戶外也有種催眠作用，櫻桃竟覺得困頓起來。她聽他在她耳邊一個字一個字地說，有些事，遠遠不是你看到的那樣，你想像到的那樣，而是隱藏著巨大的祕密……這時鞋匠收攤回家了，見櫻桃和草莓坐在大象管理員身邊很是詫異。他熱情地朝管理員打著招呼，喂！你還沒走嗎？你難道不著急回去上班嗎？

大象管理員的右眉歡快地蹦跳著，他告訴鞋匠，前幾年他在訓練大象表演時，被頭發情期的大象踩斷了肋骨，在醫院裡整整躺了兩年。兩年的時光啊，也只是樹綠了兩次，杜鵑叫了兩回。他今年辦了退休手續，再也不用和大象和烏龜打交道了。他這次回家的目的，就是想找到他哥哥，跟他哥終老一生。可是他哥卻失蹤了。說著說著，他眉毛也不跳了，陰森地盯著鞋匠。半晌才說，我知道我哥沒失蹤。他怎麼會失蹤呢？他那麼熱愛女人！如果他沒失蹤，那麼，他到底去哪裡了呢？大象管理員突然站立起來，他懷裡抱著草莓，卻仍能看到他的胸腹在劇烈地起伏。他朝鞋匠用普通話大聲嚷道，他死了！我知道他肯定死了！他從小膽小怕事，連壁虎和蝮蛇都不敢摸，他肯定不會自殺！他是被別人殺死的！實話告訴你，我已經查出凶手是誰了！……說到「凶手」這兩個字時，鞋匠和他的孩子們都驚恐地注視著大象管理員。然而大象管理員卻不再說話。說了這麼多，他肯定累了。他小時肯定是個嬌生慣養的孩子。

鞋匠把草莓從他懷裡抱過負在肩上，又拉了櫻桃的手急急進了家門，將鐵門的門閂緊緊插死。他對孩子們說，不要再單獨和這個動物園的人打交道，哪怕他給他們吃最好的零食，給他們玩最好玩的玩具。晚上吃飯時，櫻桃留意到母親不斷逡巡著繼父，每每要說什麼卻欲言又止。鞋匠呢，倒是從沒有過的從容。他沒去看裁縫，而是豎起耳朵聽著門外的動靜。門外其實也沒什麼特別的動靜，只是往日裡野貓叫春的聲音和布穀鳥哀怨的鳴聲。

因了大象管理員的存在，一家人很快就吃完了飯，草莓也異常聽話，並沒有哭鬧。裁縫匆匆刷了碗筷，催促櫻桃快去廂房睡覺，而她自己也沒有如平時那樣，將縫紉機的踏板一直踩踏到深夜。母親也有怕的時候，她也畢竟是個女人，是個沒有什麼氣力和主見的女人，她的彪悍厲害之處，只是用在兒女和丈夫身上。這麼想時，櫻桃內心滋生出恣肆的快慰。她大聲地說著話，叫草莓先別睡覺，而是跟她玩一種「拖拉機」的紙牌遊戲；她又將走廊的燈打開，說是車鏈子沒油了，要澆些縫紉機油。等澆完縫紉機油，她說頭癢得厲害，頭屑比雪花還多，要開煤氣灶燒水洗頭。裁縫沒有叱責她，裁縫甚至沒有正眼瞅她，而是早早溫了被褥鑽進去，有一搭沒一搭地看電視。櫻桃覺得無趣，只好關了門寫作業，寫著寫著有人敲門，卻是鞋匠煮了隻螃蟹要她吃掉。櫻桃知道這東西味寒，默默接了。鞋匠輕柔地說，要是沒什麼緊要事，就熄燈睡覺吧，方便時不用出門跑廁所，在院子裡好了。

櫻桃那晚睡得異常安謐，夢也做得踏實。及至半夜，她突然醒來，屋頂上似乎有腳步聲。腳步聲很輕，可她卻彷彿聞到了某種動物的氣味，想到那位大象叔叔，難免有些緊張。她摸黑窸窸窣窣穿好衣服，鞋也來不及穿，躡手躡腳探到窗邊，偷偷拉開一角窗簾，顯些就要呼叫出來。

院子裡漆黑無光，櫻桃卻也能辨出有人正在庭院裡挖東西。那人身影單薄細長，掄著把鐵鎬一點點刨那叢薔薇。薔薇剛入冬時就被櫻桃割掉了，表層埋了爐灰。如今立了春，泥土鬆融，刨起來並不費力。櫻桃就去摸裁縫的剪子，摸了半天卻只摸得一把木尺。她又掀了窗簾，眼睛卻瞬間刺得睜不開了。

原來是鞋匠開門出來，將屋簷下的燈打開了。鞋匠穿戴齊整，腳上穿著新買的軍勾鞋，脖子上圍著灰格子圍巾，手上攥著把切皮子用的砍刀，像尊門神似地站在那裡。砍刀刃無疑很鋒利，在燈光下射出一星兩星的寒光。櫻桃聽到鞋匠冷笑了兩聲，我就知道你會來！

大象管理員把鎬攏在懷裡，櫻桃知道他一定在尖聲尖氣地爭辯著什麼。可窗子緊閉，她根本無從聽辨清晰。她想拿著木尺跑出去，小腿卻動彈不得。她看到繼父也在說話，他說話的速度很快，櫻桃只能看到他的門牙和臼齒在白熾燈泡下泛著和砍刀一樣的寒光。後來大象管理員將鎬扔掉，捶胸頓足，那件黑色的掐腰風衣被他甩到泥土上。櫻桃將窗戶打開一道縫隙，隱約聽大象管理員喊道：「你要是讓我相信你，你就砍下自己一根手指！我保證以後再不來騷擾你們！」他聲音雖歇斯底里卻音符那樣錯落有致，「否則，我夜夜來糾纏你們！我怕什麼！我連精神病醫院的醫生都不怕！我可不是岑國慶！我是岑衛星！我是動物學家岑衛星！」

櫻桃看到鞋匠遲疑了會。櫻桃想繼父千萬不要相信這男人的鬼話。鞋匠呢，手裡拿著砍刀只盯著大象管理員。大象管理員溫和地笑了兩聲，櫻桃能想像到他右眉梢一定在神經質地抖動，「我就知道，這個世界上的正常人，從來都沒有瘋子勇敢。」說完他突然從褲兜裡掏出把刀子。櫻桃只見他身子顫了兩顫，一件東西就掉到地上，「我的手指已經砍了，你敢嗎？」他的聲音並不驚慌，好像他剛才砍下的不是自己的手指，而是別人的。他安慰似地對鞋匠說：「砍吧，砍吧。你要是敢承認我哥沒埋在薔薇底下，就把你的手指砍下來吧。我求求你了，你把你的手指砍下來，好嗎？」

多年之後，櫻桃還記得那晚的情形。她看到父親的砍刀很隨意地就揮舞了一下。就那麼一下，只是一下。伴隨著父親的一聲悶叫，父親的一截手指掉在了水泥地上。後來，那個大象管理員愣了愣，從地上撿起他的手指和黑風衣，二話沒説就去躥院牆。院牆上滿是冰茬，他從上面滑落下來。他扭頭朝鞋匠笑了笑，然後低頭朝手掌上吐了口吐沫。櫻桃看到他臉色慘白，嘴角上沾染著一絲血跡。這樣，第二次他很容易就爬上院牆。他在院牆上坐了片刻，舉起手臂哭喪著對鞋匠説，瞧，我留了十六年的指甲沒了。他在鞋匠家的最後一句話櫻桃聽得異樣清楚，這句話也是他鄭重地説給鞋匠的。他説：「你是個瘋子！」

他很快從屋簷上消失不見。裁縫就是這時從正房裡跑出來的。她瘋著頭髮啼哭著用毛巾裹住鞋匠的手掌，又將鞋匠的手掌緊緊捂在自己豐滿的乳房上，同時大聲招呼著櫻桃，快去推自行車！馱你爸去醫院！

10

那個大象管理員再也沒有出現在桃源鎮，彷彿他這輩子從未踏足過這塊讓他傷懷的土壤。鞋匠的手指當天夜裡就在醫院接好了，只不過落下個病根，每逢陰天下雨疼得要命，還好，這並沒影響他的生意，他修補的皮鞋，仍是桃源鎮最結實的。

過了不到一個禮拜，裁縫終於帶了櫻桃去臨縣的醫院。鞋匠去車站送她們娘倆。在櫻桃踏上汽車的瞬間，鞋匠突然伸出手掌，在她髮質稀疏的頭頂摩挲了一下。他的手掌那麼溫熱，又那麼粗糙，像是塊在火炕上煲熱了的松樹皮。他的小拇指還打著石膏，在從她的臉龐划落時，厚厚的白紗布碰到了櫻桃冰涼的耳朵。櫻桃看了他一眼，他正在朝她笑。他在住院的這段時間裡學會了吸菸，可是他的牙齒還那麼白。只是晨起的時候他不能練習倒立了。

在剛駛出「捷克路」時，櫻桃還看到了劉若英和黑皮。黑皮攬著劉若英的腰，進了一家私人門診，也不曉得他們去那裡作甚。

雖說是臨縣的醫院，其實還隔了百十里路。縱然一馬平川俱是平原，櫻桃感覺卻是要出很遠很遠的門。她們坐的是長途汽車，走的是國道。櫻桃有點暈車，裁縫就央求售票員找個好位子，後來櫻桃挑了臨窗的位子坐了。等安置妥當，櫻桃向窗外看去，她這才倏地下發覺，柳樹枝條全綠了，不時伸進窗戶裡撣著她的臉頰，那幾株向陽的，已嫩嫩地頂了苞芽，隨時都會被春風吹破的樣子。路過大片鹽鹼地時，櫻桃還看到了大叢大叢的蒲公英，她倒從來沒見過這麼多蒲公英一齊怒放，鋸齒葉片在陽光下泛著綠色光芒。一到春天她就會想起羅小軍。她記得他十四五歲的時候常從她房後走過，渾身散發著鐵器上了黃鏽的氣味。有時候他會吹著口哨趕路，口哨聲並不嘹亮，若有若無，彷彿月光下唱歌的蟋蟀，突地就隱藏進浮動的花影裡……裁縫在車上睡著了。她睡得異常香甜。她仍穿著那件軍大衣，掉毛的缝領箍住她的脖頸，偶有光線照在臉上，她就閉著眼用彎曲的手指象徵性地遮擋一下。她那雙比男人還大的腳板即便在車廂裡，也會時不時地踩幾下，彷彿她正坐在縫紉機前，聽「歌德歌德」的皮輪轉動聲響徹她的耳際。

當然櫻桃也不曉得她即將在醫院的遭遇。她決計不會料到她和桃源鎮最優秀的裁縫將遭到全體婦產科醫護士的嘲笑和鄙夷，還好，裁縫和櫻桃根本就不認識她們。她們嘲笑的理由簡單而有趣，那就是櫻桃根本沒有懷孕，只是腹腔長了個良性腫瘤，這腫瘤壓迫著子宮裡的神經，導致她幾個月沒有見紅，而這個面色菜黃、雙眼混濁的婦人竟帶著十七歲的女兒來做引產手術，除了讓醫生嘲笑，還能有什麼？當然，櫻桃在前往臨縣醫院的路途中，並沒有心思，或者說並沒有能力去猜度以後的事，她唯一能做的，只是穩穩地坐在車廂的座位上，偶爾拉開窗戶，將早晨吃的鹹菜和小米粥吐到窗外。頭不暈的時候她就拉上窗戶，捂著臉想像自己馬上要躺在手術台上的樣子。一想到戴口罩的陌生人會套著膠皮手套、拿著鉗子伸進她的身體，她心裡就會湧動起一股莫名的哀傷，她不知道，莫名的哀傷不光會陪她度過手術床上的時光……在越來越顛簸的國道行駛中，一隻七星瓢蟲落在窗玻璃上，櫻桃小心著捏著，放在手心裡，讓牠在自己迷宮般的掌紋裡爬來爬去。快到臨縣縣城時，瓢蟲突然收了厚重花殼展開透明薄翼，倉惶著飛走了，牠很快就消逝在正午刺眼的光線中。櫻桃對這隻搭便車的昆蟲無疑有些失望，她輕輕嘆息了聲，便聽到裁縫響亮地咳嗽兩聲，繼而用一種近乎甜美的聲音小聲叮嚀道：

「櫻桃，快下車了，看好包裹。妳……冷……不冷？」

二〇〇七年十月二十八日至十一月三日

細嗓門

1

林紅抵達大同那天，是臘月十六，離過年還有些時日。出了檢票口，她沒急著跟岑紅聯繫，而是獨自在火車站附近轉悠了兩圈。單從火車站看，這座城市跟十七年前並無變化。旅客如織，黑灰的天宇低垂。林紅長吸口氣，先到一家餃子館要了碗水餃。水餃油大，她隨手倒了些陳醋。後來她盯著那只灌滿陳醋的破啤酒瓶。啤酒瓶裡漂浮著團黑糊糊的東西。她用筷子蘸出，卻是兩隻淹死的蒼蠅。林紅用牙籤將牠們挑到餐桌上，戴上眼鏡，仔細研究著牠們。研究完後，林紅就完全沒了胃口。她從旅行包裡掏出塊硬邦邦的麵包，就著餃子湯吸溜著吞嚥。吃完了就跟老闆娘要餐巾紙。

「廁紙啊？在桌上嘛！又不是沒長手，自己撕！」

這座城市的口音還和若干年前一樣狠辣乾迸。林紅用手紙擦拭著眼鏡，卻越擦越模糊。

後來她倚著餃子館的髒門板，恍惚間又回到一九八六年冬天。父親從部隊轉業，那天，父母帶著她跟妹妹在站前的餃子館，要了斤茴香豬肉餡餃子。肉多菜少的餃子和辛辣的大蒜讓兩個女孩忘記了告別時的憂傷氣氛，變得活潑起來。林紅喜歡一個肉丸的餃子，這樣的餃子每年也只能吃一兩次。那天，她跟妹妹吃得很快，等她們吃完，才發現父母手中的筷子懸在半空動也未動。他們近乎憐憫和自責的神態讓林紅有些羞赧。那年她十三歲。十三歲的林紅覺得自己很有必要讓父母省心一些：她往肩膀上攬了兩個碩大包裹，包裹很沉，裝的全是鐵筒菠蘿罐頭：這大抵是空軍部隊給轉業指導員的最後禮物了。她背著行李，在父母溫柔的斥責聲中，蹣跚著牽著四歲的妹妹走向檢票口……

她還是沒急著給岑紅電話，而是到站前超市轉了轉。如若要去岑紅家，最好給孩子老人帶些禮物。要是沒記錯，岑紅的孩子今年六歲，六歲的男孩喜歡什麼？林紅斟酌著買了旺旺大禮包和一套奧特曼光碟，又給岑紅的公婆買了兩瓶鹿龜酒。她曉得岑紅跟公婆住在一起。從超市出來，林紅這才蹲在台階上，給岑紅打電話。她告訴岑紅，她出來旅遊，在北京轉了轉，沒啥意思，就來……看岑紅了。她很想岑紅。為了強調她來大同的原因，她說，她已經三年沒見過岑紅，不知道岑紅是瘦了，還是胖了，是梳著馬尾辮，還是燙了直板？她語氣有點哽咽，有點幽怨，她的聲音細細的，在嘈雜的火車鳴鏑和旅客喧嚷聲中顯得微弱而楚楚動人。

岑紅對她的到來並不如何吃驚，彷彿早已預知故人來訪。她們雖多年未見，卻時常電話聯絡。小小的驚喜還是能聽出來。岑紅說，妳怎麼沒提前給我信兒啊！哎，我在汾陽呢，現在是……下午三點半，晚上還要跟德州客商吃飯，岑紅在那頭沉吟了會，說，這麼著吧，我讓李永去火車站接妳，妳先到我們家住一宿，明兒一早我趕回去！林紅對岑紅的建議沒肯定，也沒否定，也就是說，她對岑紅的安排似乎很滿意。

像那些滿懷希望的等待者一樣，林紅在候車室門口站了足足一個小時。在這一個小時裡，她又餓了，只得買了幾只茶葉蛋，三兩口嚥下，又買碗米粉哆嗦著吃完。她從沒這樣飢餓過。她忘記她有兩天沒吃過任何食物了。

那個叫李永的男人終於來了。他徑直走到林紅面前，放肆地瞄她幾眼，伸手就去抓林紅的行李箱。林紅沒說什麼。她根本就來不及說什麼，三步並做兩步緊隨其後。這個叫李永的男人還像多年前一樣沉默。她有些慌亂地盯著他的臀部有力地擺動，把她牽引到一輛警車前。她上了車，安靜地坐到後座，怯怯地目視著李永的頭髮。這個男人給她印象最為深刻的就是他的頭髮：看上去黑而繁密，根根倒立。

「火車上累嗎？人挺多吧？學生們都散寒假了。」

林紅低聲說：「不累。」

「走了十多個小時吧？有座位嗎？」

「十小時四十九分。普快。」

「這些年……挺好的吧？」

「好。」

「家裡人都好嗎？」

「都好。」

「哦。」李永似乎不知道說什麼了。

「你們……也挺好的吧？」林紅把頭俯低，掏出唇膏，偷偷刮著爆皮的嘴唇。

「能有什麼不好的，」李永嘆息聲，「就那德行。一天一天地過吧。」

「你胖了呢。」

「妳瘦了，」李永似乎有些驚訝地說，「妳怎麼這麼瘦啊？有皺紋了。」

「是啊，」林紅擠出絲笑容，「不過，你還那麼年輕。男人都抗老。三十歲的男人……不都是……花咕嘟嗎？」

對林紅揶揄性的讚美李永沒吭聲。李永沒吭聲，林紅也就不好再說別的。林紅就又給岑紅打電話。岑紅漫不經心地問，他怎麼剛去接妳？林紅囁囁地說，這也不晚啊，反正我也沒什麼要緊事。岑紅低低嘟囔句什麼，林紅沒聽太清。其實除了火車站，這個城市變化還是很大的，在黑夜中，還是窺出燈火亮了，店鋪擠了，拉煤的大卡車少了，鬼魅的高樓在暗中閃著橘色燈火，讓人心裡一熱一熱著疼。李永一直抽著菸，林紅不時小聲咳嗽兩聲，將車窗玻璃輕推開一半，傍晚的風硬硬吹過，林紅打個冷顫，不由得將臃腫的腰身緊緊反抱。她聽到自己的心臟還在紊亂地、強勁地敲著胸腔，彷彿隨時要從兩個溫暖的、倭瓜花般瘦小的乳房中間跳脫出來。

2

岑紅的家，讓林紅吃驚的是，結婚時用透明膠布黏到門楣的大紅「喜」字，還豔豔地黏著，這讓林紅一下子有點時光逆轉的錯覺。岑紅的公公正在廚房煮飯。岑紅的婆婆在刮魚鱗。那條鰱魚還活著，掙扎著蹦達，將魚鱗魚子甩得遍地皆是，婆婆就叮囑身邊的男孩拿錘子。那個虎頭虎腦的男孩，無疑就是岑紅的兒子。孩子很快把工具拎來，照著魚頭就是一錘。林紅的身體隨著錘子的重擊晃悠了下。李永從身後扶了扶她肩膀，說，妳是不是累了？累了的話，先到屋裡休息休息。林紅紅著臉說，怎麼會累呢，見到你們，高興得跟吃了興奮劑似的。邊說邊拿禮物，熱情地塞給孩子。李永的爹媽仍保持了東北人的豪爽實在，端茶倒水洗蘋果，對林紅不遠千里探望岑紅表示了誠摯的、近乎感恩的道謝。他們責備林紅為何獨身一人前來，而沒帶丈夫和孩子？這樣多見外啊！林紅就說，他們還沒有要孩子，丈夫去北京培訓了。兩位老人又問，去北京培訓什麼？林紅還沒吭聲，李永就介紹說，林紅的丈夫是當地有名的理髮師。老人們就盯著林紅的頭髮說，怪不得呢，閨女的頭髮這麼漂亮，孔雀開屏似的！林紅頭髮是那種暖暖的酒紅，燙的小波浪，這兩天的旅途讓頭髮變得亂碎不堪。她沉默片刻後，對兩位老人說，她的頭髮不是她男人做的，她從來不讓她男人燙頭髮。兩位老人多少感到些意外。在他們看來，理髮師不為妻子理髮是不合情理的。

對於兩位老人的多嘴多舌，李永變得不耐煩。他大聲地說，今天晚上，他跟林紅不在家裡吃了。為什麼？岑紅剛才打電話說，她在酒店訂了桌。他要帶林紅去會見幾個唐山老鄉。老人們就開始嘮叨為啥不早說呢，糖醋排骨都燉好了，鰱魚也入了鍋。孩子則張羅著跟父親一起去酒店，被李永生硬地拒絕了。他對孩子說，你要在家陪爺爺奶奶吃排骨，排骨能讓你腦子變得更聰明、骨頭變得更堅硬。

「你幹嗎騙他們啊？」林紅坐到車後座問，「岑紅……肯定沒給你打電話。」

「沒啥，」李永說，「跟妳待會兒，說點話。她不在家，我得盡地主之宜吧。」

「家裡不一樣說嗎？」林紅幽幽地問道。李永默不作聲。她有些尷尬地拂拂頭髮，暗中瞅著李永。李永的臉在黑暗中倏地亮下，滅了，再亮一下，再滅，她根本看不出他有何表情，而看清他的表情，對林紅來說，是件多麼迫不及待的事。

「其實沒什麼，」李永說，「能有什麼呢。」

能有什麼呢？

去的是家海鮮店。李永點了扇貝、鮑魚，要了只個頭不小的龍蝦。林紅還沒到過這麼豪華的餐廳，縮在李永身後，總是欲言又止，間或愣愣地盯著水池裡游來游去的中華鱘。等上了包間，卻是個十來人的大包，兩人在空曠的包間裡顯得那麼小，又顯得距離那麼遠。既然誰也沒提出坐得更近些，兩個人也就那麼遠遠坐著，中間隔了三四把雕花木椅。林紅打量著李永，李永正在開紅酒。這男人還跟七年前一樣有味道。他的味道是從他的動作裡散發出來的：他的每個動作都僵硬呆板，無論舉手抬足，都彷彿出生的嬰兒般混亂，不明晰、沒有絲毫目的性。林紅向來不喜歡動作敏捷的男人。

「妳喝點紅酒吧，暖胃。」李永沒等林紅回答就把酒給斟上了，推到林紅眼前。林紅把杯子擎起，紅酒來回晃著，在傾斜間舔噬著玻璃杯，要從堅硬的透明中流出來似的。

「我知道妳來這裡幹什麼，」李永說，「妳們不愧是閨中密友。」

林紅的身體輕顫著。

「妳冷啊？服務員！把溫度調高些！」
「一點都不冷。你別麻煩她們了。她們不容易。」
「顧客是上帝嘛！這年頭有誰容易呢……妳該多穿點。」
「我穿的一點都不少，」林紅呷口紅酒，「我挺暖和的。我穿得多。」
「她都跟妳說了？」
「說什麼？」林紅問，「你……說什麼？你想說……什麼？」
李永好奇地看著林紅，好像他剛剛認識林紅一般。他的樣子讓林紅有些不悅。
「我什麼都沒說，」李永說，「一切都挺好的。」
「你們之間沒什麼事吧？」林紅大口大口地喝著酒。李永極少看到女人這樣喝酒。林紅的臉色並沒有因為生猛地灌溉紅酒而變得緋紅或嫵媚，她的臉色還像剛下火車時那樣：蒼白裡有種不乾淨的、黏稠的灰，又有些腎炎患者慵懶的虛胖，彷彿隨時會睡著或者隨時從夢中驚醒。
「我們……打算春節前離婚，」李永想了想說，「妳真不知道？還是裝的？」
林紅吃驚地放下手裡的杯子，木木地盯著李永。
「我以為，她早跟妳說了……」李永點支菸，片刻煙霧就把他跟她隔離開來，「我還以為妳這次來，是她請妳當說客的。」李永自嘲地笑笑。他的牙齒並不齊整，但是很白，沒有丁點煙漬。林紅看著他的牙齒。

「妳跟她有兩三年沒見了吧？」

「嗯，」林紅說，「我上次見到她，你們家小孩剛滿三歲。她帶孩子回娘家過年。但是你沒來。」林紅有些遺憾似地說，「她說你值班。人家是越過節越清閒，你們警察正好相反。」

「小偷也要過年嘛。我們有七八年沒見了吧？」

「是的，」林紅低著頭說，「七年，」她抬起頭，「這次是我第三次……見到你。」她好歹暖和些，她終於不再喝酒，眼神直勾勾地盯著李永。

林紅第一次見到李永是在石家莊，岑紅做流產，林紅那時沒考上大學，已經在縣裡的肉聯廠上班了，她從唐山跑去照顧她；第二次是在唐山，岑紅結婚回娘家擺喜宴，林紅當伴娘。說實話，這麼多年來，儘管一直沒見李永，林紅對他的相貌倒頗為熟悉。他的樣子看起來有點性感。比如他的嘴唇，他嘴唇薄，薄得近乎透明，彷彿是玉石精心雕刻出來，有點潤，潤中浸透著一星亮，正是這星亮，讓他整個寬闊的下頜生動異常；他眼睛是單眼皮，不大，也不小，眼神裡無甚內容，也不單純——沒有桀驁不遜的淩厲，反倒透出些疲憊和忠厚的塵土氣，或者說，是那種春天時摻和著豬糞的泥土味。那年岑紅上大三，對於那次兩人性生活上的疏忽，岑紅付出了補考跟習慣性腰疼的代價。作為岑紅高中時代的閨中密友，林紅陪李永在手術室門外，坐了將近一個小時。那是他們獨自相處最漫長的一次。李永穿著件白襯衣，領子有點髒，裡面沒套跨欄背心。他不停地在走廊裡走動，神情焦慮呆滯。後來可能太熱，他不耐煩地將襯衣領子扒拉開，露出發達的胸肌，本來林紅眼睛有些近視，但在明媚陽光中，她還是注意到他乳頭上黑色的毛鬚從領子裡斜探而出……她當時為注意到如是的細節而有些羞澀，她只得從椅子上站起，陪他在走廊裡象徵性地溜達，以此來表示她跟他同樣焦慮，同樣對這次刮宮手術抱以並不充足的信心和對岑紅身體的擔憂。

「是啊。七年了，」李永說，「過得真他媽快。不是一般得快，像是……像是……」他實在想像不出恰當的比喻。林紅就替他說，「像是午睡時做了個……雜亂的夢。」

李永笑了：「妳還經常讀書嗎？還讀張曉風的散文嗎？」他笑起來時寬闊的下巴配上他短短的頭髮非常明亮。

「為什麼要離婚？」林紅並沒有回答李永。他竟還記得她喜歡張曉風的散文。「你們非得離婚嗎？」她聲音平淡，細細的，不像在詢問，反倒像是在喃喃自語，沒有絲毫探知他人生活隱私的熱忱，也沒有對老友不幸婚姻生活的惋惜。李永倒是有些訝異了。她木訥地翕動著唇瓣，還想說點什麼。最後，她端著紅酒咕咚咕咚喝起來。有幾滴順著下巴流到她的脖子上。她的脖子又細又白，褶皺橫生，像隻脫毛的老火雞正揚著脖子舔雨水。

3

這天晚上，林紅跟李永喝了很多酒。其間岑紅給林紅和李永分別打過電話。林紅告訴岑紅，她在跟李永喝茶聊天。她說出「聊天」這個詞後覺得有點不妥，於是她補充說，她已經曉得了岑紅跟李永之間的事。她並沒有說出「離婚」這兩個字，她深信岑紅已經明白她到底想說些什麼。當然，她沒有透露其他的一些細節，比如，李永跟她喝了不少紅酒，還抽了不少菸。除了李永無所謂的神態跟她自己混亂的思維，那頓價格不菲的晚餐其實並沒給她留下更多印象。晚上休息是在一家三星級賓館，李永給她找了間乾淨舒適的標準間。當她褪去厚重的羽絨服換上拖鞋，李永還在沙發上看她。於是她提醒李永，他該回家睡覺了，天色已經很晚。李永沒說什麼，林紅就泡了茶，端了杯給他。他坐在沙發裡的姿勢很放肆，噴雲吐霧，後來他竟然把鞋脱掉，將腿搭在沙發扶手上。

「我跟她離婚，是因為我有別人了，」李永說，「我對她一點感覺都沒了。實話實說，我跟她過夠了，」他的那條腿一直抖著，他好像有些得意，也有些失意，「她明天就回來了。妳先在我們這裡玩幾天，等妳走後，我們……就去辦離婚手續。」他盯著牆角，似乎那個牆角隱藏著無數的布滿灰塵的祕密，「希望這幾天，妳能玩得開心。妳去過雲岡石窟沒？」

林紅的嘴唇一直蠕動著。沒有聲音。李永說：「我知道妳是她這輩子最好的朋友，女人嘛，結婚後還有朋友是很不容易的，妳擔心她合情合理，我理解妳的心情，可是……」他站起來，將手探出去，握了握她的手，「妳也應該理解我的感受。」

他竟然讓她理解他的「感受」，林紅倒退半步，喏喏著說，你該走了。

李永很禮貌地跟她握手辭別。林紅插上門，將門反鎖，大口大口呼吸著。

這天晚上林紅睡得並不好，那隻烏鴉又在夢裡誕生了，或者說，這隻粉紅色的烏鴉，伴隨著她從唐山一直飛到大同。無論是在唐山火車站的候車大廳小寐，在特快列車上迷糊，還是在旅館溫淨的房間裡貌似酣睡，那隻烏鴉都在安靜地冷眼望她。牠油光水滑，躑躅著朝她踱來……林紅醒了，醒了的林紅將壁燈全部打開，艱難地喘著氣。她快速奔到窗前，猶豫著拉開一角窗簾。相對於明晃晃的乾冷的白天而言，她似乎更喜歡黑夜。

天原來早就亮了，陽光晃眼。她囫圇著洗完澡，然後給妹妹打電話。妹妹沒接，是個男的接的。這個男人的聲音很陌生，以前從沒聽過的。妹妹又換了男朋友？林紅問你是誰啊？對方沒有正面回答，而是用一種挑釁的口吻反問，妳是誰啊？他的聲音尖利暴躁，明顯是個剛過青春期的男孩。這樣的孩子沒教養是正常的。妹妹總是喜歡形形色色的男人……她已經跟多少男人睡過了？林紅一陣眩暈，隨之嘔吐就無法抑制地開始了——她在衛生間待了足足半個時辰，每當她直起腰身，嘔吐就重新開始。她盯著馬桶裡的汙物和衛生紙，內心無比潔淨。該吐的總要吐出來，該說的話總要說出來。林紅默默注視著鏡子。鏡子裡林紅的臉色好多了，是那種植物根鬚的嫩白。

她心不在焉地聯繫岑紅。岑紅手機未開。林紅想了想，把自己的手機也關了。已經上午八點半，岑紅還在睡懶覺？這孩子從少女時期就整日睡眼惺忪。無論是跟人談話還是自己發呆，她的眼睛總是沒有完全睜開的樣子。這常給人造成一種錯覺：她要麼自卑得要命，要麼驕傲得要死。岑紅倒無所謂。她好像對一切都無所謂，大大咧咧的。有次，林紅親眼看到她將一疊手紙塞到褲襠裡，當岑紅留意到林紅在觀察她時，她吐了吐舌頭解釋說，衛生巾用完了。林紅決不做這樣的事，這樣的事不該是女孩做出來的。這些並不妨礙林紅跟岑紅成為朋友。高中時，她們都穿米黃連衣裙，梳吊辮，一起到餐廳打飯、蹲廁所，晚上會跑到一張床上摟著睡覺，連她們的乳罩也都是同樣的型號、同樣色調和同樣的款式。有那麼段時期，她們兩個甚至越長越像，比如說，林紅的眼睛本來大而幽深，後來卻越長越細小，看人時眼神游離，彷彿旁人都是用來蔑視的；岑紅的皮膚本是麥粒黃，跟林紅好上後，膚色越來越淺，到最後，變成了林紅的那種近乎透明的乳白……這些神祕的變化叫她們兩個吃驚，吃驚中掙扎著些許羞赧，慢慢地，隱隱升騰起對彼此的厭惡，她們只好互相嘔氣，互不理睬。厭惡來得快，也就消逝得快，不消幾天，嘔氣變成了想念，都念起對方的好，互相給對方寫信。林紅的信寫得比岑紅的信更情真意切，也更富有色彩，她會引用席慕容跟汪國真的抒情詩，來證明她對岑紅的友誼的純度和熱度。岑紅就不同了，她極少回信，她更喜歡用行動來表達歉意。她會拉著林紅的手去學校的商店買便宜的頭花，或者從學校的花圃偷一朵薔薇，插進灌滿清水的墨水瓶，清晨放到林紅的書桌上。

現在林紅的手裡就有盆微型薔薇。雖是冬天，卻開得繁複肥美。林紅一直是個養花高手，她家裡有口碩大的瓷缸，她在肉聯廠當屠宰女工時，經常把從冷庫裡偷來的豬內臟存進一口一人高的破瓷缸，專用來漚花肥。自從開了肉鋪，她的肥料漚得更好，常有養花的老頭老太太跟她討要，她也樂意把自己養的花送給熟人。這盆薔薇就是林紅贈給岑紅的禮物。把這盆嬌嫩的植物從唐山帶到大同是多麼不易。她把玩著花盆，心臟倏地就頂到喉嚨。為保持鎮定，她顫抖著手指掐死了葉片上的一堆紅蜘蛛卵蟲。等她把薔薇塞進旅行包，有人敲門了。

來的不是岑紅，而是李永。不光是李永，還有個陌生女孩。這女孩把自己包裹得像只粽子。李永平靜地向林紅詢問，昨天晚上睡得好不好？有沒有怯炕？林紅說，一覺就到天亮了，好多天沒睡這麼香這麼沉了。她說話時疲憊的神態沒有逃脫李永的眼睛，李永又問林紅吃沒吃早點？林紅說還沒有，她早晨一般不吃飯，好多年了，一直都這樣。吃早飯會讓她胃疼。李永蹙了蹙眉說，妳連毛病也跟岑紅一樣，長期不吃早飯，胃病只會越來越厲害的。我們到「永和豆漿」吃餛飩吧。

林紅一直逡巡著那女孩。李永大清早帶一個陌生人過來，讓林紅有些納悶。

「岑紅剛才打電話說，她聯繫不上妳，」李永在電梯裡說，「她讓我轉告妳，頭中午她就到了。」

「真是麻煩你們了……」林紅囁囁答道。她的木訥並不妨礙她在電梯裡機敏地窺視女孩。女孩把蓬鬆的波希米亞式圍巾解開了。林紅這才發現，她的頭髮非常短，一層蓬鬆的、厚實的、金黃的卷毛頂在頭頂，像是頭頂上開出了一朵向日葵。在賓館前台結帳時，林紅還在不時瞥著女孩。女孩也不時瞀她幾眼。林紅將目光怯怯挪開，不經意就看到那張發票。是兩間房。兩間房的價格是不一樣的，林紅的是單間，而另外一間是雙人間。這樣看來，昨天李永也住在這家賓館。

餛飩店大得很，人也異常多，空氣裡滿是炸油條和韭菜盒子的香味。李永好不容易找了個靠近落地窗的座位，跟女孩並肩坐了，「忘了給妳介紹，」李永面無表情地說，「這是米粒。米粒，這是林紅。妳嫂子的好朋友，林紅。剛從唐山過來的。」

米粒朝林紅笑了笑。她笑起來很可愛。她有顆齙牙。

「妳名字很好，」林紅的聲音很小，「是妳本名嗎？」

「我媽起的，」米粒說，「我媽喜歡標新立異。」說完，她扭頭對李永說，「對了，忘了告訴你，我媽養的那隻狐狸犬，前天早晨，做了一個牠這輩子最聰明的選擇。」等她發覺林紅也在注視著她，她反而就不說話了。李永問，牠是不是又把肉骨頭偷著叼給隔壁的小母狗了？米粒這才「咯咯」地笑著說，「這次牠幹得更徹底，」她伸手掐了掐李永的臉蛋，「牠終於跟那隻女狗私奔了，都兩天沒回家了。」

「你們怎麼不去找牠？」李永點上支香菸。

「我們幹嗎去找牠？」米粒有些吃驚似地問，「你不覺得牠很幸福嗎？」

對於米粒赤裸裸地調情和表白林紅很不適應。林紅不是傻子，她知道米粒其實真正想說些什麼。女人的嗅覺通常要比獵犬還靈敏。如果沒有猜錯，女孩無非就是李永的新歡，或者說，這個看上去很聰明的女孩，就是岑紅婚姻生活中的第三者。這個第三者的年齡不會很大，即便不是大學生，應該也是那種剛剛上班一兩年的公司小白領。從面相看，她臉頰的線條流暢，沒有丁點油膩斑駁的光澤，額頭也明亮，襯得狹長的單鳳眼格外多疑機警，睫毛呢，倒是粗長黑潤，透些芭比娃娃的純真。

「妳跟岑紅長得很像呢，」林紅說，「不過，她年輕的時候，可比妳俊多了。」

米粒的臉色剎那間變得緋紅。李永則神色坦然。對於這樣的效果林紅倒是很滿意。她重重打了個噴嚏，用很濃重的鼻音對米粒說：「妳很喜歡把自己的幸福……建立在別人的痛苦上嗎？」

「什麼？妳再說一遍。」米粒有些茫然地說。

林紅鼓足勇氣，大聲說：「妳是讀過書的人，應該明白的。」

「這個跟妳一點關係都沒有，」米粒說，「妳的好奇心跟妳的年齡一點都不匹配。」

「是跟我沒有關係。但跟岑紅有關係，」林紅的聲音突然高了八度——或許她自己也未曾料到。她擺出一副自己被自己嚇到的樣子，快速地喝了口湯水，然後一字一頓地說，「我覺得，妳跟他，一點都不般配。」

「妳到底說什麼哪？」

「說的就是妳。」

「切！妳這種……鄉下大媽……我見多了。」米粒懶洋洋地說，「虛偽狡詐，小農意識，沒見過什麼世面，一個賽一個得醜，跟老母豬一樣蠢，」米粒把頭偎依住李永的胳膊，「妳們天生愛管閒事。妳們天生就不是我們的對手。」

她使用了「我們」和「對手」等一干詞，林紅倒有些意外。讓她更意外的是，李永一句話都沒說。這個時候她非常想聽聽李永會說些什麼。

「有一天妳也會老的，」林紅說，「總有天妳也會到更年期，」她不等米粒有任何反應接著說，「等有一天，男人把妳甩了，」她瞥李永一眼，「妳就會明白，」她站了起來，雙臂撐著油膩的桌布，「妳也就是個破鞋的命。」

一杯滾燙的茶水潑到林紅臉上。米粒畢竟嫩，她還是沒有沉住氣，這很好。不是一般得好，是非常好。林紅盯著李永。李永鐵青著臉站起，看了林紅足有五秒鐘，他的目光中不是憤怒，而是詫異。後來他拽著要撲上的米粒迅速離開「永和豆漿」。他們很快就橫穿過斑馬線，拐到酒店附近的巷口。李永攬著米粒的腰身，而米粒顯然是在掙扎，伴隨著若有若無的尖叫聲……店裡所有的顧客都盯著林紅。林紅曉得自己現在的樣子醜陋無比。她早晨忘記了化妝。她的臉一定比初生的蒜瓣還要白，而她肥大的、浸染著油漬的綠色羽絨服也一定讓她顯得臃腫不堪。更糟糕的是，茶水順著她的鼻子不時滴吧到胸脯。胸脯垂死的鳥雀一樣劇烈起伏著。在這些天來時常失控地胸膛起伏中，她隱隱感覺到一團火從乳房中間燃燒起來。這火旺盛憂鬱，她甚至看到了它蔚藍色的、近乎透明的舌頭瞬間就燒上了自己的瞳孔。

4

林紅在飯桌上發現了一個手機。是李永的。她隨手察看了已接電話，便看到了米粒的名字。米粒在兩天裡總共給李永打了十三個電話。林紅冷笑了一聲，把米粒的電話記下來。

走出餛飩店，風刀凜冽。這個城市的冬天還和若干年前一般冷。林紅後悔起來。當著李永的面侮辱一個他喜歡的女人，無論如何都是不智之舉。她不該當面罵米粒，即便罵的話，也不該罵那麼下流。李永的本意她也清楚，他只是想讓她看看，他喜歡的是怎樣的一個人，當然，這個人適不適合他、以及她對這個人的看法並不重要，重要的是他想傳達這樣一種信息，他跟這個女人的關係已經到了何種程度，並且變相地警示她，他跟岑紅的事，她最好別插手，即便插手，也不會起什麼作用。他在得體、優雅地勸解她。

現在她非常迫切地想聽到岑紅的聲音。她突然想把岑紅的身體緊緊抱住，像若干年前一樣細細安撫她粗糙、健壯而欣長的身體。這個世界上，也許只有女人和女人酥軟的擁抱，才最溫暖純淨……等情緒稍稍安穩，她打了輛出租車，徑直去了趟空軍軍區大院。站崗的是個細眉細眼、滿臉痤瘡的小當兵。他並沒有盤問她，或許他把她當成探親的軍人家屬了。讓林紅奇怪的是，這個大院和若干年之前彷彿只是經歷了一個白天晚上，沒有任何變化：那堵將陸軍軍營和空軍軍營隔開的花牆，仍然蜿蜒著伸到籃球場，彷彿一條已經腐爛的、退了顏色的豬盲腸。紅色的水塔依舊佇立在營房的西側，幾隻烏鴉在塔頂盤旋。她和妹妹曾經爬上水塔捉麻雀，在父親受排擠的那幾個月，她帶著妹妹去水塔下撿過爛橘子。妹妹那時候多聽話，紮著羊角辮，眼角下全是小雀斑。撿著撿著妹妹睏了，她就背著妹妹撿。那些腐爛了一半的橘子散發著誘人的清香。她喜歡那種蘊藏在清香裡的腐臭氣息……

那年夏天，更多的時候，是她一個人來到水塔底下，玩耍。說是玩耍，其實是來觀察那隻烏鴉的。那是隻粉紅的烏鴉。長大後她曾經想過，也許，她是這個世界上，唯一一個見過粉紅色烏鴉的女人。她通常離牠三四米，她並不敢靠近牠，牠也只是在樹蔭下梳理著羽毛，或者像一個士兵來回著踱步，間或騰空而起，在離地不遠的半空中扇動著羽翼，這常常給林紅造成種錯覺，牠不是一隻烏鴉，牠只是一團溫暖的有些曖昧的火焰，在離她不遠的地方，將她的心臟小心著炙烤。她曾經把這隻烏鴉向岑紅描述過。岑紅聽了完全沒有覺得驚訝。她只是很平靜地告訴岑紅，她沒見過粉紅色的烏鴉，小時候到麥子地挑菜時，倒是見過一條細長的白蛇，那條蛇很安靜地從她身邊遊過，沒有咬她，她覺得非常幸福……

剛離開空軍大院，岑紅的電話就緊打過來了。她語速很快，她說才下火車，馬上就到家了，妳到樓下來接我吧。林紅悶悶地說，我沒在妳家，我在空軍大院，閒逛呢。岑紅不假思索地說，那地方離火車站不遠，我打車順便捎上妳吧！

她們終於見面了。她們已經三年沒有見面了。和想像中的相逢場景一樣，她們先是面色潮紅，手拉著手不停蹦達，然後才鄭重地擁抱到一起。林紅聞到岑紅的頭髮有股油膩味，而她身上，則是一股濃烈的涮羊肉味。這個大大咧咧的女人，還是以前那樣不拾掇自己。她的手也糙，手背上全是一角角龜裂的小口子。她不像是赴完宴會歸來，倒像是剛從某個軋鋼廠的車間下夜班。後來，她們就望著對方笑了。林紅用手指撣去她髮絲上的一片頭皮屑，有些感傷似地說：「妳看看妳，妳看看妳，哪裡還有個女人的樣？」

「妳好！總跟個孩子似的，說話都不敢大聲氣！」

林紅就笑。

「我都忙死了。」岑紅看上去越來越像個疲憊的、不修邊幅的男人，「昨天跟客商談完合同，又跟員工們搬了二十箱燈泡，」她攥著林紅冰涼的小手，「最近的燈具生意很不好做。累死我了。」

「妳餓不？」

「不太餓。我的胃病最近犯得厲害。總是飽著。還老睡不著覺。」

林紅急切地詢問：「我以前給妳寄的中藥單子呢？丟了嗎？妳沒堅持吃中藥？」

岑紅笑了笑說：「我哪有時間熬中藥喝？上趟廁所都得掐點。妳也知道，女人要想幹點事，就跟男人想生孩子一樣難。」

「別太累了。」林紅挽著她的胳膊，「錢總是別人的，身體才是自己的。」

「你們還沒要孩子嗎？」岑紅轉移開話題，「妳都三十多了，該要個孩子了。」

林紅臉色頓白。她的皮膚在陽光下也總是滲透出一層暗灰，粗糙的毛孔彷彿隨時張開，將明亮的光線一根根吞噬掉。她半晌方才說道：「我們永遠不會有孩子了。」說完後，她蹲蹴在馬路牙子上，開始認真地嘔吐。為了使嘔吐更為順暢，她使勁用手摳著嗓子。可她什麼都沒吐出來。她的胃裡已經沒有食物了。

「別這麼說。要個孩子多好。」岑紅替她捶著背，「可以給他洗澡，給他換尿布，教他走路唱歌。看著一個小肉團長成個大人，很好玩的。傻丫頭，妳是不是懷孕了？」

「沒有，」林紅吐著膽汁說，「有也做掉了。」

岑紅就小心攙扶著林紅，絮叨著去了家小吃部。岑紅不停打著哈欠，好像非常睏的樣子，可她還是裝出副興致盎然的模樣，開始綢繆起林紅這幾日的行程。她建議先和林紅去趟雲岡石窟，那些高大的、神祕的北朝佛像能讓人異常寧靜，然後呢，再去慈雲寺燒香求籤，那裡的菩薩一向靈驗，還可以去趟恆山，懸空寺在冬天一點都不蕭條，「這裡的風味小吃也多著呢，有豌豆麵、羊雜粉湯、莜麵、蕎麵圪坨，還有陽高杏脯、廣靈豆腐乾、渾源炒酥大豆……保證讓妳這個饞嘴子吃得流哈喇子。」

林紅沒有說話。她突然就想了高中時，她們也經常這樣面對面坐著，嘰嘰喳喳商量著買什麼零食好。岑紅家是農村的，家裡給的零花錢不多。林紅父母那時尚在人世，父親在法院當檢察官，母親當老師，給她和妹妹的零花錢還是相當寬裕的。她們學校門口，每天都有個戴氈帽的老頭，推著輛三輪車來賣零食，有棉花糖、麻糖、巧克力豆、糖瓜子、爆米花、西瓜子。林紅通常買一大紙包，藏在抽屜裡，趕到課外活動，才寶貝似地拿出來，兩個人就熱火朝天地吃，吃開心了，就大聲唱歌。她們是文科班，男生少女生多，女生天生就是愛聚群的，不多時就湊成一圈，邊吃邊唱，唱陳淑樺的〈滾滾紅塵〉和〈夢醒時分〉，唱鳳飛飛的〈追夢人〉，唱齊豫的〈九月的高跟鞋〉。春天的空氣浮游著楊花細穗，陽光撲在她們柔弱纖細的脖頸上，將茸茸的汗毛打成暈暈的金黃。

「妳怎麼了？心不在焉的。」

「沒啥。」林紅望著岑紅說。岑紅唱歌不好聽，或者說很難聽，主要是她嗓子粗，有些喑啞，而且唱時老找不著調門。她通常保持沉默，托著腮做一個安靜的傾聽者。林紅的聲音很細很弱，有時候唱著唱著，一口氣喘不上來，眼瞅著就斷了，然後就在聲音消失之前，她又能勉強著把嗓門吊起，起初還是孩子似的囈語，慢慢地、慢慢地，她的歌聲就浮出水面了。那是種尖細的、有些扎人耳朵的童聲。在少女們溫厚、海藻般清新的嗓音中，她的聲音是勉強合拍的，但卻是刺耳的，後來，再後來，她的聲音就漸弱，緩緩湮滅在逐漸淩亂的合唱聲中……

「妳是不是有什麼心事？妳呀，都這麼大歲數了，還老是多愁善感。妳妹妹好嗎？」岑紅又打個哈欠，「她今年也有二十二歲了吧？找男朋友沒有？」

林紅嘴裡的豆腐乾掉在碗裡。湯水濺到了手背，她沒擦，岑紅就從包裡掏出紙巾，一滴滴拭了。

「妳妹妹也怪可憐的。哎。老天就是不長眼，叔叔阿姨那麼好的人，偏偏遇上場車禍……她還是跟你們兩口子一起住嗎？」

「是的……啊不，搬出去了。」

「韓小雨呢？」韓小雨就是林紅丈夫，桃源鎮的理髮師。

林紅盯著岑紅，半晌說道：「死了。這個人渣……死了。」

「妳個烏鴉嘴！哪有這樣咒自己老公的！韓小雨從小就是混混，妳又不是不知道。妳當初看上了人家，就別後悔。他人不著吊，也算有個正經職業啊。你們的理髮店生意不是很不錯嗎？」岑紅探出手，摸了摸林紅的頭髮。她的樣子看上去像個囉嗦的母親，正在安慰自己耍刁的女兒，「行了，我知道你們這幾年感情不好，慢慢來，巧嘴數不了十八個蘿蔔，神仙做不了二十四個夢，感情不好可以慢慢來嘛！人心都是肉長的，感情也是可以培養的。你們要個孩子吧。有了孩子，一切都會不一樣。」

「……」林紅不曉得如何應答。岑紅的兒子都六歲了。

「妳還在賣豬肉嗎？」

「嗯。」林紅開了家肉鋪。每天早晨，鎮上的王屠戶就給她送來一頭新鮮的生豬，屁股上蓋著畜牧局的藍戳，還有些豬大腸、豬尾巴、豬尿脬、豬鞭，這些雜碎有些人嗜吃如命。她的刀法非常精妙，她會把那頭豬肢解得恰到好處，豬排骨是豬排骨，護心肉是護心肉，精肉是精肉，肥肉膘子則剔滿一塑料盆，專門等飯店的人買回去耗油。在多年的肉鋪生涯中，林紅贏得了很好的聲譽，她從買不賣老騍豬（母豬）肉，從來不缺斤短兩，她唯一的缺點就是不愛笑，沒有生意的時候坐在案板前面，穿著身乾淨衣裳，心不在焉地翻著本雖包著書皮卻仍然油膩膩的書。有時韓小雨去外地進貨，她就幫忙看理髮店。理髮店有兩個專門洗頭的，都是東北人，她便跟她們有一搭沒一搭的閒聊。其中一個叫佳美，出來之前，曾在當地清潔隊上過班，很喜歡養花，她們就談談茉莉花怎麼養啊，芍藥怎麼養啊，金橘生了蚜蟲是用敵敵畏還是用樂果啊。

「以後別幹那買賣了，一個婦道人家，天天跟殺豬的、衛生防疫站的、工商稅務的打交道，多頭疼啊。我一想到妳天天拿把牛角刀在那兒剃豬排，就想笑，」岑紅神色有些黯然，然後她彷彿自言自語似地解釋道，「可是妳不賣豬肉，做點什麼好呢？」

「瞎活著，」林紅神情恍惚地說，「人不都瞎活著麼。我可以瞎活著，妳不能。」

「好了好了！既然出來旅遊，少想不開心的事，弄得跟個小怨婦似的！哦，乖。」她拍拍林紅臉蛋。

岑紅告誡她別做個「小怨婦」。這句話本來是應該林紅對她說的。說完之後，岑紅從包裡掏出一大堆藥，開始看說明書。林紅也留心看了看，卻原來全是治療失眠抑鬱的藥品：舒民香、檳榔十三味、沉香十七味、安神鎮驚二十味、肉蔻五味丸、順氣安神丸、帕羅西汀……岑紅從裡面挑了幾味，手裡抓了滿滿一把，一仰脖，連水都沒喝就乾嚥下去。林紅驚訝地問道：

「妳瘋了？妳吃這麼多藥幹嗎？快吐出來！」

「失眠鬧的，」岑紅自嘲地笑笑，「每天晚上，我都睡不著覺，白天就犯睏，可犯睏了，還是睡不著……」她又給林紅的盤子裡夾了些菜，「待會吃完飯回家，看看能不能睡個安穩覺。」

「你們……是不是要離婚了？」林紅斟酌著問，「你們真要……離婚嗎？」她的眼睛儘量不去看岑紅。她怕自己的眼睛洩密。她相信有些祕密岑紅能從她眼神裡窺知，比如，她跟李永的那頓晚餐，她跟米粒焰火氣十足的會面，或者，那隻粉紅色的一直追隨著她的烏鴉。

「嗯。」岑紅沒有嘆氣。她語氣平靜，不單是平靜，甚至是有些麻木，「李永跟妳說的？他現在是恨不得全世界的人都知道，他要跟我離婚了。他們已經做好了所有的準備，備好了糧食馬匹，就等著最後跟我決戰。可我到現在還不知道，我的敵人是誰。那個女人長得什麼模樣？在哪裡上班？一點不清楚。妳也知道，李永是警察，他別的沒學會，保密功夫卻是一流的。」

「妳別這麼說……妳別太難過……」林紅說，「我知道……妳這麼多年不容易，一個人在這麼個大城市，人生地不熟的……男人都是這個樣子的……」她突然找不到什麼言辭來掩蓋她的情緒了，她的淚水唰得就流到了鼻子上。為了避免岑紅察覺她的失態，她佯裝筷子掉到地板上慌忙著去拾。她鼻涕也流出來了。她一哭就流鼻涕，這麼多年了一直這樣。等她抬起頭，她看到了岑紅遞過來的紙巾。她沒有拒絕。

「妳知道，我非常地……愛他。」岑紅說，「過去愛……現在愛，以後也會愛。」她就像在訴說別人的事情，「我現在只能這樣。我沒有別的選擇。我不會拱手把他送給別人，離婚協議打死我也不簽的，」她從包裡掏出管口紅，「妳別哭了。妳一哭起來就沒完沒了！我最討厭妳這膿包樣！」她把口紅塞到林紅手裡，「這是我昨天下午給妳買的，鉑金炫彩唇膏，香港產的，喜歡嗎？妳塗上肯定漂亮。妳的嘴唇怎麼紫青紫青的？妳是不是特別冷？我們回家吧。我們回家說話。這裡太亂了！這個世界上清靜的地方越來越少了！」

5

到了岑紅家已過中午。孩子去了幼兒園，岑紅的公公婆婆正在吃飯。李永也在家。他靠在沙發上，蹺著腿看動畫片。看樣子岑紅和公婆關係尚可。婆婆一直小聲詢問岑紅吃飯了沒有，又幫她燒好了洗澡水。之後詢問林紅中午吃好沒有？她煮的鴨血筍片，沒吃好的話，跟他們一起喝點鮮湯。老太太的熱情讓林紅隱約有些不安，老人家好像還不知道，岑紅和李永的關係已到了岌岌可危的地步。等岑紅去洗澡了，林紅把手機偷偷遞給李永。

李永皺了皺眉，接了，尋思了會，說了聲「謝謝」。那部動畫片林紅也看過，叫《海底總動員》，她非常喜歡裡面那條醜陋的小魚尼莫。

「對不起，」林紅悶聲道，「早晨是我不好。我……不知道為什麼……會那樣……」

「妳沒做錯什麼，」李永盯著屏幕，「不過，妳好像搞錯了。那女孩是我表妹。」

林紅覺得李永愚蠢透了。他完全沒必要狡辯，用什麼「表妹」來搪塞。

「她還是個大二學生，不懂事，妳別見怪。妳的臉沒事吧？」

林紅搖搖頭。

「我要去上班了。妳讓岑紅陪妳吧。她應該請了好幾天的假。妳的面子夠足的。」

李永關了電視，推開門走了。她突然想起了什麼。她拿出手機，翻出米粒的號碼，猶豫片刻後按了。很快就撥通了，她也很快就聽到了米粒的聲音。儘管和米粒只見過一面，但米粒的聲音卻像烙鐵一樣燙傷了她的耳朵。這孩子的聲音懶洋洋的，很明顯，她已然忘記了清晨的不快。像她這個年齡的女孩，都是沒心沒肺。妹妹也這樣。妹妹比米粒更瘋。妹妹搬出去住已經一年。可有些事情，還是不能阻止……

「誰呀？美雲嗎？是美雲嗎？」

林紅突然沒有勇氣說任何的話。長這麼大，她還從沒主動給陌生人打過電話。

「真是急死人了！說話啊！吃啞巴藥了？我有要緊的事要辦，快點！」

林紅掛掉手機，探頭看了看浴室的門。岑紅還在洗澡，兩位老人還在餐廳裡「吐嚕吐嚕」地喝著鴨血湯。在這個岑寂陌生的房間，林紅又嘔吐了。她憋屈的嘔吐聲讓她的臉一片酡紅。等她扶著牆角慢慢站起，發覺岑紅恰巧散著濕漉漉的頭髮，披著件花格子浴巾從浴室出來。林紅已多年沒見過她的身體。記憶中，岑紅還是個假小子模樣：粗壯勻稱的骨骼襯得她身材格外高挑，胸部扁平，臀部微翹，走起路來一左一右晃著肩膀，像個練排球的運動員。現在呢，她的乳房把乳罩頂成了兩座富士山，她轉身進臥室時，浴巾被門門縫夾住一角，飽滿的臀部就閃露出來。這條健康豐滿的大馬哈魚，已經不是多年前的岑紅了，這是一條被雄魚侵占過、或者說是被雄魚享用過的雌魚。林紅擦掉嘴角的汁水，心頭隱隱作疼。她蹩進岑紅的房間，對正在慌張著套衣服的岑紅說，她現在必須出去一趟，有些事情需要辦理。

岑紅狐疑著問：「有什麼事非得今天辦？我可是推掉了兩個代理商，專門陪妳來了。我待會瞇一覺，然後陪妳去逛街呢。妳看看妳這身髒衣服。」

林紅就說，上午她去軍區大院看望父親的一個老戰友，不成想去年搬到郊區住了。父親生前跟這個戰友關係極為密切。她父親去世後，他對她和妹妹也格外照顧，隔三差五就要寄些錢財衣物。她結婚的時候，還特意郵了條鴨絨被過去。

「既然那樣，妳就去吧。不過時間可別太長了，」岑紅有些不情願地說，「好多話想對妳說呢。」

「我也是，」林紅眼睛潮了，「我有好多事要跟妳說的，」她挽住岑紅的手，細細搓著她手指，「到時候妳……妳可別……別不愛聽。」

岑紅笑著說：「去吧小丫頭，我在家等妳。」說完她就去翻那堆藥，「咦？林紅，妳看到我的沉香十七味了嗎？我是不是把它落在飯店了呢……」

林紅頭也沒回地關上門。下樓梯時被絆了一跤，額頭正蹭到扶手上，她不停地用手揉著，漸漸就隆起一個包。她索性坐到樓梯上，從羽絨服裡摸索出一盒香菸。她之前從未抽過菸，這盒菸是在唐山火車站買的，還沒開封。在火車上她一直未找到抽菸的機會。那些滿身汗氣的民工和一身腳臭的學生把車廂擠得水泄不通，連廁所、硬座底下、洗手間擋板都睡了人，而推著小車賣火腿腸和燒雞的列車員繃著臉，不耐煩地吆喝著「讓路！讓路！」。這給多年未曾出過遠門的林紅造成種錯覺，那就是，她好像身處三四十年代的黑白默片中，車廂裡滿是人肉的氣味和肺結核患者胖腫的臉頰，一群難民在轟隆的火車顛簸中，駛向遙遠的城市，或者屠宰場。如果抽上一支菸，或者喝上半瓶酒，她就能在火車上睡個安穩覺了。她知道抽菸也能醉人，妹妹在十八歲那年就經常抽醉，抽醉了不哭也不鬧。睡個安穩覺多好啊，夢裡不會出現恐怖的場景和粉紅的烏鴉，只有安謐的雪花瞬息鋪滿寰宇……

她把香菸叼進嘴裡，用火柴點著，猛吸兩口，馬上低頭咳嗽起來。將香菸掐了，嘴裡仍是一股淡淡的煙草味。現在除了她，誰還能幫岑紅一把？現在除了幫岑紅一把，自己還能幹點什麼？剩下的時間已經不多了。她哆嗦著掏出手機，按響了米粒的號碼。

「你到底誰啊？再騷擾我，我可就報警了！」米粒的聲音有些聲嘶力竭。

林紅掛掉電話。過了三兩分鐘，又打了過去。

「你他媽個賤貨！我知道你是誰！你以為你換了號碼，我就不知道是誰嗎？王小峰你給我聽著！我已經不喜歡你了！你再打騷擾電話，我找人廢了你！你信不信我能廢了你？讓你的那杆破槍永遠射不出子彈來！」

林紅掛掉電話。過了一會，再次打過去。

「王小峰你給我聽著！我現在就下樓去等著你！你是男人不？你有種不？你要是有種的話，就到財院東門口等我！我收拾不了你，我就不是米粒！」

林紅怯怯地給岑紅打電話，詢問這個城市是否有座財經學院？除了財經學院，是否還有財經學校什麼的？岑紅好像還沒睡著，她告訴她，只有一座財經學院，是座省屬本科。林紅便又問學院有幾個門口？岑紅說財院一共有兩個門口，一個朝北，是正門，對面就是博物館；另外一個朝東，對面就是市體育館。說完後她問林紅去那裡幹嗎？

林紅想了想說，父親戰友打電話，叫她先去財院找他女兒，他女兒在那裡教書。他怕林紅人生地不熟的，找不到他那兒。這個謊言並不怎麼高明，但岑紅似乎並沒有識破，她只是對林紅的行徑有些難以忍受。她又拿出上學時的強硬口吻，警告林紅不要瞎跑，「妳別在那裡逗留太長時間，晚上我想帶妳去吃麻辣小龍蝦呢！」岑紅失望地說，「我都答應我兒子了，咱們一起去的。妳呀妳，還是別去了吧？」

「我肯定早早就回來，」林紅果敢地說，「我不會被人拐騙走的啊。」

「妳平時大門不出二門不邁的，有什麼準？妳個小丫頭片子，從小就是個小迷糊！」

林紅抑制不住地笑起來。她掛了電話，打了輛出租，馬上奔財經學院而去。路不是很長，林紅卻覺得像是時間卡住了，窗外的行人和路標讓她窒息。還未到財院東門，便看到黑壓壓的一群人在門口附近湧動，五顏六色的服飾像是到了聖誕夜。一種誇張的、恣肆的歡樂猶如煙霧從人群中輕盈地流溢出來，漫過四周清冷灰暗的街道和建築。

「現在的孩子啊，各個都是追星族，」司機師傅是個面色紅潤的老伯，「妳說上了大學不好好學習，聽什麼演唱會啊？把那個瘋狂勁用到學習上，『超英趕美』不早就實現了？」原來是體育館今天下午要開「超級女聲」迎新春演唱會，這些俱是超女啦啦隊，正在準備迎接他們的偶像。接下去老伯又罵起布什，說布什不是什麼好鳥，長得獐頭鼠目，想逮誰就逮誰，剛把薩達姆押解到美國，又開始踅摸本・拉登了。本・拉登不是跑到哈薩克斯坦去了嗎？還是去了蘇丹？林紅沒心思聽他牢騷，付款下了車。

這麼多人，到哪裡去找米粒呢？即便找到米粒，又能對她說些什麼？林紅難免就犯愁起來，怏怏地擠過喧鬧的人群，一步步蹭到學校門口。果不其然，哪裡有米粒的影子？再打米粒手機，已然關機。林紅夾雜在那些掛著臂章、戴著面具、手裡拿著螢光棒的歌迷當中，無端地就想哭。她又嘔吐起來。她彎腰扶著一棵粗糙的老槐樹，把中午剛吃進去的羊雜粉湯和蕎麵圪坨全吐了出來。這很好，她覺得，如果把這三十年裡吃掉的所有食物都返還給土地，多好啊，就像豬被屠宰後，大腸肯定會被清洗得一乾二淨。這不是老天對她的懲罰，而是老天對她的憐憫。

6

擦淨了嘴唇的林紅擠在歌迷當中，簡直喘不上氣來，她在桃源鎮可沒見過如此的陣仗。天上不知怎麼就飛起雪霰。開始還是一星一點，掉脖頸裡倏而不見，趕後就撕扯成大朵大朵，惹得人群中不時傳來瘋狂的騷叫聲。林紅低著頭、縮手縮腳地默默穿行在這些人當中，旋爾聽到不遠處一陣撕心裂肺的尖叫。便聽到有人小聲議論說，是李宇春的歌迷跟周筆暢的歌迷，因為占場子打起來了。林紅不禁扭頭過去。這一看不要緊，便正瞅到米粒。米粒被一個穿綠套服的瘦姑娘緊壓身下，金色的向日葵花盤被身手矯健的小姑娘拼命揪撕著，而奮力扭動的米粒套身杏黃色衣服，看上去就像支老玉米被人在火焰上翻騰著烤炙。旁邊都有各自的人拉架，但只是象徵性地你拉一把我扯一下，似乎都被對方氣勢壓住了陣腳，唯恐參與進去就要遭殃。林紅慌忙擠蹭進去，一把就拽住了打人的小姑娘。小姑娘已如瘋癲，滿嘴汙言穢語，見了林紅披頭就罵，而米粒趁機脫身出來，抬手就搧了小姑娘幾個耳光。兩旁的人順勢把小姑娘和米粒拉開。這時警察也來了，人群稍式安靜。

米粒惡狠狠地盯著林紅，嘟囔著什麼。後來似乎醒過神來，大聲對林紅說了聲「謝謝」。林紅有些受寵若驚，卻也不曉得跟她說些什麼。

「妳來這裡幹嗎？」米粒問。

「我……我……我……」

「妳不會也是來看演唱會的吧？」

「啊……演唱會……演唱會？」

「妳是涼粉？玉米還是筆迷？」

「我……」林紅看了看米粒的衣服，「玉……玉米。」

「妳真是玉米？」米粒的眼睛冒出火來。

「是啊……是的……玉米。」

「妳從唐山跑到這裡，專門看春春的演唱會？」

「是……」林紅結巴著說，「嗯。是。」

米粒的眼睛裡就充盈著淚花：「春春是神的孩子，我們都愛她。」

林紅附和說：「神的孩子……誰的孩子？」

「每當我看到她純淨的眼神，曼妙的拉丁舞姿，獨特的低音，我就會全身顫慄。我就是為她而生的。」

「是嗎？」

「是啊。妳不是啊？」

「不知道，」林紅恍惚著說，「……妳有空嗎？我想跟妳待會。我有很重要的事跟妳談談。」

「哦？」米粒機警地瞥了林紅一眼，「妳不是來看春春的嗎？」

這個女孩身上的毛刺總讓人不舒服。還好，雪下得越發緊，躁亂的人群隨著漫天雪色倒漸漸安生。不時有人過來跟米粒詢問入場問題。林紅在一邊畏手畏腳地縮著，聽他們講話就像聽黑社會的人在講行話。她安慰自己，現在必須耐得住性子，否則依米粒的脾性，沒準就會因了哪句話翻臉，那麼一切都前功盡棄。

看樣子，這幫孩子計畫非常周密，比如，哨子要按「哆～嗖～咪」的旋律吹奏；而那些男玉米，必須全部走在隊伍最前列，用他們的話說，是讓「惡毒的涼粉們」知道，玉米不光是彪悍的美女，還有神情款款的斯文小哥。看來，這是個組織嚴密、訓練有素的宗教式歌迷會，有堂主副堂主，香主副香主……後來，他們欽點了幾個娘娘腔男生，預備在三點十分齊放冷煙花，到時煙花怒放，萬人齊頌，瞬間讓「神的孩子」感受到他們內心的「呼喊」和「愛」，讓「神的孩子」知道，她不是短信歌手，而是靈魂歌手。

這幫孩子真是瘋了，林紅想，她們年輕的時候，可從沒幹過這樣的事。她們喜歡汪國真的詩，因為他的詩裡總是有「玫瑰」、「愛情」、「身影」、「命運」這樣的辭彙。後來她和岑紅又都愛上了張曉風的散文。她曾經抄了滿滿一本《初雪集》送給岑紅。記得裡面有一句：「讓我們在水底，像水草一樣，將手臂祕密地挽起」，她小聲地唸給岑紅聽，唸著唸著，她的眼淚就流了下來……

林紅已然被米粒忘記了。林紅只有如影隨行，以防止被米粒甩掉。等米粒忙得差不多，這才注意到林紅，她搓著手問林紅：「妳的票在第幾排？」

「我……我沒票……」林紅焦慮地問，「妳什麼時候有空？我們談談吧，」她看到米粒的鞋帶開了，趕緊俯身下去替她繫上，然後半躬著腰，訕笑著說，「我是鄉下來的，說話辦事不周全，妳……大人有大量，別為早上的事生氣了。」

米粒似乎根本沒細聽這個邋遢的女人在說些什麼。「沒有票也沒關係，」米粒從兜裡掏出一張，有些不捨地塞到林紅手裡，「送給妳一張吧。我讓三表哥買了兩張VIP會員票！組織上還給了我兩張。都是最好的位置！」她眼裡頃刻間灌滿了淚水，讓她在漫天雪色中彷彿一位聖潔的修女，「這樣，我就能在四個位置仰望春春了……」

「妳表哥？」

「是啊，我表哥，李永啊！」

「李永是妳表哥？」

「咋啦？」

「李永真是妳表哥？」

「他不是我表哥，難道是我男朋友啊？我們是一個姥姥一個姥爺的。我早晨去酒店找他，就是去拿票啊。這幾天，我都把他的電話打爆了！」

林紅差不多就要瘋掉了。她最後看了米粒一眼。米粒左臉頰上貼著六張「大頭貼」，那位分不清是男人還是女人的傢伙咧嘴憨笑，露出兔子牙，手裡抓著破牙刷，牙膏廣告似的。林紅覺得自己笨死了。她轉身就走，米粒在身後大聲呼喊著什麼，她也沒有丁點心思去搭理。她必須像條靈活的泥鰍，游過這些蔓生的水草浮萍，抵達另一個安靜的水底世界。這個世界真是瘋了，沒有絲毫可以理喻的地方。

在人群中突圍時，她忍不住瞧了瞧手機。有四個未接來電，其中三個岑紅的，看來她還在等著她一起去吃麻辣小龍蝦；另外一個是妹妹的。林紅連忙打過去，卻是「嘟嘟」的忙音。在這個空氣中散發著煤渣味煤灰味的城市，在這個下著雪的狗屁下午，林紅想起妹妹，腦子裡全是她嬰兒時的影像：肥碩的南瓜臉，一雙小耗子眼，腦上的羊角辮紮著粉色大麗花。她是一點想不起妹妹如今的樣子。真的想不起來。

妹妹在桃源鎮最大的一家商貿城租了櫃檯，賣那些花樣和顏色都稀奇古怪的棉布、大絨布。她好像傍著一個不算很有錢的出租車司機。那個出租車司機長著張風乾的橘子皮臉，碩大的酒糟鼻讓他無論何時都像個剛剛閉幕的小丑。他經常拉著她出去跑業務，北京、石家莊、德州，偶爾去趟海拉爾，順便給她買件廉價的貂皮大衣。她還傍過好多人，據林紅所知，有急診室醫生、賣農藥的二道販子、練氣功的中年鰥夫、人壽保險的業務員、青島啤酒經銷商、政府的副股級幹部……他們也許只買給她一副鹿皮手套，一雙絲襪，或者一瓶芬達飲料。她想和誰睡就跟誰睡，她簡直就是只腐爛的橘子，每個男人的手指能伸進她鬆弛的內裡，沾染些她的汁水和果肉。林紅心裡一陣絞痛……

終於擠出了人群，林紅深呼吸口空氣，點了根菸。吸菸的時候已不覺得嗆了。她邊抽邊給妹妹打了個電話。這次終於通了，是個男人，聲音嫩嫩的，卻不是上午的那一個。

他有些羞澀地詢問林紅是誰，他說林艷正在衛生間裡洗澡，他說妳如果有什麼事待會再打過來吧，他說妳別問我是誰，我只是她的普通朋友，他說妳怎麼這麼囉嗦啊，妳是她媽呀還是她姐呀，他說要不我就把手機送到衛生間讓她接一下，他說好了好了！我要掛了！我從沒遇到過妳這麼磨唧的人！

妹妹不知道她的新號碼。她的新號碼沒告訴任何人。在這次出門之前，她只是在餐桌上給妹妹留了張便條。誰曉得她什麼時候會看到？

我去旅遊。存摺在糖盒裡，密碼是妳生日，缺錢儘管拿。

妳要多保重。

姐姐永遠愛妳！

林紅

7

林紅還是吃上了岑紅的麻辣小龍蝦。這個地方就在岑紅家對面，裝修體面，菜味也正宗。岑紅對林紅拒絕了老軍人的晚餐很是滿意，一個勁給林紅剝蝦，鬧得她兒子直生氣。李永是吃到一半時才到的，穿著制服，滿身碎雪，靴子上水跡連連，看樣子剛執勤回來。他吃得極少，只在一旁不停吸菸，間或皺眉看著他們，不知道是在看岑紅，還是在看林紅，或是在看孩子。孩子對父親的到來滿心歡喜，乾脆跳到餐桌上唱起了〈數鴨子〉，引得服務員過來小聲訓斥，孩子噘著嘴下跳時，把茶水杯摔碎了一只。服務員還沒過來打掃，岑紅已隨手把孩子拽過，解恨似地打著屁股，孩子漲紅著臉大聲啼哭，眼淚泉湧。他嗓門洪亮高亢，讓林紅很是吃驚，她慌亂著掃射了下四周，小心著把孩子搶抱過來，溫聲細語地哄。誰料岑紅又把孩子拽過去，接著打屁股。

「妳別這樣好不好！」李永撚碎菸頭，朝岑紅低聲喝道。

岑紅沒有吭聲，孩子感覺到什麼，也不哭了，乖乖地鑽母親懷裡。李永呷了口啤酒，抬頭對林紅問道：「妳明天去哪兒玩？我從單位給妳找輛車。」

「不用你們的警車，」岑紅說，「我們坐公共汽車去，」旋爾又補充句，「你不用陪著，你們明天不是掃黃打非嗎？」

李永說：「明天不用去。跟老馬換班了。」

岑紅開心地說：「那也好，你給我們當司機，我們高興還來不及呢。」

李永說：「林紅大老遠的來看我們，真不容易啊。」他沒說來看「妳」，而是說來看「我們」。他沒拿林紅當外人，這讓岑紅很是高興，她捅了捅林紅說，「看看，看看，僧看佛面樹看皮，妳面子多足啊！」

在外人看來，這是一個還算和美的小家庭，不會有人察覺到絲毫裂紋。林紅趁岑紅餵孩子之機，鼓足勇氣，硬硬地朝李永拋了個眼色。李永起身說了句，「我去趟廁所」，過了幾秒鐘，林紅也起身如廁。洗手間只有李永一個人在悶頭抽菸，林紅邊洗手邊問：「你能告訴我那個人是誰嗎？我想見見她。」她的聲線壓得不能再低，彷彿就要塌陷到地面之下。為了防止李永沒聽清楚，她再次急切地重複了一遍。她說話的時候一直沒看李永，而是開著水龍頭，盯著嘩啦嘩啦的流水。良久，她感覺到有人在自己臀部觸了一下，只是一下，猶如蜻蜓點水般急促。林紅從鏡子裡看到李永臉色平靜，嘴裡噴吐出的煙霧讓她看不清他的瞳孔。於是她直起身，對他說：「我真的想見見她。」

李永嘆息了聲，林紅不敢看他的眼睛。

「我想和她談談。」林紅低著頭，「我是為了你跟岑紅好……你們多般配啊，多讓人羡慕，還有個聰明的孩子……你還有什麼不滿足的呢？」

李永沒有說話。

「你們這麼多年了……十年了，」她抬頭死死盯著李永。她不知道她的瞳孔裡燃燒著熱烈的一簇火。或許她自己也不曉得這簇火是為誰燃燒。李永咧開嘴巴，笑了。然後，他扭頭去了男衛生間。

林紅拼命用涼水沖著額頭。要說的話終於說出來了，就像蒼蠅終於從肉案板上飛走。

「剛才米粒給妳打電話來著，她說演唱會結束了，妳有沒有空去陪她喝杯咖啡？」李永的手在烘乾機下來回翻轉。他冷漠的語氣像是機器人。

「我不去……我只想見見那個人……我沒別的意思……」

「那我就告訴米粒了，她一定很失望。」

「我不想見米粒，我只想見見那個人……」

「妳發燒了吧？」他冷冷地問。

他們一前一後地回到飯桌上。岑紅正在扒拉米飯。她飯量委實不錯，已經吃了兩中碗了，寬闊的額頭滿是汗珠，「我們明天先去慈雲寺吧，」她把一隻脆生的蝦殼塞進嘴裡，嘎吱嘎吱地咀嚼起來，可能蝦殼卡住了某顆蛀牙，她慌忙著找牙籤，急急地剔起牙來，剔完牙她就又從包裡把那些安眠藥倒出來，抓了一把乾嚥了。後來，她打了個悠長的哈欠，這才慢條斯理地說道，「我看了天氣預報，說明天還會有雪，估計去雲岡的路也好走不了，還是去慈雲寺好了，」她又抓了幾粒檳榔十三味，茫然地塞進嘴巴，「不必麻煩你了，李永，你不用跟老馬換崗了。忙你的去吧。」

晚餐越吃越無趣，林紅垂著頭小口小口地嘬茶。這時孩子叫嚷著要撒尿，岑紅起身帶他去了。

「妳的電話，」李永用手指敲敲桌子，將手機遞過來。

原來還是米粒。這讓林紅無比訝異。米粒的聲音有些哽咽，她說，散了，散了，人都走了，燈光也滅了，演唱會結束了，妳哭了沒？妳在吃飯嗎？林紅還沒待回答，米粒就又說上了，她說，她現在非常非常地傷感，像是春天的時候，眼睜睜看梨花從樹上大瓣大瓣地飄下來……對於米粒的抒情式言語，林紅並沒有被打動，只覺得有些滑稽可笑，她很難把那個玩命打架的女孩跟現在這個拿捏著哭喪腔調的人重疊。在這短暫的一天，米粒已經戲劇性地向她展示了搔首弄姿、撒嬌、潑茶、打人等系列表演，她沒上北京電影學院真是可惜了。

「真的謝謝妳，下午沒讓我出醜，」米粒舌頭似乎有點短了，「你們現在吃完飯沒？我在體育館的台階上，妳過來趟吧。妳下午不是有事要跟我說嗎？妳有什麼事呢？」

「……我現在沒話說了。」

「我知道妳想問什麼，妳過來問吧。我把知道的一切統統告訴妳。妳來吧，我求求妳了。」米粒在那邊哭起來。說是哭不如說是抽泣，斷斷續續，有聲無聲，悲愴難抑。林紅心裡一沉，怎麼就想起了妹妹。

那年妹妹就是經常這樣抱著她抽泣的。妹妹哭的時候從來不出大聲，她從小就那樣，打針都不哭，她不怕疼，她只咧嘴，但從不掉眼淚。妹妹抽泣完畢，就看著她。她永遠忘不了妹妹那天晚上的眼神。那是韓小雨跟她結婚半年後的一個晚上，她值夜班回來，門敞著，屋裡也沒有韓小雨，林紅就去妹妹的房間，妹妹這個時候應該正在溫習功課。可門鎖著，她就掀起門簾，然後她看到了一具黝黑的身體在妹妹的床上……林紅瘋了似地敲門，用腳踹，後來連門玻璃都砸得粉碎……韓小雨出來的時候，身上什麼都沒穿，只腳上套著雙黑襪，他抽著菸，森冷地盯著林紅。他什麼都沒說，走到客廳，裸露著身體倚靠進沙發，悶悶地抽菸。我喝酒了，韓小雨說，我喝多了，他抬起頭凝望著林紅，將電視打開，屋子裡頓時滿是喧嘩的聲音。林紅走進妹妹的臥室，哆嗦著看著妹妹。妹妹蜷縮在床上，赤身裸體。她樣子非常古怪，她什麼都不說，在昏黃的燈光下，只用雙手捂著自己的乳房……韓小雨一個禮拜沒敢回家，妹妹一個禮拜沒跟她講話。她知道妹妹在期待著她做點什麼，然而讓妹妹失望的是，她什麼都沒做。妹妹就是從那時起開始神情恍惚的，她常常失蹤，也不好好上學。有一天，妹妹很晚沒回來。她瘋了似的把河邊、學校、附近的小樹林翻遍了，卻沒有一點線索。回家後，她坐在妹妹的床上，拿了把菜刀割著自己的手臂。可卻感覺不到一丁點的疼。後來，她看到妹妹從櫥櫃裡鑽了出來。妹妹在櫥櫃裡躺了半天？林紅撲過去想抱住妹妹，妹妹卻一把搡開她。林紅知道，妹妹以後再也不會信任她了，她再也不能像以前那樣，將這個孩子疼愛地抱在懷裡。妹妹將她推搡開後，淡淡地掃了一眼她胳膊上流淌下來的血，冷冷地說了句，我沒事了，真沒事了。

「妳等著我。」林紅壓著嗓子對米粒說，「妳別做什麼傻事啊！我這就趕過去！」

林紅的頭腦重又靈活起來。她告訴李永，如果待會岑紅回來，就轉告她，父親的戰友又來電話了。老人家在電話裡哭哭啼啼，為了不讓老人家傷心欲絕，她必須去一趟，安慰安慰老人家，可能會回來得晚點，讓岑紅放心好了，她不會出事的。李永機械地點著頭，示意她儘管去就是。

出了飯店，林紅才發覺雪已經停了。在短短的時間裡，這座被煤煙熏得臉色黯淡的城市，已然被塗上了薄薄的一層豬油。

8

下午熙攘的體育館，在雪後是那麼清冷。水泥地遍是歌迷們扔棄的門票、易拉罐、螢光棒、宣傳照。室外籃球場上，幾個男孩正呼哧呼哧地打籃球，因為地滑，他們不得不放慢動作，這樣看上去，他們就像是電影裡重播的慢鏡頭，還有個身材臃腫的老頭，繞著籃球場倒退著跑步，另外有兩老太太，並排站雪地裡，吊著風箱般的嗓門齊唱〈紅梅讚〉。

林紅在體育館館門外發現了米粒。館門緊鎖，她坐在台階上。林紅走到她身邊時，她正仰頭喝著什麼。當她看到林紅，便把瓶子朝林紅晃了晃。林紅這才發覺那是瓶白酒。這麼冷的天，這姑娘一個人坐在這兒喝白酒？林紅不相信似地把瓶子拎起來，原來是瓶半斤裝的六十二度杏花村汾酒，已下去近半瓶。米粒沒說啥，只用手掌拍了拍台階，示意林紅坐在那裡。林紅從兜裡摳出團髒兮兮的手紙，擦了擦，猶豫著坐了。米粒這時卻不說話，把頭夾在兩腿中間，聳著窄小的肩，嚶嚶哭出了聲。林紅就又從兜裡摳出那盒香菸，劃了火柴點，點了兩根卻都滅了，米粒瞇縫著眼，用手替她遮了風。林紅胡亂吐著煙圈，便聽米粒哭喪著說：

「給我一根。」

兩個女人就坐在那裡抽菸。米粒看樣子是個老煙鬼了。邊吸邊不時灌口白酒，每灌一口，就探著頭咳嗽不止。林紅最是懼怕白酒濃烈的味道。她一把將酒瓶搶過，毫不猶豫地潑掉。米粒也不哭了，愣愣盯著空酒瓶，說：「春春走了。」

「走就走吧。」

「我很累。」

「有誰不累呢……不累的都變成了鬼。」

「我男朋友跟我分手了啊。」

「分了……就分了……妳這麼年輕……有的是好的。」

「可我就喜歡他！」

林紅就想起下午打電話時她提到的那個叫「王小峰」的人。除了王小峰難以忍受米粒的脾氣，怕是再也找不出他們分手的緣由。

「我們明天就期末考試了。」

「……好好考……」

「可我連一科都沒看。」

「不及格……能補考嗎？」

米粒哭得更加絕望，「我已經有五科不及格了！」

「蝨子多了不癢，都五科了……再加上一科……也沒啥……」

「要是六科不及格，就被學校開除了啊！我都上大二了啊！多丟人啊！」

林紅真的不知道要如何勸慰她。她哆嗦著將菸頭掐了，「妳會沒事的。沒有蹚不過去的河。我走了。妳也早點回學校。」

「別走！陪我待會！」米粒嘶嚷道，「陪我待會！」

林紅復又坐好，將羽絨服裹得更為密實。下了雪天就格外冷，人跟沒穿衣服似的。她突然想起上高中的時候，每每雪停，她就拽上岑紅去堆雪人。她們堆的雪人跟別人的不一樣。她們堆的雪人一個身子長著兩個腦袋，都梳著用玉米穗編織的長辮子。

「妳是我嫂子的好朋友，我告訴妳，他們該離婚了。」米粒站起來，將那個空酒瓶撿過來，抱在懷裡，用臉輕蹭著，「我好熱。我要爆炸了。我馬上就要爆炸了！」

林紅的心提到嗓子眼，「他們為什麼要離婚……他們不知道有很多人羨慕他們嗎……」

「趙小蘭回來了。」

林紅的耳朵貓一樣聳動著。這個女人的名字終於從別人的嘴裡蹦出來。這個女人的名字很嫩生，像春天沒割過頭茬的韭菜。她儘量讓自己的聲音顯得漠不關心，「她從哪兒回來的？」

「誰知道她從哪兒回來的？反正她帶著個女孩回來了。」

「後來呢。」

「後來？後來她就找我哥。」

「找妳哥……幹什麼？」

米粒沒有回答。她直起身，將那個空酒瓶扔了出去，接著，清脆的、悦耳的玻璃器皿破碎的聲音在遠處迴蕩著。米粒依了林紅坐下，變魔術般從懷裡又掏出瓶白酒，似乎是怕林紅阻止她繼續喝下去，她擰酒蓋的動作異常麻利。林紅看著她將酒瓶插進嘴裡，咕咚咕咚著嚥下一大口，「好爽啊！我表哥命裡註定就走桃花運，從幼兒園就走，一直走到現在，妳信不信？」

「信。」林紅低頭。她怎能不信？算上這次，她只見過他三次。第二次是他們回唐山擺喜筵。岑紅高中是班長，很有號召力，那些同學差不多全到。同學們大都沒考上大學，不是在化肥廠修理機床就是在清潔隊掃大街，要麼就在手套廠當女工，即便做生意的，賣些廚房用具服裝小百，也賺不了幾個子兒。他們覺得在外省工作的岑紅還能惦記他們，還能邀請他們喝喜酒，當真是給他們長臉的事。這些人哪個不喝個半斤八兩？他們把岑紅和李永灌得爛醉。尤其是岑紅，本是男子性氣，又跑了幾年業務，喝酒有兩把刷子，從不服軟的。等林紅把這對新婚夫妻送回賓館，岑紅一頭就栽倒在床，很快打起鼾聲。李永踉蹌著去廁所嘔吐，林紅忙去攙扶，李永反身一把將她摟住。他的氣力大得驚人。她至今還記得他火熱、柔軟、蜂蜜般甜美的舌頭來回舔著她的兩個耳蝸，舔得她渾身酥癢喉舌乾渴。當時她為何沒一把將他搡開？她還記得他的大拇指和食指細細地撫摸她的乳房，孩子撒嬌似地說，我喜歡妳害羞的樣兒，親親寶貝……廁所牆上掛著面破了邊的鏡子，鏡子上滿是大朵大朵的粉色花朵，她看到一雙驚恐的眼睛在薔薇花瓣中輾轉飄移時隱時現，瞳孔中透著恍惚的、微弱的、絲絲了了的光亮……

「我給妳講個故事吧，」米粒打個酒嗝，「從前有兩戶人家，住隔壁，丈夫都是哈爾濱的，又都在煤礦上班，老婆呢，都在製藥廠財務科，平日你來我往，關係好得賽過一家人，」她扭頭問林紅，「還有菸嗎？」林紅顫抖著點了根，忙低著頭遞給她，「兩家呢，一家是女孩，另一家是男孩，同歲，從小一起玩大的。男孩長得漂亮，性子柔，學習還好，女孩呢，細眉吊眼的，滿臉雀子，大大咧咧像個男孩，考試總是倒數第一。後來，女孩考上了職中，男孩上了重點中學，這時，兩家都住上了商品樓，一家在昌盛街，另一家在華容街，隔了七八里路。雖不住鄰居了，走得卻比以前更近。這家燉了兩條梭魚，也要騎上自行車，花上二十分鐘去給那家送一條……高二那年寒假，女孩老說肚子疼，她媽就帶她去醫院檢查，」米粒瞄準酒瓶，將菸灰耐心地彈進去，菸星不時在玻璃瓶裡閃著憂鬱的碎光，「醫生說，孩子多大了？她媽說十六啊，剛過的生日。醫生就說，妳這個媽咋當的？妳到底是不是孩子親媽啊？妳是傻子還是瘋子？妳閨女懷孕都八個月了……」

林紅屏住呼吸。下面的情節已不難想像。這個時候，那個練習跑步的老頭從她們身邊踱了過去，不時狐疑地回頭看她們。米粒尖著嗓子嚷道：「看什麼看！沒見過美女啊！老色鬼！」林紅一把捂住她嘴巴。「妳膽子真小！你們鄉下人是不是都這德行？」米粒有些不屑地吐口痰，「後來，女孩她爸媽差點把女孩打死，女孩就是不把那個男人的名字說出來。據說，她的後背被她爸爸用笤帚抽爛了。能說什麼呢……再後來，他們全家就搬走了，工作房子都不要了，沒人知道他們去了哪兒。再後來呢，半年前，這女孩回大同了，她今年也三十多歲了吧？跟妳一樣，是個老女人了，她帶著個十四歲的閨女……」

「妳知道趙小蘭的電話嗎？」

「知道怎麼樣？」

「告訴我。我想跟她談談。我知道她很可憐……可是……」

「知道怎麼樣？不知道又怎樣？告訴了妳又能怎樣？妳以為妳是誰？我明天考試照樣他媽得不及格！」她的眼淚刷刷流下來，「妳說，我要是真被開除了，該多丟人啊！王小峰會看我笑話的！」

林紅緩緩站起來。林紅走了。林紅走得非常慢。

「別走！別走！妳別走！妳給我站住！妳他媽一身豬肉味，有什麼牛B的啊！」

夜深如海。她再次撥了妹妹的手機，雖然很晚了，但妹妹的手機並沒有關。過了會便有人接了，是個男的，這是個中年人，但明顯不是那個長酒糟鼻的出租車司機。他的聲音像是繃得直直的鋼絲，平平的，細細的，鼻音很重卻有金屬回音。他問林紅是誰。林紅說我找我妹妹。男人沉默了半晌，然後說妳妹妹睡著了，剛剛睡著的，妳是林紅嗎？妳現在在哪裡？要我把她叫醒嗎？妳現在在哪裡？

林紅沒有回答，直接關了手機。

9

林紅是在體育館北邊的馬路上看到李永的。李永倚著那輛警車，就那麼著凝望著越走越近的林紅。在路燈下，這男人的面孔如此陌生。十六歲時的李永是什麼樣的？他又過了一個什麼樣的寒假？

林紅還依稀記得十六七歲的韓小雨。他比她低一屆，上初三。她曉得他是因為他在學校裡很有名。他有名的原因頗多，他有三個哥哥，其中兩個蹲過監獄，韓小雨繼承了他兄長們的彪悍習性，臉上常貼著膏藥晃來晃去。他在英語課上看黃色小說被老師逮到，校長在全體會上點名批評。林紅沒想到高中畢業後會跟他成為肉聯廠的同事。他那時安分多了，他三哥因為搶劫剛剛進了監獄。雖是同事，見了面也極少打招呼。兩年後，林紅在廠裡成了新聞人物：她父母車禍身亡，肇事方賠了林紅和妹妹八萬塊錢。韓小雨就是那之後追林紅的。那時林紅跟妹妹住平房，經常停水。韓小雨下班後就跑到她們家，將水缸挑得滿滿的，將庭院裡種的豆角、茄子澆得精透。起先林紅很是厭惡他，以後就慢慢習慣了。有時候她看著他光著膀子，渾身油亮，挑著兩擔水就像個歡快的剃頭匠，心裡是一種暖暖的疼。有一次，她接連幾日沒見到他，隱隱有些失望。後來聽人說，他病了。林紅就買了些水果罐頭探望他。他很是快活的樣子。他娘是個瞎子，信佛，每年三月初八都去百里開外的廟裡燒香。他說這次去，公共汽車離寺廟尚有八里地，就拋錨了。老太太又非在午時進香，他就背著她一路小跑，熱了就脫了衣裳，光著膀子趕路，不成想就感冒了，頭疼得厲害，似是怕林紅不信，他就拽了她的手去摸他的額頭。林紅想把手抽回，不成想他一把將她拉入懷裡，翻身壓下……他好像對此非常精通，她並未感到絲毫的痛楚，她只是睜著一雙眼睛，凝視著屋頂。她想，她們家終於有個腱子牛一樣壯碩的男人了……

「上車吧，明天我陪你們去雲岡看大佛，」李永將車門打開，「我把岑紅跟孩子都送回家了。岑紅讓我來接妳，怕妳找不著家。等妳半天了。」

「哦。」

「妳這次來，怪怪的。家裡是不是出了什麼事？」李永的額頭從側面看上去顯得有些凸起，而他薄薄的嘴唇在陰柔晦暗的燈光下彷彿與人中連在了一起，變成了一個沒有嘴唇的人。

「沒有！」林紅很堅決地說，「他們都很好！」

「妳還在賣豬肉嗎？」

「嗯。」

「妳丈夫還在開理髮館？」李永神色專一地開著車。

「是。」林紅的聲音有些暗啞。她這一天裡已經說了太多的話。她覺得這一天說的話已經遠遠超過了以前三十年所說的。她記得豬在被五花大綁起之前，牠們肥碩的耳朵總是瘋狂搖晃，似乎不想聽到屠刀在磨刀石上霍霍的聲響，等蹄子被麻繩捆得緊緊的，仍死死撓動著，一副隨時拼命奔跑的姿態。牠們慘叫的聲音像是沙塵暴來臨時，風沙從明淨的玻璃窗上滾過。牠們冥冥中知道一切行將結束，牠們嚎叫的聲音裡除了恐懼，更多的是一種臨被屠宰時的幸福。

「妳跟米粒都聊什麼了？」

「沒什麼……我們都是……那誰的玉米……」

「呵呵。沒想到妳還喜歡聽歌，喜歡追星呢！」

「我們……回去吧。岑紅肯定等著我。」

「我們不回去，還能去哪兒？」前面是紅燈。李永將車停了，看了看林紅，林紅垂下頭，手指磨蹭著羽絨服的衣角，「這麼多年了，妳還跟個小姑娘似的，妳不會大點聲氣說話嗎？妳怕什麼呢？有什麼好怕的呢？」

林紅不曉得如何作答，她只有努力均勻地呼吸著。

等到了岑紅家，兩位老人都睡了，孩子也睡了。岑紅似乎對林紅的所作所為很是生氣，悶悶地替林紅放了洗澡水，又將棉被抱到沙發上，叮囑李永睡覺不要蹬被子。李永只是看《晚間新聞》，不停喝著茶水。岑紅就低聲質問道，你到底想怎麼樣？你到底想怎麼樣呢?!李永連看也不看她一眼，兩人就那樣僵持著。等林紅洗澡出來，李永剛好接了電話。他神色凝重地看了岑紅和林紅一眼，說局裡有緊要任務，他必須去報到。岑紅對他的解釋只「哼哼」了兩聲，然後「砰」地一聲將防盜門關上。

兩個女人就進了屋子，窸窸窣窣地上了床。床燈亮著，燈光碎了一地。岑紅也不答理林紅，側身而臥。林紅知道她並沒睡著，伸手去摸她的手，岑紅輕輕將她的手撣開，過了會林紅的手便又伸過去，岑紅又將她的手挪開，如是反覆幾次，岑紅才安靜了，林紅握著她的手，她的手大而糙，粗大的骨節攥在手裡，像是攥著把枯柴火。岑紅就有一搭沒一搭地問，林紅父親的戰友住在哪個區？是否健康？是否喝了些酒？林紅也沒吱聲。岑紅就轉身過來，靜靜地看著林紅。林紅的臉色比白天要紅潤些，眼角細小的紋絡爬向兩鬢，像是張大風過後的蛛網，她鼻翼兩側的雀斑比前些年更多了，而她的嘴唇，起了兩個白色水泡，行將潰爛的樣子……只有她的眼睛沒變，幽深蹚不著底，棕色瞳孔轉動間，滿是少女的羞澀和不安。

「妳到底有什麼事瞞著我？說。說吧！」岑紅搖晃著她的肩膀。她的肩膀沒有丁點肉，肩胛骨鋭利得像兩把刀鞘，岑紅反倒有些心疼起她來，「妳把秋衣脱了吧，怪熱的，」林紅沒有反應，岑紅就去拽她領子。她的秋衣很舊了，原是老紅，洗得鬆弛得像塊花抹布，脱起來甚是方便。然後，岑紅就發現了她身上的祕密。岑紅險些叫出聲。林紅的胸脯、林紅的胳膊、林紅的後背、林紅的手腕上全是疤痕，有深有淺，還有橢圓形的疤，明顯是用菸頭燙的。林紅一聲不吭，任她把自己翻過來翻過去地看，臉上沒有任何表情。

「這個畜生！全是韓小雨幹的嗎?!」岑紅用手指肚來回蹭著她身上形形色色的疤痕，顫抖著聲音問，「他比牲口還牲口！還是個男人嗎?!」

林紅仍是不語。「當時你們結婚，我就知道他圖的是什麼！妳個傻丫頭啊。」岑紅用新棉花被將林紅裹得像只蠶蛹，「妳跟他離婚吧！哪有這樣打老婆的！哎，妳當初幹嗎嫁給他呢？」

林紅只是不語。她似乎睡著了。岑紅也就無話了，重重嘆息聲，側身躺了，不停打著哈欠流著眼淚。後來，她感覺到林紅鑽進了她的被子，手臂安靜地攬住她豐滿的腰身，臉死死貼住她後背。再後來，她覺得自己後背潤潤的，濕濕的，洇了一大片。她抓了顆藥丸塞嘴裡，細細咀嚼著，說，林紅，妳給我唱首歌吧，我好多年沒聽妳唱過歌了。妳唱歌比我強多了……唱什麼呢？就唱〈九月的高跟鞋〉吧。誰唱的來著……是鳳飛飛呢還是林憶蓮呢……妳那小嗓門，唱起來比誰都好聽，是真好聽呢……

翌日醒來，本是計畫去慈雲寺，但雪已經融化，岑紅就又改了主意，說，還是去雲岡石窟吧！定了主意後，她便急忙給李永打電話。李永的電話一直關機。等老人孩子都起床了，早飯也吃完了，才聯繫到李永。李永說他還有點事，讓她們在家裡安心等著，還囑咐岑紅，千萬不要讓林紅出去亂跑，人生地不熟的，路又滑，別出什麼岔子。他說話的聲音柔和溫靜，全然沒有了往日的不耐煩。岑紅很是高興，便跟林紅商量，是否帶孩子一起去？林紅呆頭呆腦地說，怎麼都行，怎麼都行。由於事先沒準備，岑紅開始倉惶著給孩子找乾淨衣裳。孩子呢，知道要出去旅遊，樂得連蹦帶跳。這時林紅就說，她先出去買點東西，讓岑紅等她片刻。岑紅雖不情願，也不好說什麼，也許，林紅這兩天的怪異行為已讓她啞口無言。她只叮囑林紅別亂買東西，到時候在那裡吃飯住宿都不用發愁，李永會找企業報銷的。林紅「嗯」了聲，背了旅行包出去了。

出了門，林紅先給米粒打電話。如果她今天參加考試，自己就去學校等她，直到她考試結束，如果她裝病棄考呢，就更好了，能馬上見到她。林紅現在最大的願望，就是從米粒嘴裡套出趙小蘭的電話號碼。林紅深信對付趙小蘭這樣的女人，她還是綽綽有餘的。只有趙小蘭離開李永，岑紅的日子才能過得安生，即便她自己有什麼不測，她也會心安。

可是米粒電話關機，她便給妹妹打，妹妹的手機也關機。林紅打了輛出租車，逕自去了財經學院。為了防止岑紅干擾她的行動，她也把手機關了。現在世界終於清靜了，沒有什麼比耳根子清靜更幸福的事情了。

等到了財經學院，問題又出現了。她不知道米粒在哪棟宿舍樓。她總是這麼糊塗。再次聯繫米粒，還是無法接通。便找岑紅，岑紅說，妳又跑哪裡去了！這麼半天也不回來！李永剛才打電話說……林紅果斷地掛機。後來，她突然又想去軍區大院看一看。昨天去的時候，她沒有看到那隻粉色烏鴉。也許那隻烏鴉早死了，也許牠還活著，這些全是次要的，林紅只是想證實一下，在那個憂傷的年代，她是否真的看到過一隻烏鴉呢？而且是粉紅色的，每天牠都會從古老的磚紅水塔上飛下來，逍遙自在地獨自起舞……

今天站崗的士兵不是昨天那個細眉細眼、滿臉痤瘡的小夥子，而是個方頭大臉，兩腮抹著高原紅的粗壯傢伙。他是個很認真的士兵，他說他好像從來沒見過林紅在這裡出入，想看一下她的證件。林紅喏喏著說，證件丟了，還沒有補辦，你就讓我進去吧！士兵就說，妳給家裡人或熟人打個電話吧，我想證實一下。林紅就快快地走了。她邊走邊給米粒打電話，仍沒有動靜。在經過一個街心花園時，她在那裡坐下，細細地觀察著來往的行人。他們都忙著去上班，他們從來不會對一個陌生人看一眼，而林紅現在多麼需要一雙溫柔的眼睛注視著自己，她會把自己所有的祕密透露給他，哪怕他是個完完全全的陌生人。

後來，她看到一輛大卡車拉著一車豬肉緩緩路過，那輛車雖然鼓著個肥大的綠車篷，可林紅還是從車尾縫隙裡，晃著了一頭頭被剖膛破肚的生豬。牠們安靜地疊壓在一起，尾巴僵硬地卷垂著，支棱著肥碩的耳朵，像是剛拱完豬食槽子。她又開始嘔吐了，她連昨天晚上的麻辣小龍蝦都吐了出來。她看到光溜溜的韓小雨躺在大理石地板上，那麼安靜，那麼悠閒，全然沒有了往日的威風，曾經永遠不知疲倦的下體縮成一團肉牙，它再也不會膨脹了，它再也沒有力量粗暴的捅入妹妹的身體裡……畜生永遠是畜生，不管牠是否穿著人的衣服。無論何事，只要有了第一次，肯定會有第二次、第三次、第四次。在過去的日子裡，到底有多少次，她親眼看到韓小雨跑進妹妹的房間呢……妹妹搬出去一年後，不知懷上了誰的孩子。那天，他將她擄到家裡……她懷孕五個月了，這頭牲口還是把她弄得大出血。一個人要是有罪，老天總會假他人之手做出懲戒，最後變成植物的肥料，變成下水道裡的汙水，變成狗嘴裡的饕餮大餐，變成遺失在火車站候車大廳裡的豬肉，變成天空裡……雲朵最骯髒的一部分。

「林紅啊！妳在……哪裡啊？」是岑紅。她的聲音虛弱而焦慮。

「空軍大院旁邊，有個小花園。」林紅凍得鼻子通紅，不停流著鼻涕。

「那個啥。林紅，聽我說，今天李永有事，我們還是別去雲岡石窟了吧？好嗎？我們去慈雲寺，慈雲寺近。妳在小花園等我，我這就去找妳！妳……妳別亂跑啊……」

林紅又給米粒電話，還是關機。她不想等岑紅，她想還是去學院等米粒吧。或許可以讓傳達室的門衛查一下花名冊。她在小花園裡又徘徊幾圈。等她打定主意，她看到岑紅從一輛出租車裡出來了。岑紅搭的那輛出租車停在離她不遠的路邊，後面的兩輛也跟著停下來。岑紅神色慌張地小跑過來，什麼話都不說，只是嘴唇不停地顫抖，她的手焦躁地握著林紅的手，林紅能感覺出她的手也在顫抖。

林紅說：「妳怎麼了？妳怎麼緊張成這樣呢？對了，妳手頭有零錢嗎？我今天不想去慈雲寺了，我想待會打車去找個人。我身上就剩下兩塊錢了。」

「有啊，」岑紅急忙去掏錢包。可是掏遍了全身也沒有找到。她朝林紅僵硬地笑了笑說：「真是的，出門太倉促了，忘了帶錢包。」

「沒事的，」林紅輕柔地說，「我有銀行卡，待會去支領一些好了。」

「讓我再看看，」岑紅又把全身搜了一遍，後來終於找到枚一元錢的硬幣。她苦笑了一聲，將那枚硬幣攥了攥，張開手心，朝它吹了口氣，然後她交錯了幾下左右手，胳膊伸得直直的，對林紅說：「猜一猜，在哪個手心裡？」

林紅笑了。這是她們在少女時代經常玩的遊戲。每次林紅都很少猜錯，而岑紅則很少猜對。林紅將那枚硬幣放在掌心，幽幽地說道：「岑紅，妳還記得嗎？上高中的時候，一塊錢能買二十塊糖瓜子。」岑紅沒有回答，林紅就接著說，「有些事妳別擔心，我會幫妳辦好的。」她把頭斜靠在岑紅寬厚的肩膀上，耳朵不時蹭著岑紅的衣服，「妳還記得嗎？我小時候的理想嗎？」說到「理想」這兩個字時，她似乎有些羞赧，於是她的聲音便更微弱了，「我想變成一塊小石頭，在大海底下，最深的地方，待著，不用說話，不用想事，不用動彈，只能看到魚在游泳，海藻飄來飄去，」她深深吸了口氣，彷彿她真的變成了一塊大海深處的石頭，「妳咋了？為啥不吭聲呢？」

岑紅一直沒有說話，她整個粗大的身坯都在打著寒噤。等林紅環顧四周，才發現有四五個警察像群清冷的獵狗，正在慢慢朝她圍攏。他們手裡拿著槍，也許子彈都已經上膛了。在那些警察裡，她發現了李永。他兩手空空，面無表情地逡巡著她。林紅馬上明白過味來，她突然一把將岑紅抱在懷裡。岑紅能感到她瘦小乾枯的乳房頂著自己的乳房。後來，林紅凌亂地摸了摸她的額頭，對她耳語道，「我想為妳辦件事……可還沒辦成……」她最後一個動作是蹲俯下去，似乎想從旅行包裡掏東西。警察就是這時蜂擁而上的。他們很輕易地就將她按倒在髒兮兮的雪地上。她那麼瘦，身子骨那麼輕巧。她沒有絲毫反抗，只是嘴裡嘟囔著，「岑紅……岑紅……妳的薔薇……」

那個旅行包被警察拎走了，李永對一個面色鐵青的人說了幾句話，然後，他從破旅行包裡掏了件東西，朝岑紅疾步走來。

岑紅臉上的肌肉不時抽搐，嘴巴張得大如核桃，卻發不出任何聲音。她接過李永遞過的東西，是盆微型薔薇。小巧玲瓏的花盆，盛開著兩朵粉紅薔薇。單瓣薔薇在寒風裡瑟瑟抖動，發出極細小的嗚咽聲。岑紅又去看林紅，已然沒有她的蹤影。那些警察，富康出租車，統統消失在眾多拉煤的大卡車中了。岑紅哆嗦著，把那盆薔薇藏進羊絨大衣。細小的花朵從襖兜裡支棱著伸將出來。她將一把藥片塞進嘴裡，咕嚕著喉結艱難地嚥下，然後情不自禁地打了個長長的哈欠，眼淚就是這時淌下來的，她用粗大的手掌抹了把自己迸刺的臉。她覺得睏極了，可眼睛依然睜得大大的。

二〇〇七年一月十九日

後記——孤獨及其所創造的

我曾無數次回想起過滿月的情形。這段記憶被我在家庭餐桌上無數次提及，一開始是小心翼翼的，多說了幾次，就肆無忌憚起來。然而都被母親微笑著否認了。她說，怎麼可能呢？出生三十天的孩子是沒有記憶的。可我的語氣如此確鑿，表情如此肅穆，有時竟讓她不由自主地狐疑起來。我說，我躺在一間光線昏黃的矮屋中，身體被棉被蓋得密不透風。很多人圍圈過來張看，嘴唇不停翕動。他們肯定是在讚美這個肥胖白皙的男嬰。在鄉村，這是種必要且真誠的美德。還有位穿對襟棉襖的老太太把一頂項圈套在我的脖頸上，嘮嘮叨叨。她臉如滿月，喜樂慈悲。母親這時通常會插嘴道：這倒沒錯，你過滿月時，你外婆（母親的乾媽）的確送了你銀項圈。可是——她猶豫著說，你那時除了哭啼就是吃奶，跟別的孩子也沒什麼兩樣啊。

這時我通常保持沉默。下面的細節我從來沒敢告訴她：那些親朋鄰里猶如水底游魚不斷在我身邊穿梭，我倏爾迷茫起來：我在哪裡？我是誰？當他們在光線萎暗的房間裡竊竊私語時，我覺得無比委屈，甚至是心有不甘。於是我不禁嚎啕大哭起來。身處如此陌生之境，誰都不識，空氣裡滿是楊花涼薄冷清的氣味，我甚至不清楚為何要躺在這樣一張綿軟的被褥上，動也不能動，猶如剛由花蕾結成的果實掩映在月光下：光滑孱弱，困惑自知，卻沒法站在枝頭大膽窺視枝條以外的世界⋯⋯

母親常常將此事當做笑話講與旁人聽。他們初聞時也覺得不可思議。他們不停爭辯著，討論著，最後得出貌似真理的論斷：我所言及的或許只是段夢境，然而我卻將這段夢境當作事實記錄下來。當然他們的理由也頗為充分：出生三十天的孩子對物件是沒有概念的，所以我不可能知道什麼是銀項圈；出生三十天的孩子對氣味也沒有經驗，所以我更不可能分辨出楊花的香味⋯⋯

當他們頗為得意地將這結論講出來時，通常會長吁口氣，彷彿一塊在空中飄移了多日的隕石終於落入河流。巨石沉潛水底，沒傷得頑童牲畜，沒砸得穀物野花，該是幸事。而我只能悻悻地望著他們哂笑，同時內心蕩起一股從未有過的滋味。當我日後無數次地品嘗到那種無以言說的滋味時，我曉得它有個略顯矯情造作的名字：孤獨。

是的，孤獨。孤獨而已。

我十多歲時住在華北平原上的一個鄉村。父親在北京當兵。母親拉扯著我和弟弟，種著田裡的幾畝麥子和花生。我那時最怕的是夜晚。那個年代，大陸的鄉村還沒有通電，母親通常會點一盞煤油燈，然後在燈下納鞋底。我不曉得為何如此害怕夜晚，害怕它一口一口將光亮吞掉，最後將整個村莊囫圇著吞噬到它的肺腑中。我記得當時讓我的祖父做了一把紅纓槍，槍桿是槐樹的枝椏，槍頭用斧頭砍得尖利無比，為了美觀，我還在槍頭周圍綁了圈柔軟的玉米穗。它是我依仗的武器，是大衛王的利劍。當弟弟熟睡母親仍在納鞋底時，我會躡手躡腳地從炕上爬起，手裡攥著紅纓槍閃到過堂屋，扒著門閂窺視著黑魆魆的庭院。庭院裡什麼都沒有，只是墨汁般的黑，偶有野鳥怪叫。當母親輕聲地喚我時我才轉身溜進屋，跟她解釋說撒尿去了。每晚都要如是反覆幾次。

母親後來有些擔憂。我偷偷聽她對姑媽說：這孩子啊，可能患了尿頻尿急的病症，是否要去看醫生呢……我忘記了當時姑媽如何安慰她，但那時，我內心委實湧起一種莫名的自豪。母親永遠不會曉得，我在用紅纓槍保護著她和弟弟，保護他們免受夜晚的侵襲。可我永遠不會把我的想法告訴她。當我意識到這一點時，那種無以言說的滋味又在我矮小的身軀裡蕩漾開去。我當時當然不曉得它的名字。

等讀了大學，學財會專業的我最喜好的卻是泡圖書館讀小說。大量閱讀的後果就是，我覺得我也可以寫他們寫的那種小說。這是種隱祕膨脹的竊喜。我常常晚上躲在教室，在日記本上虛構著我臆想出來的故事。這和我上班之後的情形如出一轍。一九九七年大學畢業後，我被分配到一個鄉村稅務所，管理著十來家死死滅滅的工廠。由於單身，我經常替同事值班。那是如何的夜？我曾在隨筆〈野草在歌唱〉中有過描述：

無數個值班的夜晚，我光著膀子開著電風扇，一寫就寫到天亮。我那個精通奇門遁甲的老同事說，我們稅務所的院子裡住著三位仙家：狐仙、白仙（刺蝟仙）和柳仙（蛇仙），她們已在此處深居修煉多年，道行高深莫測。在那些不眠之夜，我多希望她們在我寫得疲乏無聊之時，現身陪我說說話，抽根菸，或者喝口廉價的本地啤酒。可她們從沒出現過，哪怕是在黑沉沉的夢中。我只聽到風從簷角下急走，只聽到旁邊小賣部裡男人響亮的鼾聲，只聽到野貓交媾時淫蕩的叫聲和夜行人匆忙的腳步聲。也許她們認為，我寫得太爛了。她們只喜歡貌若潘安、臉頰從不生青春痘的文弱書生。而我，太像一個粗蠢的舉重運動員了。

結婚後也是如此，只有當暗夜降臨，我才擁有了純粹的自由和創造新世界的魔法——我必須承認，那是種冒充上帝的虛偽的快慰：在一張張白紙上，寫下一行又一行齊整密集的漢字。那些漢字瘦小孤寒，或許沒有任何實質意義，然於我而言，卻是抵禦無時無刻不存在著的孤獨感與幻滅感的利器——猶如少年時那柄散發著樹木清香的紅纓槍。從本質上來講，我可能仍是那個被繈褓圍圈在土炕上的嬰孩，仍是那個在鄉村的夜裡惶恐孤單妄圖用樹枝保護親人的少年。而縱觀我的小說創作，我方才發覺，那些主人公或多或少都有著這樣的特質：懼怕孤獨、沉溺孤獨或者，虛無地、無望地抵禦著孤獨。

〈曲別針〉裡的志國，有情有義的父，儒雅毒辣的商，在下雪的夜晚去嫖妓，而手裡的曲別針，總是彎成女兒的肖像剪影；〈七根孔雀羽毛〉裡的宗建明，存活的唯一目標就是把兒子從離婚後的老婆那裡搶奪過來，為了這卑微渺小的奢望，他付出了高昂代價；〈細嗓門〉裡的林紅，殺夫後跑到山西，為的是幫助少女時代的閨蜜重獲家庭；〈梁夏〉裡的梁夏，就更為蕭瑟孤單——一個男人如何才能證明一個女人想強姦自己？那麼〈在雲落〉裡的蘇恪以呢？那個孤魂般的男人，他不停地找尋著昔日戀人，難道不是因為害怕與生俱來的孤獨嗎？

所以，我是在回溯時光時，發覺了人孤獨的本質。這多麼愚鈍。多年後我讀到三島由紀夫的《假面的告白》時曾啞然失笑。三島由紀夫比我更荒誕，他竟然記得自己出生時的情形。他說，出生時洗澡用的澡盆是嶄新的光亮的樹皮盆，他甚至還記得，從內側看到的盆邊射出的微微亮光……

所以，我也在是回溯時光時，發覺了自己小說的特質：那群內斂的人，始終是群孤寒的邊緣者，他們孑孓地走在微暗夜色中，連夢都是黑沉沉的。這是件真正細思恐極之事。我一直以為自己的小說看似冷清，骨子裡實則喧鬧世俗，而實際情況可能是，我的小說骨子裡仍是冷清晦澀的，缺匱適度的光亮與暖意。

可是，真的如此嗎？我又狐疑了。無論如何，一個小說家對自己的小說無以判斷，該是件美好的事。無論如何，也只有在孤獨的黑暗中，我們才能各得其所。

二〇一四年十月十四日於倴城

附錄

張楚創作年表（按發表日期排列）

作品名稱	刊物（或出版社）
〈火車的掌紋〉（短篇）	《山花》２００１年第７期
〈U型公路〉（中篇）	《莽原》２００２年第２期
〈旅行〉（短篇）	《長江文藝》２００２年第１０期
〈一棵獨立行走的草〉（短篇）	《青春》２００２年第１０期
〈關於雪的部分說法〉（短篇）	《今天》（美國）２００２年冬季號
〈曲別針〉（短篇）	《收穫》２００３年第３期
〈草莓冰山〉（短篇）	《人民文學》２００３年第１０期
〈長髮〉（短篇）	《人民文學》２００４年第５期
〈蜂房〉（短篇）	《收穫》２００４年第３期
〈櫻桃記〉（短篇）	《中國作家》２００４年第５期
〈穿睡衣跑步的女人〉（短篇）	《長城》２００４年第６期
〈安葬薔薇〉（短篇）	《長城》２００４年第６期
〈疼〉（中篇）	《人民文學》２００５年第３期
〈人人都說我愛你〉（短篇）	《當代》２００５年第３期
〈聲聲慢〉（短篇）	《青年文學》２００５年第４期

〈惘事記〉（短篇）　《上海文學》2005年第11期
〈我們去看李紅旗吧〉（短篇）　《芙蓉》2005年第6期
〈蘋果的香味〉（短篇）　《人民文學》2006年第5期
〈你喜歡夏威夷嗎〉（短篇）　《中國作家》2006年第7期
〈關於雪的部分說法〉（短篇）　《文學界》2006年第4期
《櫻桃記》（中短篇小說集）　作家出版社2006年1月出版
〈趙素娥〉（短篇）　《文學界》2006年第9期
〈細嗓門〉（中篇）　《人民文學》2007年第7期
〈水之底〉（短篇）　《山花》2007年第10期
〈多米諾男孩〉（中篇）　《大家》2008年第2期
〈剎那記〉（中篇）　《收穫》2008年第4期
〈大象〉（中篇）　《人民文學》2008年第7期
〈地下室〉（中篇）　《山花》2008年第11期
〈被兒子燃燒〉（短篇）　《天涯》2008年第6期
〈雨天書〉（短篇）　《中國作家》2009年第5期
〈夜是怎樣黑下來的〉（短篇）　《收穫》2009年第3期
〈冰碎片〉（短篇）　《文學界》2009年第9期
〈梁夏〉（中篇）　《中國作家》2010年第2期
〈小情事〉（中篇）　《十月》2010年第3期
〈七根孔雀羽毛〉（中篇）　《收穫》2011年第1期
〈駱駝〉（短篇）　《天南》2011年第2期

〈夏朗的望遠鏡〉（中篇）	《上海文學》2011年第4期
〈夜遊記〉（中篇）	《青年文學》2011年第4期
〈獻給安達的吻〉（中篇）	《百花洲》2011年第7期
〈光明情史〉（短篇）	《青島文學》2011年第12期
〈老娘子〉（短篇）	《綠洲》2012年第2期
〈梵高的火柴〉（短篇）	《文藝風賞》2012年第3期
〈良宵〉（短篇）	《天涯》2012年第6期
〈邱濤三〉（短篇）	《芒種》2012年
《七根孔雀羽毛》（中篇小說集）	上海文藝出版社2012年6月出版
〈履歷〉（短篇）	《鯉·與書私奔》2013年
〈豔歌〉（短篇）	《鯉·旅館》2013年
〈野薄荷〉（短篇）	《江南》2013年第1期
〈關於我朋友的一切〉（短篇）	《作品》2013年第5期
〈在雲落〉（中篇）	《收穫》2013年第5期
〈因惡之名〉（中篇）	《十月》2013年第6期
《夜是怎樣黑下來的》（短篇小說集）	花山文藝出版社2014年1月出版
〈野象小姐〉（短篇）	《人民文學》2014年第1期
〈直到宇宙盡頭〉（短篇）	《作家》2014年第5期
〈伊莉莎白的禮帽〉（短篇）	《青年文學》2014年第7期
〈簡買麗決定要瘋掉〉（短篇）	《新民週刊》2014年8月
《野象小姐》（中篇小說集）	山東文藝出版社2014年6月出版

國家圖書館出版品預行編目資料

在雲落 / 張楚作. -- 初版. -- 臺北市：
人間，2014.12
395面；14.8×21公分
ISBN 978-986-6777-77-6（平裝）

857.63　　103021610

在雲落

作者　張楚
責任編輯　蔡鈺淩
校對　蔡鈺淩、陳莉雯、高怡蘋
封面設計　黃瑪琍
內文版型設計　黃瑪琍
發行人　呂正惠
社長　林怡君
出版　人間出版社
台北市長泰街五十九巷七號
電話　（02）23370566
傳真　（02）23377447
郵政劃撥　11746473・人間出版社
電郵　renjianpublic@gmail.com
定價　三八〇元
初版一刷　二〇一四年十二月
ISBN　978-986-6777-77-6
排版　龍虎電腦排版股份有限公司
印刷　中原造像股份有限公司
總經銷　聯合發行股份有限公司
新北市新店區寶橋路二三五巷六弄六號二樓
電話　（02）29178022
傳真　（02）29156275